HEYNE

PIERRE GRIMBERT

DIE TORE ZUR DÄMMERUNG

DIE SAGA VON LICHT UND SCHATTEN 3

Roman

Aus dem Französischen von Sonja Finck
und Nadine Püschel

WILHELM HEYNE VERLAG
MÜNCHEN

Titel der französischen Originalausgabe
LES CHIFFONIERS – GONELORE 3

MIX
Papier aus verantwortungsvollen Quellen
FSC® C014496

Verlagsgruppe Random House FSC® N001967
Das für dieses Buch verwendete
FSC®-zertifizierte Papier *Holmen Book 80*
liefert Holmen Paper, Hallstavik, Schweden.

Deutsche Erstausgabe 08/2015
Redaktion: Catherine Beck

Printed in Germany 2015
Umschlaggestaltung: Bürosüd, München
Satz: Buch-Werkstatt GmbH, Bad Aibling
Druck und Bindung: GGP Media GmbH, Pößneck

ISBN 978-3-453-31564-8

www.heyne.de

1

Sprung über einen umgestürzten Baumstamm. Kurz aus dem Tritt geraten, sich wieder fangen, weiterrennen. Weicher Boden, dann eine Lichtung voller Farne. Die feuchten Blätter peitschen ins Gesicht. Blind weiterhetzen. Wieder in den Wald eindringen. Vor einem Dornengestrüpp scharf rechts abbiegen, beschleunigen. Dreißig Meter geradeaus rennen, unter einem großen Wurzelgeflecht hindurchschlittern, ein kurzes Stück kriechen, wieder aus dem Hindernis hervorbrechen. Weiterrennen. Ohne Pause. Ohne Gewissheit, es zu schaffen.

Vargaï hätte nicht sagen können, wie lang diese wilde Flucht schon andauerte. Mindestens eine Stunde, vielleicht auch zwei oder drei. Der Weltwanderer hatte jede Orientierung und jedes Zeitgefühl verloren. Der finstere Wald, in den er immer tiefer vordrang, schien ihn verschlingen zu wollen. Außerdem verlor er mehr und mehr die Kontrolle über seinen neuen Körper.

Er hatte schon immer Vorbehalte gegen Verwandlungsprismen gehabt. Zwar hatte er in seiner langen Laufbahn als Weltwanderer schon etliche Male eines benutzt, aber immer nur in höchster Not. So wie in dieser Nacht, in der er vor seinen Feinden floh. Auch wenn er ihnen entkommen war, hatte er sich damit womöglich ins Verderben gestürzt.

Der Lupinus, dessen Gestalt er angenommen hatte, wehrte sich gegen den fremden Einfluss – oder besser gesagt, sein Geist, sein Phantom, denn das Geschöpf selbst war seit mehreren Wochen tot. Sein letzter Atemzug war kristallisiert, und Vargaï hatte das rohe Prisma gefunden und es heimlich, in nächtelanger Arbeit, zurechtgeschliffen. Im entscheidenden Moment hatte er es dann zwischen seinen Zähnen zerbissen und das freigesetzt, was von der Chimäre übrig war: ein Abbild ihrer Seele, ein schwacher Widerhall ihrer früheren Existenz, der in einem fremden Horizont gefangen war … Die Verschmelzung von Vargaïs Bewusstsein mit dem Geist des Lupinus hatte dem Weltwanderer das Aussehen eines riesigen Wolfs verliehen. Doch die Kreatur kämpfte darum, die Kontrolle über ihren Körper wiederzuerlangen, und Vargaï konnte sie nur mit Mühe zurückdrängen.

Er wusste, dass er den Kampf früher oder später verlieren würde. Mit jedem Augenblick wurde der Geist der Chimäre mächtiger und sein eigener schwächer. Das Phänomen wurde durch die wilde Flucht noch verstärkt: Der Lupinus befand sich in seinem natürlichen Lebensraum, während Vargaï sich in fremder Umgebung zurechtfinden und einen fremden Körper steuern musste.

Vargaï spürte, dass er der Chimäre bald unterliegen würde. In der tausendjährigen Geschichte der Bruderschaft war das schon mehrmals passiert. Dass eine unwiderrufliche Verwandlung nur sehr selten vorkam, beruhigte ihn nicht. Wenn er den geistigen Kampf gegen die Bestie verlor, würde er für immer in einem Körper gefangen sein, über den er keine Kontrolle mehr hätte. Er würde hilflos miterleben, wie der riesige Wolf durch die Gegend strich und seine Beute jagte. Nur wenn jemand ihn angriff und tötete, würde er sich wieder in Nichts auflösen. Doch das konnte sehr lange dauern. Zumal es mehr als unwahrscheinlich war, dass Vargaï den gewaltsamen Tod der Kreatur überleben würde.

Aus diesem Grund hatte er die Verwandlung bislang nie länger als ein paar Minuten aufrechterhalten. Er hatte die Verwandlungsprismen immer nur eingesetzt, wenn sein Leben in Gefahr war – um einen aussichtslosen Kampf in letzter Sekunde zu gewinnen oder sich aus einer Notlage zu retten. Sobald sein Ziel erreicht war, hatte er den Spuk schnell wieder beendet. Um seine menschliche Gestalt wiederzufinden, musste er es sich nur fest genug wünschen. Mit einem einfachen Willensakt konnte man den Geist der Chimäre zurückweisen, und das Phantom verschwand endgültig hinter dem Schleier, so wie es ihm bestimmt gewesen war. In dieser Nacht, hier im Wald, hätte Vargaï also nur stehen bleiben und sich die Bestie fortwünschen müssen, um wieder in seinen eigenen Körper zurückzukehren. Aber er tat es nicht. Die Schnelligkeit und Ausdauer des Lupinus waren in seiner Lage einfach zu nützlich, um sie jetzt schon aufzugeben. Er musste noch ein wenig durchhalten. Es konnte nicht mehr weit sein …

Vielleicht war es aber auch schon zu spät.

Im nächsten Moment ertappte er sich dabei, wie er laut knurrte. Ein finsterer Schatten war wenige Meter über seinem Kopf vorbeigeflogen, er hatte sich deutlich vor dem Sternenhimmel abgezeichnet. Der Weltwanderer musste all seine Willenskraft aufbieten, um das Grollen in seiner Kehle zu ersticken. Der Instinkt des Lupinus befahl ihm, mit gespreizten Krallen und hochgezogenen Lefzen über die Kreatur herzufallen, die ihn so frech herausforderte. Doch Vargaï konnte noch klar genug denken, um sich stattdessen in die Farne zu ducken. Das Herz pochte ihm bis zum Hals.

Das Glück war ihm nicht hold. Die dunkle Gestalt flog noch zweimal über das Gebüsch hinweg, in dem er sich versteckte, und landete dann rund zehn Meter weiter. Äste und Zweige splitterten unter lautem Knacken. Durch die Augen des Wolfs konnte er in der Dunkelheit hervorragend sehen. Vargaï fletschte die Zähne, als er einen Speier erkannte, einen Kokatrus der übelsten Sorte, eine Chimäre mit gewaltigen Klauen, die die Gestalt eines riesigen Straußes hatte. Sollte es zum Kampf kommen, würde er nicht lange dauern. Die Frage war nur, welche der beiden Bestien als Erste zum tödlichen Schlag ausholen würde …

Vargaï zögerte noch mit dem Angriff. Mit drei Sätzen wäre er bei dem Speier, und er könnte ihm mit einem einzigen Biss das Genick brechen. Der Lupinus hatte nichts anderes mehr im Sinn. Er scharrte erregt mit den Pfoten, ohne dass sich der Weltwanderer dessen bewusst war. Seine ganze Aufmerksamkeit richtete sich nun auf die Kreatur mit den riesigen Flügeln, auf den Abstand zu ihr, auf die Baumstämme, die sie teilweise verbargen. Dann trippelte sie in sein Blickfeld, und er konnte sie endlich ganz sehen. Abermals stieß er ein drohendes Knurren aus.

Der Kokatrus war nicht allein. Auf seinem Rücken, in der Kuhle zwischen dem abstoßenden Hals und dem grässlichen Höcker, an dem die Flügel saßen, thronte eine menschliche Gestalt. Im ersten Augenblick wollte Vargaï nicht wahrhaben, was er da sah. Doch als diese Reiterin der Finsternis unvermittelt den Kopf in die Richtung wandte, aus der das Knurren kam, war kein Zweifel mehr möglich. Der Zorn brachte sein Blut zum Kochen: Seine Verfolgerin war keine Geringere als seine eigene Halbschwester, Nejabeth.

Während sie absaß, hatte er Gelegenheit, sie eingehend zu mustern. Nejabeth trug dieselbe Kluft wie vor wenigen Stunden, als er in ihrem Beisein die Flucht ergriffen hatte: eine lange, schwere Robe, ein Bandelier aus Kettengliedern, einen gebogenen Dolch und ihre Alchimisten-Tasche voller Phiolen, eine gefährlicher als die andere. Unter der Kapuze ihres langen Mantels schauten einige rote Haarsträhnen hervor. *Das Ebenbild einer Hexe,* dachte Vargaï. Und die Verräterin kam auf ihn zu.

»Bruderherz?«, rief sie. »Ich weiß, dass du da bist. Komm, zeig dich.«

Vargaï rührte sich nicht vom Fleck. Die Krallen seines Raubtierkörpers bohrten sich in den Waldboden. Ihn verlangte es danach, sie in lebendiges Fleisch zu schlagen.

»Komm schon«, wiederholte seine ältere Schwester. »Du kannst nicht vor mir fliehen. Wusstest du etwa nicht, dass Speier eine zehnmal bessere Nase haben als Hunde? Mein Reittier wittert deinen Menschengeruch, auch wenn du aussiehst wie ein Wolf. Es gibt in diesem Wald keinen Fleck, an dem du dich verkriechen könntest.«

Der Weltwanderer dachte fieberhaft darüber nach, was er tun sollte, doch dann verdrängte der wölfische Instinkt alle Vernunft, die ihm noch geblieben war. Die Bestie, deren Gestalt er angenommen hatte, hechtete los, um den Speier totzubeißen, der ihn so mühelos aufspüren konnte. Der Kokatrus flatterte in Panik davon, und Vargaï schaffte es, die Kontrolle über seinen Körper wiederzuerlangen. Wenige Schritte vor seiner Schwester hielt er lauernd inne.

Nejabeth ging in Abwehrstellung und musterte ihn einen Moment lang schweigend. In der Dunkelheit konnte sie wahrscheinlich nur eine riesige, drohend geduckte Gestalt und ein Paar glühende Augen ausmachen. Ihr Gesicht war angespannt, doch das genügte Vargaï nicht. Er hätte zu gern nackte Angst auf ihren Zügen gesehen.

»Du solltest wieder deine menschliche Gestalt annehmen«, sagte Nejabeth. »Der Metamorph hat dich bereits in seiner Gewalt. Bald wird es zu spät sein.«

Statt einer Antwort schnappte Vargaï mit gebleckten Zähnen nach der Verräterin. Wollte er ihr Angst machen? Ihr drohen? Oder glaubte sein verwirrter Geist, noch zum Sprechen imstande zu sein? Der Lupinus machte zwei nervöse Sprünge zur Seite und knurrte wütend.

»Siehst du! Ich habe recht«, fuhr Nejabeth fort. »Du bist nicht mehr bei Sinnen, lieber Bruder. Ich mache mir Sorgen um dich, Vargaï. Nur deshalb habe ich nach dir gesucht, nur deshalb bin ich hier. Bitte setz dich keinen unnötigen Gefahren aus. Von mir hast du nichts zu befürchten.«

Der Wolf hörte auf zu knurren, während der Weltwanderer, der in seinem Körper steckte, mit widerstreitenden Gefühlen kämpfte. Er misstraute seiner Schwester zutiefst, aber ihre Worte verfehlten ihre Wirkung nicht. Einerseits wollte er das Weite suchen, andererseits war er neugierig, was sie ihm zu sagen hatte. Seine Abneigung gegen die Verräterin war groß, aber er würde nicht so weit gehen, seiner eigenen Schwester an die Kehle zu springen. Der Lupinus hingegen wollte nichts lieber als das, und Vargaï gelang es kaum noch, seinen Willen und den der Chimäre zu unterschieden.

»Das ist keine Falle«, versicherte Nejabeth. »Wie du siehst, bin ich allein. Tannakis weiß nicht, dass ich hier bin. Auch von meinem Kokatrus ahnt er nichts. Seine Männer und er durchsuchen ein Gebiet weiter westlich von hier. Du hast also einigen Vorsprung und könntest ihnen vermutlich entkommen. Du sollst wissen, dass ich dich nicht daran hindern werde.«

All diese schönen Versprechen – oder schamlosen Lügen – konnten den Metamorphen nicht besänftigen. Sein Blutdurst drohte die Oberhand zu gewinnen. Mit äußerster Willensanstrengung gelang es Vargaï, ein Stück in die Dunkelheit zurückzuweichen, doch der Geist des Lupinus trieb ihn zurück, bis er wieder mit gebleckten Zähnen vor Nejabeth kauerte. Die Alchimistin verlor die Selbstbeherrschung nicht, schob aber die linke Hand in die Tasche mit den tödlichen Phiolen.

»Ich bin dir nicht feindlich gesinnt«, beteuerte die Hexe. »Doch wenn du mich dazu zwingst, mich zu verteidigen, werde ich vor nichts zurückschrecken. Lass dich nicht von einer Chimäre besiegen, mein Bruder. Komm zu Sinnen, nimm menschliche Gestalt an, und kehr aus eigener Kraft nach Zauberranke zurück, auf zwei Beinen. Du hast einen Vorsprung vor Tannakis, das habe ich doch schon gesagt. Und ich werde ihm nichts von unserer Begegnung sagen.«

Der Wolf schnappte wieder mit den Kiefern. Mit Grausen wurde Vargaï bewusst, dass er versucht hatte, eine Antwort zu geben. Offenbar verwechselte er die Gestalt der Chimäre nun wirklich mit seiner eigenen.

»Nicht dass du mich falsch verstehst«, fuhr Nejabeth fort. »Ich bleibe der Enklave treu. Doch ich weiß, dass es an unseren Plänen und an unserem bevorstehenden Sieg nichts ändern wird, wenn du in Zauberranke Alarm schlägst. Die Schule der Weltwanderer ist so gut wie unser, Bruderherz. Bald werden Tannakis und ich unseren Stützpunkt dorthin verlegen, und dann werden wir uns die Länder Gonelores eines nach dem anderen untertan machen. Gegen unser Chimärenheer sind all eure Waffen nutzlos!«

Der Lupinus machte einen mächtigen Satz, um seiner Feindin an die Kehle zu gehen. Erst im letzten Augenblick konnte sich Vargaï bremsen. Die Hexe hatte bereits eine kleine Phiole mit einer schillernden Flüssigkeit hervorgezogen. Der Weltwanderer merkte kaum, dass er nur knapp dem Tod entronnen war. Verwirrung, Wut und Hass vernebelten ihm den Geist. Er wusste zwar noch, dass er den Metamorphen jederzeit aufgeben konnte, aber er konnte sich nicht dazu durchringen. Ob aus Angst vor einer Falle oder weil es bereits zu spät war, hätte er nicht sagen können.

»Komm zur Vernunft, Vargaï! Begreif doch endlich, dass wir der Bruderschaft nicht den Krieg erklären. Wir werden alle Weltwanderer, die dazu bereit sind, in unsere Reihen aufnehmen. Sie werden in Scharen zu uns überlaufen ... Wir opfern seit tausend Jahren unser Leben, Vargaï! Generationen um Generationen von Weltwanderern starben bei der Verteidigung Gonelores, während die Könige und Kaiser in Saus und Braus lebten! Es ist an der Zeit, endlich den Platz einzunehmen, der uns gebührt. Da die Länder und Nationen auf unseren Schutz angewiesen sind, ist es nur recht und billig, dass wir auch über sie herrschen!«

Für den Bruchteil eines Augenblicks konnte der Weltwanderer

wieder klar denken, und es fiel ihm wie Schuppen von den Augen. Nejabeth verschanzte sich hinter einer seltsamen Ideologie, aber sie war so heimtückisch, gierig und machthungrig wie eh und je. Andererseits schien sie ihn weniger zu hassen, als er gedacht hatte …

»Jeder, der ein Bandelier trägt, kann sich uns anschließen«, wiederholte Nejabeth. »Und wer auch nur einen Funken Verstand hat, wird das auch tun. Überleg es dir gut, Vargaï. Wäge meine Worte auf dem Weg zurück nach Zauberranke sorgfältig ab. Und wenn du dort angekommen bist, versuch den Hohen Rat davon zu überzeugen, uns einzulassen, statt nutzlose Barrikaden zu bauen. Das wäre die weiseste Entscheidung.«

Der Lupinus zog sich in die Dunkelheit zurück. Dieses Gespräch wurde ihm zu gefährlich. Je länger Vargaï seiner Schwester zuhörte, desto mehr war er geneigt zu glauben, dass sie recht hatte. Kurz erwog er, dem Lupinus für kurze Zeit die Kontrolle zu überlassen, damit er die Verräterin zum Schweigen brachte. Dann könnte sie seinen Geist nicht länger vergiften ….

Nejabeth konnte ihn bald nicht mehr sehen. Sie blieb allein zurück und suchte das Unterholz nach dem glühend roten Augenpaar ab, hinter dem sich der Weltwanderer verbarg. Doch Vargaï gelang es, an seiner Entscheidung festzuhalten und sich weiter von ihr zu entfernen. Er hoffte nur, dass er es rechtzeitig zurück nach Zauberranke schaffen würde. Er rannte abermals los, während seine Schwester ihm noch ein paar letzte Worte hinterherrief.

»Wenn in Zauberranke niemand ein Einsehen haben will, opfere wenigstens du dich nicht, Bruderherz! Du kannst dich uns immer noch anschließen und an unserem Triumph teilhaben! Vergiss nicht, dass uns Weltwanderern die Herrschaft über Gonelore zusteht, weil wir die Einzigen sind, die die Chimären aufhalten können. Und unsere Familie hat die besten Weltwanderer hervorgebracht!«

Vargaï hielt kurz in seinem rasenden Galopp inne und stieß ein lang gezogenes Heulen aus, bevor er weiterrannte. Er wusste nicht genau, warum er das tat. Vielleicht war es ein letztes Aufbäumen gewesen, eine letzte trotzige Herausforderung. Oder wollte er seiner Schwester damit sagen, dass er ihre Worte nicht vergessen würde? Vargaï war wieder einmal seinem wölfischen Instinkt gefolgt. Vielleicht ein Mal zu viel.

Gleich darauf verriet ihm ein schrilles Pfeifen, dass Nejabeth den Kokatrus zu sich rief. Doch der Lupinus, Phantom einer Chimäre aus einem fremden Horizont, hatte nur noch eine verschwommene Vorstellung davon, was das bedeutete.

2

Nobiane rieb sich den geschundenen Hals. Das Mädchen glaubte immer noch zu spüren, wie sich Zakarias' Hände um ihre Kehle schlossen und zudrückten, fest und immer fester. In jenem Moment war sie überzeugt gewesen, sterben zu müssen, und obwohl seitdem mehrere Stunden vergangen waren, hatte sie noch immer den Eindruck, dem Tod ins Auge zu blicken. Dieses Gefühl stürzte sie in eine tiefe Schwermut, und so brütete sie schweigend vor sich hin.

»Ist alles in Ordnung?«, fragte Radjaniel.

Seine Worte rissen Nobiane aus ihren düsteren Gedanken, und sie nickte dem Lehrer zu. Nach einer durchwachten Nacht war Radjaniels Gesicht müde und sein Blick glasig, doch er war immer noch auf den Beinen und jederzeit bereit, einen Angriff abzuwehren. Nobiane bewunderte seine Ausdauer. Sie selbst saß schon seit einer ganzen Weile im Sand und kauerte sich unter ihrem Mantel zusammen. Mehrmals war ihr der Kopf auf die Knie gesunken, doch jedes Mal war sie nach wenigen Augenblicken wieder hochgeschreckt und hatte nach Luft geschnappt, als befände sie sich immer noch in Zakarias' Würgegriff.

»Die Sonne geht auf«, sagte Radjaniel. »Gleich können wir uns ausruhen.«

Nobiane nickte und blickte erleichtert auf die ersten Sonnenstrahlen, die auf dem Meer schimmerten. Für das Häuflein Weltwanderer, die am Strand von Zauberranke wachten, bedeutete die Morgendämmerung Entwarnung. Einer nach dem anderen löschten sie ihre Lampen. Sie steckten ihre Waffen weg und streckten ihre müden Glieder. Drei von ihnen machten sich auf den Weg ins Schuldorf, nachdem sie Radjaniel zum Abschied zugewinkt hatten. Die drei anderen begannen, die Kadaver der in der Nacht getöteten Chimären zu inspizieren.

Immerhin hatten sie mit ihrem raschen Eingreifen Schlimmeres verhindern können. Kaum war am Vorabend die Lücke in dem Kristallwall entdeckt worden, der die Schule zum Meer hin schützte, hatte Arold, der Oberste Wächter von Zauberranke, seine Miliz dazu abkommandiert, die Bresche zu bewachen. Sechs Weltwanderer hatten die erste Schicht übernommen und waren dann von anderen abgelöst worden. Mit Radjaniels Hilfe hatten sie das gute Dutzend Chimären, die die Gelegenheit nutzen wollten, zurückgedrängt oder getötet. Es handelte sich vor allem um Krustenkrebse, aber es waren auch einige Chiroptiden dabei, die von einem geschickten Armbrustschützen mitten im Flug abgeschossen worden waren. So hatten die anderen Bewohner der Halbinsel eine ungestörte Nacht verbringen können. *Die wissen ja gar nicht, was für ein Glück sie gehabt haben!*, dachte das Mädchen.

Radjaniel und Nobiane hatten die ganze Nacht am Strand in der Nähe des Zeughauses ausgeharrt. Ihr Lehrer hatte sie gebeten, bei ihm zu bleiben, angeblich, weil er jemanden brauchte, den er im Notfall losschicken konnte, um Verstärkung zu holen. Doch vermutlich hatte er seine jüngste Schülerin einfach nur im Auge behalten wollen. Oder er sehnte sich nach etwas Gesellschaft, um sich von dem Kummer über Jonas Verschwinden abzulenken.

Die ganze Nacht hatten sie auf die Rückkehr des Jungen gehofft. Immerhin glaubten sie, dass er noch am Leben war, denn am Strand hatten sie Spuren gefunden, die ihnen Mut machten. Tags zuvor hatte ein Kind unweit der Bresche im Schutzwall Fußabdrücke im Sand hinterlassen. Daneben waren die Fußspuren eines Erwachsenen zu sehen. Gemeinsam waren sie zum Wasser gelaufen. Womöglich hatten sie versucht, dem grausamen Kampf zu entgehen, der sich dort abgespielt haben musste: Im Sand waren die Abdrücke von riesigen Krallen und Pranken erkennbar. Dazu passte, dass einer der Wachmänner behauptete, er habe einen Drakoniden vom Himmel stürzen sehen. Offenbar hatte der Drakonid die Meereschimäre bezwungen, die den Schutzwall beschädigt hatte …

Vielleicht hatte Jona diesen Kampf der Titanen mit angesehen. Jedenfalls hatte sich kein anderer Schüler gefunden, der zu dieser Zeit am Strand gewesen war. Und auch kein Weltwanderer hatte etwas von den Ereignissen mitbekommen. Deshalb ging das Gerücht um, dass es sich bei dem Erwachsenen um den Magister von Zauberranke handelte, Jor Denilius höchstpersönlich, der ebenfalls spurlos verschwunden war. Seither zermarterten sich Radjaniel und seine Schüler den Kopf darüber, was am Strand passiert war, und die meisten ihrer Überlegungen waren nicht gerade optimistisch … Waren die Vermissten von einem der beiden Ungeheuer verschleppt worden? Hatten sie in einem Ruderboot fliehen können? Schließlich fehlte einer der Kähne, die am Strand gelegen hatten. Aber warum kamen sie dann nicht zurück, jetzt, da die Gefahr gebannt war? Versteckten sie sich auf einer der Inseln vor der Küste? Oder war das Boot beim Angriff des Seeungeheuers im Wasser gelandet und aufs Meer hinausgetrieben? Waren Jona und Denilius unauffindbar, weil die Chimären ihre Leichen hinter den Schleier verschleppt hatten?

Nobiane schluckte, um diesen grauenvollen Gedanken zu verscheuchen, doch als sie ihren wunden Hals spürte, überfiel sie schlagartig wieder die Erinnerung an Zakarias, der sich aus seinem Grab erhoben hatte. Selbst bei Tageslicht war dieses Bild so furchterregend und widernatürlich, dass sich ihr der Magen umdrehte. Der Pirat war tatsächlich von den Toten auferstanden, nachdem seine Leiche drei Monate lang in einer eiskalten Gruft gelegen hatte! Die Finger, die er ihr um den Hals gelegt hatte, waren so kalt gewesen, so kalt …

Sie konnte den Brechreiz nicht mehr unterdrücken. Rasch wandte sie sich ab und übergab sich in den Sand. Die Magensäure brannte ihr in der Kehle und trieb ihr Tränen in die Augen. Nun konnte sie nicht mehr an sich halten. Nobiane begann haltlos zu schluchzen. Vor ihrem geistigen Auge zogen all die schrecklichen Ereignisse des letzten Jahres vorbei: der Verrat durch ihre beste Freundin, die Schande, die Verbannung, die Trennung von ihrem Vater, das harte Leben in Zauberranke, die Demütigungen, die Kämpfe. Und auch ihre Zukunft sah alles andere als rosig aus. Um Dælfine zu helfen, die seit der Schlacht um den Leuchtturm blind war, hatte Nobiane Jora Vrinilia ein kostbares Prisma gestohlen. Die Oberste Prismenschmiedin war eine der mächtigsten Persönlichkeiten der Schule, und der Diebstahl war bereits entdeckt worden. Sicher würde Nobiane schon bald der Schule verwiesen werden. Sie würde den einzigen Ort verlassen müssen, an dem man ihr eine zweite Chance gegeben hatte.

»Keine Sorge«, sagte Radjaniel tröstend. »Wir sind jetzt außer Gefahr.«

Der Weltwanderer hatte sich neben sie gesetzt und tätschelte ihr unbeholfen die Schulter. Doch Nobiane konnte sich einfach nicht beruhigen. Die Situation schien ihr ausweglos. Wieder würde man mit dem Finger auf sie zeigen und sie mit Schimpf und Schande davonjagen. Sie würde ihre neuen Freunde verlassen müssen, und sie würde nie erfahren, ob Dælfine ihr Augenlicht wiedererlangen oder Jona unversehrt ins Zeughaus zurückkehren würde! Um ihrem Vater weitere Schmach zu ersparen, würde sie ein zurückgezogenes Leben führen müssen. Sie würde in einer Kammer in ihrem Elternhaus hocken, keine Besucher empfangen und dort inmitten der Gespenster der Vergangenheit alt werden … Es war wirklich zum Verzweifeln.

»Komm, wir gehen zurück ins Zeughaus«, sagte Radjaniel sanft. »Wir essen einen Happen und ruhen uns ein wenig aus. Außerdem sollten wir nach unserem Gast sehen.«

Nobiane nickte und rappelte sich auf. Wenn sie etwas zu tun hatte, konnte sie sich wenigstens der Illusion hingeben, dass sie dem Schicksal nicht hilflos ausgeliefert war. Noch war nicht alles verloren. Dass sie eine düstere Zukunft erwartete, war bislang nur eine Vermutung.

Nachdem sie einige Minuten schweigend vor sich hingestapft waren, kam ihr ein Gedanke, an den sie sich klammerte wie an einen Rettungsring. Eine Überzeugung, die ihr neuen Mut gab: Nobiane bereute nicht, was sie getan hatte.

3

Als sie das Prisma vor ihr linkes Auge hielt, stellte Dælfine verärgert fest, dass es helllichter Tag war. Sie hatte den Sonnenaufgang verpasst! Seit drei Monaten hatte sie dieses Naturschauspiel nicht mehr erlebt. Doch kurz vor dem Morgengrauen hatte sie die Müdigkeit übermannt. Sie würde also bis zum nächsten Tag warten müssen …

Ihre Enttäuschung verflog schnell. Sie war überrascht, wie viele verschiedene Farben sie durch den Kristall sehen konnte. In der vergangenen Nacht, im Schein der Lampen und Kerzen, hatte sie alles nur in Dunkelblau wahrgenommen. Im Tageslicht sah sie ihre Umgebung zwar immer noch in Blautönen, aber so detailliert, dass sie fast den Eindruck hatte, wieder sehen zu können!

Unwillkürlich ließ sie das Prisma sinken, um ihr Sehvermögen zu überprüfen. Sie kniff die Augen zusammen und versuchte, in der Dunkelheit etwas zu erkennen. Vergeblich. Es war also kein Wunder geschehen: Sie war immer noch blind. Doch das Prisma half ihr, die Welt um sie herum wahrzunehmen, indem es das Licht verstärkte, das die Dinge reflektierten. Auf einmal ertrug sie die Dunkelheit nicht mehr und hielt sich die ungeschliffene Linse schnell wieder ans Auge. Dann ließ sie den Blick durch die Schlafkammer schweifen, die sie mit Nobiane teilte, als sähe sie den Raum zum ersten Mal.

Der Fensterladen stand offen. Natürlich – nach den Ereignissen der Nacht hatte sich niemand mit solchen Nebensächlichkeiten aufgehalten. Dælfine freute sich über das hereinfallende Licht, aber gleich darauf starrte sie entsetzt auf das Durcheinander, das in ihrem Winkel der Kammer herrschte. Ihre Kleider lagen in einem Knäuel in der Ecke, Laken und Bettdecke waren völlig zerwühlt, und auf ihrem kleinen Arbeitstisch türmte sich ein Berg von Krustenkrebsbeinen aus Radjaniels Werkstatt. Dabei hatte Dælfine geglaubt, ihren Alltag mittlerweile ganz gut zu meistern. Ein so klägliches Ergebnis hatte sie nicht erwartet.

Das bestärkte sie nur in ihrem Entschluss: Sie würde das Prisma nie und nimmer seiner Besitzerin zurückgeben. Sie wollte nicht wieder im Dunkeln umhertappen müssen, an den einfachsten Handgriffen scheitern und von den anderen bemitleidet werden.

Schließlich wanderte ihr Blick zu Nobianes Bett, und die Aufgabe, die man ihr anvertraut hatte, fiel ihr wieder ein. Dælfine sollte auf die Frau aufpassen, die dort lag. Deshalb war sie die ganze Nacht wach geblieben, bis sie kurz vor dem Morgengrauen von der Müdigkeit überwältigt worden war. Genauso gut hätte sie aber auch stundenlang schlafen können. Die Fremde hatte sich nicht gerührt.

Als Radjaniel, Arold und die Schüler sie gefunden hatten, war sie mehr tot als lebendig gewesen, völlig verwirrt und wie wahnsinnig vor Verzweiflung. Sie hatte sich über den Strand geschleppt und gestammelt: »Er wird ihn umbringen! Dieses Ungeheuer wird ihn umbringen!« Dann war sie schluchzend auf die Knie gesunken und hatte das Bewusstsein verloren. Sie hatten die Fremde ins Zeughaus gebracht, und seither hatte nichts sie wecken können: kein Rufen, kein Schütteln, nicht einmal die Riechsalze, die Radjaniel aus der Vorratskammer hervorgekramt hatte. Ihnen blieb nichts übrig, als zu warten und auf ein Wunder zu hoffen …

Dælfine seufzte leise, legte das Prisma auf ihrem Oberschenkel ab und rieb sich sanft die Augenlider. Alle, die von der Sache wussten, gingen davon aus, dass die Fremde etwas über Jonas und Denilius' Verbleib wusste. Die wenigen Worte, die sie am Strand hervorgestoßen hatte, waren nicht gerade beruhigend. Ihre Aussage würde Zauberranke womöglich abermals in tiefe Trauer stürzen. Dabei waren die Wunden der letzten Zeit noch nicht verheilt.

Das Mädchen schüttelte betrübt den Kopf und nahm das Prisma wieder zur Hand, um ihrer dunklen Welt zu entfliehen. Als sie sich die Linse vors Auge hielt, wäre sie vor Schreck fast vom Bett gefallen: Die Fremde stand direkt vor ihr, und sie richtete einen Krummdolch auf sie!

Dælfine konnte nicht fassen, wie schnell und lautlos sich die Frau bewegt hatte. Der scharfe Ton, den die Unbekannte nun anschlug, tat sein Übriges, um sie einzuschüchtern: »Wer bist du?«, zischte sie. »Was mache ich hier? Wo sind wir?«

Dælfine musste zweimal schlucken, bevor sie antworten konnte.

»Im … im Zeughaus. Am Strand von Zauberranke. Ich heiße Dælfine. Ich bin eine Schülerin von Radjaniel …«

Die Fremde ließ die Waffe nicht sinken und musterte das Mädchen mit tiefem Misstrauen, was sich Dælfine nicht erklären konnte. Erst als die Frau weitersprach, verstand sie ihren Argwohn.

»Was machst du da mit dem Prisma vor dem Auge? Hältst du mich für eine Chimäre?«

»Nein, ich … Ich bin blind. Jedenfalls ohne diesen Kristall. Er hilft mir, die Dunkelheit zu lüften, die mich umgibt. Andere Kräfte hat er nicht.«

Fast hätte sie hinzugefügt: »Ihr habt nichts zu befürchten«, aber das kam ihr lächerlich vor. Die Fremde war zwar misstrauisch, aber Angst schien sie keine zu haben. Wie auch! Dælfine war ja fast noch ein Kind, und angesichts der scharfen Klinge, die auf sie gerichtet war, wagte sie sich nicht zu rühren. Die Frau hingegen sah aus wie eine Abenteurerin, eine kampferprobte Weltwanderin mit ebenso viel Erfahrung wie Vargaï.

Radjaniel hatte am Strand ihren Namen gesagt, Lygwenn, und Arold hatte ihm nicht widersprochen. Wie der Messerschleifer und der Oberste Wächter gehörte auch Lygwenn zur Generation der Veteranen. Wegen ihrer Falten und ihres weißen Haars schätzte Dælfine sie auf fünfzig oder sechzig, doch das Alter hatte weder ihrer Kraft noch ihrer Schönheit etwas anhaben können.

Voller Bewunderung musterte Dælfine die Fremde, die hellwach und kerzengerade in der Kammer stand. Plötzlich überkam sie der heftige Wunsch, dieser stolzen, unbeugsamen Frau mit der Lederkluft, der schartigen Waffe und dem abgewetzten Bandelier zu gleichen. Schon jetzt kam sie ihr vor wie eine Seelenverwandte. In vierzig Jahren würde Dælfine ihr hoffentlich ähneln.

Die Kriegerin bewegte ihre freie Hand zweimal vor Dælfines Gesicht hin und her, um zu prüfen, ob sie tatsächlich blind war. Dann ließ sie den Dolch sinken. Dælfine stieß einen erleichterten Seufzer aus, doch im nächsten Augenblick sprang Lygwenn in Richtung Tür.

Sie hatte sich so schnell bewegt, dass das Mädchen an eine optische Täuschung glaubte. Vielleicht zeigte ihr das Prisma auch ein verzerrtes Bild der Wirklichkeit. Gerade eben hatte die Fremde noch tief geschlafen, und jetzt bewegte sie sich mit geradezu übernatürlicher Geschwindigkeit. Ihre Bewegungen hatten etwas Animalisches, genauer gesagt: etwas Reptilienhaftes.

Dann ging alles so schnell, dass Dælfine der Mund offen stehen blieb: Die Weltwanderin riss die Tür auf und beförderte zwei Gestalten in die Kammer. Gess und Berris plumpsten zu Boden wie zwei Kätzchen, die man am Genick gepackt hatte.

Im nächsten Moment kniete die Frau auf Berris und hatte Gess einen Arm auf den Rücken gedreht. Sie warf der wie gelähmt dasitzenden Dælfine einen herausfordernden Blick zu. Aber was hätte das Mädchen schon tun können?

»Aua!«, protestierte Gess. »Was soll das?«

»Wir haben Stimmen gehört«, erklärte Berris.

»Genau!«, rief sein Kamerad. »Wir wollten doch nur nachschauen, wer da redet! Das ist doch kein Grund, gleich so durchzudrehen!«

Lygwenn drückte sie noch eine Weile zu Boden, aber dann machte sie plötzlich ein bestürztes Gesicht. Ihr Blick ging von Dælfine zu den beiden Jungen, und sie wurde totenbleich. Dann stammelte sie: »Ich ... ich erinnere mich an euch ... Ihr wart bei ihm ... Auf dem Leuchtturm ... Und im Wagen ...«

Langsam erhob sie sich vom Boden. Dælfine sprang auf, um sie zu stützen, denn Lygwenn schien kurz davor, abermals in Ohnmacht zu fallen.

Da zeigte die Fremde mit dem Finger auf sie: »Und ... ich erinnere mich an dich ... Du warst in der Höhle ... Ihr habt ihn mir weggenommen ...«

Dælfine wechselte einen verwirrten Blick mit ihren Kameraden, die sich mittlerweile aufgerappelt hatten. Offenbar war die Weltwanderin noch nicht wieder ganz bei sich. Sie redete vollkommen wirres Zeug.

»Ihr habt ihn mir weggenommen«, wiederholte Lygwenn. »Und dann ... hat er ihn mir geraubt ... Er hat ihn entführt ... Er wird ihn umbringen!«

Sie sprach nur noch mit sich selbst und schien in ihrer eigenen Gedankenwelt gefangen zu sein. Im nächsten Moment rannte sie zur Tür. Doch bevor sie den Ausgang erreichte, versagten ihr die Beine.

Gess und Berris fingen sie unbeholfen auf und halfen ihr zum Bett, aber kaum hatten sie die Weltwanderin auf der Kante abgesetzt, sprang sie schon wieder auf. Dann brach sie auf dem Bett zusammen.

»Ich muss hinterher ...«, murmelte sie. »Ich muss ihn finden ... Er wird ihn umbringen ...«

»Wer bringt wen um?«, hakte Gess nach. »Eine Chimäre? Jona?«

Lygwenn kämpfte vergeblich gegen die Ohnmacht an. Ihre Augen verdrehten sich, und ihr schwanden die Sinne.

»Denilius … Dieser Wahnsinnige … Er wird Lehander umbringen. Er wird … ihn opfern … Ich muss …«

Das war das Letzte, was sie herausbrachte. Dælfine befürchtete schon, die Weltwanderin wäre gestorben, und sie griff rasch nach ihren Hand und fühlte den Puls. Nein, er war zwar schwach, aber eindeutig zu spüren.

»Denilius?«, fragte Gess. »Glaubt ihr, sie hat tatsächlich von unserem Magister geredet?«

»Er hat mir schon immer Angst eingejagt«, gestand Berris. »Mich würde es jedenfalls nicht wundern, wenn er verrückt ist.«

»Und dieser Lehander, wer soll das sein? Ein anderer Weltwanderer?«

Gess sah fragend zu Dælfine, doch sie antwortete nicht. Durch ihre Prisma betrachtete sie das Gesicht der ohnmächtigen Frau, die Form ihrer Augen, das Grübchen am Kinn und das Schandmal, das sie am Bandelier trug. Es mochte Zufall sein, aber das alles erinnerte sie an jemanden. An einen Jungen, mit dem sie seit drei Monaten sehr viel Zeit verbracht hatte. Wenn sie richtig lag, würde das so einiges erklären.

»Es ist Jona«, sagte sie unvermittelt. »Lehander muss sein echter Name sein. Und diese Frau ist mit ihm verwandt.«

Die beiden Jungen starrten sie mit offenem Mund und aufgerissenen Augen an. Dann wanderte ihr Blick zu der Fremden. Gewiss suchten sie nach Ähnlichkeiten mit ihrem verschwundenen Kameraden. Unterdessen wurde Dælfines Vermutung zu Gewissheit. Sie wusste einfach, dass sie recht hatte. Alles passte so gut zusammen …

Nur einen Gedanken versuchte das Mädchen zu verdrängen. Sie wollte nicht an die Höhle denken, die die Weltwanderin erwähnt hatte, denn die Bilder, die vor ihrem geistigen Auge aufstiegen, flößten ihr furchtbare Angst vor der Fremden ein.

4

Radjaniel ärgerte sich, dass er den Moment verpasst hatte, als Lygwenn aufgewacht war, zumal er nur wenige Minuten zu spät gekommen war. Es hätte ihn weniger verdrossen, wenn sie in der Nacht zu sich gekommen wäre, während er am Strand Wache hielt … doch er schluckte seine Enttäuschung hinunter und konzentrierte sich auf den atemlosen Bericht seiner Schüler. Auch Nobiane, die neben ihm stand, lauschte ihren Kameraden gebannt.

Als die drei geendet hatten, trat Schweigen ein. Alle Blicke ruhten auf der ohnmächtigen Fremden, und alle versuchten, den Sinn ihrer gestammelten Worte zu verstehen. Dann wandten sich die Schüler zu Radjaniel um. Er war der Einzige, der Licht ins Dunkel bringen konnte. Zwar wagte keiner, ihn direkt zu fragen, aber ihre Neugier war unübersehbar.

Der Messerschleifer begriff, dass er sich nicht vor einer Erklärung drücken konnte. Wortlos winkte er die Schüler aus der Kammer. Sie versammelten sich im Gemeinschaftsraum um den Tisch. Radjaniel überlegte kurz, wie er anfangen sollte, aber er war einfach zu müde, um lange um den heißen Brei herumzureden.

»Es stimmt. Jona heißt in Wahrheit Lehander, und Jora Lygwenn ist seine Großmutter. Wie ihr selbst gesehen habt, ist die Ähnlichkeit nicht zu leugnen.«

Seine Schüler machten verblüffte Gesichter und bestürmten ihn dann mit Fragen:

»Seid Ihr sicher?«

»Und seit wann wisst Ihr davon?«

»Weiß Jona Bescheid?«

»Warum habt Ihr uns nichts gesagt?«

Radjaniel konnte ihre Empörung verstehen, bemühte sich aber, die Wogen zu glätten.

»Nur die Mitglieder des Hohen Rats wussten davon, und das auch erst seit Denilius' Rückkehr. Jona, äh, Lehander war natürlich eingeweiht, aber da er entschieden hat, die Sache für sich zu behalten, stand es mir nicht zu, darüber zu sprechen. Ich nehme an, dass er sich erst an den Gedanken gewöhnen oder warten wollte, bis seine Erinnerung zurückkehrte.«

Dann erzählte er ihnen, dass Lygwenn sieben Jahre zuvor eine Weile in Zauberranke gelebt hatte. Damals versprach Denilius ihr, den Jungen in die Schule aufzunehmen, wenn er alt genug war.

»Lehander war also dazu bestimmt, das Bandelier der Schüler zu tragen«, schloss Radjaniel. »Daran hat auch sein Gedächtnisverlust nichts geändert. Wir wussten nur nicht, ob seine Großmutter noch lebt. Sie ist seine einzige Verwandte. Aber diese Frage ist ja nun geklärt.«

Alle blickten zur Tür der Schlafkammer. Die Fremde hatte etwas Faszinierendes an sich, dem sich niemand entziehen konnten. Radjaniel wusste selbst nicht so recht, was er von ihr halten sollte. Sicher war er Lygwenn vor vierzig Jahren schon einmal begegnet, aber damals waren sie so viele Weltwanderer gewesen, dass er sich nicht an sie erinnerte. Und als sie vor sieben Jahren nach Zauberranke gekommen war, um den Tod ihrer Tochter zu verarbeiten, hatte er seinen Geist mit Alkohol betäubt. Was für einen Menschen hatte er im Zeughaus aufgenommen? Wie verwundet musste ihre Seele sein, wenn sie einer blinden Elfjährigen einen Dolch an die Kehle hielt?

»Wie hat sie Zauberranke überhaupt erreicht?«, fragte Berris.

»Außer mit einem Boot kommt man nachts doch gar nicht auf die Halbinsel.«

Dælfine zuckte zusammen, Gess schluckte vernehmlich, und Nobiane erbleichte unter ihren Sommersprossen. Die drei hatten die Antwort offenbar schon erraten. Früher oder später würde einer von ihnen den Gedanken laut aussprechen, so aberwitzig und furchterregend er auch war, und ihren Lehrer nach seiner Meinung fragen. Radjaniel wollte diesen Moment so lange wie möglich hinauszögern. Zwar hatte er sich selbst die halbe Nacht mit der Frage herumgeschlagen, aber er fühlte sich noch nicht imstande, der Wahrheit ins Gesicht zu sehen.

»Das müssen wir Lygwenn selbst fragen«, sagte er ausweichend, »sobald sie wieder zu sich kommt.«

»Der arme Jona …«, murmelte Nobiane. »Da ist seine Großmutter hier bei uns im Zeughaus, und er weiß es nicht mal. Sie haben sich so knapp verpasst!«

Radjaniel und ihre Kameraden nickten traurig. Unter anderen Umständen hätten sie an diesem Tag ein Freudenfest gefeiert.

»Ich verstehe das nicht«, murmelte Berris. »Warum sollte der Magister Jona entführen? Was hat er mit ihm vor?«

Radjaniel zuckte ratlos die Schultern. In den letzten Monaten hatte er an Denilius Wesenszüge entdeckt, die ihn überrascht und erschreckt hatten. Der Magister hatte sich als jähzornig, unnachgiebig und grausam erwiesen. Und was noch schlimmer war: Er hatte die Sicherheit der Schüler aufs Spiel gesetzt. Radjaniel erkannte Vargaïs Bruder, mit dem ihn eine lange Freundschaft verband, kaum wieder. Was mochte ihn so verändert haben?

Der Messerschleifer wollte zu gern glauben, dass alles nur ein Missverständnis war. Denilius konnte nicht so gefährlich sein, wie es den Anschein hatte oder wie Lygwenn behauptete. Gewiss hatte er gute Gründe für sein Verhalten, und zu gegebener Zeit würde sich alles aufklären.

Allerdings konnte sich Denilius genauso gut als Verräter erweisen, das wusste Radjaniel. Und wenn der Magister den Jungen entführt hatte, blieb ihnen wenigstens die Hoffnung, ihn lebend wiederzufinden. Waren die beiden hingegen in den Kampf der beiden Riesenchimären verwickelt worden, dann …

Radjaniel verdrängte die schrecklichen Bilder, die vor seinem geistigen Auge aufstiegen. Sie waren ihm unerträglich. Er konnte nicht schon wieder einen Schüler verloren haben. Das hatte er sich geschworen. Lehander würde irgendwann wiederauftauchen, und wenn nicht, würde Radjaniel Gonelore höchstpersönlich durchkämmen und jeden Wald, jede Höhle und jede verlassene Ruine nach ihm absuchen!

»JOR RADJANIEL!«

Der laute Ruf von draußen ließ sie alle vor Schreck aufspringen, zumal sie sich im Flüsterton unterhalten hatten. Instinktiv blickte sich der Messerschleifer nach seiner Lanze um, aber dann fiel ihm ein, dass sie mit dem Verräter Huguebald über die Klippen in die Tiefe gestürzt war. Hastig packte er seine Machete und lief zur Tür, gefolgt von seinen Schülern.

Er hatte die Stimme von Arold, dem Obersten Wächter von Zauberranke, auf Anhieb erkannt. Doch irgendwie ahnte er, dass etwas nicht in Ordnung war. Als er die bewaffneten Milizionäre sah, die auf dem Steg warteten, wusste er, dass der Monokelträger ihm keinen Höflichkeitsbesuch abstatten wollte.

»Jor Arold«, rief er zur Begrüßung. »Ihr seid früh auf den Beinen. Die Nacht war ja doch recht lang. Ist etwas vorgefallen?«

»Nichts, was Euch etwas anginge«, antwortete Arold. »Und bei Euch? Keine neue Katastrophe, um die ich mir Sorgen machen muss?«

Radjaniel musterte die fünf Milizionäre, die den Obersten Wächter begleiteten. Im Alltag waren sie gewöhnliche Lehrer, wie die meisten Weltwanderer, die in Zauberranke wohnten, doch aus Ehrgeiz oder Pflichtgefühl hatten sie dem Hohen Rat Waffentreue geschworen und konnten jederzeit abkommandiert werden.

»Ich habe nichts zu vermelden«, sagte er.

»Und die Tuchwanderin? Ist sie aufgewacht?«

Rajaniel zuckte zusammen, als Arold diese Bezeichnung für Jora Lygwenn gebrauchte. Natürlich hatte sie damals zu jener Gruppe von Weltwanderern gehört, die ganz Gonelore in Gefahr gebracht hatten, aber das alles war nun vierzig Jahre her, und keiner von ihnen hatte Schuld daran. Arold schien zu vergessen, dass seine treueste Verbündete, Jora Vrinilia, selbst zu den Tuchwanderern gehört hatte, und Denilius auch. Aber vermutlich war das ja das Problem.

»Sie schläft«, behauptete er.

Seine Schüler hielten den Atem an, aber keiner von ihnen war so töricht, ihm zu widersprechen. Radjaniel wusste selbst nicht genau, warum er log. Zumal Arold und er in den letzten Monaten recht gut miteinander ausgekommen waren. Sie hatten sogar Seite an Seite gekämpft, erst in den Katakomben der Schule und dann oben auf der Klippe. Doch die Tatsache, dass Arold am frühen Morgen mit einer bewaffneten Eskorte bei ihm auftauchte, ließ bei Radjaniel alle Alarmglocken schrillen.

»Hoffentlich kratzt sie uns nicht ab«, sagte der Oberste Wächter. »Zumindest nicht, bevor sie ausgesagt hat. Ein kleiner Spaziergang an der frischen Luft wird ihre Lebensgeister wecken. Geht sie holen, Wachen!«

Die Milizionäre erklommen die Treppe zum Zeughaus. Radjaniel starrte sie verblüfft an, und als er sah, dass sie eiserne Schellen und Ketten trugen, verzog er ungläubig das Gesicht.

»Aber … Ihr wollt sie mitnehmen? In ihrem Zustand?«

»Was denn sonst?«, herrschte ihn Arold an. »Meint Ihr, ich bin hergekommen, um mit Euch über das Wetter zu plaudern? Wir sind schon ein hohes Risiko eingegangen, als wir diese Frau heute Nacht bei Euren Schülern zurückgelassen haben!«

Instinktiv stellte sich Radjaniel auf den oberen Treppenabsatz, um den Milizionären den Weg zu versperren. Der Oberste Wächter lief vor Wut rot an, aber der Messerschleifer ließ ihn nicht zu Wort kommen.

»Das war unsere gemeinsame Entscheidung!«, entgegnete er. »Was hat Euch dazu bewogen, Eure Meinung zu ändern, Arold? Und was sollen die Ketten? Die Frau ist völlig geschwächt, und außerdem trägt sie das Bandelier unserer Bruderschaft! Wie wollt Ihr sie zu einer Aussage bewegen, wenn Ihr sie wie eine Feindin behandelt?«

»Ich will kein Risiko eingehen«, erwiderte der Monokelträger. »Außerdem muss ich Euch nicht um Erlaubnis fragen, Radjaniel! Ich bin immerhin der amtierende Oberste Wächter von Zauberranke! Und die Ermittlungen, derentwegen ich Eure Gesellschaft ertragen musste, sind abgeschlossen!«

Der Messerschleifer rührte sich nicht von der Stelle. Er war unschlüssig, was er tun sollte. Wenn er dem Anführer der Miliz weiter die Stirn bot, würde er großen Ärger bekommen. Andererseits konnte er nicht schweigend zusehen, wie ein Unrecht geschah.

»Macht endlich Platz!«, drängte Arold. »Seid nicht töricht! Ihr wisst, dass der Hohe Rat in den nächsten Tagen neu zusammengesetzt wird. Begeht nicht den Fehler, Euch jetzt auf die falsche Seite zu schlagen!«

Radjaniel nickte, ohne so recht zu wissen, welcher der beiden Aussagen er zustimmte.

»Bei allen Göttern!«, fluchte Arold. »Was habt Ihr Euch denn so? Fürchtet Ihr, etwas Wichtiges zu verpassen? Wenn es Euch beruhigt, verspreche ich Euch gern, Euch die Ergebnisse des Verhörs mitzuteilen! Aber das ist der letzte Gefallen, den ich Euch erweise!«

»Ich will Jona wiederfinden«, erwiderte der Messerschleifer.

Die Worte waren ihm wie von selbst über die Lippen gekommen. Plötzlich war die Sache ganz klar.

»Ihr könnt Jora Lygwenn gern zu Denilius, dem Komplott gegen Zauberranke und dem Grund für ihr plötzliches Auftauchen in Zauberranke befragen«, erklärte er. »Das alles interessiert mich nicht groß. Aber sie ist die einzige lebende Verwandte meines Schülers und womöglich die Letzte, die ihn vor seinem Verschwinden gesehen hat. Wenn sie aufwacht, will ich sie fragen, wo wir nach ihm suchen müssen.«

Arold seufzte übertrieben laut, während die Blicke seiner Milizionäre fragend zwischen den beiden Männern hin und her gingen. Offenbar waren sie nicht besonders scharf darauf, sich auf Radjaniel zu stürzen, aber wenn Arold es ihnen befahl, würden sie zu den Waffen greifen müssen.

»Eure Launen sind ermüdend«, sagte der Oberste Wächter. »Ihr wollt mir doch nur das Leben schwermachen!«

»Ganz im Gegenteil«, widersprach Radjaniel. »Seid doch froh, dass ich Euch Arbeit abnehme. Ihr habt mehr als genug um die Ohren. Lygwenn zu vernehmen ist wohl kaum die dringlichste Aufgabe, um die Ihr Euch kümmern müsst. Überlasst das mir. Natürlich werde ich Euren Anweisungen folgen. Das versteht sich von selbst!«

Arolds Miene blieb grimmig, doch dann gab er sich einen Ruck.

»Wenn Ihr sie hierbehalten wollt, müsst Ihr sie aber in Ketten legen.«

»Wenn Ihr darauf besteht«, sagte Radjaniel.

»Und ich dulde weder Gefühlsduselei noch Mitleid! Ihr werdet ihr die Fesseln nicht abnehmen, bis ich Euch dazu auffordere!«

»Das macht die Sache schwieriger, aber ich werde mich daran halten. Das verspreche ich Euch.«

»Ihr tragt die Verantwortung für die Gefangene!«, versetzte der Monokelträger. »Wenn sie flieht, jemanden angreift oder stirbt, müsst Ihr dafür geradestehen!«

»Selbstverständlich«, versicherte der Messerschleifer.

Sie funkelten sich einen Augenblick lang wortlos an. Dann sagte Arold: »Abgemacht. Ihr geht mir also noch eine Weile zur

Hand. Ich hoffe für Euch, dass ich diese Entscheidung nicht bereuen werde!«

Radjaniel nickte und trat beiseite, um die Wachen durchzulassen. Seine vier Schüler sahen betreten zu Boden. Er war nicht gerade stolz darauf, derart mit Arold geschachert zu haben, aber er hatte auch nicht widerspruchslos zulassen können, dass Lygwenn abgeführt wurde. So behielt er wenigstens einen letzten Trumpf in der Hand. Vielleicht würde die Weltwanderin ihm ja tatsächlich einen Hinweis auf Jonas Verbleib liefern. Alles andere war unwichtig.

Als Arold die Treppe hochkam und sich dicht neben ihn stellte, kamen ihm Zweifel, ob er die richtige Entscheidung getroffen hatte. Der Oberste Wächter flüsterte ihm ins Ohr: »Wagt es nie wieder, Euch in Gegenwart meiner Männer wie ein Pfau aufzuplustern, Radjaniel. Ist das klar?«

Die Hand des Messerschleifers krampfte sich um den Griff seiner Machete, aber das war nur ein Reflex. Gleich darauf nickte er zähneknirschend.

»Dann sind wir uns ja einig«, höhnte Arold. »Wenn Ihr weiterhin so vernünftig seid, belohne ich Euch vielleicht mit einem kleinen Posten.«

Radjaniel nickte abermals. Verstohlen sah er zu seinen Schülern hinüber, um sich zu vergewissern, dass sie diese demütigenden Worte nicht gehört hatten. Zu seiner Erleichterung starrten die vier den Wachen hinterher, die im Zeughaus verschwunden waren, um Lygwenn in Ketten zu legen. Ihre fassungslosen Blicke taten Radjaniel in der Seele weh. Die Welt der Erwachsenen konnte wirklich grausam sein.

Schließlich wandte er sich ab und schaute aufs Meer hinaus, um sich auf das Wesentliche zu besinnen. *Lehander ist irgendwo da draußen. Gib die Hoffnung nicht auf.*

Zum ersten Mal seit Langem verspürte Radjaniel den Wunsch, ein Gebet zu sprechen.

5

Noch nie hatte er so gefroren. Natürlich erinnerte er sich nur an die letzten vier Monate seines Lebens, also konnte er sich dessen nicht wirklich sicher sein, aber das war in diesem Moment egal. Ihm war kalt, und damit basta. Der schneidende Wind, die Gischt, das Wasser, das immer wieder aus dem Boot geschöpft werden musste – er war durchgefroren bis auf die Knochen. Irgendwann hatte er sich hinten im Boot unter einem durchnässten Mantel zusammengekauert und war in einen Dämmerzustand gefallen, mehr Ohnmacht als Schlaf. Beim Einnicken hatte er Angst, er werde nicht mehr aufwachen. So knapp war er dem Tod bestimmt noch nie entronnen.

Doch auch das konnte er nicht mit Sicherheit sagen. In den Tiefen seines Gedächtnisses lag bestimmt so einiges verborgen …

Darüber dachte er lieber nicht nach. Die Kälte, die ihm in den Knochen saß, war eine Tortur, aber auch eine willkommene Ablenkung. So konnte er sich ganz auf den Schmerz konzentrieren und alles andere vergessen. Die Gesichter seiner Kameraden, die Tragödien, die sie gemeinsam erlebt hatten, die Seelenqualen, all das verschwand durch den stummen Aufschrei seines Körpers. Er konnte an nichts anderes denken als an die Kälte.

Leider konnte er die Außenwelt nicht ganz ausblenden.

»Lehander«, sagt jemand zum wiederholten Male. »Lehander, wach auf!«

Der Junge klammerte sich verzweifelt an das Nichts, in dem

er versunken war. Er kniff die Augen fest zusammen, als reichte das, um die Wirklichkeit zu leugnen. Doch seine Mühe war vergebens. So unvermittelt und heftig wie ein Schlag auf den Hinterkopf flammte die Erinnerung an die letzten Stunden in ihm auf. Bevor ihn die Panik überwältigte, riss er die Augen auf.

»Ah, endlich! Ich hatte schon Angst, du würdest nicht mehr aufwachen.«

Der Mann schien es ernst zu meinen. Im Licht des neuen Tages hatte der Junge den Eindruck, als sähe er dieses Gesicht zum allerersten Mal. Ein kampferprobter Weltwanderer um die sechzig, mit vollem Haar und rotem Bart, in dem vereinzelt weiße Strähnen schimmerten, und mit diesem rätselhaften Funkeln in den Augen, mal wohlwollend, mal so kalt, dass man es kaum ertragen konnte. Denilius, Magister von Zauberranke – und sein Großvater. Zumindest behauptete er das.

»Ich habe so lange wie möglich gewartet«, erklärte der Alte. »Ich weiß, dass du dich ausruhen musst, aber die Sonne ist aufgegangen, und wir können das Boot nicht hier zurücklassen. Ich brauche deine Hilfe, um es an Land zu ziehen.«

Lehander nickte, allerdings mehr aus Höflichkeit. Er fühlte sich außerstande, irgendeine körperliche Anstrengung zu vollbringen. Als er seine betäubten Glieder bewegte, stöhnte er vor Schmerz auf. Doch Denilius starrte ihn auffordernd an, und so nahm der Junge all seine Kraft zusammen, raffte sich auf und stieg aus dem Boot.

Das eiskalte Wasser, das seine Unterschenkel umspülte, machte ihn endgültig wach. Seine Gedanken waren nun klarer, und jetzt nahm er auch die Umgebung wahr. Sie befanden sich mitten in der Wildnis, aber das war auch kein Wunder: Die Region rund um Zauberranke war nur spärlich besiedelt, das hatte er im Erdkundeunterricht gelernt. An der Stelle, an der Denilius an Land gehen wollte, mündete ein breiter Fluss ins Meer. Weit und breit war keine menschliche Behausung zu sehen, ja, nicht einmal eine Fischerhütte … Ringsum gab es nur den weiten Ozean, den Fluss und dichten Wald.

»Los«, drängte Denilius. »Pack mit an!«

Lehander griff nach dem Rand des Ruderboots, aber bevor er etwas tun konnte, wurde er vom Elan des Magisters mitgerissen. Mit fünf schnellen Schritten zog der alte Mann das Boot an Land und brachte es mit vier weiteren Rucks außer Reichweite der Wellen. Der Junge musste kaum mit anpacken, Denilius hätte es mühelos auch ohne ihn geschafft. Wenn man bedachte, wie müde er sein musste, war seine Kraft beeindruckend.

Doch dann zuckte Lehander zusammen: Offenbar diente das Manöver nicht etwa dem Zweck, das Boot aufs Trockene zu ziehen. Denilius versteckte es im Gebüsch und bedeckte es sogar noch zusätzlich mit Zweigen.

Da kam ihm ein Verdacht – ein furchtbarer Verdacht.

»Ihr befürchtet, dass wir verfolgt werden?«, platzte es aus ihm heraus.

Denilius antwortete, ohne den Blick zu heben.

»Du kannst mich duzen, weißt du. So wie es unter Verwandten üblich ist.«

Lehander schluckte und nahm all seinen Mut zusammen.

»Warum versteckst du das Boot? Es sieht ganz so aus, als … als wolltest du nicht, dass man uns findet. Als hätten … als hätten wir etwas Schlimmes getan.«

Es war kein direkter Vorwurf, aber er war wohl deutlich genug. Der Magister ließ von dem Boot ab und starrte den Jungen mit unergründlichem Blick an.

»Du grübelst, du zweifelst … Das ist nur verständlich. Wer einen so wachen Geist hat wie du, der begnügt sich nicht mit dem äußeren Anschein der Dinge. Die Dinge sind kompliziert, mein Junge. Wir werden auf unserer Reise mehr als genug Zeit zum Reden haben.«

Das Wort traf Lehander wie ein Peitschenhieb. *Reise.* Am Abend zuvor hatten sich die Ereignisse derart überschlagen, dass er mit Denilius mitgegangen war, ohne groß nachzudenken. Unwillkürlich hatte er nach der einzigen Hand gegriffen, die das Schicksal ihm hinzustrecken schien ... Doch im Licht dieses kalten Morgens sah alles schon ganz anders aus.

»Eine Reise? Wohin?«

»Eine Reise, die deine Ausbildung vollenden wird, mein junger Freund. Und vielleicht wird sie uns sogar noch weiter führen, so die Götter es wollen!«

Diese rätselhafte Antwort trug nicht gerade dazu bei, Lehander zu beruhigen. Vor allem, da der Magister bei der Erwähnung der Götter ein ganz entrücktes Gesicht machte.

»Aber kehren wir denn nicht nach Zauberranke zurück? Ich dachte, wir bringen uns nur die Nacht über in Sicherheit. Bestimmt hat sich die Lage dort längst beruhigt. Sicher sucht man uns schon!«

Denilius runzelte die Stirn.

»Zauberranke ist kein Ort mehr für uns«, knurrte er. »Das ist zwar bedauerlich, aber so ist es nun mal. Würde ich noch länger dort bleiben, würde ich nur meine Zeit verschwenden. Ich müsste gegen den Hohen Rat ankämpfen und mich für Ideen einsetzen, für die noch niemand bereit ist. Wir werden unsere Arbeit viel besser tun können, wenn wir uns von all dem fernhalten, Lehander. Du wirst schon sehen.«

Doch die Angst quälte den Jungen weiterhin. Immer wieder suchte er den Horizont nach dem Leuchtturm ab, der die Halbinsel von Zauberranke überragte, aber er konnte ihn nirgends entdecken. Er wusste ja nicht einmal, in welcher Richtung er lag.

»Keine Sorge«, fügte der Magister hinzu. »Wenn alles wie erhofft läuft, werden wir an einem Ort leben, der tausendmal schöner ist als Zauberranke. Du wirst dich noch ärgern, nicht früher dorthin gekommen zu sein!«

Lehander glaubte ihm kein Wort. Er sah eher schwarz für seine Zukunft, denn das Paradies, von dem Denilius sprach, konnte genauso gut das Jenseits sein.

»Ich kann nicht!«, sagte er. »Ich kann meine Freunde nicht im Stich lassen. Ich weiß nicht einmal, ob sie noch leben! Vielleicht irren sie immer noch durch die Katakomben!«

Denilius runzelte wieder die Stirn. Er schien kurz davor, die Geduld zu verlieren. Jeden Augenblick konnte ein Donnerwetter über Lehander hereinbrechen.

»Deinen Kameraden geht es gut«, sagte der Magister gereizt. »Als ich sie zurückließ, waren Arold und Radjaniel bei ihnen, und sämtliche Chimären waren besiegt. Du brauchst dir keine Sorgen um sie zu machen.«

»Aber *sie* machen sich bestimmt Sorgen um *mich!* Radjaniel muss erfahren, dass ich noch am Leben bin!«

»Und wozu, bei allen Göttern?«, herrschte ihn Denilius an. »Seit gestern Nacht ist er nicht mehr dein Lehrer! Eigentlich solltest du nicht mehr sein Abzeichen tragen, sondern meins!«

In seiner Erregung machte Denilius drei rasche Schritte auf den Jungen zu, doch der wich ebenso schnell zurück und bedeckte die Nieten seines Bandeliers mit der Hand. Zum Glück gewann der Magister seine Selbstbeherrschung zurück, bevor die Lage eskalierte.

»Das regeln wir später«, sagte er knapp. »Die Sache eilt ja nicht. Ich schätze, wir müssen uns erst besser kennenlernen, bis wir einander vertrauen. Ich verspreche dir also, deinen Gürtel nicht anzurühren, mein Junge. Und du versuch bitte zu begreifen, dass deine Situation sich verändert hat. Du bist jetzt kein einfacher Erstkreisler mehr. Von nun an bist du der einzige Schüler eines der bedeutendsten Mitglieder der Bruderschaft. Häng dein Herz nicht unnötig an diejenigen, die zurückbleiben. Das hält uns nur auf.«

Lehander bemühte sich, dem bohrenden Blick seines Großvaters standzuhalten, auch wenn er am liebsten das Weite gesucht hätte. Großvater hin oder her, Magister hin oder her … Dieser

Mann schien bereit zu sein, über Leichen zu gehen, um seine Ziele durchzusetzen.

»Und wenn es nicht so läuft wie geplant?«, fragte er. »Wenn unsere Reise erfolglos ist? Darf ich dann nach Zauberranke zurück?«

Denilius schüttelte den Kopf, und Lehander zog sich der Magen zusammen.

»Wenn unsere Reise erfolglos ist, das heißt, wenn es mir nicht gelingt, dir beizubringen, wie du deine Gabe am besten nutzen kannst, dann wird es niemandem gelingen. Was danach geschieht, ist gleichgültig, weil Gonelore und die Menschheit zum Untergang verurteilt sein werden. Von mir aus kannst du dann auch nach Zauberranke zurück. Dann kannst du tun und lassen, was du willst – in der Zeit, die uns noch bleibt.«

Der Junge hütete sich, etwas dazu zu sagen, aber sein Urteil stand fest: Der Magister war völlig von Sinnen. Seine Worte erinnerten ihn an Zakarias. So ähnlich hatte der Pirat dahergeredet, bevor er sich vom Leuchtturm in die Tiefe gestürzt hatte. Und drei Monate später war er von den Toten zurückgekehrt.

Als Lehander schwieg, fuhr Denilius fort: »Ich kann mir vorstellen, dass es dir schwerfällt, das zu akzeptieren, aber du musst mir vertrauen, Lehander. Ich bin der Einzige, der dich deiner Bestimmung zuführen kann. Und obendrein bin ich dein Großvater, der einzige Verwandte, den du noch hast. Vergiss das nicht!«

Der Junge nickte lustlos. Denilius' Worte überzeugten ihn nicht, zumal es niemanden gab, der ihren Wahrheitsgehalt bestätigen konnte. Wieso hatte er sich nur in diese missliche Lage gebracht? Er hätte sich an Radjaniel, Sohia, Maetilde oder irgendeinen anderen Weltwanderer, dem er vertraute, wenden sollen, bevor er zu seinem Großvater ins Boot stieg.

Natürlich wusste er genau, warum er Denilius gefolgt war: aus reiner Feigheit. Aus jener Angst heraus, die ihn nicht mehr losließ, seit er entdeckt hatte, dass er die Fähigkeit besaß, den Schleier zu durchbrechen und in andere Horizonte vorzudringen. Machte ihn diese Fähigkeit zu so etwas Ähnlichem wie einer Chimäre? War er überhaupt ein Mensch wie jeder andere? Denilius behauptete, ihm beibringen zu können, wie man diese Gabe beherrschte. Wie konnte er da nicht versucht sein, ihm Glauben zu schenken?

Andererseits: Wie konnte er ihm nicht misstrauen? Schließlich schien er ganz eigene Ziele zu verfolgen …

Während er so hin und her überlegte, stand Lehander reglos da. Da löste Denilius plötzlich seine Streitaxt vom Gürtel. Der Blick des alten Kämpfers war hart geworden und so stechend, als könnte er durch Lehander hindurchsehen. Was hatte er jetzt schon wieder falsch gemacht? Doch als der Magister sein Prisma aus einer Tasche an seinem Bandelier zog und es sich vor das linke Auge hielt, wurde dem Jungen bewusst, dass sie in Gefahr waren. Im nächsten Moment befahl ihm Denilius, sich zu Boden zu werfen, und Lehander gehorchte blindlings.

Die Chimäre streifte ihn nicht, aber der Luftzug, den er im Rücken spürte, ließ seine Haare zu Berge stehen. Als er den Kopf hob, sah er gerade noch eine Gestalt mit einer Flügelspannweite von mehreren Metern. Dann verschwand die Chimäre wieder hinter dem Schleier. Denilius ließ sie nicht aus den Augen und folgte ihrer Bahn mit dem Prisma. Da begriff Lehander, dass das Tier erneut angriff – und zwar im Sturzflug!

»In Deckung! Hinter das Boot!«, schrie der Magister. »Schnell!«

Das brauchte er dem Jungen nicht zweimal zu sagen. Halb rannte, halb kroch er auf das Boot zu und duckte sich hinter den Rumpf, auch wenn der nur einen sehr dürftigen Schutz bot. Er hätte alles für eine eigene Waffe gegeben, aber sein Krustenkrebsschwert war in der Brust von Zakarias stecken geblieben.

Im nächsten Moment tauchte die geflügelte Kreatur wieder in Gonelore auf und stieß einen gellenden Schrei aus, der Lehander durch Mark und Bein ging. Ihre ausgestreckten, messerscharfen Krallen waren nicht weniger furchterregend. Beim Anblick des gigantischen Greifvogels, der auf ihn zuschoss, fühlte sich Lehander wie ein Kaninchen, das gleich von einem Adler gepackt wird.

Unwillkürlich schrie er auf, als Denilius' Axt durch die Luft sirrte und den Falkoniden mitten im Flug am Kopf traf. Die Bestie stürzte tödlich verwundet zu Boden, und die Waffe schlug neben ihr auf. Im Todeskampf zuckte die Chimäre wild mit einem Flügel und fegte mit dem anderen in alle Richtungen über die Erde. Der Junge wagte nicht, sich zu rühren. Der Anblick verstörte ihn und widerte ihn an. Er zitterte immer noch, als der Magister seine Streitaxt aufhob. Im nächsten Moment sprang Denilius vor und machte dem Ungeheuer mit einem gezielten Hieb den Garaus.

Der Falkonid war sofort tot. Dennoch schlug Denilius wieder und wieder mit seiner Axt auf den Kadaver ein. Bei jedem Hieb dachte Lehander, dass es nun endlich vorbei wäre und der Magister von der Chimäre ablassen würde. Doch da täuschte er sich. Er hielt den Atem an, während der Mann, der behauptete, sein Großvater zu sein, den Kopf des Falkoniden zu Brei drosch.

Nach endlosen Minuten hielt der Krieger endlich inne und wandte Lehander sein blutbespritztes Gesicht zu, das nicht einmal erleichtert wirkte, sondern zu einer furchterregenden Grimasse verzerrt war. Mit der Axt in der Hand ging Denilius neben dem Jungen in die Hocke.

»Das alles wird bald vorbei sein, das verspreche ich dir. Der Tag ist nicht mehr fern, an dem wir die Chimären nicht mehr fürchten müssen und endlich in Frieden leben können!«

Der Junge nickte hastig, denn er wollte diesen unberechenbaren Mann auf keinen Fall reizen. Er nahm sogar die Hand, die der Magister ihm reichte, um ihm aufzuhelfen … Wieder einmal!

Ihm blieb auch nichts anderes übrig. Der Angriff des Falkoniden hatte ihm deutlich vor Augen geführt, dass er es niemals allein nach Zauberranke zurück schaffen würde.

Ganz davon abgesehen, dass Denilius ihn nicht gehen lassen würde.

6

Gess konnte gar nicht sagen, was ihn mehr einschüchterte: Jor Gregerios durchdringender Blick oder die nachlässige Art, mit der er über den Griff seiner Dolche strich. Der Oberste Fährtenleser saß zwar entspannt zurückgelehnt in seinem Lieblingssessel, aber er konnte jederzeit mit gezückten Dolchen vorspringen. Gregerio erinnerte den Jungen an eine Schlange, die ihrer Beute auflauert, und als der Weltwanderer endlich das Wort ergriff, bildete sich Gess sogar ein, das Zischen einer Kobra zu hören.

»Ist das alles?«, fragte der Lehrer. »Bist du dir sicher?«

Gess nickte und versuchte, sich seine Nervosität nicht anmerken zu lassen. Er hatte soeben einen nahezu vollständigen Bericht über die Ereignisse dieser verrückten Nacht abgelegt, von dem Moment an, wo er und seine Kameraden sich in die Schmiedewerkstatt geschlichen hatten, bis zu der Begegnung mit Jora Lygwenn am Strand. Als Mitglied des Hohen Rats würde Gregerio ohnehin davon erfahren. Nur ein oder zwei Details hatte der Junge ihm verschwiegen – allerdings genau diejenigen, die für den Obersten Fährtenleser die größte Bedeutung hatten.

»Und die Tuchwanderin ist immer noch nicht zu sich gekommen? Sie hat seit gestern kein einziges Wort gesprochen? Wirklich?«

Der Junge schüttelte den Kopf und hielt eisern an der Behauptung fest, die Radjaniel Arold gegenüber aufgestellt hatte. Ihm war nicht ganz klar, warum Radjaniel gelogen hatte, aber er würde seinen Lehrer nie und nimmer verraten. Zumal er fast die Wahrheit sagte. Jora Lygwenn war nur ganz kurz wach gewesen. Selbst als Arolds Männer ihr Ketten angelegt hatten, hatte sie die Augen nicht geöffnet, und sollte sie mittlerweile wieder auf den Beinen sein, konnte Gess das nicht wissen. Schließlich hatte Arold allen Schülern befohlen, wieder in ihren Unterricht zu gehen. So fand er sich selbst im Haus des Lehrers wieder, der ihn seit drei Monaten erpresste …

»Du verheimlichst mir etwas«, zischte Gregerio. »Das weiß ich. Als Oberster Fährtenleser muss ich spüren können, wenn ein Tier mich in die Irre führen will, und genau das versuchst du gerade. Also raus mit der Sprache!«

Gess schüttelte noch einmal so überzeugend wie möglich den Kopf. Der Weltwanderer musterte ihn argwöhnisch. Schließlich zuckte er mit den Achseln und stand auf.

»Na schön. Der Hohe Rat tritt später ohnehin zu einer außerordentlichen Versammlung zusammen. Wahrscheinlich werden eure Abenteuer von gestern Nacht dort ausführlich zur Sprache kommen. Wenn ich erfahre, dass du mich angelogen hast, wirst du es bitter bereuen, das kannst du mir glauben! Und damit meine ich nicht nur, dass du von der Schule fliegst. Ich werde dir eigenhändig eine Tracht Prügel verpassen!«

Gess nickte und dachte, wie falsch Gregerio ihn doch einschätzte. Von der Schule zu fliegen war für ihn eine weitaus schlimmere Vorstellung als eine Prügelstrafe. Die Ausbildung in Zauberranke war seine einzige Chance, die Fehler der Vergangenheit wiedergutzumachen – und seine einzige Zuflucht vor denjenigen, die ihn an den Galgen bringen wollten.

»Wir reden später weiter«, sagte Gregerio drohend. »Einstweilen müssen wir leider mit unseren kleinen Besuchen bei meinen Kollegen aufhören. Arold hat die Miliz zusammengerufen, und unter diesen Umständen wäre es zu riskant, damit weiterzumachen.«

Gess riss erstaunt die Augen auf. Fast hätte sich ein Grinsen auf seinem Gesicht ausgebreitet. Schon seit drei Monaten zwang Gregerio ihn, in die Häuser der Bewohner der Halbinsel einzusteigen. Bisher war er zwar noch nie erwischt worden, aber drei, vier Mal hätte man ihn um ein Haar gefasst. Das Glück würde ihm nicht ewig hold sein. Dass nun mit den nächtlichen Ausflügen Schluss sein sollte, war das Beste, was ihm passieren konnte.

»Aber glaub bloß nicht, dass du jetzt Däumchen drehen kannst«, fuhr der Oberste Fährtenleser fort. »Da du mir den Schlüssel nicht besorgen konntest, wirst du einen anderen Weg finden müssen, meine Tür zu öffnen!«

Im ersten Moment nickte Gess erleichtert. Verglichen mit dem, was Gregerio bislang von ihm verlangt hatte, klang diese Aufgabe geradezu angenehm. Auf ein geknacktes Schloss mehr kam es jetzt auch nicht mehr an, und bislang war er noch mit jedem Mechanismus fertiggeworden. Plötzlich fiel ihm ein, dass der Fährtenleser ihm die geheimnisvolle Tür noch nie gezeigt hatte. Dabei wäre es doch viel logischer gewesen, ihn gleich das Schloss knacken zu lassen, statt ganz Zauberranke nach dem verfluchten Schlüssel abzusuchen.

»Wo befindet sich die Tür denn?«, fragte er.

»Hier im Kloster«, verriet ihm Gregerio. »Genauer gesagt, unter unseren Füßen.«

Unwillkürlich senkte der Junge den Blick, obwohl er ahnte, dass der Weltwanderer vom Keller sprach. Ihm fiel ein Stein vom Herzen. Einen Augenblick lang hatte er befürchtet, in Arolds Palast einbrechen zu müssen, um sich an der geheimnisvollen Tür zu versuchen. Doch zum Glück war das nicht der Fall. Er würde also in aller Ruhe arbeiten können.

Gleich darauf schlug seine Erleichterung in Zweifel um. Wenn die Tür so leicht zugänglich war, warum hatte der Fährtenleser ihn dann nicht schon vor Monaten dorthin geführt? An dieser Sache war irgendwas faul, das roch er zehn Meilen gegen den

Wind. Als Gregerio zur Tür ging und ihm bedeutete, ihm zu folgen, lief ihm ein Schauer über den Rücken.

»Du darfst niemandem davon erzählen«, sagte der Lehrer eindringlich. »Deiner Familie nicht, deinen Freunden nicht, ja nicht einmal deinem Hund oder deinem Teddybär. Und am allerwenigsten Radjaniel. Ist das klar?«

Gess nickte, doch das genügte dem Weltwanderer offenbar noch nicht. Er blieb stehen, packte ihn am Arm und wiederholte: »Ist das klar?«

»Ja«, stieß der Junge hervor.

Das Wort blieb ihm beinahe im Hals stecken, aber was hätte er sonst sagen sollen? Gregerio hielt seinen Arm noch einen Augenblick lang umklammert, dann ließ er ihn los und ging weiter.

»Außer mir weiß niemand mehr von der Existenz dieser Tür. Meine Familie bewahrt das Geheimnis seit über fünfhundert Jahren, und mir ist sehr daran gelegen, dass es auch so bleibt! Wenn also ein Ratsmitglied oder sonst jemand plötzlich ankommt und mich danach fragt, dann wüsste ich sofort, vom wem diese Person davon gehört hat. Und dann wird es in ganz Gonelore kein einziges Loch geben, in dem du dich verkriechen kannst, um meinem Zorn zu entgehen.«

Gess nickte wieder, obwohl ihm diesmal gar keine Frage gestellt worden war. Er hatte das Schloss noch nicht mal zu Gesicht bekommen, und schon wurde ihm angst und bange. Der Fährtenleser schreckte offenbar vor nichts zurück, um zu verhindern, dass sein Geheimnis ans Licht kam. Was würde er mit ihm anstellen, wenn er ihn nicht mehr brauchte?

Bei diesem Gedanken wurde dem Jungen übel. Für Gregerio wäre es ein Leichtes, einen Schüler aus dem Weg zu räumen, ohne dass jemand Verdacht schöpfte. Ein Beschwörungsprisma, das »aus Versehen« zerbrach, eine Käfigtür, die »unglücklicherweise« nicht richtig verschlossen gewesen war … Wenn Gess einer entfesselten Chimäre zum Opfer fiele, würde niemand Gregerio verdächtigen.

»Bleib stehen«, befahl der Fährtenleser. »Ab hier muss ich dir die Augen verbinden.«

Dem Jungen wurden die Knie weich, aber er ließ Gregerio machen, weil er vor Angst wie erstarrt war.

Der Weltwanderer wickelte ihm seinen Schal mehrmals um den Kopf und verknotete ihn fest. Dann drehte er den Schüler ein paarmal um die eigene Achse, bis er völlig die Orientierung verloren hatte. Erst dann packte er ihn am Handgelenk und führte ihn auf verschlungenen Wegen durch das Gebäude.

Wahrscheinlich dauerte es nur ein paar Minuten, aber Gess kam es wie eine Ewigkeit vor. Vor seinem geistigen Auge sah er Fallen, spitze Speere und Gruben voller Ungeheuer, in die ihn Gregerio jeden Moment stoßen konnte. Nun konnte er nachempfinden, was Dælfine täglich erlitt … nur dass ihm hier womöglich tatsächlich Gefahr drohte. Seine Nerven waren so angespannt, dass er zusammenzuckte, als der Weltwanderer plötzlich zu sprechen begann.

»Weißt du eigentlich, dass das Kloster das älteste Bauwerk von Zauberranke ist? Der Leuchtturm und das gesamte alte Viertel wurden erst viel später errichtet. In der Gründungszeit der Schule gab es nur dieses einzige Gebäude. Die Unterrichtssäle, ein Schlafsaal für Lehrer und Schüler und die Gemeinschaftsräume befanden sich hier im Kloster.«

Das hatte Gess nicht gewusst, aber es überraschte ihn nicht. Es erklärte, warum der festungsartige Bau aus so vielen Trakten bestand und sich architektonisch von den anderen Gebäuden der Halbinsel unterschied.

»Das Leben war damals viel härter«, fuhr Gregerio fort. »Und vor allem gefährlicher. Die Chimären drohten über die Menschen herzufallen, nachdem sie bereits einen ganzen Kontinent unbewohnbar gemacht hatten. Und die Bruderschaft begann sich gerade erst zu organisieren. Die ersten Weltwanderer, die sich hier auf der Halbinsel niedergelassen haben, waren mutige Pioniere, die mitten in der Wildnis das Kloster errichteten.«

Er machte eine kurze Pause, während er eine Tür aufschloss. An dem kühlen Modergeruch, der ihnen entgegenschlug, erkannte Gess, dass sie vor einer Treppe standen, die in den Keller hinunterführte.

»Die wichtigste Entscheidung, die die Mitglieder der Bruderschaft damals zu treffen hatten, war, an welcher Stelle der Halbinsel sie das erste Gebäude errichten sollten«, fuhr Gregerio fort. »Natürlich war die Entdeckung der Ranke ein wahrer Segen. Von Sonnenaufgang bis zur Abenddämmerung schützte das von den Kristallen reflektierte Tageslicht die Weltwanderer vor den Angriffen der Chimären. Nachts verbarrikadierten sich Lehrer und Schüler hier in der Festung und besserten am Morgen jede Bresche in den Mauern sofort aus. Als dann der Leuchtturm gebaut wurde, hielt die Lichtkuppel die Ungeheuer auch nachts von der Schule fern, und so konnte sie zu dem werden, was sie heute ist.«

Während er erzählte, führte er den Jungen eine schmale Treppe hinunter. Dann ging es durch ein Gewölbe, einen Flur und eine weitere Treppe hinunter ... Gess' Herz pochte so heftig, dass er glaubte, die Schläge von den Mauern widerhallen zu hören. Seit fünfhundert Jahren war niemand außer Gregerios Vorfahren aus der Dynastie der Fährtenleser hier hinabgestiegen. Gess war plötzlich überzeugt, dass er das Tageslicht nie wiedersehen würde. War der Weltwanderer deshalb so mitteilsam? Weil er wusste, dass Gess die Geschichte mit in den Tod nehmen würde?

»Mit der Zeit geriet in Vergessenheit, warum das Kloster genau hier errichtet wurde und nicht hundert Meter weiter oder auf dem höchsten Punkt der Halbinsel oder unten am Strand, wie das Zeughaus. Dabei gab es nämlich einen guten Grund dafür.«

Gess hoffte, diesen Grund zu erfahren, aber nun schwieg

Gregerio. Wortlos führte er den Schüler immer weiter in die Tiefe. Befanden sie sich womöglich schon in den Katakomben von Zauberranke? Vielleicht erstreckte sich das unterirdische Labyrinth ja bis hierher …

Plötzlich blieb der Fährtenleser stehen und riss dem Jungen grob die Augenbinde herunter.

Gess kniff geblendet die Augen zusammen und wunderte sich, dass die Laterne des Fährtenlesers ein so grelles Licht verbreitete. Dann blinzelte er und erkannte allmählich, woher das Licht kam: Die Wände der unterirdischen Höhle, in der sie standen, waren von unzähligen Kristallen überwuchert.

»Wir sind im Herz der Zauberranke«, erklärte Gregerio. »Hier nimmt sie ihren Ursprung, hier befindet sich ihre Wurzel, zumindest der Teil, der in unserem Horizont wächst. Das Kloster ist genau über diesem Punkt erbaut worden.«

Gess hörte ihn kaum, so sehr schlug ihn der Anblick in den Bann. Er hatte den Eindruck, im Innern einer gigantischen Nussschale zu stehen. Der Saal war mindestens zehn Meter lang, und die Prismen, die an den gewölbten Wänden wucherten, glitzerten und funkelten. Dies war kein von Menschenhand erschaffener Ort, ja, nicht einmal ein von der Natur erschaffener: Vielmehr schien er einem anderen Horizont zu entstammen.

»Die erste Generation Weltwanderer nannte diesen Ort den Keimling«, erklärte Gregerio. »Er ist eine Art riesiges Samenkorn, das die Götter aus einer Laune heraus in das Erdreich Gonelores eingepflanzt haben. Die Gründer von Zauberranke entdeckten den Keimling, als sie versuchten, die Wurzel eines Kristalls freizulegen. Sie gruben immer tiefer und stießen auf diesen Saal. Hier wurzeln alle Kristalle, die oberirdisch zu sehen sind. Deshalb haben die Pioniere beschlossen, das Kloster an dieser Stelle zu erbauen: Sie wollten das Gewächs schützen, das ihnen half, die Angriffe der Chimären abzuwehren!«

Gess nickte. Er fühlte sich mit einem Mal sehr verletzlich. Was

Gregerio das Herz der Ranke genannt hatte, erinnerte ihn eher an den Magen einer bösartigen Kreatur … Er stellte sich vor, wie die Abertausenden von Kristallen ringsum plötzlich zu wuchern begannen, ihn durchbohrten und sich an seinem Blut weideten.

»Könnten die Chimären den Keimling denn zerstören?«, fragte er beklommen.

»Wohl kaum. Erst einmal müssten sie es schaffen, bis hier unten vorzudringen, was sehr unwahrscheinlich ist, und dann müssten sie so schweren Schaden anrichten, dass die Ranke nicht nachwachsen könnte. Selbst das Loch, das die Gründerväter in den Keimling gebohrt haben, hat ihn nicht geschwächt. Hätten meine Vorfahren die Öffnung nicht über fünf Jahrhunderte hinweg immer wieder von Kristallen befreit, hätte sie sich längst geschlossen.«

Gess nahm die Lücke, durch die sie den Saal betreten hatten, genauer in Augenschein. Plötzlich fiel ihm wieder ein, warum sie überhaupt hergekommen waren.

»Und diese Tür, von der Ihr gesprochen habt? Wo ist sie?«

Mit einem breiten Grinsen wies der Fährtenleser zum anderen Ende der Höhle, das etwas tiefer lag. Als Gess ihn verwirrt anblickte, durchquerte Gregerio den Saal mit raschem Schritt, nahm einen seiner Dolche zur Hand und begann, an der Wand herumzukratzen. Gess standen die Haare zu Berge, als die Kristalle unter grässlichem Knirschen zersplitterten. Die Ranke würde diesen Frevel gewiss nicht ungesühnt lassen.

Als der Weltwanderer schließlich eine Form mit klaren Kanten zum Vorschein brachte, blieb ihm der Mund offen stehen: Dort in der Wand befand sich tatsächlich eine Tür, die breit genug war, um drei Menschen durchzulassen.

»Man muss sie immer wieder freilegen«, erklärte Gregerio. »Wahrscheinlich war sie deswegen in Vergessenheit geraten, bis das Kloster in den Besitz meiner Familie kam. Aber es handelt sich eindeutig um eine Tür.«

Vorsichtig trat der Junge näher, bereit, beim geringsten Anzeichen von Gefahr die Flucht zu ergreifen. Doch das gigantische Samenkorn wehrte sich nicht gegen die Eindringlinge, und Gess konnte die gewaltige Herausforderung, die vor ihm lag, in Ruhe betrachten.

Die Tür war das Einzige in diesem unterirdischen Reich, das von Menschen erschaffen worden war. Dabei wirkte sie so geheimnisumwoben, ja, so mächtig, dass man hätte glauben können, sie sei ein Werk der Götter.

Noch bevor der Junge eine Frage stellen konnte, verkündete der Fährtenleser: »Die Gründer der Schule haben die Tür kurz nach der Entdeckung des Keimlings eingebaut. Ich weiß nicht, welches Material sie benutzt haben, aber sie haben ganze Arbeit geleistet. *Nichts* vermag diese Tür zu öffnen. Nichts, außer jenem Schlüssel, den du nirgendwo finden konntest.«

Gess schluckte. Seine Kehle war wie ausgedörrt. Trotzdem brachte er den Mut auf zu fragen: »Und … wohin führt sie?«

Der Weltwanderer zuckte mit den Achseln. Er wusste es offenbar selbst nicht. Dann erklärte er: »Mein Onkel sollte mir das Geheimnis an dem Tag, an dem ich in seine Fußstapfen treten würde, anvertrauen. So sieht es die Familientradition vor. Doch er wurde ermordet und ausgeraubt, bevor er mich einweihen konnte. Und ich werde den Täter finden!«

Der Junge senkte rasch den Blick, um sich nicht zu verraten. Er kannte den Schuldigen. Zumindest wies alles darauf hin …

»So, genug geredet«, beschied Gregerio. »Jetzt bist du dran.«

Da ihm nichts anderes übrig blieb, ging Gess vor der Tür in die Hocke und zog die Dietriche hervor, die er in seinem Ärmel verbarg. Bei seiner Ankunft in Zauberranke hatte er nicht gedacht, dass er je wieder von seinen Einbruchswerkzeugen Gebrauch machen würde, und nun benutzte er sie ständig. Allerdings würden ihm die Dietriche diesmal wohl nicht weiterhelfen. Das Schloss sah anders aus als alle, die ihm bisher untergekommen waren. Aber schließlich war es auch von Baumeistern ersonnen, die seit tausend Jahren tot waren …

Trotzdem versuchte er sein Glück, und sei es nur, weil er Gregerios ungeduldigen Blick spürte. Mit angehaltenem Atem schob er einen ersten Dietrich in die schmale Öffnung und hoffte inständig, dass er damit keinen Schutzmechanismus auslöste. Jeden Moment konnte sich eine Grube unter ihm auftun oder ein Gitter herabsausen. Die Kristalle, die das Licht von Gregerios Lampe reflektierten, schienen jedenfalls bedrohlich zu funkeln.

Zum Glück geschah nichts. Gess wurde kühner und drehte die kleine Eisenstange hin und her, um eine Stelle zu finden, in die er einhaken konnte. Doch zu seiner Verblüffung stieß er auf keinerlei Widerstand, ganz gleich, wie sehr er in dem Schlüsselloch herumstocherte. Der Dietrich schien sich in luftleerem Raum zu drehen.

»Stimmt was nicht?«, fragte Gregerio.

»Nein, nein, alles in Ordnung«, schwindelte Gess.

Er nahm den längsten seiner Dietriche zur Hand und schob ihn vorsichtig in das seltsame Schloss. Am Ende hielt er ihn nur noch mit den Fingerspitzen, aber wieder stieß er auf keinen Widerstand. Da war rein gar nichts. Was hatte das zu bedeuten? War die Tür etwa hohl? Handelte es sich um eine optische Täuschung? Oder verbarg sie eine unendliche Leere, die jeden verschlingen würde, der hindurchtrat?

»Und?«, drängte der Fährtenleser. »Kannst du sie nun öffnen oder nicht?«

Der Junge zog den Dietrich aus dem Schloss, bevor er antwortete. Der Haken an der Spitze rauchte leicht. Ganz so, als wäre er von Säure verätzt worden … Das hätte ihm eigentlich Warnung genug sein müssen, doch nach einem Blick auf Gregerios entschlossene Miene und die Dolche, die an seinem Bandelier hingen, verkündete er: »Mit meinen gewöhnlichen Werkzeugen kann ich nichts ausrichten. Aber ich kann versuchen, im Zeughaus einen geeigneteren Schlüssel zu schmieden. Das würde allerdings eine Weile dauern.«

Der Fährtenleser sah ihm prüfend ins Gesicht.

»Na gut. Ich gebe dir eine Woche, aber keinen Tag länger. Dann kommen wir wieder her.«

Der Junge nickte, obwohl er keinerlei Erleichterung empfand. Ihm blieb eine Woche, um zu entscheiden, ob er Radjaniel verraten sollte. Entweder opferte er sich, oder er verriet Gregerio, dass der Schlüssel, den er suchte, dem Messerschleifer um den Hals hing.

7

Nobiane klopfte dreimal an die Tür und zuckte heftig zusammen, als Jora Vrinilias Stimme erklang.

»Herein!«

Der herrische Ton der Weltwanderin verhieß nichts Gutes, aber das Mädchen hatte auch mit nichts anderem gerechnet. Als Arold sie in die Schmiedewerkstatt geschickt hatte, »um für ihre Taten geradezustehen«, hatte sie gewusst, dass ihr Schicksal besiegelt war. Die erste Hälfte des Wegs hatte sie absichtlich herumgetrödelt, aber dann war sie plötzlich losgerannt, um die Sache so schnell wie möglich hinter sich zu bringen. Als sie nun vor Vrinilias privatem Arbeitszimmer stand, packte sie abermals die Angst. Wie gern wäre sie in diesem Moment nicht allein gewesen, aber Radjaniel und ihre Freunde waren alle anderweitig beschäftigt.

»Herein!«, wiederholte die gereizte Stimme.

Nobiane holte tief Luft und gehorchte hastig. Vor Aufregung zog sich ihr der Magen zusammen. Als sie das Mädchen sah, das vor dem Schreibtisch der Obersten Prismenschmiedin saß, wurde ihr schwindelig. Es war Marigalle, die hinterhältige Intrigantin, die Radjaniels Schüler im Keller der Schmiedewerkstatt eingeschlossen hatte! Marigalle grinste über beide Ohren, wie eine Hyäne, die sich über eine leichte Beute freut … Mit bangem Herzen grüßte Nobiane Vrinilia in der gebotenen Form und wartete auf den Todesstoß.

»Setz dich«, befahl die Prismenschmiedin.

Nobiane war klar, dass sie eine Strafpredigt über sich ergehen lassen musste, bevor Vrinilia ihr Urteil sprach. Die Weltwanderin, die hinter ihrem Schreibtisch stand, musterte sie mit gerunzelter Stirn.

»Hast du mir das Prisma wieder mitgebracht?«

Nobiane hielt ihrem vorwurfsvollen Blick nicht lange stand. Sie schlug die Augen nieder und schüttelte den Kopf, bevor ihr einfiel, wie wichtig Vrinilia gute Umgangsformen waren. Dann straffte sie die Schultern und sagte respektvoll: »Nein, Joransame.«

»Was?«, rief die Prismenschmiedin. »Dürfte ich erfahren, warum? Wenn das nicht zu viel verlangt ist?«

Nobiane schluckte, beschloss aber, bei der Wahrheit zu bleiben.

»Dælfine braucht das Prisma, Joransame. Vor allem heute. Jor Radjaniel muss das Zeughaus verlassen, weil der Hohe Rat zusammentritt, und Dælfine ist die Einzige, die über Jora Lygwenn wacht …«

»Also macht sich Radjaniel zum Komplizen eures Vergehens«, sagte Vrinilia. »Du weißt, dass es dir nicht zusteht, solche Entscheidungen zu treffen, nicht? Dir ist bewusst, dass du deine Situation verschlimmerst, wenn du dich weigerst, mir das entwendete Prisma zurückzugeben?«

Nobianes Blick wanderte zu Marigalle, die ganz offen feixte. Dazu hatte sie natürlich allen Grund: Sie hatte ihre Rache bekommen.

»Ja, Joransame«, murmelte Nobiane.

»Ist das alles?«, rief die Prismenschmiedin. »Keine Entschuldigung dafür, dass du mein Vertrauen gebrochen hast, keine Reue für deine Raffgier? Und hast du an den Ruf deines Vaters gedacht? Kümmert es dich nicht, dass ganz Gonelore die Erbin von Vallaurière für eine diebische Elster halten wird? Willst du denjenigen recht geben, die bereits Anschuldigungen gegen dich erhoben haben – ist es das?«

Diese letzten Sätze trafen sie hart. Nobiane schossen Tränen in die Augen, und sie verlor endgültig die Fassung.

»Es tut mir leid«, stammelte sie. »Ich hätte es Euch erklären sollen … Ich hätte … mit Euch sprechen sollen … Aber ich hatte … Angst …«

»Angst? Was muss ich da hören? Vor *mir*, einer deiner Lehrerinnen? Und du willst Weltwanderin werden und gegen Chimären kämpfen, die hundertmal gefährlicher sind als jedes Raubtier? Bist du von Sinnen?«

Natürlich erwartete sie auf diese Fragen nicht ernsthaft eine Antwort, und Nobiane nutzte die Pause, um sich hastig über die Augen zu wischen. Sie wollte sich auf keinen Fall vor Marigalle eine Blöße geben. Ihr Stolz war das Letzte, was ihr noch blieb.

»Du sagst, dass es dir leidtut«, fuhr die Prismenschmiedin fort, »nicht aber, dass du deine Tat *bereust.* Wenn dich dein Gewissen wirklich plagen würde, hättest du mir zurückgebracht, was mir gehört. Das zeigt mir, dass du bei der nächsten Gelegenheit wieder so handeln würdest. Du würdest mir wieder in den Rücken fallen.«

Nobiane schüttelte heftig den Kopf.

»Es tut mir aufrichtig leid. Es macht mir sehr zu schaffen, dass ich Euch hintergangen habe, Joransame …«

»Nicht aber, dass du mich bestohlen hast«, schlussfolgerte Vrinilia. »Das ist ein feiner Unterschied.«

Nobiane schlug abermals den Blick nieder. Sie würde nicht lügen. Dass sie Dælfine hatte helfen können, war ihr tatsächlich jedes Opfer wert. Auch wenn sie dazu ein ranghohes Mitglied der Bruderschaft bestehlen musste – ja, sie würde es jederzeit wieder tun.

»Ich verstehe«, sagte die Weltwanderin kalt.

Sie zog einen kunstvoll gearbeiteten Stuhl heran und setzte sich an ihren Schreibtisch. Die beiden Mädchen blickten sie eingeschüchtert an.

»Nun denn. Ihr müsst die Konsequenzen eures Handelns tragen! Ich werde euch dafür zur Verantwortung ziehen.«

Sie hielt der völlig verdatterten Marigalle eine Hand hin und befahl: »Gib mir die Wolfspfote mit der Krone zurück. Du kannst nicht länger Anführerin der Erstkreisler bleiben.«

Instinktiv bedeckte Marigalle das Abzeichen mit der Hand und starrte die Lehrerin entgeistert an.

»Ihr müsst das falsch verstanden haben!«, protestierte sie. »Ich habe bei dem Diebstahl nicht mitgemacht. Ganz im Gegenteil!«

»Hältst du mich für dämlich?«, gab Vrinilia zurück. »Ich habe die Situation sehr wohl durchschaut. Du hast deine Mitschüler in Gefahr gebracht, nur weil du dir einen kindischen Konkurrenzkampf mit ihnen lieferst! Du hast sie in meinen Keller eingeschlossen, ohne daran zu denken, dass sie sich dort unten verletzen könnten!«

»Aber sie sind ganz allein da runtergegangen! Dafür kann ich doch nichts! Ich wollte nur, dass sie die Strafen bekommen, die sie verdient haben!«

»Es reicht!«

Die letzten Worte der Prismenschmiedin klangen wie ein Peitschenhieb. Marigalle verschlug es die Sprache. Nobiane wusste, dass ihr Ähnliches blühte, aber ein kleiner Trost war diese Wendung der Dinge trotzdem.

»Ohne deine Einmischung«, fuhr die Weltwanderin fort, »wäre vielleicht gar nichts passiert. Oder zumindest nicht in einem solchen Ausmaß. Wer weiß? Wenn Nobiane und ihre Kameraden den Keller auf demselben Weg hätten verlassen können, auf dem sie ihn betreten haben, wären sie vielleicht nicht das Wagnis eingegangen, mir das Prisma zu stehlen. Indem du sie eingeschlossen und sie dazu gezwungen hast, durch gefährliche unterirdische Gänge zu fliehen, hast du sie zu dem Vergehen angestiftet!«

Marigalle stand die Empörung ins Gesicht geschrieben, aber sie war klug genug, die Prismenschmiedin nicht noch mehr gegen sich aufzubringen. Nach einigen Sekunden bleiernen Schweigens löste sie das Abzeichen von ihrem Bandelier und drückte es Vrinilia in die immer noch ausgestreckte Hand.

»Glaub ja nicht, dass du so billig davonkommst«, fuhr die Weltwanderin fort. »Ich werde mit deinem Lehrer sprechen und ihm nahelegen, dich auch als Anführerin deiner Gilde abzusetzen. Selbstsucht und Unüberlegtheit sind mit der Verantwortung, die man dir übertragen hat, nicht vereinbar. Du bist offenbar nicht dafür geeignet, ein wie auch immer geartetes Amt zu bekleiden!«

Das Mädchen schien vor Wut zu platzen. Sie hockte auf ihrem Stuhl wie ein zum Äußersten gespannter Bogen oder ein Vulkan kurz vor dem Ausbrechen. Nobiane wandte den Blick ab, da sie wusste, dass auch nur das kleinste Anzeichen von Schadenfreude auf ihrem Gesicht alles nur noch schlimmer machen würde. Sie betrachtete ihr eigenes Wolfspfoten-Abzeichen und begann es von ihrem Bandelier zu lösen.

»Was tust du da?«, herrschte Vrinilia sie an. »Ich kann mich nicht erinnern, irgendetwas von dir verlangt zu haben.«

Überrascht blickte Nobiane von der Prismenschmiedin, die sie anfunkelte, zu Marigalle, die drauf und dran schien, ihr die Augen auszukratzen. Sie begriff gar nichts mehr.

»Welche Strafe du verdient hast, ist allein meine Entscheidung«, sagte die Weltwanderin. »Keine Sorge, ich werde es dir jetzt gleich mitteilen. Sobald sich deine Mitschülerin von uns verabschiedet hat und in ihre Klasse zurückgekehrt ist.«

Wieder riss Marigalle vor Verblüffung die Augen auf, und ihr Gesicht verzog sich zu einer hässlichen Fratze. Als sie begriff, dass die Würfel gefallen waren, erhob sie sich widerstrebend, deutete eine knappe Verbeugung an und verließ den Raum. Sie konnte sich gerade noch beherrschen, die Tür nicht zuzuknallen, aber an dem dumpfen Schlag, der gleich darauf zu ihnen drang, war zu erahnen, dass sie draußen vor Wut gegen die Wand getreten hatte.

Vrinilia ignorierte das Geräusch geflissentlich. Sie wartete wortlos und mit unergründlicher Miene, bis die stampfenden Schritte der ehemaligen Anführerin verklungen waren. Dann beugte sie sich über den Schreibtisch und starrte Nobiane so eindringlich an, dass dem Mädchen angst und bange wurde.

»Dieses Prisma«, begann die Lehrerin, »funktioniert es bei deiner blinden Freundin tatsächlich?«

Nobiane war so verdattert, dass sie zunächst nur ein Nicken zustande brachte. Dann antwortete sie stockend: »Ich kann mich nicht an Dælfines Stelle versetzen, aber … Sie meint, es sei wie ein Wunder. Bei Tageslicht sieht sie fast genauso gut wie früher. Solange sie sich das Prisma vors Auge hält, natürlich.«

Die letzte Feststellung war überflüssig und wahrscheinlich unangebracht, aber Nobiane biss sich zu spät auf die Lippen. Zum Glück ging die Weltwanderin nicht weiter darauf ein.

»Auf die Idee, einen Kristall auf diese Weise zu verwenden, ist noch niemand gekommen«, sagte sie. »Dabei gab es seit Gründung Zauberrankes einige Fälle, in denen Schüler durch einen Unfall erblindet sind. Die Betroffenen wurden dann nach Hause geschickt. Kein Prismenschmied hat sich je gefragt, ob er den Unglücklichen vielleicht helfen könnte.«

Nobianes Herz schlug schneller. Eine neue Hoffnung keimte in ihr auf, doch sie erstickte sie lieber im Keim, bevor sie enttäuscht werden konnte.

»Ich befinde mich in einem Zwiespalt«, fuhr Vrinilia fort. »Eigentlich wollte ich aus dem Prisma eine Kopie von Zakarias' Pfeife anfertigen. Es ist das einzige Stück meiner Sammlung, das dafür geeignet ist. Aber da du es nicht mitgebracht hast, kann ich nicht überprüfen, ob es groß genug ist, um daraus eine oder zwei weitere Linsen zu schleifen. So verlieren wir nur mehr Zeit.«

Diesmal setzte Nobianes Herz einen Schlag aus. Das kam so unerwartet! Sie musste nachfragen, um sicherzugehen, dass sie richtig gehört hatte.

»Ihr wollt … Linsen für Dælfine schmieden?«

Die Weltwanderin machte ein entrüstetes Gesicht, als hätte Nobiane ihr soeben eine üble Beleidigung an den Kopf geworfen.

»Selbstverständlich! Was dachtest du denn? Dass ich dem armen Mädchen den Kristall wegnehme und sie wieder dazu verdamme, ein Leben in Dunkelheit zu führen? Wer mir so etwas zutraut, der ist nicht würdig, das Bandelier der Bruderschaft zu tragen!«

Das war zu viel für Nobiane. Sie brach abermals in Tränen aus.

»Danke«, stammelte sie schluchzend, »danke …«

Vrinilia wartete, bis sie sich wieder einigermaßen beruhigt hatte, und sprach dann weiter.

»Bilde dir bloß nicht ein, dass du damit deiner gerechten Strafe entgehst! Auf keinen Fall darf der Eindruck entstehen, dass man mich bestehlen kann, ohne Konsequenzen fürchten zu müssen. Das ist nicht nur eine Frage des Respekts, der mir gebührt, sondern der Sicherheit der gesamten Schule!«

»Ich verstehe, Joransame«, flüsterte Nobiane. »Ich … ich werde Zauberranke verlassen …«

»Wann war davon die Rede?«, fuhr die Weltwanderin sie an. »Wir haben schon genug Menschenleben verloren, da werden wir doch nicht ausgerechnet eine unserer vielversprechendsten Schülerinnen ziehen lassen! Nein, deine Strafe wirst du hier abbüßen, in der Schmiedewerkstatt. Du wirst doppelt so hart und doppelt so lange für mich arbeiten wie bisher! Und ich verlasse mich darauf, dass du dich in ganz Zauberranke darüber beklagst, wie schlecht ich dich behandle! Haben wir uns verstanden? Niemand soll glauben, dass ich dir einen Gefallen tue!«

Nobiane versprach eilig, alles zu tun, was Vrinilia von ihr verlangte. Sie konnte ihr Glück kaum fassen. Bei jeder neuen Drohung, die Vrinilia ausstieß, nickte sie eifrig, sogar als die Lehrerin ihr in Aussicht stellte, sie müsse jeden Kristallsplitter in der Werkstatt mit einer Pinzette aufsammeln, bis sie vor Erschöpfung umfiel. Denn in Wahrheit tat die Weltwanderin Nobiane tatsächlich einen Gefallen. Es durfte nur niemand wissen.

»Und wenn du das nächste Mal einen nicht allzu dummen Gedanken hast«, schloss die Prismenschmiedin, »dann komm als Erstes zu mir! Ich bin keine engstirnige Alte, wie du zu glauben scheinst, sondern neuen Ideen gegenüber durchaus aufgeschlossen!«

Die Schülerin nickte. Ihr war nun viel leichter ums Herz. Sie staunte darüber, wie sehr sie sich in Vrinilia getäuscht hatte.

Allmählich dämmerte ihr, dass viele Lehrer in Zauberranke nicht diejenigen waren, die sie zu sein vorgaben.

Doch leider verbarg sich hinter Grausamkeit nicht immer ein gutes Herz – allzu oft war es auch umgekehrt.

8

Trotz der Kälte, die in den Katakomben herrschte, brach Sohia immer wieder der Schweiß aus. Genau genommen jedes Mal, wenn ihr Erkundungstrupp stehen blieb und in die Dunkelheit hineinlauschte.

»Behaltet eure Prismen am Auge, und seid auf der Hut!«, flüsterte der Anführer der Patrouille.

Genau diese Worte hatte er schon mehrmals ausgesprochen – ungefähr alle paar Minuten. Die junge Frau achtete gar nicht mehr darauf, ebenso wenig wie die beiden anderen Milizionäre. Als wäre ein solcher Rat notwendig gewesen! In den unterirdischen Gewölben, in denen es nach Tod und Verderben roch, hätte sich jeder halbwegs vernünftige Mensch nur mit äußerster Vorsicht und gezückter Waffe fortbewegt.

»Da hinten in dem Gang bewegt sich etwas«, wisperte der Anführer. »Kann jemand erkennen, was es ist?«

Sohia blickte konzentriert durch ihr Prisma, aber die Entfernung war zu groß. Sie konnte nur bestätigen, dass sich dort in der Finsternis etwas regte. Eine Gestalt, die den Weltwanderern gewiss nichts Gutes wollte! Sie pirschten sich weiter voran, mit angespannten Gesichtern, die von ihrer einzigen Laterne nur schwach erleuchtet wurden.

Als Sohia einige Stunden zuvor aus dem Bett gestiegen war, hätte sie nie und nimmer gedacht, sich in solch einer Lage wiederzufinden. Alles war so schnell gegangen! Im Morgengrauen hatte sich die Nachricht von einer umfassenden Mobilisierung der Miliz wie ein Lauffeuer in Zauberranke verbreitet und verschiedene wilder Gerüchte nach sich gezogen. Unter anderem war von einem Drakonidenangriff die Rede gewesen, vom Erscheinen eines Seeungeheuers, von Verrätern innerhalb der Bruderschaft, von Chimären, die aus Versehen heraufbeschworen worden wären – und irgendwer hatte sogar behauptet, der Oberste Leuchtturmwärter sei von den Toten zurückgekehrt!

Nur in einem Punkt stimmten alle Geschichten überein: Der Magister war verschwunden, ebenso wie ein Schüler des ersten Kreises. Als Sohia erfuhr, dass es sich um Jona handelte, hatte sie keine Sekunde gezögert. Als die ersten Wachen an ihrer Tür vorbeirannten, schloss sie sich ihnen an. Hastig legte sie den Waffeneid ab, und nun war sie eine von ihnen. Nie hätte sie geglaubt, dass es einmal so weit kommen würde! Nun unterstand sie Arolds Befehl, obwohl sie den Obersten Wächter nicht ausstehen konnte. Aber wenn es um Jonas Leben ging, war Sohia zu allem bereit. Seit sie und Vargaï den Jungen in einer Höhle am Fuß der Berge gefunden hatten, fühlte sie sich für ihn verantwortlich.

Sie hatte sich mit rund zwanzig anderen Weltwanderern beim Obersten Wächter eingefunden, der ihnen den Eid abnahm und ihnen Befehle erteilte. Der Auftrag, den ihr Trupp bekommen hatte, war nicht kompliziert: Sie sollten die Katakomben unter dem alten Viertel durchkämmen, nach Denilius oder Jona Ausschau halten und alle Chimären töten, die sich womöglich noch dort unten herumtrieben.

Zwei dieser Ungeheuer hatten sie bereits aufgestöbert und niedergestreckt. Es handelte sich um Geschöpfe, die aus Beschwörungsprismen stammten und die nach wenigen Stunden von selbst verschwunden wären. Aber sie durften kein Risiko eingehen. Hinterher gelangten die Chimären noch an die Oberfläche und töteten Schüler – zumal niemand wusste, wie viele der Kreaturen durch das Labyrinth irrten.

»Es ist ein Reißer«, zischte der Anführer. »Ein recht großes Exemplar.«

Die junge Frau nickte leicht. Sie hatte die aasfressende Felina-Art ebenfalls erkannt. Tatsächlich machte sich die Bestie gerade über eine Leiche oder einen Kadaver her. In der Dunkelheit war nicht zu erkennen, was es genau war. Sohia wurde übel, als sie daran dachte, dass die unförmige Gestalt am Boden Denilius oder Jona sein könnte. Die Ungerechtigkeit empörte sie zutiefst. Niemand hätte es mehr verdient, von den Chimären zerrissen zu werden, als Huguebald, der Verräter, der die Beschwörungsprismen zerbrochen hatte! Er hatte seine Tat zwar mit dem Leben bezahlt, aber angesichts der Schwere seines Verbrechens erschien ihr die Art, wie er zu Tode gekommen war, viel zu friedlich.

»Seid auf der Hut«, wiederholte der Anführer. »Leise, ganz leise ...«

Seine Worte waren unnötig, denn der Reißer hatte sie natürlich schon seit einer Weile bemerkt. Als die Menschen seinem Festmahl für seinen Geschmack ein wenig zu nah kamen, hob er sein blutverschmiertes Maul und starrte sie feindselig an.

»Jetzt!«, rief der Milizionär.

Den Weltwanderern blieb nichts übrig, als das Ungeheuer zu töten. Heraufbeschworene Chimären konnten nicht hinter den Schleier zurückkehren. Auf einmal ging alles ganz schnell. Sohia setzte ein Knie auf die Erde und hob ihren mit Widerhaken versehenen Speer. Die Chimäre sprang mit zwei mächtigen Sätzen auf sie zu. Ein Armbrustbolzen bohrte sich in ihre Flanke, ein zweites Geschoss verfehlte ihr Auge nur knapp und prallte am Kiefer ab. Sohia stellte sich auf den unvermeidlichen Zusammenstoß ein, aber die Geschwindigkeit, mit der sich die Bestie auf sie stürzte, überrumpelte sie doch ein wenig. Dennoch gelang es ihr, die Waffe im richtigen Moment hochzureißen, sodass die Chimäre sich selbst aufspießte. Zuletzt streckte der Anführer sie mit einem gewaltigen Hieb seines Streitkolbens nieder. Die Laterne, die er in der anderen Hand hielt, flackerte. Dann war es vorbei. Das Ungeheuer explodierte in einem Funkenregen, der gleich darauf erlosch.

»Alles in Ordnung? Ist jemand verletzt?«

Sohia schüttelte den Kopf, obwohl die Chimäre mit voller Wucht gegen sie geprallt war. Ihre Hand zitterte leicht, als sie das Prisma aufsammelte, das sich bei der Explosion der Chimäre gebildet hatte. Wenn es ihr aus der Hand fiel und zerbrach, würden sie einem weiteren aggressiven Reißer gegenüberstehen. Schnell reichte sie es an den Anführer weiter, der mit der Aufgabe betraut worden war, die Prismen für Arold einzusammeln.

Die anderen beiden Wachen luden ihre Armbrüste neu, aber Sohia konnte nicht warten. Sie wollte so schnell wie möglich Gewissheit haben. Vorsicht näherte sie sich der Leiche, die das Ungeheuer in Stücke gerissen hatte. Wohl oder übel folgten ihr die anderen, auch wenn sie leise über ihren Mangel an Disziplin schimpften. Bei dem grässlichen Anblick, der sich ihnen im Licht der Laterne offenbarte, verschlug es ihnen allen die Sprache.

Es handelte sich tatsächlich um eine menschliche Leiche, genauer gesagt um das, was davon noch übrig war. Der Körper war entsetzlich zugerichtet. Die Wunden stammten offensichtlich von den Zähnen des Reißers, aber auch von einer Waffe, die eine sehr breite Klinge haben musste – einem Breitschwert oder einem Beil.

»Da ist der Kopf«, sagte einer der Männer auf einmal.

Sohia blickte in die Richtung, in die er zeigte, und musste gegen einen Brechreiz ankämpfen. Die Augen des Toten standen weit offen, und seine Züge waren zu einer verständnislosen Fratze erstarrt. Es hatte den Anschein, als hätte das abgeschlagene Haupt vom Boden aus zugesehen, wie sein Körper zerfetzt wurde. Wer weiß, womöglich war es ja für einen Augenblick tatsächlich so gewesen.

»Das ist Zakarias«, bemerkte ein zweiter.

»Wie kommt der denn hierher?«

»Er ist erstaunlich gut erhalten ... Also, ich meine ...«

Der Milizionär führte seinen Satz nicht zu Ende. Wie Sohia konnte er nicht fassen, was er da sah. Von allen Gerüchten, die seit dem Morgen umgingen, hatten sie das Gerede von der Rückkehr des Piraten von den Toten am wenigsten geglaubt – und nun das!

»Der Reißer hat ihn wohl hergeschleppt«, murmelte er schließlich. »Er muss die Leiche in einer Gruft gefunden haben und ... Eine andere Erklärung gibt es nicht.«

»Aber irgendjemand hat es für nötig erachtet, ihm den Kopf abzuschlagen«, entgegnete Sohia. »In Anbetracht der Wunden würde ich sagen, dass es ... mit einer Axt geschehen ist.«

Nach einer betretenen Pause mussten die anderen ihr recht geben. Alle wussten, dass die Axt die bevorzugte Waffe des Magisters war.

»Was machen wir jetzt?«, fragte einer. »Bringen wir ihn nach oben?«

Der Anführer verzog angewidert das Gesicht.

»Es reicht, wenn wir dem Obersten Wächter Bericht erstatten. Ich wüsste nicht, was der Hohe Rat mit einer zerstückelten Leiche anfangen sollte. Erkennen lässt sich eh nicht mehr viel.«

Sohia nickte langsam. Wenn Zakarias irgendetwas Kostbares bei sich gehabt hatte, zum Beispiel seine berüchtigten Beschwörungsprismen, dann musste derjenige, der ihn enthauptet hatte, sie an sich genommen haben.

Als der Trupp sich auf den Rückweg machte, drehte sie sich ein letztes Mal zu der Leiche um. Das war keine gute Idee: Das flackernde Licht der Laterne gaukelte ihr vor, dass der abgeschlagene Kopf einmal mit den Augen zwinkerte. Natürlich war das lächerlich, aber Sohia wurde das Bild nicht mehr los. Unterwegs warf sie immer wieder nervöse Blicke über die Schulter und zuckte beim geringsten verdächtigen Geräusch zusammen.

9

Radjaniel war so geistesgegenwärtig, seine Lanze dem Schüler in die Hand zu drücken, der vor der Tür postiert war, bevor er den Versammlungssaal des Hohen Rats betrat. Zwei Wachen, die am Morgen Huguebalds Leiche geborgen hatten, hatten sie ihm zurückgebracht. Es hätte einen unangenehmen Beigeschmack gehabt, Selenimes mit der Waffe gegenüberzutreten, die seinen Sohn getötet hatte. Radjaniel bereute nicht, den Verräter getötet zu haben, schließlich hatte er seine Schüler schützen müssen. Trotzdem empfand er tiefes Mitgefühl für den Ratsältesten, der nicht nur seinen einzigen Sohn, sondern auch seine Ehre verloren hatte.

Tatsächlich saß der Oberste Schreiber so gebeugt da, als wäre er in einer Nacht um zehn Jahre gealtert. Dabei hatte er schon vorher wie ein Greis ausgesehen. Er kauerte auf seinem Stuhl, hatte das Gesicht in den Händen vergraben und schüttelte unaufhörlich den Kopf, als könne er das Geschehen dadurch ungeschehen machen. Als Radjaniel eintrat, blickte er nur kurz auf und versank dann gleich wieder in seinem Kummer. Insgeheim war Radjaniel erleichtert, dass in seinem Blick kein Vorwurf gelegen hatte. Er empfand aufrichtiges Mitleid mit dem Alten.

»Ah, da seid Ihr ja endlich«, knurrte Arold. »Ihr habt Euch ganz schön Zeit gelassen.«

Radjaniel machte eine entschuldigende Geste. Tatsächlich war er spät dran, weil er Dælfine nicht für längere Zeit mit Lygwenn allein lassen wollte. Sobald er hier fertig war, musste er schleunigst zurück ins Zeughaus. Worum es ging, wusste ohnehin jeder. Eigentlich handelte es sich nur eine Formsache.

»Also gut«, begann der Oberste Wächter. »Der Hohe Rat ist gespannt auf Eure Version der Ereignisse von gestern Nacht.«

Also erstattete der Messerschleifer Bericht, ohne Auslassungen oder Übertreibungen. Er erläuterte, wie sie dem Verräter Hugue bald eine Falle gestellt und ihn in die Enge getrieben hatten, bis es zum Kampf kam und sie ihn töten mussten. Dann ging er auf Denilius' sonderbares Verhalten ein und beschrieb, wie dieser die Schüler sich selbst überlassen hatte. Zuletzt erzählte er, wie sie Jora Lygwenn gefunden hatten, und erwähnte, dass er den Magister im Verdacht habe, Lehander entführt zu haben.

Als er endete, sah er tiefe Genugtuung in Arolds Augen. Irgendwie fand er es traurig, dass der Oberste Wächter seinen Sieg auskostete.

»Wie Ihr seht, bestätigt Radjaniels Aussage den Hergang, den ich Euch geschildert habe«, sagte Arold zu seinen Kollegen. »Möge jeder daraus seine eigenen Schlüsse ziehen!«

Er schien gar nicht zu merken, wie sehr Selenimes litt; vielleicht war es ihm auch egal. Die anderen Ratsmitglieder reagierten zurückhaltender. Vrinilia trug ihre übliche strenge Miene zur Schau, während Maetilde als Einzige aufrichtige Anteilnahme zeigte. Gregerio hingegen wirkte geradezu gelangweilt, als wäre er mit den Gedanken ganz woanders.

»Wir müssen in dieser Angelegenheit mehrere wichtige Entscheidungen treffen«, fuhr Arold fort. »Zuallererst, da sind wir uns gewiss einig, müssen wir den Magister seines Amts entheben, weil er seinen Posten verlassen und die Schüler in Gefahr gebracht hat – wenn er nicht noch Schlimmeres verbrochen hat. Der Tradition zufolge ist dazu eine Zweidrittelmehrheit erforderlich, was bei der gegenwärtigen Zusammensetzung des Rats vier Stimmen sind, ob Denilius zugegen ist oder nicht. Wer ist dafür?«

Er selbst hob als Erster die Hand, und Vrinilia folgte kurz darauf. Gregerio schloss sich ihnen mit gleichgültiger Miene an, als kümmere ihn das alles gar nicht. Vielleicht freute er sich aber auch über die Gelegenheit, die bestehenden Machtverhältnisse umzustürzen. Nach einer Weile hob auch Selenimes zitternd den Arm, aber er schien damit mehr seinen eigenen Sohn zu verdammen als Denilius. Nur Maetilde widerstand dem Druck des Obersten Wächters. Gewiss spielte ihre Zuneigung zu Vargaï und die Treue gegenüber dessen Bruder bei ihrer Entscheidung eine Rolle. Radjaniel selbst hätte große Schwierigkeiten gehabt, ein Urteil zu fällen. Zum Glück musste er nicht mit abstimmen …

»Das wäre also geklärt«, sagte der Oberste Wächter triumphierend. »Dann müssen wir als Nächstes einen neuen Magister für Zauberranke wählen! Ich erkläre mich in aller Bescheidenheit bereit, für das Amt zu kandidieren. Sonst noch jemand?«

»Aber wir sind nicht zahlreich genug«, protestierte Maetilde. »Ein Hoher Rat, der nur noch aus fünf Mitgliedern besteht, das reicht nicht für eine große Gemeinschaft wie Zauberranke! Wir müssten zuerst neue Ratsmitglieder wählen.«

»Das werden wir zu gegebener Zeit auch tun«, versicherte Arold. »Doch erst einmal spricht nichts gegen die Wahl eines Magisters. Dazu reicht eine einfache Mehrheit von drei Stimmen! So will es die Tradition!«

Übereifrig hob er selbst die Hand und lächelte Vrinilia verschwörerisch zu. Die Prismenschmiedin gab ihm prompt ihre Stimme. Gregerio, Maetilde und Selenimes wechselten fragende Blicke, während angespanntes Schweigen eintrat. Radjaniel hätte nicht mit ihnen tauschen mögen. Alle zögerten, das Schicksal der Schule in die Hände des ehrgeizigen Obersten Wächters zu legen. Andererseits würden sie es vielleicht bitter bereuen, wenn sie ihm in diesem kritischen Moment die Unterstützung verweigerten.

Der Ratsälteste traf seine Entscheidung als Erster. Er räusperte sich mehrmals, doch seine Stimme war immer noch brüchig.

»Ich werde für Euch stimmen, Arold. Zauberranke braucht in diesen schweren Zeiten eine starke Hand. Ihr scheint mir am ehesten dafür geeignet, für Ordnung und Disziplin zu sorgen. Doch das wird mein letzter Beitrag zum Hohen Rat sein. Nach dieser Versammlung werde ich mein Amt niederlegen. Das dürfte niemanden überraschen … Vielleicht sollte ich mich ganz aus der Bruderschaft zurückziehen. Ich denke, es ist an der Zeit, dass ich mein Bandelier ablege.«

Schweigen trat ein, während alle die Nachricht auf sich wirken ließen. Dann reckte Arold triumphierend eine Faust in die Höhe, ohne ein Wort des Beileids für Selenimes. Der frisch gekürte Magister wandte sich den beiden Ratsmitgliedern zu, die sich noch nicht geäußert hatten, als wollte er ihnen eine letzte Chance geben. Gregerio nutzte sie sofort und hob lässig die Hand, ganz so, als habe er nur bei einem Würfelspiel verloren. Maetilde tat es ihm gleich. Radjaniel konnte sie gut verstehen: Der Obersten Gelehrten lag die Ausbildung der Schüler sehr am Herzen, und dafür konnte sie sich nur stark machen, wenn sie im Hohen Rat blieb.

»Ich danke Euch für Euer Vertrauen«, sagte der neue Magister scheinheilig. »Damit ist es offiziell. Jor Selenimes, ich darf annehmen, dass Ihr ein letztes Mal Eures Amts als Oberster Schreiber walten und den Grund für diese Wahl sowie das Ergebnis niederschreiben werdet?«

Der Greis nickte matt. Der Kummer hatte ihn gebrochen, und er hatte nicht mehr die Kraft, sich zu weigern. Dabei verlangte Arold von ihm, dass er den Verrat und den Tod seines eigenen Sohns in die Chronik der Bruderschaft eintrug!

»Schön«, schloss der Emporkömmling. »Dann können wir uns ja jetzt an die Arbeit machen.«

Als erste Amtshandlung verließ er den Platz des Obersten

Wächters und ließ sich auf Denilius' Stuhl in der Mitte des Tischs nieder. Er machte ein äußerst zufriedenes Gesicht, während Radjaniel sein Verhalten erbärmlich fand – vor allem angesichts der vielen leeren Plätze. Zudem nahm er keinerlei Rücksicht auf Selenimes, der aussah, als hoffte er, dass der Tod ihn bald erlösen würde.

Radjaniels hatte keine Lust mehr, dieses Spektakel noch länger mit anzusehen.

»Darf ich jetzt zu meinen Schülern zurückkehren? Wenn Ihr mich nicht mehr braucht …«

»Ihr bleibt hier«, befahl Arold. »Wir beide wissen am besten, was letzte Nacht passiert ist. Eure Aussage könnte uns sehr nützlich sein, zumal wir tatsächlich recht wenige sind, um über die Folgen zu beraten. Aber ich werde mir eine Woche Bedenkzeit nehmen, bevor ich neue Mitglieder ernenne und einen Hohen Rat einberufe, der Zauberranke zur Ehre gereicht!«

Radjaniel entfuhr ein leiser Seufzer. Ganz sicher würde Arold seine engsten Verbündeten in den Rat berufen und sich so über Jahre hinweg die Macht sichern.

»Beginnen wir mit dem Dringlichsten«, fuhr der neue Magister fort. »Die Bresche im Schutzwall der Ranke. Sind die notwendigen Vorkehrungen getroffen worden?«

»Ich habe drei meiner Leute hingeschickt«, erwiderte Vrinilia. »Sie werden die Bruchstellen schleifen, damit die Kristalle besser nachwachsen. Leider wird das einige Wochen in Anspruch nehmen, wie üblich.«

»Sehr schön. Jor Gregerio?«

»Eure Milizionäre können die Eisennetze aus den Beständen des Klosters bei mir abholen. Aber natürlich können wir damit nur Chimären diesseits des Schleiers abfangen.«

»Ich werde Wachen aufstellen, die jede Chimäre, die den Schleier durchstößt, zurücktreiben oder töten«, erklärte Arold. »Dann wäre das also auch geklärt. Kommen wir zur nächsten wichtigen Frage. Die Verräter verwahrten eine beträchtliche Anzahl von Beschwörungsprismen in den Gewölben unter dem alten Viertel. Die Mitglieder der Miliz haben einige davon gefunden und zu mir gebracht, aber der Großteil ist verschwunden.«

»Zakarias und die anderen haben die Kristalle ganz sicher nicht selbst zusammengetragen«, sagte Gregerio herablassend. »Sie müssen durch Zufall auf das Versteck gestoßen sein. Behauptet Ihr immer noch, Jora Vrinilia, dass der Schatz von Zauberranke nicht existiert? Dass er nur eine Legende ist?«

Vrinilia lief vor Wut rot an.

»Fangt nicht wieder damit an! Kein Prismenschmied wäre auf die absurde Idee gekommen, derart gefährliche Stücke einfach irgendwo zu vergraben, wie Ihr zu unterstellen scheint. Ich weiß nicht, woher diese Kristalle stammen, aber all meine Prismenvorräte sind unangetastet und gut gesichert! Aber trifft das auch auf die Prismen zu, die Ihr im Kloster hortet? Wie viele Kristalle besitzt Ihr überhaupt? Vielleicht ist Euer Umgang damit zu nachlässig, Jorensan, und man müsste in Euren Gemäuern für Ordnung sorgen!«

Der Fährtenleser runzelte die Stirn. Die Drohung war deutlich. In Zauberranke war eine neue Ära angebrochen, und man verscherzte es sich besser nicht mit den neuen Machthabern. Vrinilia war schließlich Arolds engste Verbündete. Möglicherweise reichte es nicht einmal mehr, den Kopf einzuziehen und den Mund zu halten … Der neue Magister konnte durchaus beschließen, mit jahrhundertealten Traditionen zu brechen und die Vorrechte bestimmter Lehrer zu streichen.

»Wie dem auch sei«, fuhr Arold fort, »diese verschwundenen Prismen stellen eine ernsthafte Bedrohung für die Sicherheit der Schule dar. Ich werde weitere Erkundungstrupps aussenden und sie jeden Winkel der Katakomben durchforsten lassen. Es kann in jedem Fall nicht schaden, dort unten einmal gründlich aufzuräumen.«

Radjaniel nickte. Zur Abwechslung war er mit dem Magister einer Meinung.

Doch schon im nächsten Moment war es damit wieder vorbei.

»Da diese beiden Missionen höchste Priorität haben und wir dafür viele Leute brauchen, stellen wir die Ermittlungen zu dem Komplott gegen Zauberranke ein. Schließlich sind die Täter entlarvt und unschädlich gemacht worden.«

»Aber was ist mit Tannakis?«, begehrte Radjaniel auf. »Und Vargaï? Wir können ihn doch nicht einfach seinem Schicksal überlassen!«

»Tannakis beneidet uns nur um unseren Erfolg. Doch ohne seine Spione hier in Zauberranke wird er nicht mehr viel ausrichten können. Und was Vargaï angeht, dürfen wir uns keine falschen Hoffnungen machen: Er ist vermutlich längst tot. Vielleicht schon seit dem Tag, als er im Lager des Verräters ankam. In gewisser Weise ist er selbst schuld an seinem Schicksal.«

Der Messerschleifer konnte nicht fassen, was er da hörte. Er wechselte einen zornigen Blick mit Maetilde, die sich Vargaï noch stärker verbunden fühlte als er. Das konnten sie nicht hinnehmen!

»Wir müssen der Sache auf den Grund gehen!«, sagte Radjaniel eindringlich. »Wir können das nicht als bloßen Konkurrenzkampf zwischen zwei Schulen abtun – das ist Krieg! Unsere Feinde schmieden seit Jahren Pläne! Sie lassen sich Bandeliere auf den Körper tätowieren, sie haben ihre eigenen Abzeichen, ein Netz von Spitzeln und womöglich gar eine Armee aus fanatischen Anhängern! Außerdem spricht alles dafür, dass sie über unbekannte Fähigkeiten verfügen. Sie können Chimären mit einer Prismenpfeife herbeirufen und scheinen sogar die Macht zu haben, Tote zum Leben zu erwecken!«

»Macht Euch doch nicht lächerlich«, sagte Arold blasiert. »Das alles entspringt nur der lebhaften Fantasie Eurer Schützlinge! Meine Milizionäre haben mir versichert, dass Zakarias' Leiche von einem Reißer verschleppt wurde. Also Schluss mit diesem Unsinn! Wagt ja nicht, noch einmal Panik in meiner Schule zu verbreiten, nur weil Eure Schüler behaupten, Gespenster zu sehen!«

Arold log ihm so kaltschnäuzig ins Gesicht, dass Radjaniel es aufgab, den Magister zur Einsicht zu bringen. Im nächsten Moment kam ihm ein böser Verdacht.

»Und was ist mit Lehander? Ihr habt doch sicher vor, einen Suchtrupp zu entsenden?«

»Das gehört nicht zu den dringlichsten Aufgaben«, erklärte Arold. »Wir brauchen alle verfügbaren Kräfte, um die Schule vor den Chimären zu beschützen. Ich kann nicht mehrere Leute abstellen, um nach einem ausgerissenen Schüler zu suchen. Wenn wir Glück haben, kommt er von allein zurück.«

»Aber wie, wenn Denilius ihn daran hindert? Ihr habt doch gehört, was Jora Lygwenn sagte: Der Junge ist entführt worden!«

»Sie hat gesagt: ›Das Ungeheuer wird ihn umbringen‹«, verbesserte Arold. »Wen sie damit gemeint hat, ist völlig unklar. Es gibt Dutzende Möglichkeiten, diesen Satz zu interpretieren. Es sei denn, Ihr habt weitere Informationen?«

Radjaniel biss sich auf die Lippe. Den Wortwechsel zwischen Lygwenn und Dælfine konnte er nicht erwähnen. Er saß in der Klemme.

»Schön«, schloss Arold. »Wir werden uns mit dieser Frage befassen, wenn die Tuchwanderin wieder zu sich kommt. Falls sich nicht herausstellt, dass sie den Verstand verloren hat. Einstweilen konzentrieren wir uns darauf, für die Sicherheit unserer Schutzbefohlenen zu sorgen.«

Der Messerschleifer musste sich fügen, auch wenn er vor Wut kochte. Doch der neue Magister war noch nicht mit ihm fertig.

»Ich ahne, was Euch durch den Kopf geht, Jor Radjaniel. Während unserer gemeinsamen Ermittlungen in den letzten drei Monaten habe ich Euch recht gut kennengelernt. Sobald Ihr wieder zurück am Strand seid, werdet Ihr in ein Boot springen, um Euch selbst auf die Suche zu machen. Das verbiete ich Euch hiermit ausdrücklich. Ich möchte Euch daran erinnern, dass Ihr die Verantwortung für vier weitere Schüler, für das Zeughaus und die Überwachung von Jora Lygwenn tragt. Wenn ich erfahre, dass Ihr Eure Aufgaben vernachlässigt, um Denilius' zu verfolgen, verbanne ich Euch aus Zauberranke. Ist das klar?«

Der Messerschleifer hätte am liebsten heftig widersprochen, doch er riss sich zusammen und nickte grimmig.

Doch wenn Arold glaubte, gewonnen zu haben, dann täuschte er sich. Radjaniel war fest zum Ungehorsam entschlossen.

10

Plötzlich rasselten die Ketten der Gefangenen so laut, dass Dælfine zusammenzuckte. Es hörte sich fast so an, als wären die eisernen Glieder zum Leben erwacht. Rasch hielt sich Dælfine ihr neues Prisma vor das linke Auge. Zu ihrer Erleichterung stellte sie fest, dass Lygwenn immer noch gefesselt war. Fragte sich nur, wie lange noch.

Die Weltwanderin spannte ihren Körper an wie einen Bogen und versuchte mit aller Kraft, die Ketten zu sprengen. Dabei schien sie gar nicht richtig wach zu sein – oder aber sie war dem Wahnsinn verfallen. Ihre Lider flatterten, von ihren Augen war nur das Weiß zu sehen, und ihr Mund war zu einem stummen Schrei geöffnet. Dælfine spürte Panik in sich aufsteigen: Vielleicht rang die Weltwanderin mit dem Tod, vielleicht brauchte sie rasch fachkundige Hilfe! Doch dann entspannte sich die Gefangene wieder, nur um sich gleich darauf umso kraftvoller aufzubäumen. Ihre Verbissenheit zeugte von einem unbändigen Fluchtwillen, und in ihrem hypnotischen Zustand wirkte sie mehr wie ein wildes Tier als wie ein Mensch …

Dælfine wusste nicht, was sie tun sollte oder ob sie überhaupt etwas tun sollte. Die Ketten waren letztlich also doch eine gute Idee gewesen – in ihrer Raserei hätte die Gefangene jemanden verwunden können! Andererseits hätte sie vielleicht nicht so heftig reagiert, wenn man ihr ihre Bewegungsfreiheit gelassen hätte … Die Eisenschellen um ihre Handgelenke und Knöchel schnitten ihr tief ins Fleisch, und sie würde sich ernsthaft verletzen, wenn sie sich weiter so rasend gebärdete.

Dieser letzte Gedanke gab den Ausschlag. Dælfine rannte aus dem Zimmer und kehrte gleich darauf mit einem Eimer Wasser zurück. Erst besprenkelte sie das Gesicht der Weltwanderin aus sicherem Abstand mit ein paar Tropfen, doch als das keinerlei Wirkung zeigte, leerte sie den gesamten Eimer über der Gefangenen aus.

Die radikale Maßnahme zeigte Erfolg. Jora Lygwenn schlug zwar noch heftiger um sich, riss aber zugleich voller Panik die Augen auf. Vielleicht fühlte sie sich in ihren Überlebenskampf im Meer zurückversetzt. Doch ihre Verwirrung währte nur kurz. Im nächsten Moment kam Jora Lygwenn zu sich. Dælfine wich einige Schritte zurück, als die Gefangene an ihren Ketten rüttelte. Vorsicht war durchaus geboten, denn die Frau funkelte sie wutentbrannt an.

»Warum bin ich gefesselt? Mach mich los!«, befahl sie.

Sie schlug den herrischen Ton an, den Dælfine von mächtigen Persönlichkeiten wie Denilius, Arold oder Vrinilia kannte, aber es schwang auch eine Spur Verzweiflung mit. Dælfine zögerte.

»Es tut mir leid, aber das darf ich nicht«, sagte sie schließlich. »Ich habe ja nicht einmal die Schlüssel. Der Oberste Wächter verwahrt sie.«

Die Schultern der Weltwanderin sackten herab, als lasteten mit einem Schlag sämtliche Jahrzehnte der Wanderschaft auf ihr. Plötzlich hatte sie gar nichts Furchterregendes mehr an sich, und das Mädchen kam nicht umhin, Mitleid mit ihr zu haben. Sie war nichts weiter als eine alte Frau, die nach ihrem verschwundenen Enkel suchte und von der Bruderschaft wie eine Verbrecherin behandelt wurde.

»Der Oberste Wächter«, seufzte Lygwenn. »Ist das immer noch Arold? Ich nehme an, er ist Denilius' rechte Hand und sein treuer Gefolgsmann?«

Dælfine überlegte eine Weile, bevor sie antwortete.

»Das kann man so nicht sagen … Ich glaube eher, dass sie einander nicht besonders schätzen.«

»Dann geh ihn holen, aber schnell!«, drängte die Gefangene. »Vielleicht ist es noch nicht zu spät. Vielleicht können wir Lehander noch retten!«

»Es tut mir leid«, wiederholte das Mädchen, »aber ich darf Euch nicht allein lassen.«

»Was? Soll das heißen, hier ist sonst niemand, der mich bewacht?«

Dælfine hütete sich, die Frage zu bejahen, aber ihr Schweigen sprach Bände. Jetzt war Lgywenns Blick wieder unergründlich, nahezu unheimlich. Ihre Augen hatten eindeutig etwas Reptilienhaftes … Außerdem trug die Weltwanderin das Schandmal, also war ihr nicht über den Weg zu trauen. Die Frau war wirklich schwer einzuschätzen. Dælfine beschloss, sich nicht erweichen zu lassen.

»Die Schule wurde in den vergangenen Monaten mehrmals angegriffen, und unsere Lehrer wollen kein Risiko eingehen. Sie werden Euch nicht freilassen, bevor sie nicht wissen, wie Ihr nach Zauberranke gelangt seid.«

»Dann sollen sie mich eben befragen und mich danach gehen lassen! Begreifst du nicht, dass jede Minute zählt?«

Dælfine konnte nur bedauernd mit den Schultern zucken, doch als die Weltwanderin sich abwandte und ihr eine Träne über die Wange rann, hatte das Mädchen ein schlechtes Gewissen. Ihr wäre es sogar lieber gewesen, wenn die Weltwanderin die Schule verlassen und sich auf die Suche nach ihrem Enkel gemacht hätte, statt die Bewohner des Zeughauses noch länger durch ihre Gegenwart einzuschüchtern. Doch diese Entscheidung stand ihr nicht zu …

Eine unangenehme Stille breitete sich in der Kammer aus, nur unterbrochen vom Rasseln der Ketten und dem leisen Schluchzen der Gefangenen. Bald hielt es Dælfine nicht mehr aus. Sie war drauf und dran, ihren Posten zu verlassen und Arold oder Radjaniel holen zu gehen. Doch wenn in ihrer Abwesenheit etwas passierte, würde der Messerschleifer die Konsequenzen tragen müssen, und das konnte Dælfine ihrem Lehrer nicht antun.

»Habt Ihr Hunger? Oder Durst?«, fragte sie.

Lygwenn schüttelte den Kopf, aber Dælfine holte dennoch einen Krug Wasser und einige Haferkekse aus dem Nebenraum. Sie stellte beides mit ausgestreckten Armen in Reichweite der Gefangenen ab und sprang dann rasch wieder zurück. Vor ihrem geistigen Auge sah sie einen Haufen toter Schafe in der Ecke einer dunklen Höhle, aber sie bemühte sich, die Bilder zu verdrängen. Daran durfte sie jetzt nicht denken. Nicht, solange sie die Weltwanderin bewachen musste, die aus heiterem Himmel in Zauberranke aufgetaucht war.

Lygwenn beschloss, nun doch etwas zu sich zu nehmen. Sie trank mehrere große Schlucke von dem Wasser und aß ein paar Kekse. Als sie sich etwas beruhigt hatte, wagte Dælfine es, ihr eine heikle Frage zu stellen.

»Jona … ich meine, Lehander. Er erinnert sich an nichts, was länger als ein paar Monate zurückliegt. Glaubt Ihr, dass er Euch wiedererkennen würde?«

Lygwenn hielt mitten im Kauen inne und funkelte Dælfine an. Dann trank sie noch einen Schluck, bevor sie mit fester Stimme sagte: »Er wird mich wiedererkennen. Wenn nicht, dann hat Denilius schon gewonnen. Daran will ich nicht denken.«

»Aber … wusstet Ihr denn, dass er das Gedächtnis verloren hat?«

Die Weltwanderin nickte, und ihre Augen blitzten hasserfüllt.

»Ich war dabei, als es geschah. Ich habe gesehen, wie das Dach unseres Hauses über ihm einstürzte. Als ich ihn hochhob, war er völlig verstört und orientierungslos. Er wirkte so verloren wie ein Neugeborenes. Das werde ich ihm nie verzeihen können.«

»Verzeihen? Wem?«

Lgywenn stand die Abscheu ins Gesicht geschrieben, doch sie schwieg. Offenbar wollte sie dieses Geheimnis für sich behalten. Oder sie fand, dass die Antwort auf der Hand lag ... Dælfine traute sich nicht, nachzuhaken. Sie fuhr fort: »Und dann hat der Zufall Lehander doch noch nach Zauberranke geführt. Er war dazu bestimmt, Weltwanderer zu werden, und wusste es nicht mal!«

»Das sind nichts als Lügen!«, fauchte Lygwenn.

In ihrer Erregung versuchte sie sich aufzurichten, und ihre Ketten klirrten heftig.

»Das hätte ich nie und nimmer zugelassen!«, rief die Weltwanderin. »Und Lehander hatte mir hoch und heilig versprochen, sich von der Bruderschaft fernzuhalten! Genau das sind die Lügengespinste, die Denilius verbreitet ... Für ihn ist dieser Gedächtnisverlust ein unverhoffter Glücksfall! Wenn ich nur früher zu mir gekommen wäre ... Wenn ich euch nur hätte warnen können ...«

Dælfine nickte verwirrt, denn sie verstand nicht die Hälfte dessen, was die Weltwanderin sagte. Doch ein wichtiges Detail ließ ihr keine Ruhe.

»Aber ... warum interessiert sich der Magister so für Lehander? Besteht zwischen den beiden ... irgendeine Verbindung?«

Dælfine vermied das Wort »Verwandtschaft«, nachdem die Gefangene ihr einen drohenden Blick zugeworfen hatte. Dabei war der Gedanke nicht vollkommen abwegig. Dælfine war in der Herberge ihrer Eltern groß geworden, und das hatte ihre Menschenkenntnis geschärft. Der Hass, den Lygwenn dem Magister entgegenbrachte, erinnerte sie stark an die Verbitterung, die ehemalige Liebende füreinander empfanden. Das würde jedenfalls einiges erklären.

»Denilius ist völlig verrückt!«, zeterte die Weltwanderin. »Er bildet sich ein, dass mein Enkel eine Art übernatürliche Gabe hat, die er für seine Zwecke nutzen will, und deswegen bedrängt er uns seit Jahren!«

»Eine Gabe«, wiederholte das Mädchen langsam. »Meint Ihr damit, dass er den Schleier durchstoßen und in andere Horizonte vordringen kann?«

Lygwenn musterte sie argwöhnisch. Dann sackte sie plötzlich resigniert in sich zusammen.

»Ich nehme an, dass dir dieser Gedanke nicht spontan gekommen ist«, murmelte sie. »Also hat er es wieder getan ...«

Sie schloss kurz die Augen und schüttelte traurig den Kopf, bevor sie weitersprach.

»Wer weiß Bescheid? Sind es viele?«

»Ich glaube nicht«, antwortete Dælfine schüchtern. »Arold glaubt, dass Lehander von einer Chimäre verschleppt wurde und er nur durch ein Wunder wieder nach Gonelore zurückkehren kann. Radjaniel hat nichts zu der Sache gesagt. Er konzentriert sich nur auf das, was jetzt zu tun ist. Aber ich habe Jona verschwinden sehen. Ich war zwar völlig durcheinander und habe nur durch das Prisma geschaut ... Aber er hat den Schleier durchquert, da bin ich mir ganz sicher. Und die Chimären sind ihm sofort hinterher. Er hat uns das Leben gerettet.«

Lygwenn nickte und hing dann ihren eigenen rätselhaften Gedanken nach. Das Mädchen konnte kaum fassen, was für ein sonderbares Gespräch sie führten. Die Weltwanderin hatte soeben bestätigt, dass ihr Enkel eine übernatürliche Gabe besaß. Offenbar hatte sie jahrelang versucht, es geheim zu halten, aber vor einer direkten Zeugin konnte sie es wohl nicht länger leugnen.

»Also hat Jona überlebt?«, fragte Dælfine hoffnungsvoll. »Habt Ihr ihn gesehen? Am Strand? Habt Ihr ihn tatsächlich mit dem Magister fortrudern sehen?«

Lygwenn seufzte schwer.

»Denilius hat ihn praktisch vor meiner Nase gezwungen, in das

Boot zu steigen. Ich habe versucht, sie zurückzuhalten, aber … Es war so knapp, so knapp …«

Sie war völlig verzweifelt. Dælfine hingegen verspürte große Erleichterung. Immerhin wussten sie jetzt, dass Jona am Leben war. Natürlich war das mit der Entführung beunruhigend, aber wenigstens bestand die Hoffnung, dass alles gut ausging …

Doch gleich darauf packte sie wieder die Angst. Wenn Dælfine es recht bedachte, waren die Aussichten ziemlich düster. Was hatte Denilius mit Lehander vor? Warum hatte Jora Lygwenn gesagt: »Er wird ihn opfern«, als sie zum ersten Mal aufgewacht war? Warum war sie überzeugt, dass Denilius ihren Enkel töten würde?

»Diese … Gabe«, sagte sie. »Ist sie gefährlich?«

Die Gefangene lächelte bitter, als hätte ein argloses Kind sie gefragt, was der Tod sei.

»Natürlich ist sie gefährlich. Wie alles, was mit dem Schleier zu tun hat. Und wenn Denilius die Hände im Spiel hat, wird es noch schlimmer.«

»Was kann denn passieren? Könnte Lehander von Chimären angegriffen werden? Oder sich in einem fremden Horizont verirren?«

»Das sowieso«, erwiderte Lygwenn seufzend. »Aber im schlimmsten Fall könnte Denilius mit seinen Plänen ganz Gonelore zerstören.«

Als sie die entsetzte Miene der Schülerin sah, fügte sie hinzu: »Haben meine Worte dich immer noch nicht überzeugt, dass es eine gute Idee ist, den Obersten Wächter zu holen? Willst du, dass Denilius weiter an Vorsprung gewinnt?«

Dælfine warf ihr abermals einen entschuldigenden Blick zu. Daraufhin schien sich die Gefangene in ihr Schicksal zu fügen. Sie drehte sich zur Wand, so weit die Ketten es zuließen. Dælfine würde ihr wohl so schnell keine weiteren Geständnisse entlocken, aber sie stellte ihr dennoch eine letzte Frage, die ihr keine Ruhe ließ: »Was bedeutet eigentlich *Wobiax*? Ist das ein Name?«

Lygwenn schwieg eine ganze Weile. Dann sagte sie: »Das ist ein Wort aus der Sprache des alten Kontinents. Es bedeutet Großmutter.«

Dælfine saß wie erstarrt da. Selbst als ihr der Arm einschlief, mit dem sie sich das Prisma vors Auge hielt, rührte sie sich nicht. Um nichts in der Welt hätte sie die Gefangene aus den Augen gelassen, selbst dann nicht, als diese einschlief. Denn das Mädchen verband mit dem Wort »Wobiax« etwas ganz anderes. Sie dachte dabei an einen furchterregenden Drakoniden, vor dem sie schon drei Mal hatte fliehen müssen.

Sie vermochte nicht zu sagen, von wem größere Gefahr ausging, von Lygwenn oder von Denilius. Oder wer von beiden geschickter log.

11

Blut spritzte in sein Maul und lief ihm über die Lefzen, als er seine Fangzähne in den Hals des Hirschs schlug. Er trank gierig, während seine Beute mit einigen letzten Zuckungen verendete. Aus purer Lust am Töten biss er noch fester zu, bis der Kopf seines Opfers fast ganz vom Rumpf abgetrennt war. Erst dann ließ er von dem Hirsch ab, machte einen Satz zurück und betrachtete sein Werk.

In diesem Augenblick gewann Vargaï die Kontrolle über den Lupinus zurück und wurde sich mit Grauen bewusst, was er da gerade getan hatte.

Sein erster Gedanke war, dass er furchtbar viel Zeit verloren hatte. Der Nachmittag war schon weit fortgeschritten, und er war den ganzen Tag durch den Wald gestreift, ohne sich überhaupt noch an Zauberranke zu erinnern! Er hatte eine Weile geschlafen, hatte die Witterung mehrerer kleiner Tiere aufgenommen und ein paar von ihnen zum Spaß gejagt. Er hatte sogar mit einer anderen Chimäre gekämpft, einer kleineren Lupinusart, und war in Triumphgeheul ausgebrochen, als er seinen Gegner in die Flucht geschlagen hatte. Bei alledem war er vom Geist des Metamorphen gelenkt worden, ohne sich dagegen wehren zu können, ja, ohne es überhaupt zu bemerken. Er hatte alles willenlos mit angesehen, wie in einem grauenhaften Wachtraum.

Vargaï spürte, dass er jederzeit wieder in diesen Zustand zurückfallen konnte, aber seine Gedanken waren noch wirr, und so gelang es ihm nicht, die einzig richtige Entscheidung zu treffen. Der Blutgeruch vernebelte ihm den Verstand, und der Hunger machte den Lupinus noch aggressiver. Vielleicht sollte er sich wenigstens satt essen, bevor er wieder menschliche Gestalt annahm? Doch die Vorstellung, sich über die dampfenden Eingeweide herzumachen, widerte ihn nun an. Er wusste, dass dieser Instinkt nur von der Bestie kam. Wenn er sich davon leiten ließ, gäbe es kein Zurück mehr …

Er versuchte sich von dem Kadaver zu entfernen, aber er kehrte immer wieder mit tänzelnden Schritten zu dem toten Hirsch zurück. Vargaï kämpfte um die Vorherrschaft. Es war, als kontrolliere der Geist des Lupinus immer noch zwei der vier Beine, sodass sich Vargaï im Kreis drehte. War es zu spät? Würde er jemals wieder menschliche Gestalt annehmen können?

Vor Verzweiflung stieß Vargaï ein lang gezogenes Klagegeheul aus und schrie seine Hilflosigkeit in die Welt hinaus. Er war verloren, aber das war noch nicht mal das Schlimmste. Ihn quälte vor allem, dass er nicht stark genug war, um den Geist des Metamorphen zurückzudrängen, denn so stürzte er die Bewohner Zauberrankes ins Verderben.

Dabei bedurfte es nicht viel … Eine kleine Willensanstrengung, ein letztes geistiges Duell mit dem Lupinus, und das Phantom der Chimäre würde hinter den Schleier zurückweichen, während der Weltwanderer seine menschliche Gestalt und damit seine Freiheit wiedererlangte.

Das musste doch möglich sein. An diese Hoffnung klammerte er sich mit aller Kraft. Nachdem er sich schon verloren geglaubt hatte, konzentrierte er sich jetzt auf den Gedanken, dass er den wichtigsten Kampf seines Lebens austrug. Von diesem Moment an drängte er den Einfluss des Lupinus Stück für Stück zurück. Er ging langsam vor, um nicht von einer brutalen Gegenreaktion überrumpelt zu werden. Er musste auf die Körperkraft des Raubtiers verzichten, auf seine Instinkte und seinen Hunger, die ihn fast rasend machten … All das waren fast unüberwindliche Hürden, aber mit Geduld und Beharrlichkeit kam er seinem Ziel allmählich näher. Bald hätte er sich wieder gut genug im Griff, um den Metamorphen zu vertreiben … Ein paar Herzschläge noch …

Doch das Schicksal wollte es anders. In diesem Moment brach ein Vielfraß aus dem Gebüsch und näherte sich dem toten Hirsch. Der Lupinus konnte nicht zulassen, dass man ihm seine Beute stahl. Mit wütendem Knurren stürzte er sich auf die kleinere Chimäre, die sofort die Flucht ergriff. Kurz zögerte der Lupinus, ob er ihm nachsetzen sollte, doch dann siegte sein Hunger. Er drehte sich zu dem Kadaver um, riss ihm mit den Krallen den Bauch auf und machte sich über die Innereien her.

Das alles war so schnell gegangen, dass in Vargaï nur das dumpfe Gefühl zurückblieb, eine Niederlage erlitten zu haben. Dann vergaß er alles, sogar seinen Namen, und jagte wieder als Chimäre durch die Weiten von Gonelore.

12

Sie hatten die Küste hinter sich gelassen und drangen ins Landesinnere vor. Seit Stunden hatte Denilius kaum ein Wort gesagt. Er marschierte stramm vorweg, während Lehander hinterhertappte. Jedes Mal, wenn sich der Weltwanderer zu dem Jungen umdrehte, biss er die Zähne zusammen und schloss zu ihm auf. Aus Stolz, Trotz oder Eifer? Lehander wusste es selbst nicht. Vermutlich von allem ein bisschen.

Immerhin hielt ihn die Erschöpfung davon ab, in Selbstmitleid zu versinken. Um sich auf andere Gedanken zu bringen, ließ er den Blick über die Landschaft schweifen. Seit er in Vargaïs Planwagen aufgewacht war, hatte er nicht viel mehr als die Halbinsel von Zauberranke zu Gesicht bekommen. Mit einem Mal hatte er den Eindruck, seine ersten Schritte durch Gonelore zu tun. Die Wälder und Wiesen, durch die sie liefen, waren zwar nichts Besonderes, aber er genoss den Frieden und die Stille.

»Da«, sagte Denilius unvermittelt. »Dort oben ist gut.«

Beim Klang seiner Stimme war Lehander zusammengezuckt. Irgendwie hatte er sich an das lange Schweigen gewöhnt. Nun musterte er den bewaldeten Hügel, auf den sein Großvater zeigte. Der Anstieg würde beschwerlich sein, aber der Weltwanderer fragte ihn nicht nach seiner Meinung. Denilius stapfte wortlos den steilen Hang hinauf und zwang den Jungen so, ihm zu folgen. Mit letzter Kraft schleppte er sich den Hügel hoch.

Als sie den Gipfel erreichten und Denilius im Schutz der Bäume seine Umhängetasche abstellte, seufzte Lehander erleichtert auf. Es war die erste Pause, die der Alte ihnen gönnte, und Lehander war hundemüde. Er streckte sich auf dem bemoosten Untergrund aus, obwohl der Boden recht kühl war. Der Weltwanderer suchte die Landschaft mit dem Blick ab und starrte eine ganze Weile in Richtung Küste, bevor er sich auf einen toten Ast setzte und in seiner Tasche wühlte.

»Hast du Hunger?«

Lehander knurrte tatsächlich der Magen, und vor allem hatte er Durst. Denilius' Tasche war das einzige Gepäck, das sie aus Zauberranke mitgenommen hatten. Der Alte hatte offenbar keine Zeit gehabt, sich auf den Fußmarsch vorzubereiten, und so hatten sie weder Proviant noch Decken dabei. Denilius reichte ihm ein rohes Stück Fleisch, das noch ganz blutig war, aber trotz seines Hungers wagte Lehander nicht, es anzufassen. Das Fleisch stammte von dem Falkoniden, den der Weltwanderer getötet hatte.

»Iss«, drängte Denilius. »Wir haben keine Zeit, es zu braten, außerdem wäre es viel zu gefährlich, ein Feuer anzuzünden. Achte einfach nicht auf den Geschmack. Du musst wieder zu Kräften kommen.«

Angeekelt nahm der Junge das weiche Stück Fleisch in die Hand, um Denilius' drohendem Blick zu entgehen. Doch er brachte es nicht über sich, dem Beispiel seines Großvaters zu folgen und sich das Fleisch einfach in den Mund zu schieben.

»Ist das … Fleisch von Chimären wirklich essbar? Kann man davon nicht krank werden oder sich vergiften?«

»Wenn das der Fall wäre, hätte ich es dir nicht gegeben«, entgegnete der Weltwanderer. »Aber ich bin froh, dass du fragst. Du hast schon recht, in der Regel sollte man solche Experimente vermeiden. Aber bei einem Hakenreiher ist das vermutlich kein Problem. Diese Art von Falkoniden ernährt sich nur von Fischen.«

Lehander stolperte über das »vermutlich«, schnupperte aber

trotzdem an dem Fleisch. Es roch gar nicht mal so übel. Schließlich besiegte der Hunger seinen Ekel. Der Junge holte tief Luft, biss ein kleines Stück ab und kaute mit angewidertem Gesicht darauf herum. Dann beschloss er, lieber kurzen Prozess zu machen, und schluckte das Stück herunter.

Hastig verschlang er zwei weitere Bissen. Er wollte der Übelkeit zuvorkommen, die in ihm aufstieg. Als Denilius ihm eine Phiole mit einem roten Trunk hinhielt, leerte er sie in einem Zug, so froh war er, sich den Mund ausspülen zu können. Erst danach fragte er sich, was er da gerade geschluckt hatte. Immerhin war Denilius der Oberste Alchimist von Zauberranke gewesen, bevor er Magister wurde, und es wäre nicht das erste Mal, dass er ihn unter Drogen setzte.

»Das ist nur ein Stärkungsmittel«, versicherte ihm der Alte. »Ein Sud aus Kräutern, die alle in Gonelore wachsen. Der Trank wird dir ausreichend Kraft für die nächste Etappe geben.«

Der Junge nickte. Er war immer noch misstrauisch, aber nach wenigen Sekunden spürte er die Wirkung des Gebräus. Er musste zugeben, dass sie beeindruckend war. Nach und nach wich alle Müdigkeit aus seinen Gliedern.

»Ich habe nur noch ein Fläschchen übrig«, erklärte Denilius. »Das hebe ich dir für später auf. Man darf auch nicht zu viel auf einmal davon trinken, sonst schadet es mehr, als es hilft.«

Lehanders Euphorie war mit einem Schlag verflogen. Also war er in gewisser Hinsicht doch vergiftet worden. Trotzdem gab ihm der Trank den Mut zu fragen: »Was ist eigentlich das Ziel dieser Reise? Wohin gehen wir?«

»Das wirst du schon noch sehen«, erwiderte der Alte. »Darüber brauchst du dir jetzt noch keine Gedanken zu machen.«

»Aber ich habe ein Recht darauf, es zu erfahren!«

»Zu gegebener Zeit, ja. Zerbrich dir einstweilen nicht den Kopf darüber. Denk lieber an etwas anderes.«

Das war leichter gesagt als getan. Bei den rätselhaften Andeutungen, die Denilius machte, ging Lehanders Fantasie mit ihm durch. Welches mysteriöse Ziel wollte der Weltwanderer vor ihm geheim halten? Führte er etwa ein Doppelleben, das er vor seinen Kollegen und Schülern verheimlicht hatte?

»Hat es was mit den Tuchwanderern zu tun?«, fragte er kühn. »Als ihr euch vor vierzig Jahren versammelt habt, geschah das nicht in Zauberranke, sondern an einem anderen Ort. Wollt ihr dorthin zurück?«

Denilius musterte ihn mit einer Mischung aus Anerkennung und Verärgerung.

»Nein. Aber deine Vermutung ist nicht völlig abwegig. Wäre meine Wehmut groß genug, könnte ich durchaus den Wunsch verspüren, an den Ort unserer Zusammenkunft zurückzukehren. Dort habe ich nämlich deine Großmutter kennengelernt, mein Junge. Dort sind wir uns nähergekommen.«

Bei den letzten Worten war seine Stimme sanfter geworden. Das verwirrte den Jungen. Er war fest entschlossen gewesen, Denilius so lange mit Fragen zu löchern, bis er alles preisgab, und nun nahm dieser ihm den Wind aus den Segeln.

Schnell fragte er weiter: »Und was ist dann passiert? Warum seid ihr nicht zusammengeblieben?«

Der Alte seufzte traurig.

»Wir waren zu jung. Zwanzig Jahre alt … Unsere Liebe hielt nur wenige Tage. Während der Zusammenkunft der Tuchwanderer hatten wir schwere Prüfungen zu bestehen, die alles andere in den Hintergrund rücken ließen. Der Krieg gegen die Chimären forderte damals viele Opfer. Alle Weltwanderer wurden zu den Waffen gerufen, um die Invasion zurückzudrängen. Nachdem die Mission der Tuchwanderer gescheitert war, kehrte jeder von uns in das Land zurück, aus dem er stammte. Wir hatten Verpflichtungen … Als deine Großmutter und ich auseinandergingen, versprachen wir, uns wiederzusehen, sobald Frieden herrschte. Doch es vergingen sieben lange Jahre, bis der letzte Drakonidenschwarm vernichtet war. Für so junge Leute ist das eine Ewigkeit. Wir wussten nicht mal, ob der andere überlebt hatte, und die Erleichterung über den Sieg konnte die Trauer über all die Toten nicht aufwiegen. Unsere Herzen waren nicht voller Hoffnung, sondern schwer vor Kummer. Deshalb haben deine Großmutter und ich nie versucht, einander wiederzufinden.«

Er atmete tief durch und blickte Lehander in die Augen, bevor er weitersprach.

»Ich sah sie erst dreißig Jahre nach unserer ersten Begegnung wieder. Sie erschien völlig erschöpft in Zauberranke, in Begleitung eines vierjährigen Jungen. Noch am selben Tag erzählte sie mir, dass ich eine Tochter gehabt hatte: Ciryelle, deine Mutter. Doch sie war tot, ebenso wie ihr Mann. Die beiden hatten einen kleinen Waisen hinterlassen. Dich. Meinen Enkel. Kannst du dir vorstellen, in welches Wechselbad von Kummer und Glück mich das gestürzt hat?«

Der Junge nickte, gerührt von so viel Offenheit. Zur Abwechslung schien Denilius die Wahrheit zu sagen.

Sein Großvater fuhr in demselben vertrauensvollen Ton fort: »Lygwenn war gekommen, um bei mir Schutz und Trost zu suchen. Sie wollte eine Weile in der Schule bleiben, um sich auszuruhen und Frieden zu finden. Außerdem machte sie sich große Sorgen um dich. Nicht, weil sie die Chimären fürchtete, die euch unterwegs immer wieder angegriffen hatten. Nein, sie fürchtete, dass du dich selbst in Gefahr bringst, und sie wusste, dass die Kraft der Zauberranke dich daran hindern würde ...«

Verständnislos runzelte Lehander die Stirn, aber plötzlich traf ihn die Erkenntnis wie ein Blitz, und Denilius bestätigte sogleich seine schlimmsten Befürchtungen.

»Du bist ein außergewöhnlicher Junge, Lehander. Schon als kleines Kind warst du in der Lage, den Schleier zu durchqueren, und zwar so mühelos, dass es bald zu deinem Lieblingsspiel wurde ... Ein äußerst gefährliches Spiel, aber du warst einfach nicht davon abzubringen. Deine Großmutter musste dir diese Angewohnheit austreiben. Deshalb brachte sie dich nach Zauberranke. Nach mehreren Monaten hattest du deine Gabe vergessen und benahmst dich wie ein normaler kleiner Junge. In der Zwischenzeit konnte ich dich näher kennenlernen … Diese Wochen waren die glücklichsten meines Lebens.«

Das glaubte ihm der Junge gern, aber ihm brannte eine dringendere Frage unter den Nägeln.

»Warum habe ich diese … Gabe? Woher kommt sie?«

»Das weiß niemand«, antwortete Denilius. »Es gibt mehrere Erklärungen, aber keine ist plausibler als die anderen. Das ist auch nicht so wichtig. Ich will dich damit nicht ängstigen.«

Obwohl diese Bemerkung eher beunruhigend war, fragte Lehander weiter: »Wer wusste davon? Der Hohe Rat? Radjaniel?«

»Lygwenn hat niemandem außer mir davon erzählt. Sie fürchtete, man würde dich behandeln wie ein Ungeheuer, und ich glaube, dass diese Sorge nicht unbegründet war. Ich kann mir gut vorstellen, dass deine Eltern das Geheimnis ebenfalls bis zu ihrem Tod wahrten.«

»Sind sie …« Lehander stockte und musste sich überwinden, die Frage auszusprechen: »Sind sie … meinetwegen gestorben?«

Denilius' bekümmertes Gesicht ließ ihn erbleichen. »Deine Großmutter hat von einer tödlichen Krankheit gesprochen, die sie plötzlich dahingerafft hätte. Aber ich fand, dass sie immer sehr ausweichend antwortete, selbst für jemanden, der unter dem Verlust litt. Man kann sich seinen Teil dazu denken. Jedenfalls ist offensichtlich, dass die Chimären es nicht sonderlich mögen, wenn man sich in ihre Horizonte vorwagt. Es macht sie geradezu rasend.«

Der Junge erschauerte, als vor seinem geistigen Auge das Bild eines schlafenden Paars auftauchte, das von Chimären in Stücke gerissen wurde. Diesmal nahm Denilius keine Rücksicht auf seine Gefühle. Vielleicht würde nie ans Licht kommen, was damals wirklich gewesen war … Lehander würde mit der Ungewissheit leben müssen. Mit der Bürde, dass er womöglich die Schuld am Tod seiner Eltern trug.

Er schwieg eine Weile. Das Fleisch des Falkoniden lag ihm wie ein Stein im Magen.

»Warum ist Lygwenn nicht in Zauberranke geblieben?«, fragte er dann weiter. »Sie hätte sich doch dort niederlassen und Lehrerin werden können. Dann wäre ich dort aufgewachsen …«

Denilius zuckte mit den Schultern.

»Dazu wollte ich sie damals auch überreden. Aber deine Großmutter hatte nach einer Weile das Gefühl, auf der Halbinsel festzusitzen. Zwar beschützte dich die Ranke, aber sie selbst fühlte sich gefangen. Also unternahmen wir einige Ausflüge mit dir, und als dabei nichts passierte, beschloss sie, weiterzuziehen … Jetzt, wo du die ganze Geschichte kennst, kann ich es dir ja sagen: Lygwenn scheute die Bruderschaft und wollte sich von ihr fernhalten. Sie glaubte, dass du in der Gesellschaft von Weltwanderern niemals in Sicherheit wärst.«

Lehander schaute ihn erstaunt an.

»Das verstehe ich nicht …. Ihr habt doch vereinbart, dass ich später an die Schule zurückkehre …«

Das Gesicht des Alten verfinsterte sich schlagartig.

»Das war die einzige vernünftige Lösung! Das musste Lygwenn doch sehen!«

Der Junge nickte hastig. Der plötzliche Stimmungsumschwung seines Großvaters verwirrte ihn. Schließlich war diese Frage ganz harmlos gewesen, viel harmloser als alle anderen, die ihn nicht derart aufgebracht hatten. Als Denilius unvermittelt aufstand und sich seine Tasche umhängte, begriff Lehander, dass die Pause und damit auch das Gespräch zu Ende waren. Trotzdem stellte er eine letzte Frage: »Kannst du mir wirklich helfen? Mit meiner Gabe?«

»Du zweifelst«, stellte der Weltwanderer fest. »Das schmerzt mich.«

Vielleicht erwartete er einen Widerspruch, doch der Junge blieb stumm. Nach einer kurzen Pause sagte Denilius schließlich: »Niemand kann dich besser ausbilden als ich, Lehander. Ich trage über siebzig Abzeichen an meinem Bandelier. Die Hälfte davon habe ich mir bei der letzten großen Chimäreninvasion verdient, die andere Hälfte als Magister der ältesten Weltwandererschule. Außerdem bin ich in ganz Gonelore für meine Alchimistenkünste bekannt. Ich habe bereits Schüler unterrichtet, als du noch gar nicht auf der Welt warst, und sie gelehrt, was es mit den verschiedenen Horizonten auf sich hat. Und vor allem habe auch ich schon einmal den Schleier durchquert. Ich weiß, wie es sich anfühlt. Und wie wir Nutzen daraus ziehen können.«

Er starrte den Jungen einige Sekunden lang an, als wollte er ihn warnen, seine Fähigkeiten in Frage zu stellen. Doch das wäre Lehander gar nicht in den Sinn gekommen. Er war wie vom Donner gerührt. Also war er nicht der Einzige, der sich in das Reich der Chimären vorgewagt hatte.

Als sie wenig später ihren Marsch fortsetzten, fiel es ihm plötzlich wie Schuppen von den Augen. Bisher hatte er nicht gewagt, über diese Möglichkeit auch nur nachzudenken …

Denilius wollte ihm helfen, seine Gabe zu beherrschen – aber nicht, um ihn zu schützen, sondern um ihn hinter den Schleier zu schicken!

13

Gess hatte befürchtet, dass er es nicht schaffen würde, wach zu bleiben. Er hatte in der vergangenen Nacht kaum geschlafen und war hundemüde. Doch die Angst hielt ihn wach. Jetzt musste er seinen Plan nur noch in die Tat umsetzen.

Seit rund zwanzig Minuten versuchte er, all seinen Mut zusammenzunehmen, aus seinem behaglichen, sicheren Bett zu steigen und die Füße auf den kalten Boden der Schlafkammer zu stellen. Dies war der einfachste Teil seines Vorhabens, aber Zweifel quälten ihn so sehr, dass er den Moment immer wieder hinauszögerte. Wenn er erst mal aufgestanden war, gäbe es kein Zurück mehr …

Jedes Mal, wenn er daran dachte, was für ihn auf dem Spiel stand, verkroch er sich wieder unter seine Decke. Aber wenn er zu lange wartete, verpasste er womöglich die einzige Gelegenheit, die das Schicksal ihm bot. Er musste handeln, bevor einer der anderen aufwachte. Sonst würde er es am nächsten Morgen bitter bereuen.

Bei diesem Gedanken gab er sich endlich einen Ruck. Bevor er es sich anders überlegen konnte, schlug er die Decke zurück und setzte sich mit rasendem Herzen im Bett auf. Er wartete, ob sich einer seiner Kameraden rührte, aber die drei schliefen tief und fest. Ihr Atem ging so gleichmäßig wie zuvor.

Nobiane und Dælfine waren auf Bitten Radjaniels für die Nacht in die Schlafkammer der Jungen umgezogen. Hier gab es genügend Betten, und die Schüler hatte sich darüber gefreut, das Zimmer zu teilen, nachdem sie den Tag bei unterschiedlichen Lehrern verbracht hatten. Die Trauer um Jonas Verschwinden schweißte sie noch enger zusammen, auch wenn der Anblick seines leeren Betts sie traurig machte. Sie hatten so vieles miteinander durchgemacht, sowohl Schreckliches als auch Schönes. Inzwischen waren sie echte Freunde geworden, auch wenn jeder von ihnen sein kleines Geheimnis hatte …

Bei diesem Gedanken bekam Gess einen Kloß im Hals. Wenn die anderen erfuhren, wie groß sein »kleines Geheimnis« war, würden sie ihm sicher die Freundschaft kündigen. Er betrachtete seine Kameraden noch eine Weile im Schlaf, als müsste er für immer von ihnen Abschied nehmen. Am friedlichsten wirkte Dælfine. Das lag sicher an der guten Nachricht, die Nobiane aus der Schmiedewerkstatt mitgebracht hatte. Vrinilia würde dem blinden Mädchen Linsen schleifen und ihr so gewissermaßen das Augenlicht wiedergeben. Das alles verdankte sie Nobiane, doch diese wollte es sich auf keinen Fall als Verdienst anrechnen. Die kleine Rothaarige schlief sehr viel unruhiger. Sie litt immer noch unter den Nachwirkungen von Zakarias' Angriff – was nur verständlich war. Wenn Berris' Chiroptiden nicht plötzlich aufgetaucht wären, hätte der Pirat sie zweifellos erwürgt …

Berris wiederum schnarchte leise vor sich hin. Seit er wusste, was aus seinen Schützlingen geworden war, konnte er ruhig schlafen. Ein Milizionär hatte gemeldet, dass zwei Chiroptiden durch die Bresche im Schutzwall entkommen waren. Dabei konnte es sich nur um die beiden kleinen Chimären handeln, die aus dem unterirdischen Labyrinth herausgefunden hatten. Sicher würden die Schüler sie nie wiedersehen, aber das war wohl auch besser so! Sie waren schon von genug Gefahren umgeben.

Für Gess war es an der Zeit, sich ihnen zu stellen. Vorsichtig stieg er aus dem Bett und tappte auf Zehenspitzen durchs Zimmer. Zum Glück hatte er einige Erfahrung darin, sich lautlos zu bewegen. Als er die Tür zum Gemeinschaftsraum öffnete, hob er sie ganz leicht an, damit die Angeln nicht quietschten. Im schwachen Schein der Glut, die im Kamin glimmte, vergewisserte er sich, dass die Luft rein war. Wenn ihn jetzt jemand überraschte, konnte er sich immer noch damit herausreden, dass er aufs Klo musste. Gleich darauf stand er vor der zweiten Schlafkammer … Als er die Hand auf die Klinke legte, hatte er den Eindruck, sein eigenes Todesurteil zu unterzeichnen.

Trotzdem öffnete er die Tür. Sachte, aber ohne übertriebene Vorsicht. Er durfte sich nicht verdächtig benehmen. Falls jemand dort drinnen wach war, musste er so tun, als schlafwandele er.

Doch niemand rührte sich. In der Kammer, in der sonst die beiden Mädchen übernachteten, herrschte eine geradezu feierliche Stille. Die zwei Erwachsenen schienen tief und fest zu schlafen. *Aber man weiß ja nie,* sagte sich Gess und trat einen ersten Schritt über die Schwelle.

Ängstlich musterte er die angekettete Gestalt auf dem rechten Bett. Eine Laterne auf dem Tisch verbreitete schwaches Licht. Jora Lygwenn lag reglos auf der Seite. Sie war eng ans Bett gefesselt, aber Gess war trotzdem mulmig zumute. Seltsamerweise erinnerte sie ihn an eine Schlange, die in ihrem Loch lauerte und jeden Moment hervorschießen konnte. Im Grunde hatte sie schon den ganzen Tag in einer Art Winterstarre verbracht – wie ein Reptil in der kalten Jahreszeit. Radjaniel hatte so sehr gehofft, dass sie noch einmal zu sich kommen würde, nachdem er auch ihr zweites Aufwachen verpasst hatte.

Dælfine hatte in allen Einzelheiten von ihrem Gespräch berichtet. Doch die Unterhaltung hatte nicht nur Antworten geliefert, sondern auch viele neue Fragen aufgeworfen, und so hatte sich der Messerschleifer geschworen, die Gefangene nicht mehr aus den Augen zu lassen, bis er sie selbst befragen konnte. Aus diesem Grund hatte er sich für die Nacht in der Kammer einquartiert. Er saß mit dem Rücken an der Wand auf Dælfines Bett und war eingenickt. Das war die Gelegenheit! So schnell würde Gess nicht wieder die Chance bekommen, seinen Plan in die Tat umzusetzen.

Das Schwierigste stand ihm noch bevor, und er durfte nicht lange überlegen. Mit jedem Moment, den er zögerte, wuchs die Gefahr, ertappt zu werden. Sein Puls beschleunigte sich, als er auf den Lehrer zuschlich. Als er vor ihm stand, brach ihm der kalte Schweiß aus. Er wagte kaum noch zu atmen, während er mit zitternden Fingern Radjaniels Hemd aufknöpfte!

Bald kam der Anhänger, den der Weltwanderer um den Hals trug, zum Vorschein. Staunend betrachtete Gess ihn. Es handelte sich tatsächlich um einen Schlüssel, geschmiedet aus einem wunderschönen Prisma. Da hatte er monatelang ganz Zauberranke nach diesem Ding abgesucht, und es hatte sich die ganze Zeit direkt vor seiner Nase befunden. Jetzt musste er den Schlüssel nur noch von der Kette lösen und sich wieder in sein Bett schleichen. Dann hätte er eine Sorge weniger.

Er streckte die Finger aus, verharrte aber mitten in der Bewegung. Radjaniel zu bestehlen war das Verwerflichste, was er je getan hatte … Doch ihn bei Gregerio zu verpetzen wäre noch viel schlimmer! Schließlich war der Oberste Fährtenleser wild entschlossen, sich an demjenigen zu rächen, der seinen Schlüssel in seinem Besitz hatte. Mit diesem kleinen Diebstahl konnte Gess Radjaniel also das Leben retten. Trotzdem konnte er sich nicht dazu durchringen. Er konnte sich so viele Ausreden ausdenken, wie er wollte, es war und blieb ein Verrat.

Letztlich siegte sein Gewissen. Nein, Gess würde Radjaniel nicht bestehlen! Wie konnte er das dem Mann antun, der ihn in seinem Haus aufgenommen hatte, der ihm zu essen gab und ihm schon zwei Mal das Leben gerettet hatte? Radjaniel war einer der wenigen Menschen, die es gut mit ihm meinten. Wie konnte er ihn Gregerios Hass ausliefern? Nein, er würde das Problem anders lösen müssen, selbst wenn er sich damit ins Unglück stürzte. Aber immerhin wahrte er so seine Selbstachtung und konnte seinen Freunden weiter ins Gesicht sehen.

Jetzt musste er nur noch unbemerkt in sein Bett zurückkehren. Er machte einen ersten Schritt rückwärts auf die Tür zu, doch plötzlich überschlugen sich die Ereignisse.

Jora Lygwenn bäumte sich im Schlaf auf ihrer Matratze auf. Ihr Körper stemmte sich gegen die Fesseln, und ihr Mund formte einen stummen Schrei. Gess hatte das Gefühl, das Rasseln ihrer Ketten müsse auf der ganzen Halbinsel zu hören sein. Vielleicht hätte er sofort durch die offene Tür fliehen sollen, aber er war vor Schreck wie gelähmt, und im nächsten Moment war es zu spät.

Radjaniel schreckte hoch, und sein schlaftrunkener Blick ging von der Gefangenen zu dem Jungen. Überrascht riss er die Augen auf, und seine Hand fuhr zu der Kette um seinen Hals. Gess' Herz krampfte sich zusammen, als er das Misstrauen im Gesicht seines Lehrers sah. Radjaniel ließ den Anhänger rasch unter sein Hemd gleiten und trat dann an Jora Lygwenns Bett. Er richtete kein Wort an den Jungen. Vielleicht wollte er sich erst eine Strafe überlegen, bevor er Rechenschaft von Gess verlangte – aber in diesem Moment gab es ohnehin Wichtigeres.

Die Gefangene fiel in eine Art Delirium, ein Zustand, den Dælfine ihnen auch schon beschrieben hatte. Trotzdem konnte Gess kaum fassen, was er da sah. Lygwenn riss an den Ketten, als wären sie aus glühendem Eisen und würden ihr die Haut verbrennen. Sie machte die unmöglichsten Verrenkungen, und ihre Gelenke knackten beängstigend. Die Weltwanderin befand sich in einem Wahnzustand, der an Raserei grenzte. Ihr stummer Schrei wurde allmählich zu lautem Gebrüll, das immer mehr anschwoll. Ihre Verzweiflung und animalische Wut schienen ganz Gonelore zu erschüttern.

»Geh Wasser holen«, rief Radjaniel. »Schnell!«

Der Befehl riss Gess aus seiner Betäubung. Er schob seine eigenen Sorgen beiseite und gehorchte. Im Gemeinschaftsraum stand ein voller Wasserkrug auf dem Tisch. An dem Stimmengewirr, das aus der anderen Schlafkammer drang, erkannte er, dass seine Kameraden jeden Moment angerannt kommen würden. Doch er wartete nicht auf sie, sondern brachte den überschwappenden Krug seinem Lehrer.

»Na los, kipp ihn aus!«

Radjaniel drückte die Gefangene mit beiden Händen aufs Bett, um zu verhindern, dass sie sich selbst verletzte. Zitternd hob Gess den Krug und beträufelte das Gesicht der Frau. Dann ging ihm auf, dass eine jähe Dusche wohl wirkungsvoller wäre, und er goss das Wasser mit einem Schwung aus.

Das half sofort. Lygwenn riss die Augen auf, spannte ein letztes Mal ihren Körper an und sackte dann auf der durchnässten Matratze zusammen. Radjaniel hielt sie noch einen Moment fest und trat dann einen Schritt zurück. Schließlich drehte er sich halb zu Gess um und fragte: »Was hattest du hier zu suchen?«

Die Angst überrollte den Jungen wie eine Lawine. Er konnte nur stammeln: »Ich habe … etwas gehört … Ich war wach und …«

Er brachte seinen Satz nicht zu Ende: Die Gefangene stieß einen gellenden Schrei aus und begann sich wieder in Zuckungen zu winden. Unglücklicherweise schaffte Radjaniel es diesmal nicht rechtzeitig, sie festzuhalten. Nachdem sie sich abermals wie wild aufgebäumt hatte, fiel Lygwenn mit der Hüfte auf die Bettkante. Ein Knochen brach mit lautem Knacken, und die Weltwanderin schrie vor Schmerz auf.

Radjaniel fluchte laut und stürzte zu ihr, um sie wieder auf die Matratze zu betten. Er ging so behutsam wie möglich vor, aber Lgywenns Gesicht verkrampfte sich, und sie stöhnte vor Schmerz. Nun war sie endlich zu sich gekommen, aber zu welchem Preis. Ihr rechtes Bein stand in einem unnatürlichen Winkel vom Becken ab, und die Eisenschellen hatten sich ihr bis aufs Blut in die Handgelenke geschnitten.

Nobiane, Berris und Dælfine drängten sich auf der Türschwelle und rissen die Augen vor Schreck weit auf. Radjaniel warf ihnen einen schnellen Blick zu und sagte dann zu Gess: »Hol dein Werkzeug. Wir müssen ihr diese verdammten Ketten abnehmen!«

»Aber … Jor Arold hat doch gesagt …«

Dem Jungen war nicht wohl bei dem Gedanken, die seltsame Gefangene zu befreien und den Zorn des neuen Magisters auf sich zu ziehen.

»Tu, was ich dir sage«, herrschte ihn der Weltwanderer an. »Alles andere geht dich nichts an.«

Er knöpfte sein Hemd zu, das immer noch halb offen gewesen war. Vielleicht war es nur Zufall, aber Gess fasste die Geste als eine Warnung auf, mehr noch – als unmissverständliche Drohung.

14

Nobiane erbot sich, Jora Fionaïs hinauszubegleiten. Sie war auch diejenige gewesen, die die Heilerin von Zauberranke in aller Frühe geholt hatte, sobald das zurückweichende Meer den Steg freigab. Fionaïs hatte rasch ein paar Phiolen und Salbentiegel eingepackt und war ihr gefolgt, doch leider hatte sie diesmal mit ihren Arzneien nicht viel ausrichten können.

Nachdem sie der Heilerin, die sich über den Steg entfernte, ein letztes Mal zugewinkt hatte, kehrte Nobiane in die Schlafkammer zurück, in der sie alle die halbe Nacht ausgeharrt hatten. Die Stimmung war bedrückt, und jedes Mal, wenn Radjaniel oder einer seiner Schüler Lgywenns Blick begegnete, wurde sie noch bleierner. Auch wenn die Weltwanderin niemandem einen Vorwurf machte, war ihre Verbitterung deutlich zu spüren.

»Zwei Monate«, sagte sie kopfschüttelnd. »Das ist unmöglich … Ich kann doch nicht zwei Monate warten, bis ich mich auf die Suche nach Lehander mache! Bis dahin kann Denilius ihn ans andere Ende von Gonelore verschleppt haben!«

»*Mindestens* zwei Monate«, rief ihr Radjaniel in Erinnerung. »Und davor eine Woche strengste Bettruhe. Wenn Ihr vollständig genesen wollt, müsst Ihr Euch unbedingt daran halten.«

»Das ist doch lächerlich«, ereiferte sich Lygwenn. »Ich habe noch nie gehört, dass man sich die Hüfte auskugeln kann. Ich bin doch nur auf die Bettkante gefallen. Wie konnte ich mich dabei so schwer verletzen? Ich wette, dass …«

Nobiane zuckte zusammen, als sich die Weltwanderin auf die Bettkante setzte und aufstehen wollte, doch schon im nächsten Moment streckte der Schmerz sie nieder. Hastig griff sie zu der Phiole, die die Heilerin ihr gegen die Schmerzen dagelassen hatte. Ein ähnliches Fläschchen hatte sie schon vor Tagesanbruch geleert, während sie auf die Alchimistin gewartet hatte. Der Trunk hatte sie ganz schläfrig gemacht, aber diesmal waren keine Nebenwirkungen bemerkbar.

»Zwei Monate …«, wiederholte sie.

Nobiane konnte ihre Verzweiflung nachempfinden. Das Schicksal verwehrte ihr die einzige Gelegenheit, ihren Enkel wiederzufinden. Zwar trug sie nun keine Ketten mehr, war aber immer noch an das Bett gefesselt. Dabei hatte sie sich nichts zuschulden lassen kommen – zumindest behauptete sie das.

Radjaniel hatte sie bisher noch nicht ausgefragt. Nachdem Gess der Gefangenen die Eisenschellen abgenommen hatte, hatte der Messerschleifer Lygwenn nur den Trunk gegeben, um ihre Schmerzen zu lindern. Doch Nobiane wusste genau, dass ihr Lehrer es kaum abwarten konnte, Antworten zu bekommen. Mittlerweile kannte sie ihn recht gut … Trotzdem war sie von seiner ersten Frage überrascht.

»Diese Wahnanfälle … Kommt das von dem Drakoniden? Sind das Nachwirkungen des Metamorphen?«

Das Mädchen hatte dieses Wort zwar noch nie gehört, aber sie konnte sich ungefähr vorstellen, was das war. Lygwenn nickte finster.

»In meinen Albträumen ist er immer da. Er will die Kontrolle wieder an sich reißen, auch wenn das unmöglich ist … Ich werde ihn so schnell wohl nicht los. Nicht nach so langer Zeit …«

Nach diesem Geständnis trat Schweigen ein. Jeder dachte an die furchtbaren Szenen zurück, als der Drakonid sie im Kristalltunnel der Ranke fast bis zum Fuß des Leuchtturms verfolgt hatte. Schließlich sprach Radjaniel das Unfassbare aus.

»Dann wart Ihr das also? Tatsächlich? Ihr habt mehr als vier Monate im Körper eines Drakoniden verbracht?«, fragte er ungläubig.

Nobiane hatte das Gefühl, der Unterhaltung zweier Verrückter beizuwohnen, doch zugleich spürte sie, dass jedes Wort wahr war.

»Vier Monate?«, fragte Lygwenn entgeistert. »Welcher Tag ist denn heute?«

Als der Messerschleifer ihr das Datum nannte, traten ihr Tränen in die Augen, doch sie drängte sie zurück.

»So lange … Mir kam es viel kürzer vor …«

Radjaniel wartete, bis sie den Schock verwunden hatte, und sagte dann: »So etwas ist bisher noch niemandem gelungen. Alle, die so lange Zeit in einem Metamorphen geblieben sind, hatten den Kampf gegen den Geist der Chimäre verloren. Außerdem hat noch nie jemand die Gestalt eines Drakoniden angenommen. Als wir nach einer Erklärung für die Anwesenheit des Drakoniden in der Höhle gesucht haben, ist uns diese Möglichkeit gar nicht in den Sinn gekommen.«

Die Weltwanderin runzelte die Stirn.

»Denilius wusste es jedenfalls. Ich habe das Verwandlungsprisma benutzt, weil ich vor ihm fliehen musste. Ich hatte keine andere Wahl. Nur so konnte ich ihn daran hindern, meinen Enkel zu entführen!«

Als sie die verblüfften Gesichter ihrer Zuhörer sah, fuhr sie fort: »Er behauptet, dass wir eine Vereinbarung getroffen hätten, aber das ist gelogen! Er ist völlig besessen von Lehanders Gabe. Er schreckt vor nichts zurück, um sie für seine Zwecke nutzen zu können. Er hat mich angegriffen und mein Haus mit Brandphiolen angezündet! Nur dank des Metamorphen konnten wir ihm entkommen … Ich wollte nach Zauberranke, um Euch vor Denilius zu warnen, aber der Geist des Drakoniden wurde immer stärker. Ich habe so lange Widerstand geleistet, wie ich konnte, aber irgendwann gewann er die Oberhand. Wäre ich nur früher wieder zu Sinnen gekommen, und sei es nur für einen Moment, hätte ich Lehander finden und ihn warnen können. Dann wäre das alles nicht passiert …«

Sie wandte sich ab und wischte sich über die Augen.

»Ihr müsst mir glauben«, fuhr sie fort. »Bei Denilius ist Lehander in großer Gefahr. Euer Magister hat den Drakoniden mit einer Brandphiole zum Explodieren gebracht und mich dann halb tot am Strand liegen lassen. Wahrscheinlich nahm er an, dass ich mit dem Drakoniden sterben würde. Er ist vollkommen wahnsinnig. Wenn wir ihn nicht finden, müssen wir mit dem Schlimmsten rechnen.«

Nobiane und ihre Freunde wechselten betroffene Blicke. Die Weltwanderin wirkte äußerst besorgt, und ihre Worte klangen überzeugend. Das Mädchen erschauerte, als sie sich vorstellte, was Jona in der Gewalt des ehemaligen Magisters erwartete. Ein Mann, der gefährlich genug war, im Alleingang einen Drakoniden zu bezwingen!

»Denilius ist nicht mehr der Magister von Zauberranke«, erwiderte Radjaniel. »Der Hohe Rat hat ihn gestern abgesetzt, und Arold, der Oberste Wächter, hat sein Amt übernommen. Aber ich glaube kaum, dass er bereit sein wird, uns zu helfen.«

Lygwenn starrte ihn ungläubig an.

»Warum nicht? Ein Schüler schwebt in Lebensgefahr. Sämtliche Lehrer sollten ihm zu Hilfe eilen!«

»Ich wünschte, es wäre so einfach«, seufzte der Messerschleifer. »Arold ist gerade erst an die Macht gekommen und will sich angeblich zunächst um die Sicherheit der Schule kümmern. In Wirklichkeit ist es ihm wohl lieber, Denilius einfach zu vergessen. Die Aussicht, dass er hierher zurückkehren könnte, und sei es auch nur als Gefangener, dürfte ihm nicht gefallen.«

Die Weltwanderin sah Radjaniel einen Moment lang mit offenem Mund an, als hoffte sie, sich verhört zu haben. Als sie erkannte, dass dem nicht so war, nickte sie knapp.

»Ich werde versuchen, ihn umzustimmen. Und wenn er sich weiterhin weigert, werde ich auf der Halbinsel schon irgendjemanden finden, der mir ein Pferd verkauft. Ich kann hier nicht untätig im Bett herumliegen.«

Niemand brachte es übers Herz, ihr zu widersprechen, dabei wussten alle, dass sie mit ihrer Verletzung in den kommenden Wochen nicht in der Lage sein würde, in den Sattel zu steigen. Nobiane hielt es schließlich nicht mehr aus.

»Wo müssten wir denn nach ihm suchen?«, platzte es aus ihr heraus. »Wisst Ihr, wohin Denilius Lehander bringen könnte?«

Lygwenn zögerte und schüttelte dann traurig den Kopf. War sie wirklich nur verzweifelt, oder sagte sie ihnen vielleicht nicht die ganze Wahrheit?

»Sie sind in einem Ruderboot unterwegs und haben kein Gepäck dabei«, erklärte Radjaniel. »Das heißt, Denilius hat entweder eine Insel in der Nähe der Küste angesteuert, oder er ist nicht allzu weit von Zauberranke entfernt an Land gegangen. Falls er das Festland erreicht hat, wird er sich zweifellos Pferde und Proviant besorgen. In dieser Richtung müsste man nachforschen.«

Lygwenn sah ihn flehend an, doch Radjaniel musste sie enttäuschen.

»Leider kann ich das nicht selbst übernehmen. Zumindest nicht sofort. Arold hat klargestellt, dass er mich aus Zauberranke verbannt, falls ich Lehander suchen gehe. Außerdem kann ich meine vier anderen Schüler nicht im Stich lassen. Aber ich werde die Hände nicht in den Schoß legen, Joransame. Darauf gebe ich Euch mein Wort.«

Lgywenn nickte langsam und dankte ihm mit einem schwachen Lächeln. Nobiane hatte keine Ahnung, was ihr Lehrer vorhatte. Wollte er die Weltwanderin vielleicht nur trösten?

»Ich hoffe nur, dass es nicht zu spät ist«, fügte der Messerschleifer hinzu. »Wenn Denilius Lehander zwingt, den Schleier zu durchqueren, kann ihn niemand mehr retten.«

15

Sie hatten in einem verlassenen Haus mitten im Wald übernachtet. Balken und Steine waren verwittert, die Fenster klaffende Löcher und die Mauern zum Teil eingestürzt. Lehander fragte sich, warum sich überhaupt ein Mensch in dieser Einöde niedergelassen hatte. Vielleicht war es ja ein Einsiedler gewesen. Der einstige Bewohner hätte sich gewiss nicht träumen lassen, dass eines Tages Weltwanderer in der Ruine seines Hauses Zuflucht suchen würden. Es sei denn, er hatte selbst ein Bandelier getragen. Vielleicht hatte er sich ja in die Wildnis zurückgezogen, um den Kriegen gegen die Chimären zu entgehen? Lehander hätte sich noch tausend andere Geschichten ausdenken können, aber diese Vorstellung passte am besten zu seinem derzeitigen Gemütszustand. Am liebsten hätte er sich in irgendeinem Loch verkrochen. Doch er konnte sich nicht einmal weiter seinen Tagträumen hingeben ….

»Auf dieser Seite sind es zwei«, flüsterte Denilius. »Und bei dir?«

Der Junge konzentrierte sich auf die schemenhaften Umrisse der Chimären hinter dem Schleier. Die Aufgabe fiel ihm nicht leicht, da er zum ersten Mal ein Prisma zu diesem Zweck benutzte. Außerdem waren die Chimären, die um das verfallene Haus kreisten, schnell wie der Wind … Er folgte ihnen noch eine Weile mit den Augen und antwortete dann: »Hier sind es drei. Eine davon sehr groß.«

Die letzten Worte flüsterte er, als könnte die Chimäre sie hören und plötzlich angreifen. Dabei hatten sich die Bestien die ganze Nacht lang zurückgehalten und waren nur heulend um das Haus gestreift, obwohl sie die Mauern mühelos hätten durchqueren können. Denilius hatte sie als Schlinger identifiziert, eine Lupinus-Art, die an Hyänen erinnerte. Diese Kreaturen stammten aus einem so urtümlichen Horizont, dass dieser winzige Überrest der Zivilisation schon reichte, um sie auf Abstand zu halten. Doch würden sich die Menschen aus der Ruine hervorwagen, wäre es damit vorbei.

»Ich hatte gehofft, dass sie das Weite suchen, sobald die Sonne aufgeht«, seufzte Denilius. »Solange sie hinter dem Schleier bleiben, kann ich mit meinen Phiolen nichts ausrichten. Ich fürchte, wir werden kämpfen müssen.«

Lehander lief es eiskalt den Rücken hinunter. Er hatte so sehr gehofft, dass es dazu nicht kommen würde. Doch nun warteten sie schon fast eine Stunde darauf, dass die Chimären sich verzogen, und Denilius wurde ungeduldig. Wohl oder übel gab der Junge seinen Beobachtungsposten auf und wollte dem Alten sein Prisma wiedergeben.

»Behalte es ruhig«, sagte Denilius. »Ich habe noch zwei andere. Du wirst es ohnehin brauchen, wenn wir mit deiner Ausbildung beginnen.«

Der Junge betrachtete den kostbaren Kristall in seiner Hand. Er war sechseckig und schimmerte orange. Erst nach einer ganzen Weile kam er auf die Idee, sich bei seinem Großvater zu bedanken.

»Gern geschehen. Irgendwann wirst du ohnehin all meine Sachen erben. Ich habe dieses Prisma von meinem Vater bekommen. Seit ich weiß, dass du mein Enkel bist, war klar, dass es eines Tages in deinen Besitz übergehen würde.«

Bei diesen Worten schien der Kristall noch etwas stärker zu leuchten. Denilius hatte Lehander soeben ganz beiläufig ein weiteres Geheimnis verraten: Sein Urgroßvater war ebenfalls Mitglied der Bruderschaft gewesen. Somit gab es drei Weltwanderer in der Familie, nein, sogar vier, mit seinem Großonkel Vargaï. Oder waren es sogar mehr? Leider konnte er über diese Frage nicht weiter nachdenken, denn Denilius holte ihn in die Wirklichkeit zurück.

»Du wirst das Prisma gleich benutzen können. Schlinger sind feige Geschöpfe. Sie werden erst im letzten Moment aus dem Schleier hervorkommen und dann sofort angreifen. Leider werde ich nicht mit fünf auf einmal fertig. Du musst mir den Rücken freihalten.«

Der Junge starrte ihn verblüfft an, aber der Alte meinte es absolut ernst. Lehander erbleichte. Er hatte zwar schon gegen Chimären gekämpft, aber nur gegen Krustenkrebse und Chiroptide, die nicht größer waren als er, und das zusammen mit seinen Kameraden. Zum Glück fiel ihm ein Argument dafür ein, warum er nicht kämpfen konnte.

»Ich habe mein Schwert nicht mehr. Ich musste es in den Katakomben zurücklassen.«

Denilius antwortete mit einem schwachen Lächeln. Nach einem letzten prüfenden Blick durch sein Prisma trat er zu seiner Umhängetasche und zog eine Waffe heraus. Es handelte sich um eine Art Krummdolch aus der Klaue eines Hakenreihers.

»Den habe ich heute Nacht für dich angefertigt«, erklärte Denilius. »So konnte ich die Zeit, in der ich Wache halten musste, wenigstens sinnvoll nutzen. Ich hoffe, die Waffe genügt deinen Ansprüchen. Die Klinge ist recht kurz, aber äußerst scharf, also pass gut auf. Sie macht natürlich nicht so viel her wie dein altes Schwert, aber sie ist viel wirkungsvoller, und vor allem kannst du sie stets bei dir tragen.«

Er drückte dem verdatterten Lehander die Waffe in die Hand. Der Junge fand es tröstlich, sich im Notfall verteidigen zu können, fühlte sich aber auch in die Ecke gedrängt. Schenkte Denilius ihm das Prisma und den Dolch, um ihn zu beschützen, oder wollte er einen kleinen Soldaten aus ihm machen? Ein Abbild seiner selbst in jungen Jahren? Womöglich hätte er ihm sogar eine Streitaxt geschmiedet, wenn er das Werkzeug dazu gehabt hätte!

»Und?«, fragte der Alte. »Was sagst du?«

»Was ich sage? Du wusstest, dass ich eine Waffe brauchen würde! Du wusstest, dass diese Reise gefährlich wird! Und trotzdem zwingst du mich dazu.«

Denilius' Gesicht verdüsterte sich. Er kehrte dem Schüler den Rücken zu und ging zurück auf seinen Beobachtungsposten.

»In Gonelore sind alle Wege gefährlich, Lehander«, murmelte er. »Deswegen ziehen die Weltwanderer kreuz und quer durch die Lande und bekämpfen die Chimären, wo sie nur können. Ich wünschte, es wäre anders, das kannst du mir glauben. Und vielleicht wird es eines Tages anders sein. Ich will uns nur in Sicherheit bringen. Das ist das Ziel dieser Reise. Doch um es zu erreichen, werden wir kämpfen müssen.«

Dem Jungen schwante nichts Gutes.

»Gegen Chimären?«, fragte er.

Der Weltwanderer drehte sich zu ihm um und sah ihn ernst an.

»Leider nicht nur. Bevor wir ans Ziel gelangen, werden wir uns gegen Feinde zur Wehr setzen müssen, die noch viel heimtückischer und furchterregender sind als Kreaturen aus anderen Horizonten. Aber darauf habe ich mich in den vergangenen Wochen gründlich vorbereitet.«

Er zeigte auf seine Alchimistentasche. Lehander fragte sich, was er darin noch alles verbarg.

»Aber alles zu seiner Zeit«, fuhr Denilius fort. »Zuerst müssen wir hier weg. Kannst du mir Rückendeckung geben? Traust du dir das zu? Kannst du dich mit dem Prisma vor dem Auge fortbewegen, ohne hinzufallen oder dir den Dolch in den eigenen Körper zu jagen?«

Lehander bejahte widerstrebend. Was blieb ihm schon anderes übrig? Wenn er sich weigerte, würde der Weltwanderer nur wieder einen Wutanfall bekommen und irgendetwas Unüberlegtes tun, wie sich allein auf die Schlinger stürzen oder den Jungen nach draußen stoßen, um ihn zum Kampf zu zwingen.

»Du wirst vermutlich gar nicht kämpfen müssen«, fügte Denilius hinzu. »Wie ich schon sagte, sind diese Bestien ziemlich feige. Höchstwahrscheinlich verschwinden sie hinter dem Schleier, sobald ich die erste getötet habe, und machen sich über den Kadaver her, sobald wir weg sind. Betrachte es als gute Übung für das, was noch vor uns liegt.«

Der Junge nickte wieder, auch wenn ihm eigentlich zum Heulen zumute war. Vielleicht hätte er auf die Knie fallen und weinen sollen wie ein Kind, um das Mitleid dieses Mannes zu erregen, der behauptete, sein Großvater zu sein. Schließlich war er erst elf Jahre alt!

Stattdessen biss er die Zähne zusammen, und als Denilius ihm ein Zeichen gab, packte er seinen Dolch. Sein Großvater und er stellten sich Rücken an Rücken auf, und im nächsten Moment durchbrachen die Chimären den Schleier. Denilius streckte zwei Chimären mit einem Streich nieder, und wie er vorausgesagt hatte, suchten die anderen sofort das Weite. Nachdem Lehander den Horizont jenseits des Schleiers gründlich abgesucht hatte, ließ er das Prisma sinken und betrachtete die Geschöpfe, die mit gespaltenem Schädel vor ihm lagen.

Der Anblick löste ein seltsames Gefühl in ihm aus. Im Grunde hätte er erleichtert sein müssen und den Göttern für diesen leichten Sieg danken sollen. Warum freute er sich nicht einfach, dass er unversehrt davongekommen war? Stattdessen hinterließ das schnelle Ende des Kampfs einen schalen Nachgeschmack. Nach all der Angst vor dem Angriff, all der Erregung während des Kampfs war er fast enttäuscht, dass er nur ein Zuschauer geblieben war. Die Klinge seines neuen Dolchs war weiterhin unbefleckt, und das kam ihm vor … wie eine Schmach.

Unterdessen wischte Denilius die Klinge seiner Axt am Fell der toten Schlinger ab. Als er ihm zusah, schoss dem Jungen durch den Kopf, dass sie einander ähnlicher waren, als er wahrhaben wollte.

16

Als Radjaniel im Vorraum der Schmiedewerkstatt Nobiane antraf, starrte er sie überrascht an. Natürlich wusste er, dass das Mädchen den halben Tag bei Vrinilia verbrachte, aber er war so in Gedanken versunken gewesen, dass er es kurzzeitig vergessen hatte. Außerdem wurde es bald dunkel, und er war davon ausgegangen, dass seine Schülerin sich längst auf dem Rückweg ins Zeughaus befand.

»Man erwartet Euch unten«, teilte Nobiane ihm mit.

Sie war noch blasser als sonst, hatte tiefe Augenringe und einen müden Blick. Vrinilia nahm sie wohl wirklich hart ran, ganz so, wie sie gedroht hatte. Radjaniel lächelte dem Mädchen aufmunternd zu, aber sie reagierte nicht darauf. Hastig durchquerte sie den Raum, riss die Haustür auf und lief hinaus in die Gässchen des alten Viertels. *Was ist denn nun schon wieder los?* Der Messerschleifer hatte schon genug Probleme am Hals, und irgendwie kamen ständig neue hinzu.

Es gab nur eine Möglichkeit, der Sache auf den Grund zu gehen, und so stieg er die Treppe zum Keller hinab. Seit vielen Jahren war er nicht mehr dort unten gewesen, und er fragte sich, warum Arold ihn ausgerechnet hierher bestellt hatte. Es wäre ihm lieber gewesen, der neue Magister wäre noch einmal ins Zeughaus gekommen, um mit Lygwenn zu sprechen. Dass Arold ihr Schicksal offenbar gleichgültig war, gab nicht gerade Anlass zur Hoffnung. Wann würde Arold endlich nach Lehander suchen lassen?

Radjaniel hatte sich am Morgen noch lange mit der Weltwanderin unterhalten, aber ihr Gespräch hatte kaum noch neue Erkenntnisse gebracht. Lygwenn beteuerte, dass sie nicht wusste, was Denilius mit Lehander vorhatte, und ließ sich auch nichts Genaueres über die sonderbare Gabe des Jungen entlocken. Nachdem sie sie jahrelang geheim gehalten hatte, brauchte sie wohl noch etwas Zeit, um darüber zu reden.

Am Nachmittag hatte er Lygwenn in Ruhe gelassen und war in der Werkstatt des Zeughauses seiner Arbeit nachgegangen. Dælfine war ihm wie üblich zur Hand gegangen. Die Schülerin bewies wirklich enormes Geschick, und sie war ihm eine große Hilfe. Gemeinsam hatten sie bereits mehrere Dutzend Schwerter aus Krustenkrebspanzern geschmiedet, und Radjaniel hoffte, dass er noch vor Ende des Winters jeden Schüler von Zauberranke mit einer eigenen Waffe ausstatten konnte. Falls nicht, würde Arold jemand anderen zum Klingenschleifer und Herrn über das Zeughaus ernennen, das hatte der neue Magister unmissverständlich klargemacht.

Diese Drohung ging Radjaniel durch den Kopf, als er das Kellergewölbe betrat. Arold stand in der Mitte des Raums neben dem kuppelförmigen Käfig. Hinter ihm ragte die hochmütige Gestalt Vrinilias auf. Radjaniel war verblüfft, Jor Kartigann ebenfalls hier anzutreffen. Dieses arrogante Großmaul konnte er auf den Tod nicht ausstehen, vor allem, weil er seine Schüler hart bestrafte und manchmal sogar züchtigte. Radjaniel fragte sich, was der Kerl hier verloren hatte. Sein hämisches Grinsen verhieß nichts Gutes. Kartigann warf immer wieder verstohlene Blicke in den Kerker, und so trat Radjaniel näher und sah ebenfalls in die Grube hinunter. Gleich darauf sprang er entsetzt zurück.

»Za… Zakarias!«, stieß er hervor.

Kartigann lachte spöttisch, während Vrinilia und Arold Radjaniel mit kalten Blicken maßen. Der Messerschleifer erholte sich so weit von dem Schreck, dass er die verstümmelte Leiche einige Meter unter sich in Augenschein nehmen konnte. Der Körper war grauenvoll zugerichtet. Wer immer ihn in die Grube geworfen hatte, war auch mit dem abgetrennten Haupt völlig achtlos umgegangen. Es war an die Wand gerollt, und die aufgerissenen Augen zeigten nach oben. Der Anblick war nicht länger als ein paar Sekunden zu ertragen. Das erklärte auch Nobianes Verfassung. Das Mädchen musste den Transport der Leiche beobachtet haben.

»Was zum … Warum …«, stieß er hervor.

»Meine Männer haben ihn aus den Katakomben geholt«, erklärte Arold. »Ich habe Euch ja gesagt, dass ich dort unten gründlich aufräumen würde. Außerdem liegt mir sehr daran, diese dummen Gerüchte über ein Gespenst in unserer Schule im Keim zu ersticken. Damit ist jetzt Schluss!«

Er nickte Vrinilia zu. Die Prismenschmiedin griff in die langen, dunklen Ärmel ihres Gewands, und im nächsten Moment schleuderte sie zwei Beschwörungsprismen durch die Gitterstäbe des Käfigs. Beim Aufprall auf dem Steinboden zersprangen die Kristalle in Abertausend glitzernde Partikel. Radjaniel brannte darauf zu erfahren, welche Chimären die Prismenschmiedin heraufbeschworen hatte.

Es handelte sich um Dionychote, eine Unterart der Felinae, die den geschmeidigen Körperbau von Geparden, aber lange Beine wie eine Spinne hatten. Im ersten Moment fielen sie instinktiv übereinander her, doch sobald sich ihre Verwirrung gelegt hatte, machten sie sich über den Kadaver her und rissen ihn in Stücke. Die wenigen Tätowierungen des Piraten, die noch zu erkennen gewesen waren, wurden von messerscharfen Klauen zerfetzt. Als eine der Kreaturen sich den Kopf schnappte und ihm die Haut abzog, wandte Radjaniel angewidert den Blick ab. Was sollte diese Inszenierung?

Gleich darauf wurde ihm alles klar. Arold fragte über das Knurren und Schmatzen hinweg: »Wie ich höre, habt Ihr Euer Versprechen bereits gebrochen? Ihr habt der Gefangenen die Ketten abgenommen und damit gegen meine Anordnungen verstoßen?«

Radjaniel atmete tief durch. Wenn der neue Magister glaubte, ihn mit diesem barbarischen Spektakel einschüchtern zu können, irrte er sich. Arold, der es nicht über sich gebracht hatte, während eines Verhörs die Hand gegen einen Gefangenen zu erheben, würde gewiss nicht einen Kollegen in eine Grube voller Chimären stoßen.

Doch einen Augenblick später kamen dem Messerschleifer Zweifel. Er glaubte zwar nicht, dass Arold zu solcher Niedertracht fähig wäre, aber bei Vrinilia war er sich nicht so sicher, und Kartigann traute er alles zu. Vielleicht war er ja deshalb hier …

»Jora Lygwenn unterlag meiner Verantwortung«, rief er Arold in Erinnerung. »Außerdem habe ich sie nicht aus Weichherzigkeit losgebunden, sondern weil die Ketten sie fast gevierteilt hätten. Hätte ich sie nicht befreit, hätte sich unsere Kollegin das Genick gebrochen. Aber das hat Euch Jora Fionaïs gewiss ebenfalls erzählt.«

Er grollte der Heilerin nicht. Vermutlich hatte sie sich sogar für die Verletzte eingesetzt, während sie dem Magister von ihrem Besuch im Zeughaus berichtete.

Arold und Vrinilia wechselten einen vielsagenden Blick.

»Immerhin gebt Ihr es zu«, sagte die Prismenschmiedin. »Alles andere hätte ich auch als persönliche Beleidigung aufgefasst.«

»Ich habe mir nichts vorzuwerfen«, beharrte Radjaniel. »Jedenfalls ist Jora Lygwenn bereit, alle Eure Fragen zu beantworten. Offenbar ist Denilius' Verrat noch viel weitreichender, als wir vermutet haben, und Lehander …«

»Nicht jetzt«, fiel ihm Arold in Wort. »Darüber werdet Ihr später in aller Ruhe mit dem neuen Obersten Wächter sprechen können. Ich habe Jor Kartigann das Amt angeboten, und er hat sofort eingewilligt!«

Radjaniel starrte ihn entsetzt an. Kurz glaubte er, es handle sich um einen Scherz. Unter allen Weltwanderern, die in Zauberranke lebten, hätte Arold keinen schlechteren Anwärter finden können. Der Mann war einfach nicht klug genug, um diesen Posten auszufüllen. Er würde die Miliz nur dazu nutzen, die Schüler sinnlos zu quälen. Doch Radjaniel hielt es für geraten, ein weniger drastisches Argument vorzubringen.

»Jor Kartigann ist für eine Gilde von fünf Schülern verantwortlich. Niemand, der eine solche Aufgabe übernommen hat, darf gleichzeitig im Hohen Rat sitzen. Das verbietet die Tradition.«

»Die Tradition wird gewahrt«, versicherte ihm Vrinilia. »Kartigann hat seine Schüler bereits auf andere Gilden verteilt, die nicht mehr vollständig waren. Wir werden ihn von seinen Lehrverpflichtungen befreien, sobald die Ernennung offiziell ist.«

Der Beförderte grinste dümmlich. Fassungslos musterte Radjaniel diese drei Menschen, die er eigentlich für vernunftbegabt gehalten hatte. Wie waren sie auf diese wahnwitzige Idee verfallen? In der Grube knurrten und fauchten die Dionychote immer lauter. Den Geräuschen nach zu schließen, warfen sie sich gegen die Wände ihres Kerkers.

Da platzte dem Messerschleifer endgültig der Kragen. »Ihr wollt Euch mit treuen Gefolgsleuten umgeben, um Eure Macht zu sichern, Arold, aber damit werdet Ihr Zauberranke ins Verderben stürzen! Ihr täuscht Euch, wenn Ihr glaubt, dass Tannakis keine Gefahr mehr darstellt, und die Verteidigung der Schule dem Erstbesten zu übertragen, der sich zur Verfügung stellt, ist wirklich nicht der richtige Weg, um die nächste Katastrophe zu verhindern.«

»Was?«, polterte Kartigann. »Du jämmerlicher Säufer!«

Er ballte die Faust und wollte sie Radjaniel ins Gesicht donnern, doch der stoppte den Hieb mit der flachen Hand. Seine Reaktionsschnelligkeit überraschte ihn selbst. Nein, er war nicht länger der jämmerliche Säufer, der sich im Zeughaus verkroch und seine Schuldgefühle im Schnaps ertränkte. Bei der Ausbildung seiner neuen Schüler hatte auch er zu seiner alten Kraft zurückgefunden. Er gehörte zu den verdienstvollsten Weltwanderern seiner Generation. Er war an der Seite von heldenhaften Kämpfern wie Vargaï durch Gonelore gezogen. In den letzten Monaten hatte er wieder Gefallen an der Freundschaft und dem Zusammenhalt der Bruderschaft gefunden. Die Weltwanderer hatte die Aufgabe, den Frieden in Gonelore zu sichern, und er würde nicht tatenlos zusehen, wie all das zerstört wurde.

Er stieß Kartigann verächtlich von sich und wandte sich dann dem Magister und der Prismenschmiedin zu, die nun ihrerseits überrascht die Augen aufrissen.

»Ihr habt mir das Versprechen abgenommen, Eure Anordnungen zu befolgen, Jor Arold. Es tut mir leid, aber dazu bin ich leider nicht imstande. Katzbuckeln war noch nie meine Stärke. Sei's drum, wenn ich aus Zauberranke verbannt werde. Dann mache ich mich eben auf die Suche nach Lehander. Und meine Schüler nehme ich mit, wenn sie sich mir denn anschließen wollen. Aber bei allen Göttern, begeht nicht den Fehler, die Sicherheit von Zauberranke diesem Mann anzuvertrauen. Dafür stehen zu viele Leben auf dem Spiel! Es ist unsere Pflicht, die Schüler zu beschützen.«

»Dann hau doch ab!«, fauchte Kartigann. »Dir weint niemand eine Träne nach, du alter Säufer!«

Radjaniels Hand zuckte. Er hätte seinen Kontrahenten gern mit einer schallenden Ohrfeige zum Schweigen gebracht, aber er wartete auf Arolds und Vrinilias Antwort. Die beiden ließen sich Zeit. Wieder wechselten sie einen vielsagenden Blick und berieten sich dann kurz im Flüsterton. Schließlich ergriff der Magister das Wort.

»Lasst uns bitte allein, Jor Kartigann. Ich werde Euch über meine Entscheidung in Kenntnis setzen.«

Kartigann starrte ihn empört an.

»Was? Wie? Was gibt's denn da zu entscheiden? Was soll denn dieser Sch…«

»Passt auf, was Ihr sagt!«, warnte Vrinilia. »Wenn Ihr einen Sitz im Hohen Rat anstrebt, müsst Ihr lernen, Euch zu beherrschen. Und zwar je eher, desto besser.«

Jor Kartigann glotzte sie einen Moment mit offenem Mund an. Dann verzog er das Gesicht und marschierte wortlos davon. Bevor er das Gewölbe verließ, spuckte er auf den gepflasterten Boden, und draußen auf der Treppe begann er leise vor sich hinzuschimpfen.

»Den sind wir los«, bemerkte die Prismenschmiedin süffisant.

Radjaniel nickte, obwohl er überrascht war, diese Worte aus Vrinilias Mund zu hören. Noch verblüffter war er, als sie hinzufügte: »An Eurer Stelle hätte ich ihm die Nase eingeschlagen. Aber zum Feind habt Ihr ihn Euch wohl ohnehin gemacht.«

»Das kann man wohl sagen«, antwortete der Messerschleifer.

Mehr fiel ihm nicht ein. Er hatte damit gerechnet, sich eine Strafpredigt, Drohungen und weitere Beleidigungen anhören zu müssen. Der Gleichmut, den Arold zur Schau trug, verwirrte ihn, einen Wutanfall hätte Radjaniel weniger unheimlich gefunden. Also versuchte er, Arold aus der Reserve zu locken.

»Ich konnte nicht schweigen! Nicht, wenn es um die Sicherheit der Schüler geht. In der Vergangenheit hat eine Tragödie schon einmal fast mein Leben zerstört. Wenn Ihr es wünscht, werde ich das Zeughaus verlassen und nicht mehr nach Zauberranke zurückkehren. Aber ich hoffe, dass mein Opfer nicht umsonst sein wird.«

Arold schwieg eine Weile und sagte dann: »Stattdessen könnt Ihr auch auf Euren alten Posten zurückkehren. Als Oberster Wächter wärt Ihr selbst für die Sicherheit der Schule verantwortlich.«

Radjaniel verschlug es die Sprache. Das war das Letzte, womit er gerechnet hatte. Er fragte sich, ob das eine Falle war und mit welchen Hintergedanken man ihm diesen Vorschlag unterbreitete.

»In den letzten Monaten habt Ihr Euch als zielstrebig, gewissenhaft und vor allem loyal erwiesen«, erklärte Vrinilia. »Nicht Denilius gegenüber, wie wir zunächst befürchtet hatten, sondern gegenüber der Schule. Ihr versucht nicht, uns etwas vorzumachen, Radjaniel, selbst wenn Ihr wisst, dass Euer Vorgehen uns missfällt. Das Wohl Eurer Schüler liegt Euch mehr am Herzen als jedem anderen Lehrer. Wer wäre für dieses Amt also besser geeignet als Ihr?«

»Versteht mich nicht falsch«, warf Arold ein, »ich hege keinerlei Sympathie für Euch. Aber Ihr habt Erfahrung, und ich kann nicht leugnen, dass Ihr uns wertvolle Dienste leistet, seit Ihr Eure persönlichen Dämonen besiegt habt. Außerdem seid Ihr so ehrlich, dass es an Naivität grenzt, und wärt außerstande, Euch einer Verschwörung anzuschließen. Genau so jemanden braucht der Hohe Rat, Radjaniel. Ich will in Zauberranke reinen Tisch machen, damit die Schule wieder zu ihrer alten Größe zurückfindet!«

Der Messerschleifer nickte, während er seine wirren Gedanken zu ordnen versuchte. Die beiden Weltwanderer schienen es wirklich ernst zu meinen. Andererseits waren sie selbst die schlimmsten Intriganten und Ränkeschmiede … Die perfide Art, mit der sie das Ganze eingefädelt hatten, bewies das nur zu gut.

»Warum habt Ihr das Amt dann erst Kartigann angeboten?«, fragte er. »Was, wenn ich nicht widersprochen hätte?«

»Das hätte mich doch sehr gewundert«, bemerkte Vrinilia trocken.

»Wenn Ihr geschwiegen hättet«, fügte Arold hinzu, »hätten wir daraus geschlossen, dass wir uns in Euch geirrt haben.«

»Und dann wäre Kartigann der Oberste Wächter von Zauberranke geworden? Einfach so?«

Der Magister zuckte mit den Schultern. »Er hat vielleicht nicht das beste Urteilsvermögen, aber seine geistige Beschränktheit sichert uns seine Treue. Das ist gegenwärtig das Wichtigste.«

Radjaniel seufzte schwer, während Arold weitersprach: »Die Dinge wurden zu lange schleifen gelassen. In Zauberranke herrschte Chaos, Verräter heckten auf der Halbinsel eine Verschwörung aus, ein Wahnsinniger hatte die Kontrolle über den Leuchtturm, und Denilius verfolgte irgendwelche geheimen Pläne. So etwas darf nicht wieder vorkommen. Ich brauche einen Hohen Rat, auf den ich mich voll und ganz verlassen kann. Schließlich hat die Schule einen wichtigen Auftrag: Wir müssen die nächste Generation von Weltwanderern ausbilden, die in der Lage sind, künftige Invasionen von Chimären zurückzudrängen.«

»Seit sieben Jahren arbeiten wir auf dieses Ziel hin«, erklärte Vrinilia. »Seit Denilius begann, sich sonderbar zu benehmen. Natürlich agierte er nur im Verborgenen, aber wir waren überzeugt, dass er uns etwas Wichtiges verheimlichte. Seine Pflichten als Magister interessierten ihn immer weniger. Er bat Selenimes, alle Papiere aus den Archiven herauszusuchen, die mit den Tuchwanderern zusammenhingen, und unser Oberster Schreiber kam diesem Auftrag bis vor Kurzem nach. Wir wussten, dass wir irgendwann herausfinden würden, was Denilius vorhat. Dieser Fall ist jetzt eingetreten. Wir können froh sein, dass die Folgen nicht allzu schlimm sind.«

»Soll er doch bleiben, wo der Pfeffer wächst!«, ereiferte sich Arold.

Radjaniel kam aus dem Staunen nicht mehr heraus. Da hatte er die beiden Weltwanderer all die Jahre verdächtigt, nur aus Machtgier zu handeln – und nun entpuppten sie sich als die treuesten Hüter der Schule! Wenn denn stimmte, was sie behaupteten. Doch insgeheim spürte der Messerschleifer, dass sie recht hatten. Denilius' Wesensänderung war ihm erstmals aufgefallen, als Lygwenn mit dem kleinen Lehander auf die Halbinsel gekommen war, und in den vergangenen Monaten, seit der Junge erneut in Zauberranke lebte, war es noch schlimmer geworden.

Auf Radjaniels Schultern lastete eine schwere Verantwortung. Wenn er seinen früheren Posten im Hohen Rat übernahm, könnte er einen Suchtrupp entsenden lassen und persönlich über die Sicherheit aller Bewohner der Schule wachen. Doch es gab auch einen gewichtigen Grund, der dagegen sprach …

»Ich kann meine Schüler nicht im Stich lassen«, erklärte er. »Auf keinen Fall verteile ich sie auf andere Gilden, wo sie nur gehänselt werden. Ihre Kameraden machen es ihnen nicht leicht …«

»Die Tradition gestattet Euch, einen Schüler zu behalten«, rief ihm Vrinilia in Erinnerung. »Ich biete Euch an, Nobiane bei mir aufzunehmen. Sie verbringt ohnehin schon den halben Tag in meiner Werkstatt. Und ich habe mir sagen lassen, dass Gregerio Verwendung für diesen Jungen hat, Gess … Sie werden ihren Platz finden.«

Der Messerschleifer nickte. Doch die Sache hatte einen schalen Beigeschmack. Er könnte Dælfine bei sich behalten, ja, das war möglich … Aber es behagte ihm nicht, wie eilfertig die Prismenschmiedin vorschlug, Nobiane unter ihre Fittiche zu nehmen. Und Gess hasste die Fronarbeit bei Gregerio, das wusste Radjaniel schon lange. Kurzum, die Vorstellung gefiel ihm ganz und gar nicht.

»Und was ist mit Berris?«, fragte er trotzdem.

»Der müsste eigentlich von der Schule fliegen!«, erboste sich Arold. »Ich finde, Ihr seid viel zu nachsichtig mit ihm! Immerhin hat der Junge unter Eurem Dach zwei Chimären versteckt und großgezogen!«

»Er war sich über die Folgen nicht im Klaren«, erklärte der Messerschleifer. »Er ist einfach noch nicht reif genug. Aber das kommt schon noch.«

Abermals kamen ihm Zweifel. Wenn er das Amt übernähme, könnte er Lehander helfen und müsste sich nicht von seinen anderen Schülern trennen. Andererseits würde er sie nicht mehr täglich um sich haben. Er würde nichts von ihren kleinen Freuden und Erfolgen mitbekommen. Ihre Gilde würde zerschlagen werden, und jeder müsste irgendwo auf der Halbinsel allein mit sich und der Welt hadern.

»Ich muss nachdenken«, meinte er schließlich. »Ich brauche einige Tage Bedenkzeit.«

»Die sollt Ihr haben«, sagte der Magister. »Aber wartet nicht ewig mit der Entscheidung. Lange werde ich Kartigann nicht hinhalten können. Ich brauche Euch wohl nicht zu sagen, wie wütend er sein wird … So oder so muss ich bald einen Obersten Wächter ernennen.«

Radjaniel verstand den Wink. Entweder er sagte rasch zu, oder Arold wählte den bequemsten Weg, mit allen Konsequenzen.

In der Grube unter ihnen verschlangen die Dionychote die letzten Überreste von Zakarias' Leiche. Das war ein passendes Symbol für die neuen Verhältnisse in Zauberranke: Jeder, der den neuen Machthabern ins Gehege kam, musste sich ihrem Willen unterordnen, wenn er nicht aus dem Weg geräumt werden wollte.

17

Seit Jora Lygwenns Unfall waren drei Tage verstrichen, und die Bewohner des Zeughauses hatten sich auf ihren Gast eingestellt. Morgens brühte Dælfine der Weltwanderin als Erstes eine Tasse Tee, wofür diese sehr dankbar war. Danach brachte das Mädchen der Verletzten eine Schüssel Wasser für eine Katzenwäsche und half ihr vorsichtig zum Abort. Jora Lygwenn genas schneller als erwartet, aber sie konnte sich noch nicht allein fortbewegen, trotz der Krücken, die Radjaniel ihr gezimmert hatte. So betätigte sich Dælfine als Krankenpflegerin, obwohl sie niemand darum gebeten hatte.

Es hatte sich einfach so ergeben. Erstens verbrachte sie als Einzige den Nachmittag im Zeughaus, zweitens stammte sie aus einer vielköpfigen Familie und hatte gelernt, sich um andere zu kümmern. Dælfine konnte immer noch nicht fassen, dass Lygwenn der Drakonid gewesen war, der ganz Zauberranke in Angst und Schrecken versetzt hatte. Das Mädchen hatte den Eindruck, als trüge sie eine Mitschuld daran, dass Lehander und seine Großmutter getrennt worden waren. Schließlich war sie damals in der Höhle dabei gewesen. Dælfine hätte alles gegeben, um das wiedergutzumachen.

Glücklicherweise schien die Weltwanderin ihr deswegen keinen Vorwurf zu machen. Sie hatte sich sogar dafür entschuldigt, dass sie den Geist des Metamorphen nicht besser beherrscht und die Schüler mehrmals in Gefahr gebracht hatte. Dabei hatte sie nur ihren Enkel zurückholen wollen … Lygwenns Erinnerung an das, was sie in Gestalt des Ungeheuers getan hatte, war lückenhaft, und sie ließ sich immer wieder von Dælfine versichern, dass sie auch wirklich niemanden aus Zauberranke getötet hatte. Allerdings hatte sie Sohia und Vargaï verletzt und einen Hirten getötet. Der Mann hatte sich dem Drachen genähert, obwohl die Weltwanderer ihn gewarnt hatten. Radjaniel ermahnte Lgywenn mehrfach, nicht immer wieder an dieses Unglück zurückzudenken und sich deswegen zu quälen. Schließlich hatte sie keine Gewalt über den Drakoniden gehabt, und es war nun nichts mehr daran zu ändern.

Zum Glück waren die seltsamen Krampfanfälle nicht mehr aufgetreten. Die Arzneien der Heilerin hatten daran sicher großen Anteil, aber Lygwenns Zustand hatte sich wohl auch deshalb gebessert, weil sie endlich wieder mit anderen Menschen sprechen konnte. Das half der Weltwanderin, zu ihrer Menschlichkeit zurückzufinden, die sie unter dem Einfluss des Drakoniden fast verloren hätte. Die Kehrseite der Medaille war, dass sie immer trauriger wurde, denn mit jedem Tag schwanden die Aussichten, ihren Enkel wiederzufinden. Und Radjaniels Bemühungen hatten bisher zu nichts geführt …

Der Messerschleifer missachtete das Verbot des neuen Magisters und hatte mit der Suche nach Lehander begonnen. Um keinen Verdacht zu erregen, behauptete er, seine Schüler auf dem Meer unterrichten zu wollen. Er gab vor, sie in verschiedenen Rudertechniken zu unterweisen, während sie in Wahrheit die Inseln vor der Küste nach Spuren ihres Kameraden absuchten. Seit drei Tagen verbrachten Dælfine und ihre Kameraden ihre Vormittage in einem Boot, wo sie abwechselnd ruderten und Ausschau hielten. Leider hatten sie das Boot, das Denilius entwendet hatte, bisher nirgendwo entdeckt, und als sie am dritten Tag zurückruderte, machte sich Dælfine darauf gefasst, Jora Lygwenn erneut schlechte Nachrichten zu überbringen. Denilius und Jona waren zweifellos längst tief ins Festland vorgedrungen, und sie mussten die Hoffnung aufgeben, dass sie die beiden in der Umgebung von Zauberranke aufspüren würden.

Umso erstaunter war sie, als Radjaniel ihnen befahl, eine der kleinen Inseln anzusteuern. Bislang waren sie nirgends an Land gegangen, selbst dann nicht, wenn die Insel bewohnt war. Ihr Lehrer hatte kein Wort darüber verloren, warum. Er war ohnehin recht einsilbig in letzter Zeit, und seine Schüler hatten ihn in Ruhe gelassen. Doch sein plötzlicher Sinneswandel weckte ihre Neugier, und so reckten sie die Hälse, um den Grund dafür auszumachen.

Dælfine konnte durch ihr Prisma nichts Besonderes entdecken. Doch die Insel, auf die der Messerschleifer gezeigt hatte, war eine der größten des Archipels, und sicher befanden sich irgendwo hinter dem Landesteg, den sie vom Boot aus sehen konnte, irgendwelche Gebäude … Gespannt wartete das Mädchen auf eine Erklärung ihres Lehrers, aber der brütete weiter mit ernstem Gesicht vor sich hin.

Als sie angelegt hatten, wagte Gess zu fragen: »Was jetzt? Dürfen wir aussteigen?«

Radjaniel drehte sich ruckartig zu seinen Schülern um, als hätte er ihre Anwesenheit ganz vergessen. Schließlich antwortete er widerstrebend: »Na schön, raus mit euch. Aber bleibt in der Nähe, damit ich euch im Blick behalten kann, ja? Versprecht es mir!«

Die Schüler versprachen es, aber ihre Begeisterung hatte einen deutlichen Dämpfer bekommen. Schließlich siegte ihre Abenteuerlust, und sie kletterten auf den Steg und wagten sich nacheinander bis zum Strand vor.

Dælfine verließ das Boot als Letzte. Das seltsame Verhalten ihres Lehrers beunruhigte sie sehr. Reglos und stumm saß er im Boot und schien alle Last der Welt auf seinen Schultern zu tragen. Einer Eingebung folgend, machte sie kehrt und streckte ihm die

Hand hin. Radjaniel warf ihr einen merkwürdigen Blick zu, als sehe er ein Gespenst. Dann ergriff er ihre schmalen Finger, obwohl er eigentlich keine Hilfe gebraucht hätte, um sich auf den Steg zu ziehen. Fast hatte das Mädchen den Eindruck, ihm das Laufen beizubringen, so wie einst ihrem jüngsten Bruder.

Erst am Strand schien der Weltwanderer wieder einigermaßen zu sich zu kommen. Doch irgendetwas beschäftigte ihn, das war offensichtlich. Nervös beobachtete er, wie seine Schüler die Umgebung erkundeten. Eine unbestimmte Vorahnung bewog Dælfine dazu, an seiner Seite zu bleiben. Als er mit schweren Schritten zu einem Haufen Steine am Waldrand ging, begleitete sie ihn.

Aus Radjaniels andächtiger Haltung schloss Dælfine, dass es sich bei dem kleinen Steinhügel um ein Grabmal handelte. Sie hielt sich eine Weile respektvoll im Hintergrund, doch irgendwann hielt sie die Neugier nicht mehr aus.

»Liegt hier jemand begraben?«

Der Weltwanderer holte tief Luft und schüttelte den Kopf.

»Nein … Ich will nur die Erinnerung wach halten. Obwohl ich dieses Unglück sicher nie vergessen werde … Ich war schon lange nicht mehr hier.«

Er drehte sich zu Gess, Nobiane und Berris um, die nur einen Steinwurf entfernt den Strand entlangspazierten. Als er sich vergewissert hatte, dass alles in Ordnung war, senkte er den Blick und murmelte: »Ich hatte einfach nicht den Mut, herzukommen. Ich habe euch drei Tage lang auf dem Meer herumrudern lassen, bis ich mich endlich dazu durchringen konnte … Lächerlich, oder?«

»Ganz und gar nicht«, widersprach Dælfine.

Sie wusste zwar nicht, wovon er redete, ahnte aber, dass ihr Lehrer ein paar aufmunternde Worte gebrauchen konnte. Spontan schlang sie ihm die Arme um den Bauch und lehnte sacht den Kopf an seine Brust. Dabei verrutschte die Binde, die das

Prisma vor ihrem Auge hielt, und Dælfine rückte sie hastig wieder zurecht. Die Umarmung zeigte die erhoffte Wirkung: Radjaniel begann, ihr sein Herz auszuschütten.

»Niemand betritt diese Insel mehr, dabei ist sie eine der schönsten in der Gegend. Früher unternahmen die Lehrer mit ihren Schülern oft Ausflüge hierher, um gemeinsam zu picknicken, zu angeln, sich zu entspannen … Doch vor zwölf Jahren häuften sich die Anzeichen für eine beginnende Invasion der Chimären. Chiroptide und Krustenkrebse breiteten sich aus, und wir kamen nur noch im Frühjahr auf die Insel, um die Chimären in die Flucht zu schlagen. Bis vor acht Jahren.«

Er musste schlucken und kämpfte gegen die Gefühle an, die ihn zu überwältigen drohten. Dann fuhr er fort: »Die meisten Lehrer nehmen ihre jüngeren Schüler nicht auf diese Treibjagden mit, doch ich war der Ansicht, dass man durch eigene Erfahrung am meisten lernt. Ich kam mit meinen Schülern auf die Insel, damit sie ihre Fertigkeiten im Kampf üben konnten. Ich dachte, dann wären sie besser für die Gefahren draußen in Gonelore gerüstet. Und es lief auch ganz gut. Jedenfalls die ersten beiden Male.«

Wieder starrte er auf den Steinhügel.

»Da war eine Frau. Edesis. Sie war ebenfalls Lehrerin von Zauberranke. Wir machten Zukunftspläne. Wollten unsere Bandeliere an den Nagel hängen und eine Familie gründen. In jenem Jahr beteiligte sie sich an der Treibjagd. Sie war nicht weit von mir, vielleicht hundert Meter, hinter den Bäumen dort … Ich hörte sie schreien und eilte ihr zu Hilfe. Meine Schüler ließ ich zurück. Ich dachte nur noch daran, sie zu retten.«

Traurig schüttelte er den Kopf und ließ den Blick über den Wald schweifen, in dem sich die Tragödie abgespielt hatte, als könne er das Echo der Schreie immer noch hören.

»Als ich sie fand, war sie bereits tot, ebenso wie Ormandzo, der damalige Oberste Fährtenleser. Kaum beugte ich mich über ihre Leichen, hörte ich meine Schüler brüllen. Doch bis ich bei ihnen ankam, war es auch für sie zu spät. Ein Carapax hatte sie hinterrücks angegriffen und sie totgetrampelt, während sie verzweifelt nach mir riefen. Sie wussten ja nicht mal, warum ich verschwunden war … Bis zuletzt müssen sie geglaubt haben, dass ich rechtzeitig kommen und sie retten würde … Dass ich sie nicht im Stich gelassen habe …«

Er vergrub das Gesicht in den Händen, als könne er den furchtbaren Erinnerungen auf diese Weise entfliehen. Dælfine wusste nicht, was sie tun sollte. Die Last auf Radjaniels Seele war viel schwerer, als sie gedacht hatte. Wen hätte ein solcher Schicksalsschlag nicht aus der Bahn geworfen?

»Es … es war nicht Eure Schuld«, stammelte sie. »Ihr musstet Eurer Freundin zu Hilfe kommen. Das hättet Ihr für jeden getan …«

Radjaniels Gesicht war seltsam starr. Vermutlich hatte er in all den Jahren genug Tränen vergossen.

»Das haben die anderen auch gesagt«, murmelte er. »Mich treffe keine Schuld, es sei der höchste Eid der Weltwanderer, anderen im Kampf beizustehen … Immer wieder beteuerte man mir, ich dürfe mir keine Vorwürfe machen. Ich hätte meine Schüler schließlich nicht mitnehmen können, dadurch hätte ich sie nur noch mehr in Gefahr gebracht. Selbst Vargaï versicherte mir, dass ich gegen den plötzlichen Angriff des Carapaxes nichts hätte ausrichten können, nicht mal dann, wenn ich da gewesen wäre. Aber ich werde nie wissen, ob die Kinder nicht doch überlebt hätten, wenn ich bei ihnen geblieben wäre. Jede Nacht träume ich davon, die Zeit zurückzudrehen und wenigstens einen von ihnen zu retten.«

Er streckte einen Arm aus und strich mit zitternden Fingern über die Steine. Schließlich wandte er sich zu Dælfine um, deren Blick er bislang ausgewichen war.

»Nun bietet man mir die Chance, meinen Fehler wiedergutzumachen, ja vielleicht sogar Leben zu retten. Aber dafür muss ich ein großes Opfer bringen, und ich weiß nicht, ob ich dazu bereit bin.«

Das Mädchen nickte und wartete, dass er weitersprach, aber Radjaniel verfiel in Schweigen. Offenbar wollte er diesen Gewissenskonflikt mit sich selbst ausmachen. Also kam Dælfine auf die Geschichte zurück, die sein Glück zerstört hatte.

»Habt Ihr den Carapax finden können?«

Radjaniel schüttelte den Kopf.

»Ich habe wochenlang hier ausgeharrt, aber er ist nicht wieder aufgetaucht. Nur zwei der Männer, die bei der Treibjagd dabei waren, hatten ihn überhaupt gesehen. Diese Bestie hatte bloß einen kurzen Abstecher nach Gonelore gemacht, bevor sie wieder hinter dem Schleier verschwand. Dies war ein Vorzeichen von vielen, die auf eine neue Invasion der Chimären hindeuteten. Ich ertrug das alles nicht mehr. Ich zog mich ins Zeughaus zurück und weigerte mich, neue Schüler anzunehmen. In Zauberranke blieb ich nur, weil ich mich nicht von der Insel entfernen wollte.«

Mit ernster Miene fuhr er fort: »Das alles bedauere ich zutiefst. Ich habe mich von Freunden losgesagt, die mir helfen wollten, nur um ihnen später vorzuwerfen, dass sie mich in meinen schwersten Stunden allein gelassen hätten. Ich habe alle Abzeichen, die mich mit ihnen in Verbindung gebracht haben, von meinem Bandelier abgerissen. Irgendwann habe ich mein Bandelier gar nicht mehr getragen.«

Dælfines Blick wanderte zum Schulterriemen ihres Lehrers. Sie hatte sich immer gefragt, warum in seiner beeindruckenden Sammlung goldener Nieten eine Reihe von Lücken klaffte.

»Jetzt könntet Ihr sie doch wieder anheften …«

»Ich weiß nicht. Ich finde nicht, dass ich ihrer würdig bin. Außerdem ist die Lücke auch eine Art Abzeichen. Sozusagen mein persönliches Schandmal. In meinen dunkelsten Stunden wünschte ich mir sogar, dass der Hohe Rat scheitern, ja, die gesamte Bruderschaft zerbrechen würde … Als wären sie schuld an der Tragödie.«

Darauf wusste das Mädchen keine Antwort. Seine Geständnisse wurden ihr allmählich unangenehm, und sie ahnte, dass ihr Lehrer diesen Moment der Schwäche bald bereuen würde. Wahrscheinlich schon, sobald sie diese erinnerungsträchtige Insel verließen und seine Schwermut sich legte. Trotzdem konnte sie sich eine letzte Frage nicht verkneifen: »Und was ist mit den beiden anderen Opfern? War das auch der Carapax?«

Radjaniel verschloss sich wie eine Auster. Offenbar war das ein heikles Thema.

»So steht es jedenfalls in der Chronik«, sagte er mit dumpfer Stimme. »Das ist die Version, die kommenden Generationen überliefert wird.«

Sein Blick ging an Dælfine vorbei, und sie wandte sich um. Ihre Freunde kamen auf sie zu. Nobiane, Gess und Berris hatten den Strand erkundet und hofften nun wohl, auch etwas von ihrem Gespräch mitzubekommen. Doch der Weltwanderer enttäuschte sie.

»Wir fahren zurück. Der Abstecher auf die Insel war doch keine gute Idee. Hier werden wir nichts finden.«

Sein jäher Stimmungsumschwung überraschte Dælfine. Während die Schüler in das Boot stiegen, fragte sie sich, ob Radjaniel mit seinen letzten Worten gemeint hatte, dass sie keine Spuren von Denilius und Jona finden würden, oder ob er von den Geistern der Insel gesprochen hatte.

18

Seit Tagen waren sie durch den Wald gestapft, ohne dass irgendetwas Besonderes passiert wäre. Nachdem sie die Schlinger vertrieben hatten, waren sie gut vorangekommen und hatten keine weiteren bösen Überraschungen erlebt – bis jetzt.

»Kanntest du ihn?«, fragte Lehander.

Der Alte schüttelte den Kopf, während er sich über die Leiche beugte, um sie genauer in Augenschein zu nehmen. Der Junge hätte am liebsten weggesehen, aber zugleich faszinierte ihn der abstoßende Anblick. Es handelte sich um einen jüngeren Mann, der die dreißig wohl noch nicht erreicht hatte. Er lag auf dem Rücken, die Augen standen offen, und sein Gesicht war zu einer Maske des Grauens erstarrt. Die Haut war sehr bleich, was angesichts der tiefen Wunde am Hals auch kein Wunder war. Eine Chimäre hatte ihm den Hals durchgebissen.

»Das war ein Lupinus«, erklärte Denilius. »Allem Anschein nach ein recht großer.«

Er richtete sich auf und inspizierte die nähere Umgebung. Lange musste er nicht suchen.

»Hier sind Pfotenabdrücke. Der Lupinus ist nach dem Angriff in nördlicher Richtung weitergelaufen. Jedenfalls hat er seine Beute nicht aus Hunger gerissen, sondern aus purer Lust am Töten.«

Wieder ging er neben dem Unbekannten in die Hocke, während Lehander sein Prisma hervorholte und den Blick schweifen ließ. Allerdings zitterte seine Hand viel zu sehr, als dass er viel hätte sehen können.

»Keine Sorge«, sagte Denilius. »Der ist längst über alle Berge. Die Leiche liegt seit mindestens zwei Tagen hier, und da sie auch von keiner anderen Chimäre angefressen worden ist, ist es hier in der Gegend ruhig.«

Der Junge nickte, blieb aber auf der Hut. Er staunte, dass Denilius den Vorfall derart auf die leichte Schulter nahm. Beim Anblick einer Leiche konnte man sich doch nicht sicher fühlen – noch dazu, wenn das Opfer ein Weltwanderer war! Der Mann hatte sich offensichtlich nicht gegen die Chimäre zur Wehr setzen können, also wären Denilius und er vielleicht ebenfalls machtlos.

Denilius betrachtete die Abzeichen auf dem Bandelier des Toten und strich mit den Fingern darüber, als lese er ein Buch. Nur die Stellen, wo das Leder schwarz vor Blut war, ließ er aus.

»Er kommt von weither … Was für ein Jammer. Da hat er halb Gonelore durchquert und wird hier von einem gewöhnlichen Lupinus totgebissen. Wer auch immer ihn zu Hilfe gerufen hat, wird wohl noch lang auf ihn warten müssen …«

Mit diesen Worten hakte er die Schnalle des Schulterriemens auf, nahm ihn dem Toten ab und schob ihn in seine Tasche. Lehander starrte ihn verblüfft an.

»So etwas kann man nicht einfach in der freien Natur herumliegen lassen«, sagte Denilius düster.

Der Junge nickte. Offenbar handelte es sich um eine Tradition der Bruderschaft, um eine Regel, die er noch nicht kannte. Doch zu seiner Überraschung wühlte Denilius nun auch im Gepäck des Mannes.

»Mach nicht so ein Gesicht«, sagte der Weltwanderer. »Normalerweise fleddere ich keine Leichen, falls du das denken solltest. Aber dieser Kerl braucht seine Sachen ohnehin nicht mehr, und wir haben keinerlei Ausrüstung.«

Er zog eine Decke aus dem Bündel und warf sie Lehander zu.

Lehander musste zugeben, dass sie ihm wie ein kostbarer Schatz vorkam. In den vergangenen Nächten hatte er solche einfachen Annehmlichkeiten schmerzlich vermisst.

»Den Wassersack und die Lampe nehmen wir auch mit«, beschloss Denilius. »Und den Proviant …«

Letztendlich steckten sie fast alles ein, bis auf einige verdorbene Lebensmittel von zweifelhaftem Aussehen und jene Kleider, die keinem von ihnen passten. Denilius nahm außerdem ein kleines Prisma an sich. Zögernd betrachtete er den Streitkolben, der in einigen Metern Entfernung von der Leiche lag, entschied sich dann aber dagegen, die schwere, unförmige Waffe mitzuschleppen. Dass sie dem Unbekannten wenig genutzt hatte, bestätigte nur, dass seine eigene Axt sehr viel wirksamer war.

Das Gepäck war schnell aufgeteilt, und so hatte Lehander bald nichts mehr zu tun. Er wartete auf weitere Anweisungen von Denilius, doch der hängte sich seine Tasche um und marschierte einfach los.

»Aber … Lassen wir ihn etwa hier liegen?«, fragte der Junge verblüfft. »Sollten wir ihn nicht … begraben oder so etwas?«

Der Alte blieb stehen, machte aber nicht kehrt.

»Das würde uns den restlichen Tag kosten. Für einen Fremden, der vielleicht nicht mal religiös war, ist das viel zu viel Zeit und Aufwand. Manche Mitglieder der Bruderschaft stellen den Kreislauf der Natur über alles. Sie glauben, dass man die Toten dort, wo sie gefallen sind, zu Erde werden lassen sollte. Meistens ist das nicht durchführbar, aber hier im Wald …«

Er zuckte mit den Achseln, und man konnte die Geste ganz unterschiedlich deuten: »Vielleicht war das ja sein letzter Wille«, oder: »Mir ist der Kerl völlig egal«. Lehander blieb neben der Leiche stehen. Er hatte ein schlechtes Gewissen, den Toten einfach so zurückzulassen, vor allem, nachdem sie ihn ausgeplündert hatten.

»Hast du so viel überschüssige Kraft?«, fragte Denilius. »Du willst ernsthaft ein Loch in den gefrorenen Boden graben, mit bloßen Händen, ohne Hacke und Schaufel?«

Der Junge hob stumm die Schultern.

»Dann mache ich dir einen Gegenvorschlag«, sagte Denilius. »Vielleicht ist das der perfekte Zeitpunkt, um mit deiner Ausbildung zu beginnen.«

Er machte kehrt, während sein Schüler ihn mit offenem Mund anstarrte.

»Was ... Hier? Jetzt?«

»Wir sollten die Tatsache nutzen, dass du dich stark fühlst. Außerdem scheint es hier in der Gegend ruhig zu sein, denn die Leiche ist unversehrt. Wie wollen schließlich nicht, dass du hinter dem Schleier gleich einer Chimäre über den Weg läufst!«

Lehander überlief es eiskalt. Der Weltwanderer meinte es ernst. Fieberhaft suchte er nach einer Ausrede.

»Aber ... Was ist mit dem Lupinus?«

»Der ist längst über alle Berge, das habe ich doch gesagt. Er ist vermutlich ziellos umhergestreift und hat zugeschlagen, als er eine leichte Beute gewittert hat ... Keine Angst, es wird alles gut gehen.«

Denilius setzte sich auf einen kleinen grasbewachsenen Hang und winkte seinen Schüler zu sich. Der Junge gehorchte mit weichen Knien. So saßen sie in einigen Metern Entfernung von der Leiche wie zwei Zuschauer, die auf eine Theaterbühne blickten. Nur dass das Stück nicht gerade unterhaltsam zu werden versprach.

»Als Erstes musst du dich entspannen«, begann Denilius. »Sonst gelingt es dir nicht, deinen Geist zu öffnen und dir den Schleier vorzustellen. Als Nächstes musst du die Größe der angrenzenden Horizonte abschätzen, damit du sie nicht zu schnell durchquerst und in den Schlunden landest, die äußerst gefährlich sind. Dann ...«

»Ich kann das nicht«, unterbrach ihn Lehander.

Der Weltwanderer sah ihn überrascht an.

»*Was* kannst du nicht? Dich entspannen?«

»Nein, ich … Ich kann das alles nicht. Genauer gesagt, ich *will* es nicht.«

Dieses Geständnis hatte ihn großen Mut gekostet, und Denilius' verärgertes Gesicht sagte ihm, dass er noch viel mehr Mut brauchen würde, um nicht nachzugeben.

»Bist du nicht ganz bei Trost?«, empörte sich der Alte. »Alles hängt von dir ab, und du … Ich fasse es nicht!«

Er sprang auf und lief mehrmals zwischen Lehander und der Leiche hin und her. Dann baute er sich drohend vor ihm auf. Der Junge zog erschrocken den Kopf ein.

»Es war der Wunsch deiner Großmutter, vielleicht sogar ihr letzter Wille! Nur weil du dich nicht an sie erinnerst, kannst du sie doch nicht mit Verachtung strafen! Ihr war es wichtig, dass du lernst, dich selbst zu schützen, und genau darum geht es mir! Du musst endlich begreifen, dass du diese Gabe nicht loswirst, indem du sie ignorierst. Wenn du dich weigerst zu lernen, wie man damit umgeht, wenn es dir nicht gelingt, sie zu beherrschen, dann wirst du enden wie der da!«

Er zeigte auf den Toten und verharrte so lange in dieser Haltung, dass Lehander Angst bekam. Der Junge war vollkommen verwirrt. Vor allem, da Denilius angedeutet hatte, dass seine Großmutter nicht mehr lebte. Vor ihrem Aufbruch hatte er eher durchblicken lassen, dass sie eines Tages wieder auftauchen könnte.

»Sei vernünftig«, ermahnte ihn der Alte. »Vor ein paar Tagen hast du den Schleier durchquert, weil du in Lebensgefahr warst und fliehen wolltest. Nach deiner Rückkehr warst du rasend vor Angst und völlig verstört. Du wusstest nicht, wie dir geschah … Das kann jederzeit wieder passieren. Eine kurze Panik, ein kleiner Aussetzer, und schon verschlägt es dich wieder in einen fremden Horizont! Du musst lernen, den Weltenwechsel zu beherrschen, Lehander, statt dich blind fortreißen zu lassen. Wenn die Umstände dich dazu zwingen, den Schleier zu durchqueren, musst du wissen, was dich dort erwartet. Und du musst in der Lage sein, den Weg zurückzufinden.«

Je länger er auf den Jungen einredete, desto sanfter wurde sein Ton.

Lehanders Entschluss geriet ins Wanken. Er ahnte, dass dieses Experiment keine gute Idee war und dass es unweigerlich böse enden würde, aber er hatte Denilius' Argumenten nichts entgegenzusetzen.

»Vertrau mir«, drängte sein Großvater. »Es ist äußerst wichtig.«

Der Junge wusste sich nicht mehr zu helfen.

»Ich kann es ja mal versuchen«, sagte er tonlos. »Ganz kurz.«

»Wunderbar!«, triumphierte Denilius.

Sein breites Grinsen erinnerte Lehander an ein zähnefletschendes Raubtier. Schon jetzt bereute er heftig, dass er nachgegeben hatte. Warum hatte er nur vorgeschlagen, den Fremden zu begraben? Hätte er den Mund gehalten, wäre er gar nicht erst in diese Lage geraten!

»Du bestimmst die Geschwindigkeit«, versprach Denilius. »Wir gehen langsam vor, Schritt für Schritt. Für heute schlage ich vor, dass wir uns nur mit dem Schleier beschäftigen. Das hast du doch auch schon im Unterricht getan. Es ist absolut gefahrlos. Einverstanden?«

Lehander nickte erleichtert. Solange er nicht tatsächlich in fremde Horizonte vordringen musste, spielte er gern mit.

»Wunderbar. Nimm dein Prisma, und beschreib mir, was du siehst.«

Der Junge nahm den orangefarbenen Kristall zur Hand und schaute hindurch. Als Erstes fiel sein Blick auf die Leiche am Boden, und er wandte hastig den Kopf in eine andere Richtung.

»Ich sehe … immer noch den Wald«, begann er. »Aber nur verschwommen, als befände er sich unter Wasser … Und die Bäume scheinen sich verdoppelt zu haben.«

»In Wahrheit«, erklärte der Alte, »siehst du vier Bilder übereinander. Du siehst die Landschaft unseres Horizonts und die der drei nächsten Horizonte, die wir die Reviere nennen. Mehr kann dein Kristall nicht zeigen, dafür ist er nicht geschliffen worden. Den meisten Weltwanderern genügt das. Mit einem besseren Prisma könntest du zusätzlich die ersten Horizonte der Schlunde schemenhaft erkennen. Leider habe ich keins von dieser Sorte dabei, aber stell dir ein noch verschwommeneres Bild vor, in dem beinahe identische Landschaften einander überlagern.«

Der Schüler horchte auf.

»Beinahe identisch? Dann unterscheiden sich die Landschaften also von Horizont zu Horizont?«

»Ganz sicher wissen wir es nicht, aber nach tausendjähriger Beobachtung gehen wir davon aus, ja. Das Revier, das an unseren Horizont angrenzt, ist Gonelore sehr ähnlich, das zweite bereits etwas weniger, und das dritte weist eine ganze Reihe von Unterschieden auf. Der Grund dafür ist einleuchtend: Wenn die Menschen etwas in der Landschaft verändern, beispielsweise einen Baum fällen, passiert dies in den anderen Horizonten nicht. Für unsere Bauwerke gilt das natürlich umso mehr: Unsere Häuser, Städte und Befestigungsanlagen … All diese Dinge existieren ausschließlich in Gonelore, nicht aber in den Revieren. Dort ist die Natur noch völlig unberührt.«

Lehander runzelte die Stirn. Diese Erläuterungen verwirrten ihn zutiefst.

»Aber ich dachte, dass sämtliche Horizonte nur eine einzige Welt abbilden? Wie kann es dann mehrere Ausprägungen davon geben?«

»Das ist ja das Paradoxe daran. Wenn wir davon ausgehen, dass der Schleier nur die Lebewesen voneinander trennt, müssten sich alle unsere Eingriffe in die Landschaft von Gonelore auch auf die anderen Horizonte auswirken. Doch das ist nicht der Fall. Andererseits unterscheiden sich die Reviere viel weniger von Gonelore, als sie müssten, wenn man bedenkt, wie viele Wälder

der Mensch im Verlauf der Jahrhunderte gerodet und wie viele Steinbrüche er eröffnet hat. Deshalb gehen wir davon aus, dass manche unserer Spuren irgendwann in den höheren Horizonten durchkommen. Doch das dauert Generationen. Du musst dir das vorstellen wie Säulen, die in Tropfsteinhöhlen wachsen.«

Der Schüler dachte kurz darüber nach. Dann fragte er weiter: »Ich bin zwar noch nicht viel in Gonelore herumgekommen, aber ich glaube, dass es an manchen Orten Gebäude gibt, die mehrere Jahrhunderte alt sind. So wie in Zauberranke. Heißt das, dass diese Bauwerke irgendwann auch hinter dem Schleier zu finden sein werden? Oder sich vielleicht schon jetzt in anderen Horizonten befinden?«

Denilius lächelte geheimnisvoll.

»Du sprichst da einen sehr wichtigen Punkt an, mein Junge. In Wahrheit ist kein einziges menschliches Bauwerk in die anderen Horizonte vorgedrungen. Selbst von den ältesten Gemäuern findet sich in den Revieren keine Spur. Das ist das zweite große Rätsel um den Schleier und seine Kräfte … Wenn du heute einen Baum fällst, verschwindet er irgendwann auch aus den anderen Horizonten. Doch wenn du aus demselben Baum Bretter fertigst, um dir eine Hütte zu zimmern, steht sie für alle Ewigkeit nur in Gonelore, ganz gleich, wie rustikal sie ist. Nichts, was wir Menschen erbauen, findet sich jemals auf der anderen Seite des Schleiers wieder. Das ist ein Beweis dafür, dass der Schleier göttlichen Ursprungs ist!«

Lehander nickte. Mit einem Schlag kehrten seine schlimmsten Befürchtungen zurück. Wenn sich die Götter die Mühe gemacht hatten, die verschiedenen Schichten der Welt durch den Schleier voneinander zu trennen, war es zweifellos ein Frevel, in andere Horizonte vorzudringen, so wie er es bereits getan hatte. Diese Vorstellung brachte ihn auf einen anderen Gedanken.

»Als ich durch die Katakomben von Zauberranke gerannt bin … Ich erinnere mich nur sehr undeutlich, aber … Ich hatte den Eindruck, dass sich das unterirdische Labyrinth hinter dem Schleier fortsetzt. Wie kann das sein?«

»Viele der Gänge sind Teil eines natürlichen Höhlensystems«, erklärte Denilius. »Außerdem gehören Grabungen zu den Eingriffen, die sich auf die anderen Horizonte auswirken können. Trotzdem müssen dir gewisse Unterschiede aufgefallen sein. Was in Gonelore ein gut beleuchteter Tunnel mit gemauerten Wänden ist, ist jenseits des Schleiers nur ein finsterer Gang, der durch die Erde führt. Zumindest sieht es durch unsere Prismen so aus.«

Der Junge bestätigte seine Worte mit einem Nicken. Ihm waren einige Eindrücke von seiner Flucht durch den Schleier in Erinnerung geblieben. Das Gefühl, keine Luft mehr zu bekommen … Die Gewissheit, dass er von Chimären verfolgt wurde …

Diese Erfahrung wünschte er niemandem, und er wollte sie so schnell nicht wiederholen. Doch offenbar war er nicht der Einzige, der in einen anderen Horizont vorgedrungen war. Es war an der Zeit, seine Neugier zu stillen.

»Wie war es, als *du* den Schleier durchquert hast? Und wie ist es dazu gekommen?«

Denilius' Gesicht verdüsterte sich, und er hing eine Weile seinen Gedanken nach. Dann sagte er: »Ich war damals nicht allein. Wir waren fünfzig Weltwanderer, die fest entschlossen waren, etwas Außergewöhnliches zu vollbringen, etwas nie Dagewesenes. Man nannte uns die Tuchwanderer … Doch es ist noch zu früh, um dir diese Geschichte zu erzählen. Das würde dir nur unnötig Angst machen.«

Doch seine Worte bewirkten natürlich nichts anderes: Vor Angst krampfte sich Lehander der Magen zusammen. Während Denilius weiter über die Rätsel des Schleiers dozierte und mehrmals auf die Gefahren zu sprechen kam, die eine Reise in höhere Horizonte mit sich brachte, schickte der Junge ein Stoßgebet zu den Göttern.

19

Die Woche ist um, Kleiner. Ich hoffe, du hast die Zeit gut genutzt.«

Gess versuchte, angesichts von Gregerios drohendem Blick nicht zu zittern. Natürlich hatte der Weltwanderer ungeduldig auf diesen Tag gewartet – ganz im Gegensatz zu ihm.

Nachdem er sich dagegen entschieden hatte, Radjaniel zu bestehlen, hatte Gess lange überlegt, mit welchem Werkzeug er die geheimnisvolle Tür des Obersten Fährtenlesers öffnen könnte. Doch das aus Prismen geschliffene Schloss war anders als alle Schlösser, die er bisher geknackt hatte, und er hatte keinen blassen Schimmer, wie der Mechanismus funktionierte.

»Gehen wir«, sagte Gregerio. »Dreh dich um.«

Der Junge gehorchte und ließ sich wie beim vorigen Mal die Augen verbinden. Er fühlte sich, als würde er zum Schafott geführt … und vielleicht trog ihn sein Gefühl tatsächlich nicht. Doch zunächst drehte ihn der Fährtenleser mehrmals grob um die eigene Achse, bis er jede Orientierung verloren hatte.

»Los«, befahl der Fährtenleser dann. »Den Weg kennst du ja.«

Nach diesem schlechten Witz zog Gregerio den Jungen am Handgelenk hinter sich her. Gess konzentrierte sich auf das Knirschen ihrer Schuhe, das Quietschen der Türen und das Geräusch ihrer Schritte, die von den Mauern des Klosters widerhallten, weil er den Weg im Notfall allein zurückfinden wollte. Er spürte, dass das wichtig war, ohne genau sagen zu können, warum. Leider musste er den Plan schon wenig später aufgeben. Mit verbundenen Augen kam ihm das Kloster noch weitläufiger vor, und Gregerio machte sich bestimmt einen Spaß daraus, Umwege zu nehmen und im Kreis zu laufen …

Hätte sich Gess in dem Gebäude besser ausgekannt, wäre seine Idee leichter umzusetzen gewesen, aber er hatte die Gänge bisher nicht näher erkunden können. Erst hatte Gregerio ihn gezwungen, den Häusern fast all seiner Kollegen einen »kleinen Besuch« abzustatten, und seit dem Ende der nächtlichen Ausflüge hatte er den Jungen in den Innenhof abkommandiert, wo er ihn uralte rostige Gitter ölen oder Käfige säubern ließ, die zum Glück leer standen. Der Oberste Fährtenleser waltete über das Kloster wie ein Fürst über seinen Palast. In diesen Mauern konnte er tun und lassen, was er wollte, denn seltsamerweise schien er im Kloster nicht mehr dem Befehl des Magisters zu unterstehen. Das älteste Gebäude der Schule war eine Festung, ein uneinnehmbares Bollwerk, beherrscht von einem Mann, der von Rachegelüsten verzehrt wurde.

Nach einer halben Ewigkeit erreichten sie die Treppe, die in den Keller hinabführte. Je näher der schicksalshafte Moment rückte, desto schneller pochte Gess' Herz. Verzweifelt hoffte er auf ein Wunder, das ihm einen kleinen Aufschub verschaffen würde: Könnte doch nur ihre Lampe plötzlich erlöschen, ein Besucher den Fährtenleser zurück nach oben rufen oder gar einer der unterirdischen Gänge einstürzen! Doch nichts dergleichen geschah, und so fand sich der Junge schließlich am letzten Ort wieder, an dem er hätte sterben wollen: im Innern des Keimlings, wo die Ranke wurzelte.

Als Gregerio ihm die Augenbinde abnahm, war er wie beim ersten Mal geblendet vom Anblick der glitzernden Kristalle, in denen sich das Licht der Laterne spiegelte. Ihr Funkeln schüchterte Gess ein. Angesichts des Frevels, den er gleich begehen würde, schienen sie ihn mit gleißenden Lichtstrahlen niederstrecken zu wollen.

»Unglaublich«, murmelte der Fährtenleser. »Sie ist schon wieder zugewachsen.«

Der Rahmen der geheimnisvollen Tür war schon wieder halb von Kristallen zugewuchert und kaum noch zu erkennen. Gregerio begann, sie mit einem seiner Dolche wegzukratzen, als handle es sich um gewöhnliche Eisblumen auf einer Fensterscheibe. Gess verfolgte jede seiner Bewegungen mit verkrampftem Gesicht. Die Kristalle knirschten erbärmlich, und der Junge fürchtete, dass sich die Ranke gegen die Eindringlinge zur Wehr setzen würde. Doch nichts geschah, und nach einer knappen Minute trat Gregerio beiseite, um seinen Schüler vorzulassen. Den Dolch behielt er in der Hand, was Gess' nicht gerade beruhigte.

»Du bist dran. Dann zeig mal, was du draufhast!«

Der Junge zögerte kurz, aber er hatte keine Wahl. Er ging vor der Tür in die Hocke, bis er auf Augenhöhe mit dem sonderbaren Schloss war, das sich genau in der Mitte befand. Dann legte er den kleinen Beutel, den er mitgebracht hatte, neben sich auf den Boden und kramte darin herum, während er fieberhaft nachdachte. Hätte die Tür wenigstens sichtbare Angeln oder etwas in der Richtung gehabt … dann hätten sie versuchen können, sie auszuhebeln. Doch leider gab es keinerlei Hinweis darauf, in welche Richtung die Tür sich öffnen ließ, und die Kristalle, die sie einfassten, boten keine Angriffsfläche für die Klinge von Gregerios Dolch.

»Hast du was verloren?«, fragte der Fährtenleser misstrauisch. »Oder versuchst du, hier noch Zeit zu schinden?«

»Nein, ich überlege nur … womit ich am besten anfange.«

Das war nur halb gelogen. Er hatte tatsächlich noch einige Tricks auf Lager, die er ausprobieren könnte. Allerdings glaubte er selbst nicht an einen Erfolg. Als Gregerio ungeduldig mit der Zunge schnalzte, entschied er sich für eine dünne Eisenstange, die an eine Stricknadel erinnerte. Gess führte sie vorsichtig in das Schloss ein und schob sie dann langsam immer tiefer hinein. Er stieß auf keinerlei Widerstand, selbst dann nicht, als zwei Drittel der Stange in der Öffnung verschwunden waren. Insgeheim ahnte er, dass es selbst bei einem meterlangen Draht nicht anders wäre. Es war, als führe die Tür ins Nichts. Oder als wehre sie sich gegen jeden Einbruchsversuch. Vielleicht war dieser Mechanismus einfach nicht zu knacken?

Gess neigte die Stange in verschiedene Richtungen, doch das erwies sich ebenfalls als sinnlos. Er verstaute die Nadel wieder in seinem Beutel und holte stattdessen die Zange eines jungen Krustenkrebses hervor, die mit Widerhaken gespickt war. Vielleicht funktionierte der sonderbare Abwehrmechanismus des Schlosses ja nur bei Metallgegenständen, nicht aber bei anderen Materialien? Doch auch diese Hoffnung erwies sich als vergeblich: Die Zange verschwand ebenfalls im Nichts.

Anschließend probierte der Schüler ein gutes Dutzend weiterer Gegenstände durch, die schmal genug für das Schloss waren: verschiedene Nadeln, Knochensplitter von Chimären, Holzstäbchen, Muschelscherben und Feuersteinspitzen. Dabei ging er stets sehr vorsichtig vor, auch wenn es so gut wie ausgeschlossen war, dass sie abbrachen, denn kein einziger der Gegenstände traf auf Widerstand. Hätte sich eines der Materialien als brauchbar erwiesen, hätte Gess seine Kunstfähigkeit unter Beweis stellen und einen Dietrich daraus basteln können.

Gregerio wurde bald ungeduldig. Bislang hatte er Gess in Ruhe gelassen, aber wahrscheinlich dämmerte ihm allmählich, dass seine Versuche zu nichts führten. Es überraschte den Jungen nicht, als er ihn anherrschte:

»Wie viele solcher Dinger hast du denn noch? Ich habe nicht den Eindruck, dass es viel bringt!«

Der Junge nickte, unternahm aber trotzdem einen letzten Versuch mit einer langen Fischgräte. Doch auch hiermit hatte er keinen Erfolg, und so schob er die Gräte missmutig zurück in den Beutel. Es hatte ihn viel Mühe gekostet, die Gegenstände aus Radjaniels Werkstatt zu entwenden, ohne sich erwischen zu lassen.

»Ist das alles?«, fragte Gregerio. »Mehr hast du nicht zu bieten?«

»Ich kann noch zwei oder drei Dinge ausprobieren. Aber es würde mir sehr helfen, wenn ich mehr wüsste, zum Beispiel, wie dick die Tür ist und in welche Richtung sie aufgeht. Wisst Ihr wirklich nicht, was sich dahinter befindet?«

»Mein Onkel starb, bevor er mich in das Geheimnis einweihen konnte«, zischte der Fährtenleser. »Und sein Mörder hat den Schlüssel gestohlen, der zu meinem Erbe gehört hätte. Also noch einmal: Nein, ich weiß nicht, was sich dahinter befindet. Lange habe ich geglaubt, dass es sich um einen Schatz handelt, eine kostbare Sammlung von Beschwörungsprismen, aber offenbar haben Zakarias und seine Spießgesellen die Kristalle irgendwo in den Katakomben gefunden. Das macht das Ganze nur noch rätselhafter, und ich gestehe, dass ich an nichts anderes mehr denken kann. Ich *muss* wissen, was sich dahinter befindet.«

»Aber was, wenn sich hinter der Tür gar keine Schatzkammer befindet? Sondern irgendwas Gefährliches? Was, wenn sie dem Schutz Zauberrankes dient?«

Angesichts von Gregerios entschlossener Miene lief es ihm eiskalt den Rücken hinunter.

»Ich *muss* es wissen«, wiederholte der Weltwanderer. »Was auch immer hinter dieser Tür liegt, ist der Grund dafür, dass mein Onkel ermordet wurde. Seit Jahren warte ich darauf, dass sich der Täter herschleicht und versucht, die Tür aufzuschließen … Aber offenbar hat er dazu nicht den Mumm, also muss ich herausfinden, wer er ist. Und dazu muss ich als Erstes in Erfahrung bringen, was er hier unten zu stehlen hofft.«

Gess hatte noch ein Dutzend weitere Fragen, aber der Fährtenleser beendete das Gespräch, indem er mit dem Dolch auf die Tür zeigte. Die Geste war unmissverständlich. Mit flauem Magen griff der Junge wieder in seinen Beutel.

Diesmal holte er ein Instrument heraus, das er selbst zusammengetüftelt hatte. Er hatte eine Spiegelscherbe, die nicht größer als ein Fingernagel war, am Ende eines kleinen Stocks befestigt. Er führte den Stock in das Schloss ein und drehte ihn hin und her, um vielleicht einen Blick auf den Mechanismus zu erhaschen. Doch leider war es zu dunkel, als dass er etwas hätte sehen können, obwohl er verschiedene Positionen ausprobierte. Schließlich gab er sich geschlagen und legte den Spiegel seufzend beiseite.

Als Nächstes holte er einen Wassersack und einen winzigen Trichter hervor. Unter dem skeptischen Blick des Fährtenlesers begann er, die Flüssigkeit in das Schloss zu gießen. Natürlich hatte er nicht vor, das Schloss auf diese Weise zu öffnen. Vielmehr erhoffte er sich von dem Experiment wertvolle Anhaltspunkte. Nachdem er fast anderthalb Liter Wasser durch das Loch gekippt hatte, konnte er mehrere Schlüsse ziehen: Das Wasser war nicht durch die Ritze zwischen Tür und Schwelle gelaufen, es war aber auch nicht aus dem Schloss herausgelaufen, und er hatte kein Gluckern von der anderen Seite gehört. Das Wasser schien von dem leeren Raum hinter der Tür regelrecht verschluckt worden zu sein.

Rasch schob er einen Papierstreifen in den Schlitz, um seine Vermutung zu überprüfen. Das Löschpapier, das selbst einen winzigen Tropfen hätte aufsaugen müssen, blieb vollkommen trocken. Er zeigte den Streifen seinem Lehrer. Gess wollte ihm damit die Vergeblichkeit ihrer Bemühungen vor Augen führen, doch er erreichte das genaue Gegenteil.

»Genug Zeit vergeudet«, schimpfte der Weltwanderer. »Du hast gesagt, du könntest einen passenden Schlüssel anfertigen. Für diese Aufgabe hattest du eine Woche Zeit, also zeig, was du zustande gebracht hast!«

Mit zitternden Händen holte Gess den Schlüssel hervor, den er stümperhaft zurechtgeschliffen hatte. In Form und Größe hatte er Radjaniels Anhänger zum Vorbild genommen, aber die Zacken des Barts hatte er natürlich nicht exakt nachbilden können. Obendrein hatte er ein Kristallstück verwendet, das vom Meer angespült worden war, und er war fast sicher, dass es kein echtes Rohprisma war.

»Soll das ein Witz sein?«, rief der Fährtenleser.

Der Junge schüttelte heftig den Kopf. Er hatte wirklich sein Bestes gegeben.

Doch Gregerio schien das Ergebnis nicht zufriedenzustellen. Schüchtern brauchte Gess hervor: »Das … das ist nur ein Entwurf … Ein erstes Modell, das ich weiter verbessern muss. Ich brauche mehr Zeit …«

»Wozu? Wenn dir eine Woche nicht gereicht hat, schaffst du es auch nicht in einem Monat!«

»Doch, ganz bestimmt … Ich weiß, dass ich es schaffen kann. Wir sind heute schon ein gutes Stück weitergekommen.«

»Die Tür ist immer noch zu«, erklärte der Weltwanderer finster. »Und das nennst du weiterkommen?«

Gess suchte angestrengt nach einem Argument, mit dem er den Fährtenleser überzeugen könnte – was bei all den Lügen, die er ihm schon aufgetischt hatte, nicht einfach war. Der Junge rechnete nicht damit, dass er die Tür jemals aufkriegen würde, jedenfalls nicht ohne Radjaniels Schlüssel. Und der hing seinem Lehrer um den Hals und war somit unerreichbar … Ganz davon abgesehen, dass Gess es für besser hielt, den Durchgang verschlossen zu lassen.

Doch Gregerio war da ganz anderer Meinung. Er funkelte Gess böse an und riss ihm den grob geschliffenen Schlüssel aus der Hand. Dann schob er den Jungen unsanft beiseite und stieß den Kristall hart in das Schloss. Gess' Herz setzte einen Schlag aus, als der Fährtenleser den falschen Schlüssel herumdrehte.

Ein ohrenbetäubendes Quietschen erklang, und Gess platzte fast das Trommelfell. Es klang, als würde jemand mit einem Eisenhandschuh eine Fensterscheibe entlangfahren. Gregerio verzog zwar das Gesicht, drehte aber weiter, bis er nicht mehr genug Kraft hatte. Dann wandte er sich zu seinem Schüler um und erklärte verlegen: »Er steckt fest.«

Gess klappte das Kinn herunter. Er hatte fest damit gerechnet, dass auch dieser Versuch scheitern würde, und sich auf eine Strafpredigt eingestellt. Stattdessen wirkte Gregerio eher kleinlaut. Wie ein Kind, das sein neues Spielzeug kaputt gemacht hatte.

Aufgeregt kniete sich Gess wieder vor das Schloss und versuchte nun ebenfalls, den Schlüssel herumzudrehen, nur sehr viel behutsamer. Dabei spitzte er die Ohren, ob er nicht vielleicht ein Klicken hörte. Er konnte einfach nicht fassen, dass sie mit einem Schlüssel, den er in wenigen Stunden zurechtgeschliffen hatte, ein solches Ergebnis erzielt hatten ... also war der unscheinbare Kristall, den er am Strand gefunden hatte, vielleicht doch ein Prisma!

Der Schlüssel hatte sich tatsächlich verklemmt. Gess versuchte nicht, ihn weiterzudrehen, sondern schob ihn sacht in die Gegenrichtung. Wieder ertönte ein grauenhaftes Quietschen, aber der Junge machte beharrlich weiter. Nun bewegte er sich wieder auf vertrautem Terrain – auch wenn er sein Talent an dem magischen Mechanismus einer Tür erprobte, die ins Nichts zu führen schien.

Schließlich wurde er für seine Geduld belohnt. Nachdem er eine ganze Weile auf die Knirsch- und Quietschgeräusche der aneinanderreibenden Kristalle gelauscht hatte, gelang es ihm, den Schlüssel freizubekommen, indem er im richtigen Moment seitlich Druck ausübte. Mit einem breiten Grinsen hielt er dem Obersten Fährtenleser den Schlüssel hin. Vermutlich war sein Stolz in diesem Moment unangebracht, aber er konnte einfach nicht anders.

Gregerio nickte knapp, wirkte aber unendlich erleichtert. Er strich kurz über das Schloss, das zu seinem großen Glück keinen Schaden genommen hatte, und wandte sich dann an seinen Schüler.

»Was brauchst du, um weiterzumachen? Prismen, nehme ich an?«

Gess' Begeisterung schmolz dahin wie Schnee in der Sonne. Er war dazu verdammt, den Plan dieses Verrückten bis zum Ende durchzuziehen.

»Ja. Mehrere. Sie müssen möglichst hart sein und am besten leicht zu schleifen. Ich hatte noch nicht viele Schmiedestunden.«

»Das schaffst du schon, da bin ich mir ganz sicher. Du sollst bekommen, was du brauchst, darum kümmere ich mich. Du wirst jeden Tag hier unten arbeiten, direkt vor der Tür. Irgendwann wirst du es schaffen.«

Der Junge nickte langsam. Alle Farbe war aus seinem Gesicht gewichen. Sein Leben kam ihm vor wie eine Wüste aus Treibsand: Je mehr er versuchte, seinen Problemen zu entkommen, desto tiefer versank er.

Als er wenig später mit verbundenen Augen die Treppe emporstieg, meinte er, einen dumpfen Schlag aus der Höhle des Keimlings zu vernehmen. Als hätte jemand – oder etwas – von der anderen Seite gegen die Tür gehämmert. Beinahe hätte er Gregerio gefragt, ob er das Geräusch auch gehört hatte, doch dann besann er sich eines Besseren. Bestimmt hatte er sich das nur eingebildet.

Ganz bestimmt.

20

Radjaniel hatte die Entscheidung so lange wie möglich vor sich hergeschoben. Erst wenige Stunden vor der Versammlung des Hohen Rats hatte er Nobiane mit einem Brief zu Arold geschickt. So wusste bisher fast niemand in Zauberranke Bescheid … Als er im Vorraum des Ratssaals Jor Kartigann begegnete, schwante ihm nichts Gutes. Er fragte sich, ob er seine Meinung nicht noch einmal ändern sollte, wie schon mindestens zehn Mal in der vergangenen Woche.

Kartigann versuchte, ihn mit einem höhnischen Grinsen zu provozieren, doch Radjaniel blieb keine Zeit mehr, sich mit seinem Gewissen herumzuschlagen oder einen Streit mit seinem Rivalen anzufangen. Ein Drittkreisler bat sie in den Saal, und die beiden Weltwanderer traten vor die verbliebenen vier Mitglieder des Hohen Rats: Arold, Vrinilia, Maetilde und Gregerio. Um sie herum standen sechs leere Stühle, und so gaben sie ein recht armseliges Bild ab. Trotzdem grinste der neue Magister ihnen zufrieden entgegen.

»Aha!«, sagte er zur Begrüßung. »Da kommt die Verstärkung.«

Radjaniel erwiderte sein Lächeln nicht, da er nicht sicher war, ob die Bemerkung überhaupt ihm galt oder nicht vielleicht sogar sarkastisch gemeint war. Er und Kartigann blieben vor dem versammelten Rat stehen wie zwei Schüler vor einem Lehrertribunal.

»Wie angekündigt«, begann Arold, »werden wir heute die Ämter des Hohen Rats neu verteilen. Jeder hier kann bezeugen, dass Jor Selenimes seinen Platz geräumt hat. Bis auf Weiteres bleibt er für die Bibliothek verantwortlich und behält natürlich seinen Titel als Dorfältester von Zauberranke, solange er auf der Halbinsel wohnen bleibt. Er hat noch nicht entschieden, ob er wegziehen wird.«

Er machte eine kurze Pause und sprach dann weiter.

»Jora Maetilde, unsere Oberste Gelehrte, hat sich bereit erklärt, das Amt des Obersten Schreibers von Selenimes zu übernehmen. Von nun an ist es also ihre Aufgabe, alle wichtigen Ereignisse und sämtliche Beschlüsse des Rats in die Chronik der Bruderschaft einzutragen. So können künftige Generationen aus unseren Erfahrungen lernen, und der Ruhm eines jeden, der sich um Zauberranke verdient macht, wird der Nachwelt überliefert werden.«

An seinem Ton war zu erkennen, dass er damit vor allem den Ruhm des neuen Magisters meinte. Maetilde bestätigte seine Worte mit einem knappen Nicken, während sie konzentriert mitschrieb.

»Ich wiederum«, fuhr Arold fort, »werde unsere Oberste Schreiberin entlasten, indem ich künftig die Nahrungsmittelversorgung der Schule übernehme.«

Wieder legte er eine Pause ein, als erwarte er Widerspruch. Doch die anderen Ratsmitglieder waren über diesen Zuständigkeitswechsel bereits informiert worden, und so sagte niemand etwas. Nun hielt Arold alle Fäden in der Hand, während Maetilde in der Rangfolge herabgestuft wurde. Auch eine Möglichkeit, sie für ihre langjährige Treue zu Denilius zu bestrafen …

Arold fuhr fort: »Jora Vrinilia übt bereits seit einiger Zeit vertretungsweise das Amt der Obersten Leuchtturmwärterin aus. Als Prismenschmiedin ist sie am besten dafür geeignet, die Verantwortung für den Leuchtturm zu tragen, vor allem natürlich für dessen Prisma, und deshalb haben wir beschlossen, dass sie dieses Amt endgültig übernehmen wird. Die Wachen, die nachts im Einsatz sind, unterstehen also weiterhin Eurem Befehl.«

Vrinilia nickte hochmütig, und Radjaniel sah seine schlimmsten Befürchtungen bestätigt. Statt neue Mitglieder in den Hohen Rat zu berufen, teilte Arold die Macht zwischen sich und seinen engsten Verbündeten auf. Gleich darauf wich der Magister allerdings von dieser Linie ab.

»Jor Gregerios Pflichten und Zuständigkeiten bleiben unverändert. *Bis auf Weiteres*«, setzte er vielsagend hinzu.

Der Oberste Fährtenleser lächelte spöttisch und deutete eine kleine Verbeugung an, ohne sich von dem Stuhl zu erheben. Er war so klug, den Mund zu halten, und versank wieder in irgendwelchen Tagträumen.

»Nachdem dies geregelt ist, kommen wir zu den Neuernennungen. Jor Radjaniel, tretet bitte vor.«

Der Messerschleifer gehorchte. Würde er seine Entscheidung bereuen?

»Seid Ihr bereit, das Amt des Obersten Wächters von Zauberranke zu übernehmen, Eure schützende Hand über ihre Einwohner zu halten, gegen innere wie äußere Bedrohungen vorzugehen und alles in Eurer Macht Stehende zu tun, um alle Gefahren abzuwehren?«

Die Frage verwirrte Radjaniel. Warum hatte Arold den überlieferten Wortlaut abgewandelt? Eigentlich war der Eid doch viel länger …

»Ja«, hörte er sich trotz seiner Zweifel sagen.

»Schön«, antwortete Arold. »Dann bleibt Euch nur noch, den Eid zu leisten.«

Zum zweiten Mal in seinem Leben legte Radjaniel den traditionellen Amtseid ab. Als Erinnerungen und Schuldgefühle in ihm hochkamen, drohten ihn seine Gefühle zu überwältigen, aber es gelang ihm, die Fassung zu bewahren. Zehn Jahre zuvor hatte er beschlossen, seinen Sitz im Hohen Rat aufzugeben, um sich der

Ausbildung einer neuen Schülergeneration zu widmen, und nun übernahm er sein altes Amt ein zweites Mal, um persönlich dafür zu sorgen, dass nie wieder ein Schüler vor seinen Augen starb!

»Willkommen im Hohen Rat von Zauberranke«, schloss der Magister. »Nehmt Platz, damit wir fortfahren können.«

Der Messerschleifer hatte weiche Knie, aber er schaffte es, einigermaßen würdevoll die Tafel zu umrunden und sich auf einen Stuhl zu setzen. Maetilde schenkte ihm ein Lächeln, und Gregerio zwinkerte ihm aus unerfindlichen Gründen zu, während Vrinilia ihm kaum Beachtung schenkte. Sie hatte sich bereits dem verbliebenen Kandidaten zugewandt.

»Jor Kartigann, tretet vor.«

Mit einem Schlag war Radjaniels böse Vorahnung wieder da. Sein Rivale grinste immer noch dümmlich. Plötzlich hatte der Messerschleifer das Gefühl, in eine Falle getappt zu sein. Als Arold dann das Wort ergriff, wurde sein schlimmster Albtraum wahr …

»Jor Kartigann, seid Ihr bereit, das Amt des Obersten Hüters von Zauberranke zu übernehmen, für die Aufrechterhaltung der Ordnung zu sorgen, unseren Regeln und Gesetzen Geltung zu verschaffen und diejenigen zu bestrafen, die gegen sie verstoßen?«

»Mit Vergnügen«, triumphierte Kartigann.

»Ihr müsst mit Ja oder Nein antworten.«

»Ja!«

Radjaniel war wie vom Donner gerührt. Arold hatte ihm das Amt des Obersten Wächters nur zur Hälfte übertragen. Die andere Hälfte ging an Kartigann, der das neu erschaffene Amt eines Obersten Hüters übernehmen würde. Sie würden notgedrungen zusammenarbeiten müssen, zumindest wenn es um den Oberbefehl über die Miliz ging. Das konnte ja heiter werden …

Doch die Schmierenkomödie war noch nicht zu Ende. Kartigann sprach seinen Eid, als gebe er eine Anekdote zum Besten, und das, obwohl er sich gerade dazu verpflichtete, auf der Halbinsel für Ordnung zu sorgen. Der Messerschleifer schien allerdings der Einzige zu sein, den dieses respektlose Verhalten entsetzte. Niemand sonst zeigte eine Gefühlsregung.

»Willkommen im Hohen Rat von Zauberranke«, schloss Arold. »Nehmt Platz.«

Das ließ sich Kartigann nicht zweimal sagen. Er stürzte sich auf den Stuhl, als hätte man ihm ein kostenloses Festmahl angeboten.

Nun wandte sich der Magister herablassend zum Herrn des Zeughauses um.

»Ich weiß, was Ihr denkt, Jor Radjaniel. Ihr glaubt, dass ich Euch hinters Licht geführt habe, doch da irrt Ihr. Ich will nur, dass Ihr Euch auf die Verteidigung der Schule konzentrieren könnt. Jor Kartigann wird sich um Streitigkeiten zwischen Schülern kümmern, um Regelverstöße von Lehrern und um alles andere, was das friedliche Zusammenleben unserer Gemeinschaft gefährden könnte. Gemeinsam werdet Ihr dafür sorgen, dass in Zauberranke Sicherheit und Ordnung herrschen.«

»Ihr hättet mir vorher Bescheid sagen müssen«, entgegnete Radjaniel. »Vielleicht hätte ich trotzdem eingewilligt. Das hätte von Anfang an Vertrauen geschaffen.«

»Ihr habt mir dazu keine Gelegenheit gegeben. Während Eurer Bedenkzeit habt Ihr Euch von mir ferngehalten, und Eure Entscheidung habt Ihr mir nur per Brief mitgeteilt. Sei's drum. Wichtig ist nur, dass wir jetzt alle um diesen Tisch versammelt sind.«

Radjaniel nickte, aber seine Miene machte deutlich, dass er sich nicht für dumm verkaufen ließ. Indem er Kartigann in den Hohen Rat berief, sorgte Arold vor allem dafür, dass er bei jeder Entscheidung über die Mehrheit der Stimmen verfügte.

»Kommen wir zu den anstehenden Geschäften«, fuhr der Magister fort. »Wie geht es Jora Lygwenn?«

»Sie will ihren Enkel zurück«, erklärte Radjaniel. »Sie redet von nichts anderem. Sie kann gerade mal aus eigener Kraft stehen, aber am liebsten würde sie sofort loslaufen und nach ihm suchen.«

»Das dürft Ihr auf keinen Fall zulassen«, beschied Arold. »Sollten wir einen Tages doch noch beschließen, Denilius zu verfolgen, setze ich auf den Überraschungseffekt.«

»Lygwenn würde alles für ihren Enkel tun«, erklärte Radjaniel. »Doch sie wird sich zu gedulden wissen. Zumal der Tag, von dem Ihr sprecht, bereits gekommen ist.«

Er berichtete, was er über Lehanders rätselhafte Gabe und Denilius' Interesse daran wusste. Die Ratsmitglieder reagierten ganz unterschiedlich, manche verblüfft, andere gleichgültig.

Beim Magister überwogen die Zweifel.

»Der Junge soll also einfach so den Schleier durchqueren können? Seht Ihr nicht, wie geschickt Euch diese Frau mit ihren Lügengeschichten einwickelt, um ihr Ziel zu erreichen?«

»Das erklärt allerdings so einiges.«

Radjaniel hatte nicht erwartet, dass ausgerechnet Vrinilia ihm beispringen würde. Arold warf ihr einen überraschten Blick zu, und die Prismenschmiedin fuhr fort:

»Natürlich glaube ich keine Sekunde an diese absurde Geschichte. Aber bisher war mir unbegreiflich, warum Denilius sich bei seiner Flucht diesen Jungen aufgehalst hat. Ich dachte zuerst, er wolle ihn als Geisel nehmen, aber das ist doch eher unwahrscheinlich. Wenn er allerdings überzeugt ist, dass dieser Schüler zu Wundertaten fähig ist, verstehe ich sein Motiv besser.«

»Das ist doch lächerlich!«

»Natürlich! Aber Denilius scheint daran zu glauben, und nur das ist für uns wichtig.«

»Lygwenn glaubt es auch«, warf Radjaniel ein.

Und ich ebenfalls, hätte er fast hinzugefügt, aber er ahnte, dass das keine gute Idee war.

»Jedenfalls können wir daraus schließen«, fuhr Radjaniel fort,

»dass Denilius irgendetwas ausheckt, und offenbar haben seine Pläne mit dem Schleier zu tun. Falls es sich um eine Art Rachefeldzug handelt, könnte die Sicherheit von Zauberranke gefährdet sein. In meiner Eigenschaft als Oberster Wächter werde ich den beiden also zwei unserer besten Fährtenleser hinterherschicken, um die Bedrohung abzuwenden.«

»He!«, protestierte Kartigann. »Zuerst müsst Ihr mich fragen, ob ich bereit bin, Euch meine Männer zu überlassen!«

Radjaniel ging nicht auf die Provokation ein. Er wartete auf die Antwort des Magisters, der sich durch einen raschen Blick mit Vrinilia verständigte. Als die Prismenschmiedin nickte, erklärte der Magister: »Einverstanden. Aber Eure Fährtenleser müssen in zwei Wochen zurück sein. Es kommt nicht infrage, dass sie monatelang ganz Gonelore durchkämmen!«

Radjaniel stimmte der Bedingung erleichtert zu. Damit wurde ihm wenigstens eine Last von den Schultern genommen. Endlich würde jemand nach Lehander suchen, so wie er es Lygwenn versprochen hatte.

»Gibt es sonst noch was zu dieser Angelegenheit?«, fragte Arold.

»Ich habe da mal eine Frage«, meldete sich Gregerio zu Wort. »Mir ist eine wahnwitzige Geschichte über einen Drakonid-Metamorphen zu Ohren gekommen. Und wenn ich mich nicht irre, hat Jora Lygwenn noch nicht erklärt, wie sie nach Zauberranke gekommen ist. Könnt Ihr mir mehr darüber sagen, Radjaniel?«

Der Messerschleifer senkte den Blick. Bisher hatte er dieses Thema erfolgreich umschifft, aber der Oberste Fährtenleser musste natürlich den Finger in die Wunde legen. Woher hatte er diese Information? Hatte er Gess so lange gequält, bis er ihm davon erzählt hatte?

»Ihr habt richtig gehört«, antwortete er schließlich. »Lygwenn hatte tatsächlich die Gestalt eines Drakoniden angenommen. Sie blieb mehrere Monate im Körper des Metamorphen.«

Auf diese Erklärung folgte fassungsloses Schweigen. Dann polterte Arold los: »Wie bitte? Was ist das denn schon wieder für eine Geschichte? Und wann gedachtet Ihr, uns davon zu erzählen?«

»Heute«, behauptete Radjaniel rasch. »Ich wollte die Ratsversammlung abwarten, denn das schien mir der passende Rahmen dafür zu sein. Auf einen Tag mehr oder weniger kam es ja nicht an ...«

In Wahrheit hätte er das Geheimnis gern noch ein wenig länger für sich behalten. Er fürchtete, dass der Magister Lygwenn mit Fragen löchern würde, dabei musste sie sich dringend von ihrer Verletzung erholen.

»Und bei dem Metamorphen handelte es sich tatsächlich um einen Drakoniden?«, hakte der Magister nach. »Wo hatte sie denn das Verwandlungsprisma her?«

»Die Geschichte kann nicht wahr sein«, sagte Vrinilia in schneidendem Ton. »Nicht mal den berühmtesten Meisterschmieden in der Geschichte der Bruderschaft ist es gelungen, ein solches Prisma herzustellen!«

Gregerio lehnte sich zufrieden in seinem Stuhl zurück.

»Wie auch immer, ich hatte recht! Bei dem Drakoniden handelte es sich nicht um eine gezähmte Chimäre, so wie Vargaï dem Rat gegenüber frech behauptet hat. Man kann diese Bestien zweifellos mit einem entsprechenden Prisma heraufbeschwören, aber doch nicht wie Hunde abrichten!«

»Vargaï konnte sich einfach keine andere Möglichkeit vorstellen«, widersprach Radjaniel. »*Niemand* kam auf den Gedanken, dass dieser Drakonid ein Metamorph sein könnte!«

»Und ich glaube das auch erst, wenn Ihr mir einen Beweis vorlegt«, sagte Vrinilia skeptisch. »Seid Ihr Euch wirklich sicher?«

Radjaniel nickte und zählte einige beunruhigende Punkte auf: Lgywenn konnte sich sowohl an die Höhle erinnern, in der Lehander gefunden worden war, als auch an die Schlacht um den Leuchtturm und den Todeskampf der Meereschimäre unten am

Strand. Der Messerschleifer hatte nicht das Gefühl, die Weltwanderin zu verraten, denn sie hatte ihm das alles aus freien Stücken erzählt. Außerdem blieb ihm gar nichts anderes übrig, als mit den übrigen Ratsmitgliedern zusammenzuarbeiten.

»Wo kann sie ein solches Prisma herhaben?«, fragte Arold erneut. »Besitzt sie noch weitere dieser Art?«

Radjaniel atmete tief durch. Vor dieser Frage hatte er sich gefürchtet, denn seine Antwort würde Lgywenn Ärger einbringen.

»Das will sie mir bisher nicht sagen, aber in ihrer ersten Nacht im Zeughaus habe ich ihren Bandelier durchsucht. Sie trägt kein weiteres Prisma bei sich.«

»Geht diesem Rätsel auf den Grund, und zwar so schnell wie möglich«, befahl Arold. »Das ist Eure Aufgabe, schließlich geht es um die Sicherheit von Zauberranke!«

»Ich bleibe dabei: Das sind nichts als Lügen«, warf Vrinilia dazwischen. »Metamorphe können den Schleier nicht durchqueren, was dieser Drakonid mehrfach getan hat. An der Sache ist etwas faul, und ich werde herausfinden, was es ist!«

Radjaniel zuckte zusammen. Die kalte Entschlossenheit der Prismenschmiedin war viel gefährlicher als die wilden Wutausbrüche des neuen Magisters.

»In jedem Fall werden wir eine andere Bleibe für Euren ›Gast‹ finden müssen«, fuhr Arold fort. »Wenn Eure Schüler ausziehen, gibt es im Zeughaus niemanden mehr, der sie bewachen kann.«

Der Messerschleifer verfluchte das Schicksal, das ihm den schlechtmöglichsten Moment beschert hatte, um das Thema anzusprechen.

»Nun, es ist so …«, erklärte er. »Meine Schüler werden bei mir wohnen bleiben.«

»Was? Das kommt nicht infrage! Ihr kennt die Vorschriften! Entweder sie ziehen in einen Schlafsaal um, oder ihre neuen Lehrer nehmen sie bei sich auf. Bei Euch können sie auf keinen Fall bleiben!«

»Richtig«, pflichtete ihm Kartigann bei. »Vorschrift ist Vorschrift, dafür sorge ich persönlich!«

Nun war Radjaniel doch froh, reinen Tisch zu machen. Die Neuigkeit, die er dem Rat mitzuteilen hatte, würde Kartigann den Wind aus den Segeln nehmen.

»Meine Schüler werden ihre Bleibe vorschriftsgemäß mit ihrer neuen Lehrerin teilen: Jora Lygwenn. Sie hat heute Morgen eingewilligt, die vier zu übernehmen, nachdem ich ihr versprochen habe, nach Lehander suchen zu lassen.«

»Unmöglich!«, schimpfte der Oberste Hüter. »Sie ist ja nicht mal aus Zauberranke! Und sie kann kaum stehen!«

»Jora Lygwenn trägt die Raute, das Abzeichen der Lehrer«, erwiderte der Messerschleifer. »Damit darf sie in jeder Schule der Weltwanderer unterrichten, auch hier in Zauberranke. Laut unseren Vorschriften kann ich ihr meine Schüler also anvertrauen. Es ist ja nur vorübergehend, vermutlich bis zum Ende des Schuljahrs. Und nur böse Zungen würden behaupten, ihre Verletzung würde sie daran hindern, die Kinder zu unterrichten, aber dazu zählt Ihr ja gewiss nicht. Sonst müsstet Ihr auch Jor Jehodor für unfähig erklären, weil ihm ein Arm fehlt, oder Jora Paunaelle, die am Stock geht. Die beiden sind trotz ihrer körperlicher Einschränkungen hervorragende Lehrer.«

Vor lauter Verwirrung begnügte sich Kartigann mit einer wütenden Grimasse und warf einen Hilfe suchenden Blick in die Runde. Doch die anderen Ratsmitglieder hatten bereits begriffen, dass es keine Vorschrift gab, die Radjaniel von der Umsetzung seines Plans hätte abhalten können. Vrinilia kochte vor Wut, weil sie Nobiane nun doch nicht zu sich holen konnte, und Arold konnte nicht fassen, dass Radjaniel die Entscheidung ohne ihn getroffen hatte.

»Ihr hättet meine Zustimmung einholen sollen«, knurrte er.

»Dazu hatte ich keine Gelegenheit«, entgegnete Radjaniel. »Außerdem dachte ich nicht, dass die Sache Euch groß interessiert ... sonst hätte ich Euch natürlich um Rat gefragt.«

»*Natürlich*«, wiederholte der Magister spitz. »Ihr vertraut Eure Schüler einer Wildfremden an, die vielleicht gefährlich ist, Jorensan. Ich hoffe, Ihr wisst, was Ihr tut.«

Radjaniel nickte verkrampft. Tatsächlich hatten er lange gezögert, das Wagnis einzugehen.

21

Sohia bereute nicht, dass sie sich der Miliz angeschlossen hatte. Nachdem sie von ihrer Mission in den Katakomben unter dem alten Viertel zurückgekehrt war, hätte sie die Miliz wieder verlassen können, aber sie fühlte sich ihrem Treueschwur verpflichtet und hatte außerdem noch viel zu lernen. Zugleich bot ihr der Dienst die Gelegenheit, ihre freie Zeit sinnvoll zu nutzen, denn die Ausbildung ihrer Schüler beanspruchte sie nur den halben Tag. Und obwohl einige Wachen wegen ihres jungen Alters auf sie herabsahen, hatten die meisten sie doch mit großem Wohlwollen in ihren Reihen aufgenommen. Einigen von ihnen fühlte sich Sohia bereits freundschaftlich verbunden.

In dem Trupp, dem man sie an diesem Nachmittag zugeteilt hatte, waren beide Sorten vertreten. Leider war natürlich ausgerechnet der Anführer ein herablassender, fast schon frauenfeindlicher Typ, was in der Bruderschaft nur selten vorkam. Sohia hielt sich von ihm fern und plauderte stattdessen mit ihrem zweiten Kollegen, einem gutmütigen Kerl, der seine Lanze so lässig auf der Schulter trug, als handle es sich um eine Angelrute. Doch der Ranghöhere fuhr grob dazwischen.

»Ruhe! Wir befinden uns nicht mehr unter dem Schutz der Ranke, also haltet gefälligst die Augen offen!«

Sohia warf ihm einen finsteren Blick zu, aber der Mann hatte sich bereits wieder umgedreht und marschierte vorweg. Mit bedauernder Miene wandte sie sich ihrem Gefährten zu und konzentrierte sich dann auf ihre Umgebung. Auf keinen Fall würde sie dem Rohling einen Anlass bieten, sie zur Schnecke zu machen. Sie war fest entschlossen, alle Anweisungen zu befolgen, auch wenn sie noch so überflüssig waren.

Zwanzig Minuten zuvor hatten die drei das alte Viertel verlassen und marschierten nun durch den Kristalltunnel auf die sandige Ebene zu, die nachts vom Meer überspült wurde. Diesen Erkundungsrundgang unternahm die Miliz ein bis zwei Mal im Monat, in der Regel, ohne irgendetwas Auffälliges festzustellen. Manchmal stießen die Wachen dabei auf einen Krustenkrebs, der von der Flut angeschwemmt worden war und sich hastig in das Kristalllabyrinth verzog, sobald die Weltwanderer zu den Waffen griffen. Nichts, was es erforderlich gemacht hätte, die ganze Schule in Alarmbereitschaft zu versetzen, doch in der Vergangenheit hatten manche dieser Rundgänge den Bewohnern der Halbinsel böse Überraschungen erspart. Einmal hatte die Miliz einen Carapax aufgespürt, ein anderes Mal ein ungewöhnlich schnelles Wachstum der Ranke festgestellt, das ihnen den Zugang zum Festland abzuschneiden drohte. Sohia nahm ihre Mission daher durchaus ernst. Nur einen Hinterhalt befürchtete sie in dieser vertrauten Umgebung nicht.

»Passt auf, dass ihr nicht stolpert!«, warnte der Anführer. »Die Kanten der Kristalle sind schärfer als Rasiermesser!«

Sohia wechselte einen belustigten Blick mit ihrem Nebenmann. Sie kannte die Gefahren der Ranke seit zehn Jahren, also knapp die Hälfte ihres Lebens, und der alte Recke an ihrer Seite hatte sicher dreimal mehr Jahre auf der Halbinsel verbracht. Der Anführer ihres kleinen Trupps brauchte sie also nicht extra daran zu erinnern, wie gefährlich die Kristalle sein konnten, wenn man unachtsam war. Ein falscher Schritt in dem weichen Sand, und man konnte sich an einer Kante das Bein aufschlitzen oder gar von einem Dorn aufgespießt werden. Doch an diesem Tag folgten die drei dem Pfad, den die Weltwanderer seit Generationen instand hielten, was das Risiko, sich zu verletzen, deutlich verringerte.

Bald gelangten sie zu der Stelle, wo der Drakonid vier Monate zuvor die Verfolgung von Vargaïs Planwagen aufgegeben hatte. Sohia schauerte bei der Erinnerung an die wilde Jagd durch den schmalen Tunnel. An der Ranke waren immer noch Spuren des Angriffs zu sehen: zersplitterte Kristalle und abgebrochene Zacken. Doch die Regenerationsfähigkeit der Pflanze sorgte dafür, dass bald alle Schäden verschwunden sein würden. Dasselbe galt für die Lücke unten am Strand der Halbinsel, die die Meereschimäre in den Wall geschlagen hatte. Dann würde der Schutz der Ranke vollständig wiederhergestellt sein. Sohia bedauerte, dass sich die unsichtbare Lichtkuppel nicht bis an den äußersten Rand des Kristallfelds erstreckte oder sogar noch darüber hinaus. Wenn ganz Gonelore unter dem Schutz der Ranke stehen würde, könnten die Weltwanderer sich zur Ruhe setzen. Doch das war leider nur ein schöner Wunschtraum. Vermutlich würde die Bruderschaft den Schleier bis ans Ende aller Zeit bewachen müssen.

»Jetzt sind wir aber weit genug gegangen, oder?«, fragte Sohias Nebenmann. »Kehren wir um?«

»Noch nicht«, entschied der Anführer. »Wir gehen weiter!«

Sohia seufzte, aber sie hielt an ihrer Entscheidung fest, all seine Anweisungen zu befolgen. Dennoch ärgerte sie sich, dass sie nicht wenigstens Pferde mitgenommen hatten, wenn sie schon bis zur Ebene vordringen würden.

Zum Glück trieb der Anführer es nicht auf die Spitze: Gleich darauf gab er das Zeichen zum Umkehren. Vermutlich hatte er nur das letzte Wort haben wollen. Was für ein Angeber, dachte die junge Frau, aber sie tröstete sich mit dem Gedanken, dass sie bald von seiner Gesellschaft erlöst sein würde. Mit etwas Glück würde sie bei ihrem nächsten Einsatz für die Miliz an einen fähigeren Anführer geraten …

Rücksichtsvoll, wie sie war, blieb sie stehen, damit der Kerl sich wieder an die Spitze ihres kleinen Trupps setzen konnte. Als er vorausstapfte, gefolgt von dem zweiten Mann, hörte Sohia ein schwaches Geräusch aus dem Prismenwald. Sie blickte sich aufmerksam um, konnte aber nichts entdecken. Sie hätte nicht einmal sagen können, aus welcher Richtung das Geräusch gekommen war. Trotzdem war sie überzeugt, sich das Ganze nicht eingebildet zu haben.

»Hier wird nicht herumgetrödelt!«, rief der Anführer. »Du kannst dir die Haare richten, wenn wir zurück in der Schule sind!«

Diesmal ignorierte Sohia den Kerl schlichtweg. Statt ihr Spiegelbild in einem Kristall zu betrachten, wie der Flegel unterstellte, spitzte sie die Ohren und war bereit, auf das kleinste Anzeichen von Gefahr zu reagieren ... Da vernahm sie abermals das Geräusch.

»Da ist etwas!«, zischte sie. »In der Ranke!«

Sie riss ihren Speer hoch und spannte jeden Muskel an. Noch hatte sie keine Ahnung, was sich da zwischen den Kristallen bewegte, sie hatte einfach instinktiv auf eine mögliche Gefahr reagiert, während ihre Kollegen immer noch dumm aus der Wäsche schauten.

»Was ist es denn?«, rief der Anführer.

»Ich sehe nichts«, sagte der zweite Mann.

Sohia ging es nicht anders, aber das Geräusch hatte ihr gereicht: das lautlose Tappen von schweren Pfoten, gefolgt von einem unterdrückten Keuchen ...

Die junge Frau lauschte angespannt, doch nun war nichts mehr zu hören – da rannte die Bestie plötzlich los. Sie blieb außer Sichtweite der Milizionäre, aber nun gab es keinen Zweifel mehr, dass Sohia recht gehabt hatte.

»Die Chimäre läuft auf die Schule zu!«, rief der Anführer panisch. »Wir müssen sie aufhalten!«

Sohia rannte schon längst den Weg entlang und fürchtete ständig, auf dem unebenen Boden das Gleichgewicht zu verlieren und sich an den scharfen Kristallen den Körper aufzureißen – aber sie durfte nicht zulassen, dass das Ungeheuer einen zu großen Vorsprung herausholte oder in dem Labyrinth verschwand. Zum Glück kam die Chimäre wegen der wuchernden Kristalle nur schlecht voran und blieb in der Nähe des Pfads. Die Weltwanderin fragte sich, welchem rätselhaften Instinkt sie wohl folgte, aber es gab nur eine Möglichkeit, es herauszufinden: Sie durfte sich nicht abschütteln lassen!

Die Verfolgungsjagd dauerte nur wenige Minuten, aber Sohia kamen sie vor wie eine halbe Ewigkeit. Sie rannte, so schnell sie konnte. Gleichzeitig hielt sie ihren Speer in die Höhe, für den Fall, dass sich die Chimäre plötzlich auf sie stürzte. Die anderen beiden Milizionäre folgten in einigem Abstand, und dem Anführer fiel nichts Besseres ein, als ihr hinterherzubrüllen, sie solle schneller laufen. Sohia war bereits völlig außer Atem, aber sie ließ nicht locker. Als sich der Kristallwald ein wenig lichtete und der Pfad zum Leuchtturm anstieg, zahlte sich ihre Anstrengung aus: Einige besonders große Hindernisse zwangen die Chimäre dazu, sich zu zeigen.

Zum ersten Mal geriet Sohia aus dem Tritt. Die massige schwarze Gestalt, die sie aus dem Augenwinkel sah, war furchterregend. War sie einem solchem Gegner wirklich gewachsen? Sollte sie nicht besser warten, bis die anderen sie eingeholt hatten? Trotzdem rannte sie weiter.

Jetzt sah sie die Bestie immer wieder in einer Lücke zwischen den Kristallgewächsen aufblitzen. Bei der Vorstellung, die Bestie könnte urplötzlich angreifen, wurde ihr schlecht. Der Lupinus war furchterregender als alle Exemplare dieser Art, die ihr bisher begegnet waren.

Es war ihr unerklärlich, was die Bestie hier verloren hatte, und ihr Verhalten war nicht minder rätselhaft. Lupini waren für ihre

Mordlust bekannt – er hätte schon längst angreifen müssen. Seit Sohia ihn entdeckt hatte, stieß er immer wieder ein wildes Knurren aus, selbst wenn er aus ihrem Blickfeld verschwand – ganz so, als wäre er wütend auf sich selbst. Das bestärkte Sohia nur noch in ihrem Entschluss: Sie durfte diese rasende Kreatur nicht in die Nähe von Zauberranke lassen. Dank der schützenden Lichtkuppel käme die Chimäre zwar nicht bis auf das Schulgelände, aber vielleicht hielt sich ein Lehrer mit seinen Schülern gerade außerhalb des Schutzwalls auf. Sie musste unbedingt vermeiden, dass es zu einer Tragödie kam.

Doch allmählich gingen ihr die Kräfte aus. Frustriert musste Sohia mit ansehen, wie sie nach und nach an Boden verlor und der Lupinus sie schließlich ganz abhängte, obwohl sie alles gab. Die Chimäre nutzte die Gunst der Stunde, sprang auf den Weg und hetzte noch schneller auf die Schule zu.

»Dein Speer!«, brüllte der Anführer ihr zu. »Töte ihn!«

Die junge Frau hatte die Waffe bereits in die Höhe gerissen. Noch war der Abstand nicht zu groß, die Bahn war frei, und sie war im Speerwurf die Beste ihres Jahrgangs gewesen. Trotzdem zögerte sie. Es war unbegreiflich, ja unsinnig, aber sie hatte plötzlich das Gefühl, das Schicksal stelle ihr eine Falle, in die sie unter keinen Umständen tappen durfte.

»Mach schon! Töte ihn, du Närrin!«

Sohia blieb stehen und sah dem Lupinus nach, der knurrend davonjagte … Dann war es zu spät. Sie senkte den Arm und schnappte nach Luft, während ihre Kollegen endlich zu ihr aufschlossen.

»Bei allen Göttern!«, fluchte der Anführer. »War das Absicht, oder bist du zu dumm, um einen einfachen Befehl zu verstehen?«

»Der Speer ist meine einzige Waffe«, sagte Sohia keuchend. »Wenn ich ihn geworfen hätte, hätte ich mich nicht mehr verteidigen können.«

»Feigling! Inzwischen ist die Bestie bestimmt schon am Leuchtturm angekommen.«

Der Anführer lief in mäßigem Tempo los, ohne ihre Antwort abzuwarten. Gemeinsam legten sie die letzten hundert Meter zurück, die sie noch vom Durchgang zur Schule trennten. Sohia hoffte inständig, dass sie keine Angst- oder Schmerzensschreie hören würde. Der Lupinus war hinter einer Biegung des Wegs und den immer dichter wuchernden Kristallen verschwunden. Wären da nicht die Abdrücke gewesen, die die Chimäre im Sand hinterlassen hatte, hätte man glauben können, dass sie umgekehrt war und wieder im Kristallwald verschwunden oder sogar hinter den Schleier zurückgekehrt war … Stattdessen führten die Spuren geradewegs auf die Schule zu.

»Sollte jemand verletzt werden«, warnte der Anführer Sohia, »ist das allein deine Schuld!«

Sohia verschwendete ihre Kraft nicht darauf, gegen diese Ungerechtigkeit zu protestieren. Sie war fast sicher, dass das Ungeheuer es ohnehin nicht schaffen würde, in die Schule vorzudringen. Es müsste sich schon unter den Kristallen hindurchgraben oder den Schutzwall durchbrechen, doch dafür war es nicht stark genug. Jeden Moment konnte es von der unsichtbaren Lichtkuppel abprallen, und dann würde es sich sicher auf seine Verfolger stürzen. Die junge Frau stellte sich darauf ein, kämpfen zu müssen. Doch als sie aus dem Prismenwald ins Freie traten, zog sich ihr Herz zusammen.

»Ein Toter!«, rief der Anführer. »Hab ich's doch gesagt!«

Sie rannten auf die Gestalt zu, die mit dem Gesicht zum Boden dalag. Mit jedem Schritt wuchs Sohias Verzweiflung. Ihre Gedanken überschlugen sich: *Also hat der Lupinus schon einen Bewohner von Zauberranke getötet? Wo ist er jetzt? Wer ist das Opfer? Dieser Umhang kommt mir bekannt vor … Aber … Das kann doch nicht sein …*

Der Schock verdrängte jeden anderen Gedanken. Als die beiden Männer den am Boden liegenden Körper herumdrehten und Sohia ihn erkannte, stieß sie einen gellenden Schrei aus. Der Weltwanderer war totenbleich und hatte tiefe Augenringe, aber es war eindeutig Vargaï. Dabei hatte sie längst jede Hoffnung aufgegeben, ihn wiederzufinden.

Fassungslos suchte die junge Frau nach den Pfotenabdrücken des Lupinus. Die Spur endete genau vor dem Weltwanderer.

22

Streng dich an, Lehander! Du musst dich konzentrieren!«

Der Junge nickte pflichtschuldig. Wieder einmal bekam er Denilius' Ungeduld zu spüren. Sie hatten gerade erst mit den Übungen begonnen, und schon wollte der Alte Ergebnisse sehen.

»Ich sehe doch, dass du jedes Mal zusammenzuckst, wenn ein Ast im Feuer knackt«, sagte der Weltwanderer vorwurfsvoll. »So wird das nichts! Du musst einen inneren Abstand zu deiner Umgebung gewinnen und darfst dich nicht von Nebensächlichkeiten ablenken lassen. Du musst über den Dingen stehen.«

Der Schüler nickte lustlos. Er glaubte kaum, dass es ihm gelingen würde. Seine Motivation war verschwindend gering, und er hatte sich nur auf das Experiment eingelassen, um Denilius einen Gefallen zu tun. Drei Tage lang hatte er Erschöpfung oder Kopfschmerzen vorgeschützt, um den Übungen zu entgehen, aber an diesem Abend war ihm nichts anderes übrig geblieben, als nachzugeben.

»Du musst versuchen, unsere Umgebung als bloße Kulisse zu betrachten«, erklärte Denilius. »Stell dir vor, dass es sich lediglich um ein Trugbild handelt, das die Wirklichkeit verbirgt, und dass sich die echte Welt dahinter befindet. Du musst dieses Trugbild durchqueren, um in die echte Landschaft vorzudringen. Die Landschaft, die unmittelbar hinter dem Schleier liegt.«

Der Junge verzog das Gesicht. Das Ganze war schon gruselig genug, und dass Denilius ständig vom Schleier, fremden Horizonten und Chimären redete, half ihm nicht gerade, sich zu entspannen. Trotzdem bemühte er sich, den Anweisungen seines Großvaters zu folgen oder zumindest so zu tun … Wenn er gar keine Fortschritte machte, würde Denilius ihn sicher zwingen, bis spät in die Nacht weiter hier zu sitzen, und um das zu verhindern, ließ er sich auf das Spiel ein.

Lehander schloss die Augen, holte tief Luft und öffnete sie dann wieder. Er versuchte, alles um sich herum mit völligem Gleichmut zu betrachten. Den dichten Wald … das Lagerfeuer, zu dem Denilius sich hatte überreden lassen, damit sie in der kalten Nacht nicht froren … den Kochtopf aus dem Gepäck des toten Weltwanderers, in dem ihr Abendessen vor sich hin köchelte … Schon wieder ließ er sich von Nebensächlichkeiten ablenken! Schnell riss er sich zusammen, bevor Denilius ihn tadeln konnte. Um sich besser konzentrieren zu können, ließ er den Blick über die Wildnis schweifen.

Gut eine Woche waren sie nun schon unterwegs, und die Landschaft hatte sich kaum verändert. Der einzige Mensch, den sie gesehen hatten, war tot gewesen. Ein Lupinus hatte ihm den Hals durchgebissen und war gleich darauf spurlos verschwunden. Und die Spuren von menschlicher Zivilisation, auf die sie unterwegs gestoßen waren, konnte man an einer Hand abzählen. Da war das verfallene Haus gewesen, in dem sie übernachtet hatten … Der schmale Steg, der über einen Fluss führte und der so morsch gewesen war, dass sie ihn nicht zu betreten gewagt hatten … Und natürlich die Trampelpfade, bei denen man oft nicht wusste, ob sie von Menschen oder doch eher von Tieren stammten. Lehander fragte sich manchmal, ob Denilius wirklich wusste, wohin er ging. Dem Weltwanderer merkte man allerdings keine Zweifel an. Obwohl sie sich durch die Wildnis schlugen, benahm er sich, als spaziere er in einem Park umher.

Als er merkte, dass seine Gedanken schon wieder abschweiften, schüttelte sich der Junge. Er konzentrierte sich auf die Vorstellung, dass sie sich mitten in der Natur befanden … Hier draußen, weit weg von der Betriebsamkeit menschlicher Siedlungen, war es bestimmt leichter, den Schleier zu durchqueren. Wilde Tiere wechselten auf der Jagd oder auf der Flucht vor Feinden instinktiv zwischen den verschiedenen Horizonten hin und her, als wäre es das Normalste der Welt. Die Landschaft unterschied sich diesseits und jenseits des Schleiers ja auch kaum, und für eine Chimäre war ein Baum ein Baum, ob er nun in Gonelore stand oder in den Revieren. Die Bestien bemerkten die Grenze zwischen den verschiedenen Horizonten vermutlich gar nicht, zumal sie sich längst nicht so viele Fragen stellten wie er.

Diese Erkenntnis brachte ihn auf einen neuen Gedanken. Wenn er sich als kleines Kind tatsächlich ein Spiel daraus gemacht hatte, den Schleier zu durchqueren, dann konnte das Ganze nicht so schwer sein, wie er dachte. Als er sich in den Katakomben von Zauberranke hinter den Schleier gerettet hatte, waren all diese Konzentrationsübungen völlig unnötig gewesen. Und wenn so primitive Kreaturen wie Chiroptide und Krustenkrebse über diese Fähigkeit verfügten, müsste er es auch schaffen.

Jetzt war seine Neugier geweckt. Zwar stand ihm immer noch nicht der Sinn danach, in fremden Horizonten herumzuspazieren, aber er könnte ja einen kurzen Blick hinter den Schleier riskieren. Dazu musste er ihn sich nur bildlich vorstellen, so wie Denilius es ihm erklärt hatte. Lehander durfte seine Umgebung nicht mehr als die einzig existierende Welt betrachten, sondern als eine von vielen. Jeden Baum und jeden Farn gab es nicht nur in Gonelore, sondern auch in den höheren Horizonten … Diese Eiche zum Beispiel, genau vor ihm, stand auch in den Revieren, den Horizonten, die an Gonelore grenzten. Mit einem raschen Blick durch sein Prisma hätte er dies bestätigen können. Und so war es mit allem, was ihn umgab: den Büschen, morschen Ästen, Pilzen und Grasbüscheln … Nur die beiden Menschen, ihr Gepäck und das Feuer, das sie entzündet hatten, existierten nur in Gonelore. Als ihm das bewusst wurde, merkte Lehander plötzlich, dass er die Grenze ihres Horizonts gefunden hatte. Der Schleier war zwar immer noch unsichtbar, aber er wusste plötzlich, wo er verlief.

»Ich habe es! Ich kann den Schleier spüren«, rief er, ohne groß nachzudenken.

Als die Worte heraus waren, merkte er, dass er sie lieber für sich behalten hätte.

Denilius, der auf einem Stein saß, richtete sich kerzengerade auf und fragte aufgeregt: »Und? Bist du auf der anderen Seite?«

»Nein … Ich …«

Seine Begeisterung war mit einem Schlag verflogen. Denilius drängte ihn zu Dingen, bei denen ihm alles andere als wohl war. Und selbst wenn er in den nächsthöheren Horizont vordringen wollte, hatte er keine Ahnung, was er tun musste. In den Katakomben hatte er sich einfach von seinem Instinkt leiten lassen, aber hier, in der Stille des Waldes, sah die Sache ganz anders aus. Ihm war es zwar offenbar gelungen, sein Bewusstsein zu erweitern und die Grenze Gonelores zu erspüren, aber wie er sie überschreiten sollte, war ihm immer noch ein Rätsel. Schließlich konnte er ja nicht einfach aufstehen und eine Tür öffnen.

Dieser Gedanke brachte ihn auf eine Idee. Vielleicht würde es ihm helfen, wenn er durch sein Prisma blickte und den Horizont sah, in den er vordringen wollte? Allerdings durchstießen die Chimären den Schleier ohne jeden Kristall, und er selbst hatte als Kind ganz sicher auch kein so kostbares Werkzeug zur Verfügung gehabt. Er widerstand der Versuchung, sein Prisma hervorzuholen, und ließ seine Gedanken weiterschweifen, während er geistesabwesend in die tanzenden Flammen des Lagerfeuers schaute.

Bald stellte sich ihm eine neue Frage: Was sah eine Chimäre, die von der anderen Seite des Schleiers auf das Feuer blickte? War es von einem anderen Horizont aus überhaupt sichtbar? Könnte sie sich daran verbrennen? Könnte sie die Flammen löschen? Und wie würde sich das auf Gonelore auswirken?

»Also?«, fragte Denilius begierig.

»Ich weiß nicht, wie ich vorgehen soll. So einfach ist das nicht.«

»Das müsste es aber eigentlich sein, zumindest für dich. Lygwenn sagt, dass du den Schleier Dutzende Male durchquert hast.«

»Aber ich erinnere mich nicht mehr daran!«

»Dann versuch es einfach. Wenn du die Grenze unseres Horizonts spürst, kannst du sie auch überschreiten. Du musst es nur wirklich wollen. Benutze deine Fantasie … Stell dir vor, du würdest eine Lampe durch mehrere fast identische Räume tragen. Diese Räume sind die verschiedenen Horizonte. Du brauchst nur vom ersten Raum über die Schwelle in den nächsten zu treten und ihn mit deiner Lampe erhellen. Denk daran, der Schleier ist nur ein Trugbild … eine Art Nebel, und du hast die Gabe, diesen Nebel zu durchschreiten.«

Der Junge nickte, obwohl er seine Zweifel hatte. So leicht, wie der Weltwanderer behauptete, war es bestimmt nicht. Dennoch straffte er die Schultern und konzentrierte sich auf das Bild, das Denilius ihm beschrieben hatte. *Ich muss eine Lampe in den nächsten Raum tragen.* Schön und gut, aber wie ging das konkret? Welche Bewegung musste er ausführen? Welchen Gedanken denken?

Abermals starrte er in das Lagerfeuer. Er konnte seine Hitze spüren, und die Flammen tanzten vor seinen Augen … Hinter dem Schleier existierte das Feuer nicht. In gewisser Hinsicht stellte es die Grenze zwischen Gonelore und den Revieren dar. Aber er konnte doch nicht ins Feuer springen, das wäre ebenso sinnlos wie gefährlich. Trotzdem spürte er, dass er der Lösung ganz nah war …

Als er diesen Gedanken weiterspann, dämmerte ihm, dass er selbst einen Teil der Grenze von Gonelore darstellte. Die Menschen wurden geboren, lebten und starben in diesem Horizont, doch das wirkte sich nicht auf die anderen Horizonte aus … Die

Menschheit war das, was Gonelore von den anderen Horizonten unterschied. Sie stellte seine Grenze dar. Man könnte fast sagen, sie selbst bildete den Schleier.

Auf einmal überschlugen sich seine Gedanken, und sein Puls begann zu rasen. Er ging seine Überlegungen noch einmal Schritt für Schritt durch: Die Menschen existierten nur in Gonelore. Sie konnten die Grenze ihres Horizonts nicht überschreiten. Also bestand diese Grenze geradezu aus der Unfähigkeit der Menschen, sie zu überqueren … Das würde bedeuten, dass die Menschheit unbewusst den Schleier aufrechterhielt, den die Götter erschaffen hatten … und das würde auch erklären, warum der Schleier immer durchlässiger wurde. Anfangs war er vollkommen gewesen, doch er hatte seine Wirksamkeit verloren, nachdem er Tausende von Jahren den allzu fehlbaren Menschen überlassen worden war. Und in Lehanders Fall schien er gar nicht mehr zu existieren.

Der Junge wurde immer aufgeregter. Er hatte den Schleier schon mindestens einmal durchquert, das konnte er nicht mehr leugnen. Aber woher hatte er diese Gabe? War er eine Art Ungeheuer, halb Mensch, halb Chimäre? Oder würden die Menschen künftiger Generationen alle über diese Fähigkeit verfügen? Beide Möglichkeiten waren zu schrecklich, als dass ein elfjähriger Waisenjunge sie hätte ertragen können. Ihm kam sogar der Gedanke, dass er gar nicht in diese Welt gehörte. Vielleicht würde man ihm irgendwann auf die Schliche kommen und ihn aus Gonelore verjagen? Aber wo sollte er dann hin? In einen anderen Horizont? Er schien die einzige Kreatur im ganzen Universum zu sein, die nirgendwo hingehörte. Er schwebte im luftleeren Raum … von allen Bindungen befreit …

Auf einmal kam ihm das Ganze wie ein Kinderspiel vor … Er musste nur dem Ruf der Horizonte folgen … Sich ihrem Sog überlassen …

In diesem Moment riss ihn die Kälte aus seiner Versunkenheit.

Er saß zwar immer noch vor dem Feuer, aber von den Flammen schien keine Hitze mehr auszugehen.

Dahinter sah er Denilius' verblüfftes Gesicht … Doch noch bevor der Junge ihn fragen konnte, was los war, blieb ihm plötzlich die Luft weg.

Erst jetzt begriff er, was er getan hatte. Er hatte das Experiment zu weit getrieben und den Schleier durchstoßen, ohne es zu wollen! Zum Glück bekam er schnell wieder Luft.

Er bemühte sich, flach zu atmen, damit ihm nicht noch schwindeliger wurde. Er musste unbedingt zurück nach Gonelore, doch vor lauter Panik gelang es ihm nicht, sich zu konzentrieren. Er wusste ja nicht einmal, was er tun musste, um den Rückweg anzutreten.

»Lehander?«, rief der Weltwanderer. »Wo bist du? Hörst du mich?«

Denilius starrte zwar in seine Richtung, wandte sich jedoch gleich darauf ab und blickte sich suchend um. Für ihn war der Junge wie vom Erdboden verschluckt.

»Ich bin hier …«, flüsterte er.

Er wagte nicht, lauter zu sprechen. Bei der Vorstellung, eine Chimäre könnte seine Anwesenheit in diesem Horizont bemerken, packte ihn das kalte Grauen. Er hatte keine Ahnung, was für Kreaturen sich hier herumtrieben.

Zweimal fuhr er herum, weil er meinte, eine Gestalt auf sich zuhuschen zu sehen. Schließlich stand er auf und zog sein Messer, aber auch das gab ihm kein Gefühl von Sicherheit …

»Wenn du mich hörst, versuch mir ein Zeichen zu geben!«, rief Denilius.

Der Weltwanderer war genauso aufgeregt wie er, aber aus völlig anderen Gründen. Denilius war wie berauscht vom Erfolg seines Schülers. Er sah aus, als wäre er am liebsten aufgesprungen und hätte einen Freudentanz aufgeführt. Lehander hingegen war vor Angst wie gelähmt.

»Ich bin hier«, wiederholte er leise, obwohl er ahnte, dass es sinnlos war. Selbst wenn er brüllen würde, könnte der Weltwanderer ihn nicht hören. Er selbst hörte Denilius' Stimme nur gedämpft, wie durch eine dicke Wand. Auch die Umrisse seines Körpers kamen ihm verschwommen vor. Er wirkte furchtbar weit weg, obwohl er direkt vor ihm saß. Mit zugeschnürter Kehle trat Lehander neben ihn. Wäre er eine Chimäre, könnte er urplötzlich aus dem Schleier hervorbrechen und seinem Großvater den Hals durchbeißen. Aber natürlich hatte er nichts dergleichen im Sinn. Stattdessen ritzte er mit seinem Messer drei Wörter in die Erde: *Ich bin hier.*

Denilius bekam davon nichts mit. Was der Junge in den Revieren tat, wirkte sich also nicht auf Gonelore aus. Seine Botschaft war dort unsichtbar. Als Nächstes streckte er die Hand nach seinem Großvater aus, um ihn vorsichtig an der Schulter zu berühren. Schließlich wollte er ihn nicht erschrecken. Doch seine Finger griffen ins Leere. Lehander konnte durch Denilius hindurchgreifen, als bestünde er aus Nebel.

Sofort war ihm klar, wie gefährlich das war. Chimären in einem anderen Horizont konnten ihre Hörner durch die Menschen bohren, ohne dass diese etwas davon mitbekamen. Wenn sie dann aus dem Schleier hervorbrachen, wären die Menschen auf der Stelle tot! Seltsam war nur, dass kein Lehrer die Schüler von Zauberranke vor dieser Gefahr gewarnt hatte. Vielleicht gab es irgendein Naturgesetz, das so etwas verhinderte. Vielleicht konnte man den Schleier nicht an einer Stelle durchstoßen, wo sich bereits ein anderer Körper befand …

Ratlos wandte sich Lehander dem Lagerfeuer zu. Er konnte die Flammen sehen, spürte aber ihre Wärme nicht. Probeweise fuhr er mit der Hand durchs Feuer. Nichts! Es handelte sich also nur um ein Abbild …

Er zuckte heftig zusammen, als Denilius plötzlich rief: »Unglaublich! Du bist auf der anderen Seite! Du hast es geschafft!«

Der Weltwanderer hatte ein Prisma hervorgeholt und starrte ihn direkt an. Aus unerfindlichen Gründen störte das den Jungen. Es machte ihn zornig, dass Denilius ihn sogar hinter dem Schleier aufspüren konnte. Vielleicht erklärte das ja, warum manche Chimären so aggressiv wurden. Ja, das musste es sein!

Er hob kurz die Hand und wandte sich dann ab, damit Denilius sein wütendes Gesicht nicht sah. Kaum verschaffte ihm seine Gabe einen kleinen Vorteil, machte der Weltwanderer alles wieder kaputt! Lehander konnte seine Gabe also nicht dazu nutzen, dem Alten zu entwischen … Sein Großvater würde ihn wohl noch am anderen Ende der Welt finden.

»Komm jetzt zurück!«, rief Denilius. »Ich will, dass du mir alles haarklein berichtest!«

Lehander nickte angespannt. Nach den ersten Schrecksekunden hatte er nicht mehr an eine Rückkehr nach Gonelore gedacht. Dabei war sein Leben in diesem fremden Horizont womöglich in Gefahr …

Er konzentrierte sich fest auf seinen Wunsch, in seinen eigenen Horizont zurückzukehren … schickte ein Stoßgebet zu den Göttern …

Doch als nichts geschah, wuchs seine Panik, und die Angst vernebelte ihm den Verstand.

Da durchbrach plötzlich ein dumpfes Grollen die Stille.

Nach kurzem Zögern brachte er den Mut auf, sich langsam umzudrehen. Er wurde totenblass: Ein Urside von der Größe eines Pferds starrte ihn mit gelben Augen böse an! Sein Fell war weiß gestreift, was wie eine Kriegsbemalung aussah. Im nächsten Moment kam die Bestie mit drohendem Knurren auf ihn zugerannt.

»Was ist los? Was geht da vor sich?«, rief Denilius besorgt. Offenbar hatte er die Chimäre noch nicht gesehen.

Lehander rannte um sein Leben. Er meinte, den heißen Atem der Bestie im Nacken zu spüren. Nachdem er ein Stück geradeaus gelaufen war, schlug er einen Bogen und kehrte zum Lagerfeuer zurück, damit der Weltwanderer ihm zu Hilfe kommen konnte. In der Zwischenzeit hatte Denilius den Ursiden durch sein Prisma entdeckt. Er hielt ein kleines Fläschchen mit einer goldenen Flüssigkeit in die Höhe und ruderte mit den Armen.

»Komm zurück!«, schrie er. »Na los!«

Nichts hätte der Junge lieber getan, aber er war blind vor Verzweiflung und Angst und konnte keinen klaren Gedanken fassen. Das Sprichwort, dass die Angst Flügel verleihe, schoss ihm durch den Kopf, denn er war tatsächlich unglaublich schnell ... Doch irgendwann würde er stolpern oder aus der Puste geraten, und dann würde ihn der Urside mit einem einzigen Prankenhieb töten.

»Durchbrich den Schleier!«, flehte Denilius. »Sonst kann ich nichts für dich tun!«

Der Junge war am Ende seiner Kräfte und wusste nicht mehr ein noch aus. Er hielt auf das Feuer zu und rannte hindurch, als wäre es eine Nebelbank. Dann ging er hinter Denilius in Deckung und rief in höchster Not einen Namen, der tief in seinem Gedächtnis vergraben war: »Wobiax!«

Das genügte, um ihn in die Welt der Menschen zurückzukatapultieren. Auf einmal atmete er die Waldluft von Gonelore, spürte die Hitze der Flammen und sah seinen Großvater wieder ganz klar und deutlich vor sich.

Im nächsten Moment brach der Urside aus dem Schleier hervor. Die Brandphiole traf ihn am Kopf, und sein wildes Geheul gellte durch den Wald.

23

Das Gebrüll des Lupinus hallte Vargaï noch in den Ohren. Ihm war, als hätte der Metamorph nach wie vor Macht über ihn. Zum Glück war das nur eine Illusion, aber sie war so stark, dass der Weltwanderer sie erst aus seinem Kopf verdrängen musste, bevor er die Augen öffnen konnte. Wenn er sich nicht ganz und gar von dem Einfluss des Metamorphen befreite, würde er gewiss wieder ohnmächtig werden. In den letzten Stunden musste er im Schlaf immer wieder das Bewusstsein verloren haben. Was genau passiert war, wusste er nicht. Er erinnerte sich nur noch daran, wie er mit letzter Kraft den Vorplatz der Schule erreicht hatte, wo ihn die Magie der Zauberranke mit voller Wucht getroffen und ihn endlich von dem Metamorphen befreit hatte.

Als er es nun endlich wagte, die Augen aufzuschlagen, fiel sein Blick zu seiner großen Freude auf Maetilde. Sie saß auf der Kante des Betts, in dem er lag. Schon vorher hatte er den Eindruck gehabt, ihr Parfum und den vertrauten Duft ihres Hauses zu riechen. Plötzlich ging ihm auf, wie sehr er das herzliche Gesicht der Obersten Gelehrten vermisst hatte. Zwar hatte er früher oft viel längere Reisen unternommen, aber die letzten Monate waren so hart gewesen, dass er das Gefühl hatte, ein Jahr wäre vergangen. Als Maetilde sich über ihn beugte und ihm einen flüchtigen Kuss auf die Wange gab, schwor er sich, sie nie wieder zu verlassen. Diesen Schwur hatte er allerdings schon fünfzig Mal abgelegt, mindestens, und es war ihm noch nie gelungen, sich daran zu halten.

Maetilde schenkte ihm ein letztes zärtliches Lächeln, stand dann mit verlegenem Blick auf und trat zurück. Erst jetzt bemerkte Vargaï, dass noch drei weitere Menschen im Zimmer waren: Radjaniel, Arold und Vrinilia. Die Anwesenheit der beiden Ratsmitglieder verwunderte ihn. Außerdem fehlte ein Gesicht, mit dem er fest gerechnet hatte.

»Wo … ist Denilius?«, fragte er matt. »Ist er immer noch nicht von seiner Reise zurück?«

Als er Radjaniels und Maetildes traurige Mienen sah, begriff er, dass sie schlechte Nachrichten für ihn hatten. Die Oberste Gelehrte antwortete ihm als Erste.

»Es ist so viel geschehen, Vargaï … so viele Tragödien …«

Da fiel Vargaïs Blick auf das Bandelier seines alten Freunds: Nach vielen Jahren trug er nun wieder das Abzeichen des Obersten Wächters. Einer dunklen Vorahnung folgend, sah er zu Arold hinüber. Tatsächlich – an dessen Gürtel prangte das Abzeichen, das ihn als Magister von Zauberranke auswies. Dann musste in seiner Abwesenheit wirklich so einiges vorgefallen sein. In seiner Verwirrung wollte er sich an die Stirn fassen, doch seine Hand ließ sich nur ein kleines Stück bewegen. Er war angekettet.

Dass er abermals seiner Freiheit beraubt war, war das Schlimmste, was man ihm antun konnte. Die Wut verdrängte alles andere und verlieh seinem erschöpften Körper neue Kraft.

»Soll das ein Witz sein?«, rief er, während er an der Handschelle zerrte. »Nehmt mir die Dinger sofort ab!«

Arold schüttelte den Kopf.

»Das ist eine Vorsichtsmaßnahme, die Jor Kartigann angeordnet hat, unser neuer Oberster Hüter. Um Euch daran zu hindern, in der Schule Unruhe zu stiften.«

»Unruhe stiften? Ich? Was soll dieser Unfug?«

»Er hat recht, das ist völlig absurd«, sagte Radjaniel unvermittelt.

Er durchquerte mit großen Schritten das Zimmer, nahm seinen Schlüsselbund vom Gürtel und befreite Vargaï von seinen Ketten. Dann drehte er sich zu Arold um.

»Vargaï war im Lager unseres Feinds. Was er uns zu berichten hat, betrifft direkt die Sicherheit Zauberrankes und seiner Bewohner, deshalb fällt diese Angelegenheit in meinen Zuständigkeitsbereich. Das werde ich Kartigann auch deutlich zu verstehen geben.«

»Wie Ihr meint«, schnaubte der Monokelträger. »Aber Ihr werdet Vargaï die Ketten noch vor dem Ende der Befragung wieder anlegen müssen. Wärt Ihr nicht so ungeduldig, hättet Ihr Euch die Mühe sparen können!«

Vargaï traute seinen Ohren kaum. Dass Radjaniel ihn zur Begrüßung umarmte, tröstete ihn ein wenig, aber zugleich kam es ihm vor, als säße er wieder in der Falle. Noch eine Schule, die von einem Irren geleitet wurde.

»Wo ist mein Bruder?«, wiederholte er. »Geht es ihm gut?«

»Davon gehe ich aus«, sagte Arold herablassend. »Jedenfalls ging es ihm offenbar prächtig, als er sich heimlich aus dem Staub gemacht und einen unserer Schüler entführt hat!«

»Wir wissen nicht, wo Denilius ist«, bestätigte Radjaniel, »und auch nicht, was er mit Lehander vorhat. Ich meine … Jona. Du kennst ihn ja nur unter diesem Namen. Heute Morgen habe ich zwei Männer losgeschickt, die nach ihnen suchen sollen. Ich hoffe, dass sie bald eine Spur finden.«

»Jona? Er hat Jona mitgenommen?«

Radjaniel machte ein betretenes Gesicht.

»Ja, und vorher hat er noch versucht, die Großmutter des Jungen umzubringen. Jora Lygwenn. Die Tuchwanderin.«

Vargaï wurde abermals schwarz vor Augen. Er ließ den Kopf auf das Kissen sinken, schloss die Augen und versuchte, der Gefühle

Herr zu werden, die ihn bestürmten. Doch das war unmöglich. Es gab zu viele offene Fragen, zu vieles, was er den anderen berichten musste, und offenbar auch zu vieles, was sie ihm zu erzählen hatten.

»Jetzt seid Ihr dran!«, beschied Arold. »Wo wart Ihr die ganze Zeit? Und was fällt Euch ein, in der Gestalt eines Metamorphen in Zauberranke aufzutauchen? Ist Euch nicht in den Sinn gekommen, dass die Wachen Euch töten könnten?«

Vargaï seufzte tief, als könnte er damit die unangenehmen Erinnerungen verscheuchen. Die Tage, die er im Körper des Lupinus verbracht hatte, waren die reinste Folter gewesen, selbst wenn er die meiste Zeit gar nicht mitbekommen hatte, was er tat. Vielleicht hatte die Chimäre sogar einen armen Bauern oder einen einsamen Reisenden getötet, ohne dass er es hatte verhindern können. In den wenigen Momenten, in denen es ihm gelungen war, die Bestie seinem Willen zu unterwerfen, hatte er sich auf ein einziges Ziel konzentriert: nach Zauberranke zurückzukehren. Sein letzter Kampf um die Vorherrschaft über den Körper war der schwerste gewesen, doch er hatte die unbändige Angriffslust des Metamorphen so weit zügeln können, dass er Sohia nicht angriff. Die Erleichterung darüber, dass er das Schlimmste abgewendet hatte, gab ihm die Kraft, sich zu erklären.

»Ich hatte keine andere Wahl. Es war meine einzige Chance, dem Feind zu entkommen. Tannakis, der frühere Prismenschmied von Zauberranke, hat mich gefangen gehalten. In der Enklave ...«

Er berichtete ausführlich von seinem Aufenthalt im Lager des Feinds und verschwieg lediglich alles, was mit dem Prisma zu tun hatte, das er in der Höhle des Drakoniden gefunden hatte. Er hatte damit gerechnet, dass seine Zuhörer überrascht, entsetzt oder skeptisch reagieren würden, doch obwohl sie ihm aufmerksam lauschten, blieben sie seltsam unbewegt. Erst als er von der Gefahr erzählte, die die Schule bedrohte, regte sich Unmut.

»Wie bitte?«, polterte Arold. »Er will Zauberranke erobern wie ein gemeiner Söldner, der sich großspurig vor einer Festungsmauer aufbaut? Das ist ja grotesk!«

»Er ist zum Scheitern verurteilt«, pflichtete ihm Vrinilia bei. »Selbst wenn er tausend Chimären unter Drogen setzt und sie dazu abrichtet, nach seiner Pfeife zu tanzen, wird er den Schutzwall der Ranke nicht durchbrechen können.«

Trotz ihrer abwehrenden Worte wechselten sie nervöse Blicke. Die Nachricht beunruhigte sie offenbar mehr, als sie zugeben wollten. Vargaï sah es mit Erleichterung, denn er hatte schon befürchtet, sie würden die Sache auf die leichte Schulter nehmen. Er musste ihnen deutlich machen, wie groß die Gefahr war.

»Tannakis besitzt Carapaxe, wie viele genau, weiß ich leider nicht. Einige von ihnen sind meiner Meinung nach durchaus in der Lage, der Ranke großen Schaden zuzufügen. Vielleicht nicht bei einem einzigen Angriff ... Aber wenn er uns diese Biester immer wieder auf den Hals schickt, werden sie die Ranke irgendwann durchbrechen. Dann könnten seine Männer nach Zauberranke einfallen und ein Gemetzel anrichten!«

Er warf Maetilde einen entschuldigenden Blick zu, weil seine Wortwahl so drastisch war. Dann fiel ihm ein, dass er sie nicht zu schonen brauchte. Sie war eine erfahrene Weltwanderin mit unzähligen Abzeichen am Bandelier, auch wenn er das manchmal vergaß. So war ihr Gesichtsausdruck denn auch eher grimmig als ängstlich.

»Das heckte er also aus«, bemerkte Radjaniel. »Und Zakarias sollte ihn bestimmt im richtigen Moment einlassen ... Tannakis' Männer hätten uns mitten in der Nacht im Schlaf überrumpelt. Eine Armee von Abtrünnigen, die auf Chimären reiten ... Wir hätten keine Chance gehabt!«

»Zakarias?«, fragte Vargaï.

»Ja, Zakarias!«, fauchte Arold. »Er war ein Verräter in Tannakis' Diensten! Er hat seine gerechte Strafe bekommen, genau wie seine Komplizen, die in Zauberranke ihr Unwesen trieben! Wir müssen also davon ausgehen, dass weitere Spitzel der Enklave versuchen werden, unsere Reihen zu infiltrieren. Und da taucht Ihr wie aus heiterem Himmel auf, ohne einen Kratzer. Was für ein Zufall!«

Bei dieser Anschuldigung setzte sich Vargaï abrupt im Bett auf. Bunte Punkte tanzten vor seinen Augen, und ihm wurde wieder schwindelig.

»Das meint Ihr nicht ernst!«, rief er. »Das ist doch absurd!«

»Warum? Der einzige Schüler, der sich in Eurer Obhut befand, hat schließlich auch die Seiten gewechselt. Und Ihr habt die letzten drei Monate damit verbracht, im Auftrag unserer Feinde auf die Jagd zu gehen, das habt Ihr doch selbst zugegeben. Und dann noch das herzergreifende Wiedersehen mit Eurer Schwester … Da werden gewisse Zweifel ja wohl gestattet sein.«

»Zweifel? Schwachsinn nenne ich das! Ich wurde gleich zu Anfang von Vohn getrennt! Tannakis und seine Männer hatten genug Zeit, ihm eine Gehirnwäsche zu verpassen. Er ist noch jung und beeinflussbar. An der Jagd habe ich nur teilgenommen, weil Tannakis gedroht hat, ihm etwas anzutun. Und was Nejabeth angeht, sie ist ganz sicher der letzte Mensch, mit dem ich mich verbünden würde. Das müsstet Ihr doch wissen. Schließlich kennt Ihr unsere Geschichte.«

»Dann steht Ihr also Denilius näher?«, fragte der Monokelträger spöttisch. »Habt Ihr deshalb das Prisma nicht erwähnt, das Ihr in der Höhle des Drakoniden gefunden habt? Wolltet Ihr nur Eurem älteren Bruder davon erzählen? Sollte das Euer kleines Geheimnis bleiben, eines von so vielen Familiengeheimnissen?«

Vargaï erbleichte wie ein Kind, das von seinen Eltern mit den Fingern im Bonbonglas erwischt wird. Er suchte krampfhaft nach einer unverfänglichen Antwort, doch Arold ließ ihn nicht zu Wort kommen.

»Euer Schweigen sagt alles, Jorensan. Nun, ich wusste schon

vor Eurer Abreise Bescheid. Niemand anderes als Euer Schüler hat mir davon berichtet, nachdem er ein Gespräch mit angehört hatte – zwischen Euch und unserem neuen Obersten Wächter. Vohn hoffte wohl, Jona damit in Schwierigkeiten zu bringen. So starke Rachegefühle habe ich noch nie erlebt …«

»Ich habe gegen kein Gesetz verstoßen«, rechtfertigte Vargaï sich. »Das Prisma gehört mir, und ich kann jeden Prismenschmied von Gonelore beauftragen, es für mich zu schleifen. Als ich Tannakis aufgesucht habe, wusste ich nicht, dass er mich als Feind behandeln würde.«

»Natürlich! Deshalb habe ich Euch ja auch nicht an der Abreise gehindert. Ehrlich gesagt, steht es um meine Laune sehr viel besser, wenn ich Euch weit fort von Zauberranke weiß, Jor Vargaï. Nur Eure Geheimniskrämerei hat mich stutzig gemacht … Aber ich glaube, mittlerweile kenne ich den Grund.«

Er sagte nichts weiter, sondern lächelte nur süffisant. Radjaniel und Maetilde sahen Vargaï erwartungsvoll an, während Vrinilia in den Taschen ihres Gewands wühlte. Vargaï sah sich suchend nach seinem Umhang um. Er lag auf einem Stuhl neben dem Bett.

»Zu spät«, sagte die Prismenschmiedin. »Falls Ihr das hier sucht, jedenfalls …«

Sie präsentierte das Objekt der Begierde auf der flachen Hand. Vargaï nickte resigniert, als er sein Prisma erkannte. Ein so reines Prisma kam nur selten vor und war von unschätzbarem Wert, ganz zu schweigen von der Macht, die es seinem Besitzer in geschliffenem Zustand verlieh. Während Vargaï die Gestalt des Metamorphen angenommen hatte, war das Prisma zusammen mit seinen Kleidern und seiner Ausrüstung im Gewebe des Schleiers verborgen gewesen. Nun war er mit dem kostbaren Gegenstand wieder dort, wo seine Reise vor mehreren Monaten begonnen hatte. Und gleich bei seiner Rückkehr hatte der neue Magister einen Vorwand gefunden, das Prisma zu beschlagnahmen.

»Ihr könnt einen so reinen Kristall nicht für Euch selbst beanspruchen, Jor Vargaï, und das wisst Ihr auch. Was habt Ihr Euch nur dabei gedacht? Genau mit solch einem Prisma haben die Tuchwanderer damals fast unseren Untergang herbeigeführt. Ich kann nicht zulassen, dass Ihr noch einmal derart mit dem Feuer spielt. Deshalb habe ich das Prisma an mich genommen. Zum Schutz der Bruderschaft und um die Sicherheit ganz Gonelores zu gewährleisten. Solltet Ihr gegen meine Entscheidung aufbegehren, werde ich Euch wieder ans Bett ketten lassen. Und dort bleibt Ihr dann, bis Ihr gerichtet und verbannt werdet!«

Vargaï machte eine besänftigende Geste. Danach stand ihm nun wirklich nicht der Sinn. Angesichts der Lage sollte er Arold wohl auch verraten, was der Grund für seine Reise in die Enklave gewesen war. Doch für ausführliche Beratungen über eine so wichtige Angelegenheit fühlte er sich zu geschwächt. Da kam ihm ein neuer Gedanke: Offenbar hatten die Mitglieder des Hohen Rats noch nicht begriffen, dass ein Zusammenhang zwischen Jona und dem Prisma bestand. Falls sich Vrinilia als ebenso scharfsinnig erwies wie Tannakis, würden sie wohl irgendwann darauf kommen ... Dazu müsste die Prismenschmiedin erkennen, dass der Kristall nicht vom Atem eines Drakoniden stammte, sondern von einer anderen Chimäre aus einem der am weitesten entfernten Horizonte. Und sie müsste sich daran erinnern, dass das einzige weitere Lebewesen, das sich in der Höhle befunden hatte, ein elfjähriger Junge gewesen war!

Plötzlich kam ihm ein schrecklicher Verdacht. Er musste dringend in Ruhe darüber nachdenken und durfte keine voreiligen Schlüsse ziehen. Aber seine Gedanken überschlugen sich, und er konnte einfach nicht an sich halten.

»Wusste mein Bruder Bescheid? Wusste er von dem Prisma?«

»Warum?«, fragte Arold. »Habt Ihr Angst, er könnte Euch Vorwürfe machen?«

»Wusste er Bescheid?«, beharrte Vargaï.

Seine Frage war so eindringlich, dass sich der Monokelträger kurz verunsichern ließ. Dann wechselte Arold einen verschwörerischen Blick mit seiner Verbündeten.

»Natürlich. Ich habe ihm von Vohns Denunziation erzählt. Wie von allen wichtigen Dingen, die sich in seiner Abwesenheit ereignet hatten. Trotz der böswilligen Gerüchte, die manche über mich verbreiten, war ich dem ehemaligen Magister bis zum letzten Moment treu. Er war derjenige, der seine kleinen Geheimnisse hatte, nicht ich.«

Vargaï nickte und kämpfte gegen die Übelkeit an, die in ihm aufstieg. Er hatte keine Ahnung, was sein Bruder ausheckte oder wohin er gegangen war, aber eins wusste er: Denilius hatte den Zusammenhang zwischen Jona und dem Prisma erkannt. Und sein Verschwinden hatte etwas damit zu tun …

»Warum ist das wichtig?«, fragte Radjaniel.

»Das weiß ich noch nicht«, gestand Vargaï. »Das hängt ganz davon ab, was in den letzten Monaten in Zauberranke passiert ist. Ihr müsst mir alles erzählen.«

Bei diesen Worten warf er Arold einen fragenden Blick zu, denn er ahnte, dass die Entscheidung dem neuen Magister oblag.

Nach kurzem Nachdenken verkündete Arold: »Ihr scheint Euch vernünftig verhalten zu wollen, Jor Vargaï. Ich werde also Gnade vor Recht ergehen lassen und Euch die Ketten ersparen. Doch bis auf Weiteres verbiete ich Euch, Zauberranke zu verlassen. Wenn das, was Ihr über Tannakis erzählt, der Wahrheit entspricht, müssen wir uns auf den Angriff vorbereiten und unsere Verteidigung organisieren. Dazu brauchen wir Euer Wissen über den Feind. Außerdem kennt Ihr die Umgebung von Zauberranke besser als jeder andere. Haltet Euch also zur Verfügung.«

Vargaï zögerte. Natürlich war er zu jedem Opfer bereit, um für den Schutz der Schule zu sorgen, aber derart zwangsverpflichtet zu werden missfiel ihm doch sehr. Außerdem gab es noch andere Wege, die Pläne des Feinds zu durchkreuzen: Jetzt, da Zauberranke vor dem Angriff gewarnt war, könnte er wieder losziehen und nach Tannakis' geheimem Lager suchen …

Sein Blick begegnete dem von Maetilde. Da traf er eine Entscheidung.

»Ich stehe dem Hohen Rat zur Verfügung, Jorensan. Ich erwarte Eure Befehle.«

24

Das Gerücht von dem bevorstehenden Angriff verbreitete sich wie ein Lauffeuer in der Schule. Niemand wusste, wer es in die Welt gesetzt hatte, und niemand entkräftete es, und so wuchs die Aufregung von Stunde zu Stunde. Nobiane gehörte zu dem kleinen Kreis Eingeweihter, die einen Teil der Wahrheit kannten. Radjaniel war ins Zeughaus gekommen und hatte ihnen berichtet, dass Vargaï tatsächlich von seiner Reise zurückgekehrt war.

Insgeheim hoffte Nobiane, der Weltwanderer, der sie rekrutiert hatte, würde seine Schüler wieder zurücknehmen. Die Aussicht, bald von der eigenartigen Jora Lygwenn unterrichtet zu werden, begeisterte sie nicht gerade. Doch Radjaniel hatte durchblicken lassen, dass Vargaï vollauf damit beschäftigt sein würde, die Verteidigung der Schule zu organisieren ... Und angesichts der Panik, die auf der Halbinsel um sich griff, war diese Angelegenheit ohnehin nebensächlich.

Die Schüler erzählten einander alle möglichen Schauermärchen: Eine Armee von Chimären sei nach Zauberranke unterwegs, die abtrünnigen Weltwanderer stünden bereits vor den Toren der Schule, sie wollten alle Schüler gefangen nehmen und sie den Bestien zum Fraß vorwerfen ... Nobiane wusste nicht so recht, was sie von alldem halten sollte. Radjaniel hatte seine Worte mit großem Bedacht gewählt und ihnen sicher nicht alles gesagt. Nun war sie zu einer Versammlung aller Gildenführer des ersten Kreises gerufen worden, wo die Lehrer, so nahm sie an, endlich Licht ins Dunkel bringen würden. Während sie im Amphitheater in der Festung unterhalb des Leuchtturms saß und darauf wartete, dass die Versammlung anfing, wünschte sie sich weit weg. Ihrer Rolle als Gildenführerin fühlte sie sich immer noch nicht ganz gewachsen.

Sie erlebte eine solche Versammlung zum ersten Mal. Ihre Sitznachbarn hatten schon an zwei solcher Veranstaltungen teilgenommen: Zu Schuljahresbeginn, als sie selbst noch gar nicht in Zauberranke eingetroffen war, und gleich nach der Schlacht um den Leuchtturm, als sie an Dælfines Bett gewacht hatte. Das gute Dutzend Mädchen und Jungen, die im Saal versammelt waren, musterten sie umso argwöhnischer. Vor allem Marigalle, die ihr Amt als Gildenführerin offenbar doch hatte behalten dürfen. Die arrogante Gans tuschelte mit zwei anderen Mädchen und warf ihrer Rivalin finstere Blicke zu, während einige der Umsitzenden sich neugierig vorlehnten, um die drei zu belauschen. Nobiane wäre vor Scham am liebsten im Erdboden versunken. Der einzige Anwesende, mit dem sie so etwas wie Freundschaft verband, war Deoris, einer von Sohias Schülern, aber der Junge saß am anderen Ende der Bank.

Als Vrinilia in Begleitung von zwei weiteren Weltwanderern den Saal betrat, hatte das qualvolle Warten endlich ein Ende. Nobiane hatte kürzlich erfahren, dass die Prismenschmiedin für alle Schüler des ersten Kreises zuständig war, so wie Jora Maetilde für die Zweitkreisler und Jor Arold für die Drittkreisler. Deshalb hatte Vrinilia Marigalle als Anführerin aller Erstkreisler absetzen können. Jetzt, da sie vor den versammelten Gildenführern des ersten Kreises stand, musste sich Vrinilia nicht erst auf ihre Autorität berufen, um die Schüler zum Schweigen zu bringen. Ein Blick reichte völlig.

Sie ließ die Jungen und Mädchen, die sich bei ihrer Ankunft erhoben hatten, eine Weile vor ihren Bänken stehen – so lange, bis selbst ihre beiden Begleiter eingeschüchtert wirkten. Dann schnalzte sie mit der Zunge und rief: »Setzt euch! Und ich will kein Wort hören!«

Die Schüler gehorchten widerspruchslos. Sie alle hatten am eigenen Leib erlebt, wie streng die Prismenschmiedin jeden Regelverstoß bestrafte. Vrinilia musterte sie mit herablassendem Blick und hob dann zu einer Standpauke an.

»Einige von euch sollen es ja nicht wagen, mir in die Augen zu sehen, denn ich weiß sehr wohl, wer an dem schlimmsten Getratsche beteiligt war, das diese Schule je erlebt hat. Nicht wahr, Ferderis? Roriand? Wolltet ihr euch wichtig machen, indem ihr das Gerücht in die Welt setzt, wir würden Erstkreisler in den Kampf gegen Chimären schicken? Habt ihr wirklich geglaubt, wir würden euch Grünschnäbel an die Front schicken? Euch hirnlose Spatzen, die nichts können als den Schnabel aufreißen?«

Die beiden Beschuldigten waren immerhin so klug, ihre Lage nicht mit Rechtfertigungsversuchen zu verschlimmern. Sie saßen so lange stumm und mit gesenktem Blick da, bis Vrinilia sich ein neues Opfer suchte.

»Und du, Arnielle! Mir ist zu Ohren gekommen, dass du die Schule verlassen willst? Wegen eines dummen Gerüchts? Findest du denn, solche Feigheit steht einer Gildenführerin zu Gesicht? Ist das deine Art, mit gutem Beispiel voranzugehen?«

»Aber ... Ich habe Angst, Joransame«, gestand das Mädchen.

»Das ist eine Lüge! Du lässt dich bloß von dem Unfug beeindrucken, der in Zauberranke die Runde macht. Die Schüler, die *wirklich* Angst hatten, sind schon vor Monaten nach Hause gefahren, direkt nach der Schlacht am Strand! Wer geblieben ist, kann ja wohl damit umgehen, dass wir die Schule womöglich noch einmal gegen einen Angriff verteidigen müssen.«

Arnielle nickte hastig, doch Nobiane fand, dass sie alles andere als überzeugt wirkte.

Vrinilia hatte offenbar denselben Eindruck, denn sie fuhr fort: »Ein für alle Mal: Ihr werdet nicht für Zauberranke in den Kampf ziehen, und alle Schüler haben das Recht, die Schule jederzeit zu verlassen. Allerdings seid ihr für die Heimreise auf euch selbst gestellt. Wir brauchen alle Lehrer zur Verteidigung der Schule und können nicht jedem eine Eskorte mit auf den Weg geben. Wenn es euch in Zauberranke also nicht mehr gefällt, schnürt euer Bündel, und macht euch auf den Weg. Aber lasst euch gesagt sein, dass außerhalb der Schule sehr viel schlimmere Gefahren auf euch lauern. Schließlich steht die Halbinsel unter dem Schutz der Zauberranke.«

Natürlich hatte die Weltwanderin recht, aber das bedeutete auch, dass sie in Zauberranke festsaßen. Die Lehrer, die für die höheren Kreise verantwortlich waren, hielten den älteren Schülern in genau diesem Moment vermutlich eine ähnliche Rede. Indem man die Schüler daran erinnerte, dass Zauberranke eine Festung war, wollte der Hohe Rat offenbar verhindern, dass Panik ausbrach.

»Ihr müsst euch zusammenreißen und den Lehrern dabei helfen, die Gemüter zu beruhigen. Ihr werdet euren Mitschülern also Bericht erstatten und ihnen sagen, wie es tatsächlich um Zauberranke steht – ohne irgendwelche Ausschmückungen oder Übertreibungen. Verstanden? Haltet euch an die Tatsachen.«

Die Gildenführer nickten. Alle waren froh, dass man sie endlich einweihen würde. Doch als Vrinilia mit ihren Ausführungen fertig war, gab es im Saal einige lange Gesichter. Die Prismenschmiedin hatte gesagt, dass einige abtrünnige Weltwanderer es *möglicherweise* auf die Schule abgesehen hätten. Es seien *nur wenige,* und natürlich seien sie *alles andere* als kampferprobt. Die größte Gefahr gehe von der *Handvoll* Chimären aus, die sie *eventuell* unter ihre Kontrolle gebracht hatten. Das klang alles recht harmlos und hatte nichts mit den Gerüchten von einer Armee von Ungeheuern zu tun, die über die Schule herfallen würde, was so manchen abenteuerlustigen Schüler offenbar enttäuschte …

»Ist euch jetzt klar, wie absurd und übertrieben das Gerede war?«, fragte Vrinilia. »Ich will keine andere Version mehr von euch hören! Der Magister, die Mitglieder des Hohen Rats und sämtliche Lehrer werden weiterhin alles tun, um euch zu beschützen und zu gewährleisten, dass ihr den Unterricht besuchen könnt. In einigen Monaten werden wir sicher zurückblicken und über das Ganze lachen, weil der Angriff nie stattgefunden hat. Und dann werden sich alle, die unnötigerweise in Panik verfallen sind, in Grund und Boden schämen.«

Die drei Schüler, denen sie die Leviten gelesen hatte, senkten betreten die Blicke, um einer weiteren Moralpredigt zu entgehen.

»Kommen wir zum nächsten Punkt. Infolge eines unerquicklichen Vorfalls, von dem ihr sicher ebenfalls Wind bekommen habt, muss ich einen neuen Anführer aller Erstkreisler ernennen. Die Zeit drängt, weil der oder die Betreffende mit dem Hohen Rat zusammenarbeiten wird, um die Maßnahmen, über die wir gesprochen haben, in die Tat umzusetzen. Bitte meldet euch nur, wenn ihr euch ernsthaft dazu berufen fühlt und bereit seid, große Verantwortung zu tragen. Wer der Meinung ist, diese Bedingungen nicht erfüllen zu können, möge sich zurückhalten.«

Nobiane zog den Kopf ein und fragte sich, wer es jetzt noch wagen würde, sich zu melden. Sie war nicht überrascht, als niemand den Arm hob. Nur Marigalle rutschte unruhig auf der Bank hin und her. Offenbar hätte sie sich liebend gern für ihr ehemaliges Amt zur Verfügung gestellt, aber sie war klug genug, auf eine Kandidatur zu verzichten.

»Das habe ich mir fast gedacht«, schnaubte Vrinilia. »Dann muss ich also jemanden ernennen. Aber beschwert euch hinterher nicht, dass der Anführer nicht per Abstimmung gewählt worden ist!«

Aus einer Tasche ihres Bandeliers zog sie ein kleines Abzeichen. Nobiane vermutete, dass es sich um die Wolfspfote mit der Krone handelte, die Marigalle bisher getragen hatte. Die Prismenschmiedin zeigte mit der Niete reihum auf jeden Schüler. Nobiane wurde beklommen zumute. Als Vrinilia bei ihr ankam, verharrte sie in der Bewegung. Offenbar meinte das Schicksal es wieder einmal nicht gut mit ihr.

»Du!«, beschied die Weltwanderin. »Komm nach vorne!«

Nobiane hätte am liebsten widersprochen, sich rundweg geweigert oder sogar ihr Amt als Gildenführerin aufgegeben, um sitzen bleiben zu dürfen. Doch sie war Vrinilia einen Gefallen schuldig, da die Lehrerin sie nicht der Schule verwiesen hatte. Außerdem hatte Vrinilia ihr Versprechen gehalten und zwei Linsen für Dælfine geschliffen. Also erhob sie sich von der Bank und gesellte sich zu den drei erwachsenen Weltwanderern, während die meisten ihrer Kameraden ihr böse Blicke zuwarfen.

»Du musst einen Eid ablegen«, sagte Vrinilia. »Wiederhole, was ich dir sage.«

Nobiane tat, wie ihr geheißen. Mit trockenem Mund sprach sie die Worte nach. Da war von Verantwortung die Rede, von Rechtschaffenheit, aber auch von großen Opfern. Der Schwur schien kein Ende zu nehmen, und als Vrinilia nach einer halben Ewigkeit den Schlusssatz sprach, atmete Nobiane erleichtert auf. Dann heftete ihr die Prismenschmiedin das neue Abzeichen ans Bandelier.

»Herzlichen Glückwunsch«, sagte sie. »Du gehörst nun zu den fünf höchstrangigen Schülern von Zauberranke! Versuche, dich deines Amtes würdig zu erweisen.«

Die beiden anderen Lehrer schüttelten Nobiane die Hand. Dann nahm Vrinilia sie bei den Schultern und drehte sie zu ihren Mitschülern um. Die Ablehnung, die ihr entgegenschlug, traf sie mit voller Wucht. Marigalle starrte sie regelrecht hasserfüllt an, ohne sich darum zu scheren, dass Vrinilia sie dafür bestrafen könnte. Doch die Prismenschmiedin hatte längst zu einer weiteren Rede angehoben.

»Von nun an sind alle Befehle, die eure neue Anführerin euch erteilt, direkte Befehle des Hohen Rats. Das bedeutet, dass Ungehorsam euch ein Gespräch mit dem Obersten Hüter einbringt, der auch über die angemessene Strafe entscheiden wird. Verstanden?«

Einige Schüler nickten grimmig. Deoris schenkte Nobiane ein aufmunterndes Lächeln. Wäre sein freundliches Gesicht nicht gewesen, das Einzige in der ganzen Runde, hätte sie sich wohl hinter den drei Lehrern versteckt.

»Das wäre dann alles«, sagte Vrinilia. »Kehrt in euren Unterricht zurück, und bringt die Gerüchte so schnell wie möglich zum Verstummen.«

Die Schüler standen auf, verabschiedeten sich mit einer knappen Verbeugung, wie es die Tradition gebot, und gingen zum Ausgang. Vrinilia hielt Nobiane an der Schulter zurück. Erst als die Schritte des letzten Schülers im Flur verklungen waren, beugte sie sich vor und sagte leise: »Du musst deine Aufgabe sehr ernst nehmen. Vor allem angesichts dessen, was uns bevorsteht. Das ist kein Scherz.«

»Aber … Warum habt Ihr mich ernannt? Die anderen mögen mich nicht, und … ich bin fast die Jüngste. Sie werden nicht auf mich hören.«

»O doch! Und wenn sie es tun, werden sie feststellen, dass du deinen Titel zu Recht trägst. Du bist klug und hast das Zeug zur Anführerin. Du musst nur noch lernen, an dich zu glauben und dich von anderen nicht ins Bockshorn jagen zu lassen. Viel Zeit bleibt dir dafür allerdings nicht.«

Nobiane machte große Augen, aber Vrinilia sprach bereits weiter.

»Ich habe vorhin gelogen. Ich hatte keine Wahl, wir dürfen keine Panik aufkommen lassen. Das verstehst du sicher. In Wahrheit kann es durchaus sein, dass wir die Schüler zur Verteidigung von Zauberranke heranziehen müssen. Und deine Aufgabe wird es sein, die anderen zu führen.«

Nobiane starrte sie fassungslos an. Mit einer so schweren Bürde hatte sie nicht gerechnet. Den Rest des Tages, den sie in der Werkstatt der Prismenschmiedin verbrachte, konnte sie an nichts anderes denken.

25

An ihrem ersten Unterrichtstag schonte Lygwenn ihre neuen Schüler nicht. Sie weckte die Bewohner des Zeughauses noch vor Sonnenaufgang. Da sie nach wie vor im Zimmer der Mädchen schlief, hatte sie es bei Dælfine und Nobiane einfach gehabt: Sie hatte ihnen erbarmungslos die Decken weggezogen. Die beiden Mädchen zogen sich rasch an und traten hinaus in die eiskalte Luft des frühen Morgens. Gess und Berris protestierten zwar lauthals, mussten sich jedoch fügen. Die Weltwanderin war für ihren Unterricht zuständig, bis sie entschied, Zauberranke zu verlassen – oder bis Radjaniel sie wieder ablöste.

Lygwenn erholte sich zwar schneller von ihrer Verletzung, als die Heilerin prophezeit hatte, brauchte aber trotzdem noch ein Paar Krücken, um sich fortzubewegen. Selbst im Stehen musste sie sich auf eine einzelne Krücke stützen und hatte so nur eine Hand frei.

Dælfine bewunderte die Frau von Tag zu Tag mehr. Obwohl sie schon so viele Schicksalsschläge erlitten hatte, stellte sie sich mutig und mit eisernem Willen allen Herausforderungen. Die Trennung von ihrem Enkelsohn machte ihr sichtlich zu schaffen, aber sie unterdrückte ihren Kummer und sprach immer nur von ihrem baldigen Wiedersehen. Einen anderen Ausgang zog sie offenbar gar nicht in Erwägung. Zudem erwies sie sich an diesem ersten Vormittag als äußerst pflichtbewusste Lehrerin, die die Aufgabe, mit der man sie betraut hatte, sehr ernst nahm.

»Rudert schneller!«, befahl sie. »Habt ihr Krustenkrebsfleisch in den Armen?«

Die Schüler legten sich noch kräftiger als zuvor in die Riemen. Dælfine fragte sich, ob die Weltwanderin auch in diesem Ton mit ihnen gesprochen hätte, wenn Lehander bei ihnen gewesen wäre. Vermutlich nicht. Vielleicht wollte sie sich bei ihnen Autorität verschaffen, nachdem sie sie in einem Zustand der Schwäche gesehen und miterlebt hatten, wie man sie ans Bett gekettet und als Feindin behandelt hatte. Sie würde wohl noch eine Weile brauchen, bis sie verstand, dass die Schüler ihr längst großen Respekt zollten.

»Die Insel da!«, rief Lygwenn in diesem Moment. »Ist sie bewohnt?«

Die Schüler machten verlegene Gesichter, weil sie keine Antwort auf diese Frage hatten.

»Schauen wir uns das einmal aus der Nähe an«, befahl die Weltwanderin. »Von nun an wird das unsere morgendliche Aufwärmübung sein! Los!«

Dælfine erschauderte, aber es lag nicht an der Kälte. Hoffentlich hatte sie die Lehrerin falsch verstanden. Lygwenn hatte Radjaniel doch versprochen, die Schüler nicht unnötig in Gefahr zu bringen. Aber vielleicht wusste sie gar nicht, dass auf den Inseln bisweilen Chimären lauerten? Glücklicherweise wurde bald klar, dass sie nicht vorhatte, mit ihnen an Land zu gehen. Stattdessen steuerte sie das Boot in einem gewissen Abstand am Ufer entlang, nah genug, um die Insel mit dem Blick absuchen zu können. Offensichtlich hoffte Lygwenn, selbst auf eine Spur zu stoßen, die zu ihrem Enkel führte. Nachdem sie die Insel einmal umrundet hatten, ohne irgendetwas zu entdecken, machte die Weltwanderin ein enttäuschtes Gesicht. Sie konnte ja auch nicht wissen, dass die Schüler die Gegend bereits mit Radjaniel abgesucht hatten.

»Wir kehren nach Zauberranke zurück«, beschloss sie. »Aber

das ist kein Grund, langsamer zu rudern … Für die nächste Übung müsst ihr aufgewärmt sein.«

»Mir frieren aber die Ohren ab«, beschwerte sich Gess.

Seine Bemerkung war nicht ganz ernst gemeint und hatte die erhoffte Wirkung: Die Schüler brachen in Gelächter aus. Selbst die Weltwanderin konnte sich ein Grinsen nicht verkneifen, dabei lächelte sie ungefähr so selten, wie der neue Magister ein freundliches Wort über die Lippen brachte. Doch schon im nächsten Moment war es vorbei mit der allgemeinen Heiterkeit. Ein dumpfer Stoß von unten erschütterte das Boot.

Der Bug wurde sogar ein kleines Stück in die Luft gehoben, und Dælfine und Berris mussten sich an die Ruderbank klammern, um nicht das Gleichgewicht zu verlieren. Ein Felsen oder ein Stück Treibholz konnten es nicht sein, denn ein solches Hindernis hätten sie gesehen. Auch im dunklen Wasser war nichts zu erkennen. Lygwenn hatte ihr Langmesser gezogen und hielt angespannt Ausschau. Trotzdem war sie genauso überrascht wie die Schüler, als das Boot abermals ins Schaukeln geriet. Diesmal war der Stoß von der Seite gekommen.

»Da!«, schrie Gess.

Dælfine wandte gerade noch rechtzeitig den Kopf, um einen länglichen Körper in der Tiefe verschwinden zu sehen. Besser gesagt, die Schwanzspitze. Die meterlange Bestie war schon längst wieder abgetaucht, und ihre Bewegungen erinnerten an die einer Schlange.

»Was war das denn?«, rief Lygwenn. »Hat Radjaniel irgendetwas davon gesagt, dass solche Biester die Gegend unsicher machen?«

Dem Mädchen wurde angst und bange. Wenn die Weltwanderin selbst nicht wusste, womit sie es zu tun hatten, gab es allen Grund zur Panik. Radjaniel hatte die Schüler mit keinem Wort davor gewarnt, dass sich solche Kreaturen in der Umgebung von Zauberranke herumtreiben konnten. Im Übrigen waren sie eine

Woche lang jeden Tag mit dem Boot zwischen den Inseln herumgefahren, ohne angegriffen zu werden.

»Wir … Wir sollten zurückrudern«, sagte Berris.

Wie als Antwort erschütterte ein dritter Stoß das Boot und schleuderte es noch höher in die Luft als bei den ersten beiden Angriffen. Die fünf Insassen klammerten sich verzweifelt am Rand fest, während der Kahn so heftig schaukelte, dass er zu kentern drohte. Dælfine war so sehr darauf konzentriert, nicht ins Wasser zu fallen, dass sie außer einem schuppigen Rücken, der gleich wieder untertauchte, nicht viel von der Bestie sah. Sie konnte sich allerdings gut vorstellen, dass die Kreatur ohne Weiteres imstande war, sie samt Boot zu verschlingen.

»Zur Insel, schnell!«, befahl Lygwenn. »Na los!«

Die Angst verlieh den Schülern ungeahnte Kräfte, und das Boot schoss auf das Ufer zu. Dælfine fürchtete, dass der nächste Angriff der Bestie auch der letzte sein würde, und selbst als der Kiel über den Grund schabte, konnten sie sich noch nicht in Sicherheit wähnen. Als sie wenige Meter vom Ufer entfernt waren, sprangen die Schüler ins Wasser und zogen das Ruderboot an den Strand, damit ihre Lehrerin mit ihren Krücken nicht durch die Wellen waten musste. Dann ließen sie sich erschöpft auf den kalten Sand fallen und versuchten, wieder zu Atem zu kommen. Doch Lygwenn gönnte ihnen keine Pause.

»Bleibt nicht so nah am Wasser. Wenn es das ist, was ich befürchte, dann ist es noch nicht vorbei.«

Dælfine und ihre Kameraden zweifelten keine Sekunde daran, dass ihre Lehrerin recht hatte. Sie rappelten sich auf und scharten sich hinter der Weltwanderin zusammen, die ein gutes Dutzend Schritte vom Ufer entfernt in Stellung gegangen war. Mit todernstem Blick suchte sie die Wasseroberfläche ab. Sie hatte sich eine Krücke in die Achsel geklemmt und ihr Langmesser gezückt. Dælfine dachte mit Schrecken, dass sie sehr verletzlich wirkte.

»Was war das denn?«, fragte sie zaghaft. »Ein weiteres Seeungeheuer?« Fast hätte sie hinzugefügt: »Wie das, gegen das Ihr als Drakonid gekämpft habt?«, aber sie brachte die Worte nicht über die Lippen. Die anderen verstanden auch so, was sie meinte.

»Ich weiß es nicht«, antwortete die Weltwanderin. »Dieses hier scheint mir etwas kleiner zu sein. Aber ich habe einen Fuß mit Krallen gesehen. Die Bestie könnte also an Land kommen.«

Dælfine schluckte schwer. Ihre Kehle war wie zugeschnürt.

»Die Frage, um was für eine Chimäre es sich handelt, ist erst einmal nebensächlich«, fuhr Lygwenn fort. »Sollte sie beschließen, an Land zu kommen, ist ein Kampf unvermeidlich. Leider müssen wir mit dem Schlimmsten rechnen. Der Angriff war kein Zufall. Die Kreatur hat es auf *mich* abgesehen.«

Als ihre Schüler sie fassungslos anstarrten, erklärte sie: »Ich habe die Gestalt des Metamorphen sehr lange beibehalten. Vier Monate lang war mein Menschenkörper im Gewebe des Schleiers verborgen. Die Chimären haben ihn gewittert und wollten sich die ganze Zeit über ihn hermachen, kamen aber nicht an ihn heran. Jetzt haben sie die Gelegenheit, es mir heimzuzahlen. Die Bestie, die unser Boot angegriffen hat, mag zwanzig Meilen oder mehr von Zauberranke entfernt gewesen sein, aber meine Anwesenheit hat sie hergelockt. Sie wird nicht so schnell von uns ablassen.«

»Heißt das, dass alle Chimären der Umgebung über uns herfallen werden?«, fragte Dælfine mit zitternder Stimme. »Alle Chiroptiden und Krustenkrebse? Ich habe gehört, dass es auf manchen dieser Inseln nur so von ihnen wimmelt!«

Das Mädchen warf nervöse Blicke über die Schulter und rechnete fast damit, einen Schwarm Ungeheuer auf sie zustürzen zu sehen.

»Von denen haben wir nichts zu befürchten«, beschwichtigte Lygwenn. »Selbst so niedere Kreaturen haben einen gewissen Überlebensinstinkt. Sie mögen meinen Menschengeruch aus dem Schleier kennen, aber sie nehmen an mir vor allem den Geruch des Drakoniden wahr. Sie werden mich nicht angreifen, es sei denn, ich liege verletzt und hilflos am Boden.«

Sie schien sich ihrer Sache sehr sicher zu sein, aber Dælfine war alles andere als beruhigt. Dieser Fall würde eintreten, sobald ihre Lehrerin die Krücken verlor. Vielleicht wäre es sogar besser, wenn der Drakonid bei ihnen wäre … Aber das war natürlich absurd. Ein derartiges Opfer konnte niemand von der Weltwanderin verlangen. Im Übrigen funktionierten die Verwandlungsprismen nur ein einziges Mal, da man sie zerbrechen musste, um den Metamorphen heraufzubeschwören, und Lygwenn hatte keins mehr in ihrem Besitz.

»Wir … Wir brauchen einen Plan«, sagte Nobiane plötzlich. »Wir müssen unsere Verteidigung organisieren.«

Dælfine warf der Freundin einen mitleidigen Blick zu. Seit Nobiane zur Anführerin aller Erstkreisler ernannt worden war, lastete die Verantwortung schwer auf ihren Schultern. Selbst jetzt, wo sie sich auf ihre Lehrerin hätte verlassen können, empfand sie es als ihre Pflicht, sich um ihre Gefährten zu kümmern.

»Es gibt nichts, was wir tun könnten«, meinte Lygwenn. »Die Vorbereitungen würden zu viel Zeit in Anspruch nehmen, und letztlich wären unsere Mühen vergeblich: Wenn die Chimäre uns nicht innerhalb der nächsten Stunde angreift, können wir davon ausgehen, dass sie sich davongemacht hat. Aber solch ein Glück werden wir wohl nicht haben.«

Sie hatte nicht mal den Kopf gewandt, um Nobiane zu antworten. Nach wie vor starrte sie mit der Geduld und Konzentration eines Raubtiers aufs Meer hinaus. Dælfine tat es ihr gleich, aber die Tatsache, dass die Welt hinter ihren Augengläsern blau gefärbt war, erleichterte ihr die Sache nicht gerade. Vrinilia hatte hervorragende Arbeit geleistet und ihr eine leichte, stabile Sehhilfe geschenkt, aber trotzdem sah sie weiterhin alles durch einen Blauschleier.

Es vergingen einige Minuten, in denen nur das Platschen der

Wellen und die gellenden Schreie der Meeresvögel zu hören waren. Lygwenn rührte sich nicht vom Fleck und überwachte weiter das Meer, Gess und Berris hatten sich in den Sand gesetzt und bliesen in ihre Hände, um sie aufzuwärmen, und Nobiane suchte das Landesinnere mit dem Blick ab, weil sie einen Angriff von hinten zu befürchten schien. Dælfine selbst nahm sich den Strand vor. Sie wandte den Kopf abwechselnd nach rechts und links und konzentrierte sich ganz auf ihre Aufgabe, denn sie wollte unbedingt beweisen, dass sie den anderen trotz ihrer eingeschränkten Sicht eine Hilfe sein konnte. Dennoch hoffte sie inständig, dass sie keinen Grund haben würde, Alarm zu schlagen. Plötzlich erhob sich ganz in der Nähe die reptilienartige Chimäre aus den Fluten.

»Da!«, rief sie panisch. »Sie kommt auf uns zu!«

»Wo? Wo denn?«, fragten die anderen durcheinander.

Dælfine konnte es nicht fassen. Die Bestie war ja wohl kaum zu übersehen! Es handelte sich um eine Art Meereskrokodil, so groß wie der Stamm einer hundertjährigen Eiche, und es kam durch den Sand direkt auf sie zugekrochen. In seinem Nacken wölbte sich eine Hornplatte, die an einen Kragen erinnerte, und seine kurzen Beine waren mit spitzen Zacken gepanzert.

»Wo ist sie?«, rief Nobiane.

»Ich sehe sie nicht!«, brüllte Berris panisch.

Dælfine fuhr ungläubig zu ihnen herum. Ihre Freunde mussten in die falsche Richtung schauen. Aber nein, alle starrten zum Strand. Als Lygwenn sich ein Prisma vor das Auge hielt und ernst nickte, begriff Dælfine endlich, was los war. Ihre Sehhilfe gab ihr nicht nur das Augenlicht zurück, sie gewährte ihr auch einen Blick hinter den Schleier. Vrinilia hatte beim Schleifen der Linsen wahrlich all ihre Kunstfertigkeit aufgeboten.

»Das ist ein Zerviator«, erklärte die Weltwanderin. »Also dann … Es geht los!«

Gess, Berris und Nobiane hatte es die Sprache verschlagen. Sie sahen zwischen dem leeren Strand und Dælfine hin und her, bis der Groschen plötzlich fiel und sie ehrfürchtig ihre Sehhilfe betrachteten. Das Mädchen nickte nur zur Bestätigung und wandte ihre Aufmerksamkeit dann wieder der Chimäre zu. Die Bestie war schon ganz nah.

»Weicht etwa zwanzig Schritte zurück«, befahl Lygwenn. »Achtet immer darauf, dass ich zwischen euch und der Chimäre stehe. Greift nicht in den Kampf ein, es sei denn, ich fordere euch ausdrücklich dazu auf. Und bleibt vor allem zusammen. Wer von den anderen getrennt wird, bringt sich in höchste Gefahr!«

Dælfine nickte mechanisch, aber sie hatte das untrügliche Gefühl, dass sie sich bereits in höchster Gefahr befanden. Die Chimäre schien wild entschlossen, sich auf sie zu stürzen und jeden von ihnen zu verschlingen, und Dælfine fand nicht, dass sie ihr viel entgegenzusetzen hatten. Ihre Krustenkrebsschwerter könnten dem gepanzerten Körper der Chimäre vermutlich keinen Kratzer zufügen, und ihre Lehrerin würde zu Boden gehen, sobald die Bestie ihre Krücke traf.

Mit klopfendem Herzen befolgte Dælfine den Befehl und ging mit ihren Freunden hinter der Weltwanderin in Deckung. Die anderen ließen sich von ihr führen, da Dælfine die Einzige war, die das Ungeheuer sehen konnte. Da durchstieß die Chimäre urplötzlich den Schleier, und alle schrien vor Entsetzen auf.

Lygwenn wich keinen Zoll zurück. Sie ließ ihr Prisma rasch in der Tasche verschwinden und streckte der Chimäre ihr Langmesser entgegen. Die Kreatur riss bedrohlich das Maul auf und verharrte in dieser Position. Nur die Augenlider flatterten über den gelben Pupillen. Die Chimäre war so riesig, dass Dælfine sich mühelos hinter dem Nackenschild hätte verstecken können, doch Lygwenn zeigte keine Angst. War sie wirklich so todesmutig? Dælfine hätte es fast beruhigend gefunden, wenn die Weltwanderin kurz gezögert hätte. War sie etwa lebensmüde? Wollte sie im Kampf sterben?

Als die Chimäre zum Angriff überging, hielt Dælfine ihr letztes Stündlein für gekommen. Jeder vernünftige Mensch hätte angesichts dieses Ungetüms aus Schuppen, Krallen und Zähnen die Flucht ergriffen, aber die Weltwanderin stand da wie angewurzelt. Dann hob sie die Krücke und schlug der Kreatur damit auf das Maul. Es war ein jämmerlicher Anblick, und Dælfine hätte am liebsten die Augen zusammengekniffen, um nicht mit ansehen zu müssen, wie die Chimäre ihre Lehrerin tötete. Stattdessen starrte sie weiter wie gebannt auf die Szene.

Lygwenn verteidigte verzweifelt ihr Leben. Sie schwankte auf einem Bein und versetzte der Bestie mit dem Ende der Krücke immer wieder Schläge auf den Kopf. Die Chimäre hätte nur zuschnappen müssen, um sie mit ihren scharfen Zähnen zu zerfetzen, aber die Weltwanderin hielt sie sich mit der Krücke vom Leib, indem sie immer wieder auf die Augen, die Zähne, den Schädel zielte. So richtete die Chimäre ihre ganze Wut auf den Stock, der sie piesackte. Eine Weile zumindest …

Dann kam der schicksalhafte Moment. Die Bestie schnappte nach der Krücke, schloss krachend die Kiefer darum und entriss Lygwenn die primitive Waffe. Doch wider Erwarten fiel die Weltwanderin nicht auf die Knie. Sie machte einen Satz nach vorn und schwang sich auf das Maul der Bestie.

Die Chimäre versuchte, nach ihr zu schnappen, doch als sie das Maul aufriss, schob es die Weltwanderin in Richtung des Nackenschilds. Da begriff Dælfine, was Lygwenn vorhatte. Im nächsten Moment stieß die Weltwanderin dem Zerviator ihr Langmesser in den Nacken. Die Chimäre bäumte sich kurz auf und sackte dann zu Boden, das Maul immer noch bedrohlich weit aufgesperrt. Doch es war vorbei: Die Bestie war tot.

»Unglaublich«, hauchte Dælfine.

Ihre Freunde äußerten ihre Erleichterung sehr viel lautstärker. Berris und Gess heulten wie die Wölfe, und selbst Nobiane ließ sich zu einem Siegesschrei hinreißen. Die Schüler rannten zu ihrer Lehrerin, um die Heldin zu bejubeln, wichen aber sicherheitshalber dem aufgesperrten Maul der Bestie aus. Lygwenn saß immer noch auf ihrem Kopf, ein Bein angewinkelt, das andere seitlich ausgestreckt. Sie hielt sich mit verzerrtem Gesicht die Hüfte, doch als sie die Begeisterung ihrer Schüler sah, verdrängte sie ihre Schmerzen.

»Es gibt keinen Grund zur Freude. Ich musste ein Lebewesen töten, um unser Leben zu retten. Außerdem wird der Kadaver Krustenkrebse nach Gonelore locken, die auch nichts auf dieser Seite des Schleiers zu suchen haben. Wenn die Götter ihre Arbeit gründlicher gemacht hätten, gäbe es diese Tragödien nicht. Dann würden alle Kreaturen friedlich in dem Horizont leben, der sie hervorgebracht hat.«

Die Schüler wurden ernst. Ihre Lehrer hatten ihnen schon mehrmals eingeschärft, dass die Aufgabe der Weltwanderer nicht darin bestand, die Chimären zu vernichten, sondern dafür zu sorgen, dass sie auf der anderen Seite des Schleiers blieben. Obwohl Dælfine diese Ermahnung also nicht neu war, wühlte sie sie auf, denn die Weltwanderin hatte so viel Nachdruck in ihre Worte gelegt, als ginge es um ihr eigenes Leben.

26

Vargaï hatte sich noch nicht an die Veränderungen gewöhnt. Der Hohe Rat hatte nicht mehr viel mit dem zu tun, der jahrelang die Geschicke von Zauberranke gelenkt hatte. Zakarias, Selenimes und vor allem Delenius gehörten dem Rat nicht mehr an, Radjaniel war völlig unerwartet in sein altes Amt zurückgekehrt, und dieser Dummkopf Kartigann hatte es doch tatsächlich geschafft, sich auf einen Posten berufen zu lassen. Wären Radjaniel und Maetilde nicht gewesen, hätte Vargaï das Ganze für einen schlechten Scherz gehalten. An einem einzigen Tag waren so viele Neuigkeiten über ihn hereingebrochen, dass er Mühe hatte, sie alle zu verarbeiten.

»Ihr seid blass, Jor Vargaï«, bemerkte Vrinilia. »Setzt Euch doch.«

Der Weltwanderer dankte ihr mit einem Nicken, und der neue Magister warf der Prismenschmiedin einen missmutigen Blick zu. Arold hätte ihn gewiss gern noch eine Weile stehen lassen und seine Autorität genossen. Mit einem bitteren Geschmack im Mund nahm Vargaï an dem riesigen Tisch in der Mitte des Landkartensaals Platz. Hier fanden die Ratsversammlungen nur in Krisenzeiten statt, wenn eine größere Invasion von Chimären bevorstand – und diesmal hatte die Versammlung etwas von einem regelrechten Kriegsrat.

Arold hielt sich nicht lange mit Höflichkeiten auf.

»Ihr hattet einen ganzen Tag Zeit, Euch zu erholen, Jorensan.

Ich hoffe, Ihr habt die Zeit sinnvoll genutzt und seid in Euch gegangen? Ist Euch noch etwas Wichtiges eingefallen, das Ihr uns mitteilen wollt? Irgendetwas, an das Ihr Euch erst jetzt erinnert?«

Der Weltwanderer holte tief Luft.

»Ich habe Euch bereits alles berichtet, was sich während meines Aufenthalts in der Enklave zugetragen hat. Ich glaube nicht, dass ich irgendetwas von Bedeutung vergessen habe. Tragische Ereignisse prägen sich dem Gedächtnis schließlich besonders ein.«

In Wahrheit hatte er die letzten Stunden damit zugebracht, sich von Maetilde und Radjaniel erzählen zu lassen, welche Dramen sich in den vergangenen Monaten in der Schule abgespielt hatten. Was war in dieser kurzen Zeit nicht alles geschehen! Zakarias und Huguebald hatten sich als Verräter entpuppt, Chiroptiden hatten die Schule angegriffen, Denilius war von seiner Reise zurückgekehrt, nur um abermals zu verschwinden, das Geheimnis um Jonas Herkunft war gelüftet worden, und Lygwenn war urplötzlich in Zauberranke aufgetaucht … Das war ganz schön viel für seinen erschöpften Geist. Es würde sicher länger als einen Tag dauern, bis er mit klarem Kopf über all das nachdenken konnte. Zumal ihm die Sorge um seinen Bruder oder die drohende Belagerung Zauberrankes keine Ruhe ließen, ganz zu schweigen von dieser Geschichte mit Lehander und seiner Großmutter, die offenbar die Gestalt eines Drakoniden angenommen hatte.

»Seid Ihr sicher?«, fragte Kartigann spöttisch. »Keine neuen Gruselgeschichten von Feinden, die auf Chimären reiten und die Horizonte durchqueren? Schade! Damit kann man die Leute so wunderbar zum Lachen bringen.«

Angesichts eines solchen Ausmaßes an Dummheit konnte Radjaniel nicht mehr an sich halten.

»Schweigt! Ihr habt schon genug Schaden angerichtet. Euretwegen kursieren in der Schule die wildesten Gerüchte.«

»Hä?«, entrüstete sich Kartigann. »Das ist ja wohl eine Frechheit! Ihr verdreht die Tatsachen! Ich bin derjenige, der hier für Recht und Ordnung sorgt! Erst heute Morgen habe ich drei Rotzlöffel bestraft, die Tratsch verbreitet haben!«

»Durch Stockschläge, wie ich hörte«, knurrte Radjaniel. »Das werde ich Euch nicht so schnell vergessen.«

Kartigann grinste schadenfroh, während der Messerschleifer ihn mit einem eisigen Blick bedachte. Vargaï kannte seinen Freund gut genug, um zu wissen, dass dieser es nicht dabei belassen würde, und er hätte nicht mit dem Obersten Hüter tauschen wollen.

In diesem Moment ergriff Gregerio das Wort: »Diese ganze Geschichte ist doch völlig verrückt. Zu Beginn des Schuljahrs habt Ihr steif und fest behauptet, Jor Vargaï, Ihr hättet gegen einen gezähmten Drakoniden gekämpft. Euren Kopf wolltet Ihr darauf verwetten … doch nun hat sich herausgestellt, dass es sich nur um einen Metamorphen gehandelt hat. Und jetzt wollt Ihr uns ernsthaft weismachen, dass Tannakis ein Heer von Chimären befehligt? Mit seiner komischen Pfeife? Dass er auf ihnen reitet und sie benutzt, um den Schleier zu durchstoßen? Und das sollen wir Euch einfach so glauben? Ist das nicht wieder so ein Hirngespinst?«

»Diese Pfeifen existieren wirklich«, rief ihm Vrinilia in Erinnerung. »Und sie funktionieren. Ich habe ein paar Experimente durchgeführt und herausgefunden, dass man mit jeder nur eine einzige Chimäre herbeirufen kann. Trotzdem sind sie natürlich ein Meisterwerk der Schmiedekunst, das muss ich zugeben.«

»Diese Chimären wurden nicht heraufbeschworen«, sagte Vargaï mit Nachdruck. »Sie stammen aus anderen Horizonten, es handelt sich um ganz gewöhnliche Chimären, die von meiner Schwester, dieser alten Hexe, unter Drogen gesetzt wurden. Nichts hindert sie daran, hinter den Schleier zurückzukehren. Und genau das will Tannakis ausnutzen: Er setzt seine Männer auf den Rücken der Chimären und schickt sie so auf die Reise.«

»Nehmen wir mal an, das stimmt«, mischte sich Arold ein. »Wie will er da vorgehen? Die Chimären wechseln doch die Horizonte, wie sie wollen. Wie befiehlt er einer wilden Kreatur, die zudem noch unter Drogen steht, an welcher Stelle sie den Schleier durchbrechen soll? Legt er ihr Zügel an? Wie sorgt er dafür, dass die Chimäre nicht geradewegs in einen höheren Horizont vorprescht? Und wie kehrt er nach Gonelore zurück?«

»Sag ich doch«, pflichtete ihm Gregerio bei. »Das ist völlig abstrus.«

Diesen Argumenten hatte Vargaï nichts entgegenzusetzen.

»Ich habe keine Ahnung, wie Tannakis das anstellt, und ich habe es nicht mit eigenen Augen gesehen. Also kann ich auch keinen Eid darauf schwören, dass an der Sache etwas dran ist. Aber meine Schwester und er schienen wild entschlossen, ihr Ziel zu erreichen, und die beiden behaupteten, sie hätten bereits zweimal den Schleier durchstoßen. Die Schwierigkeiten, die Ihr angeführt habt, mögen erklären, warum Tannakis dieses Kunststück bisher erst zweimal gelungen ist. Die Tatsache, dass er sich nicht damit brüstet, nach Lust und Laune zwischen den Horizonten hin- und herzuwechseln, spricht meiner Meinung nach dafür, dass er die Wahrheit sagt. Wenn Tannakis und Nejabeth mir keine Lügen erzählt haben, werden sie ihre Methoden verbessern. Mit der Pfeife und den Drogen haben sie jedenfalls schon entscheidende Fortschritte gemacht.«

Stille trat ein, während die Anwesenden über seine Worte nachsannen. Kartigann platzte als Erster mit seiner Meinung heraus.

»Ja, ja! Wenn das Wörtchen wenn nicht wär … Aber selbst wenn das alles stimmt, kann Tannakis die Viecher nicht mit einem Fingerschnippen abrichten. Es würde Monate, wenn nicht gar Jahre dauern, bis er vor unseren Toren aufkreuzt.«

Vargaï klopfte leicht mit der Faust auf den Tisch und versuchte seine Wut zu zügeln.

»Gewiss. Aber Tannakis muss den Schleier nicht durchbrechen, um Zauberranke anzugreifen. Und nun, da ich ihm entkommen bin, kann er uns auch nicht mehr überrumpeln. Er ist nicht dumm. Er wird sich denken, dass wir dabei sind, unsere Verteidigung zu organisieren. Anders gesagt: Ob er und seine Männer sich der Schule in einem anderen Horizont nähern und erst im letzten Moment aus dem Schleier hervorbrechen können oder nicht, ist gleichgültig. Also bringt es ihm auch nichts, den Angriff hinauszuzögern. Er kann in einem Monat, drei Monaten, sechs Monaten oder morgen früh hier auftauchen.«

Arold verzog skeptisch das Gesicht.

»Morgen? Ist das nicht etwas übertrieben?«

»Vielleicht«, gab der Weltwanderer zurück, »vielleicht aber auch nicht. Tannakis hat jahrelang an seinen geheimen Plänen gefeilt, und er kann es kaum abwarten, endlich mit der Eroberung Gonelores zu beginnen. Zauberranke ist für ihn nur die erste Etappe. Indem er uns unterwirft, will er seinen Männern beweisen, wozu er imstande ist. Er kann sich keine Niederlage und auch keine zu langwierige, verlustreiche Schlacht leisten. Deshalb wird er uns angreifen, sobald er seine Truppen beisammen hat – was vielleicht längst der Fall ist.«

»Unmöglich«, entgegnete der Magister. »Davon hätten wir gehört. In der Wildnis zwischen Zauberranke und der Enklave leben ein paar Einsiedler, die mit uns verbündet sind, und sie hätten uns gewarnt, wenn ein Heer von Söldnern auf Carapaxen durchgezogen wäre.«

»Tannakis wird die Chimären sicher erst im letzten Moment mit seinen Pfeifen zu sich locken. Oder er ruft sie in regelmäßigen Abständen und schickt sie dann wieder zurück in ihren eigenen Horizont, damit er sich unauffälliger fortbewegen kann. Nur weil uns nichts gemeldet worden ist, heißt das noch lange nicht, dass in der Umgebung von Zauberranke nichts Auffälliges passiert ist! Das zu glauben wäre absurd.«

»Ha!«, rief Gregerio belustigt. »Ihr klingt schon wie Denilius!«

»Allerdings«, sagte Arold zähneknirschend. »Und ich finde das alles andere als komisch!«

Radjaniel beeilte sich, die erhitzten Gemüter zu beruhigen.

»Wir werden am Rand der Zauberranke und auf dem Festland Wachen aufstellen. Sie werden uns warnen, falls Tannakis sich nähert.«

»Ihr wollt sie also ans Messer liefern«, schimpfte Kartigann. »Als hätten wir Tausende von Milizionären, die wir entbehren können! Das ist wirklich eine dumme Idee.«

»Ich werde versuchen, Freiwillige zu rekrutieren«, erwiderte Radjaniel. »Es gibt in Zauberranke sicher einige Lehrer, die sich der Bedeutung dieser Aufgabe bewusst sind. Und nur dass Ihr es wisst, die Aussicht, irgendjemanden in Gefahr zu bringen, bereitet mir genauso wenig Freude wie Euch.«

Maetilde, die alles mitgeschrieben hatte, blickte von ihren Notizen auf.

»Sollen wir nicht die Bruderschaft um Hilfe bitten? Vielleicht bleiben uns noch ein paar Wochen bis zu Tannakis' Angriff. Die Räte der umliegenden Länder und Nationen könnten uns Verstärkung schicken …«

»Ich verbitte mir, dass andere Magister sich in die Angelegenheiten von Zauberranke einmischen«, sagte Arold. »Die Sache ist auch so schon kompliziert genug. Außerdem will ich mich nicht lächerlich machen, falls es sich um einen falschen Alarm handelt.«

»Es wäre ein zu großes Wagnis, Fremden unsere Türen zu öffnen«, pflichtete ihm Vrinilia bei. »Unsere Feinde würden die Gelegenheit sofort beim Schopf packen und uns neue Spione auf den Hals schicken. Der Schaden, den sie in der Schule anrichten würden, wäre sehr viel größer als der mögliche Nutzen.«

»Und was, wenn wir den Spieß umdrehen und diesem Hund Tannakis zuerst auf die Pelle rücken?«, rief Kartigann hitzig. »Dann wären wir ihn ein für alle Mal los!«

»Lächerlich«, bemerkte Vargaï nur.

Kartiganns Gedankenlosigkeit begann ihm auf die Nerven zu gehen. Zum Glück schien niemand seinen Vorschlag ernst zu nehmen. Wenn alle kampferprobten Weltwanderer Zauberranke verlassen würden und niemand mehr bliebe, um die Schule zu verteidigen, wären die Schüler möglichen Angreifern schutzlos ausgeliefert. Außerdem war es wohl kaum eine gute Idee, einen Gegner, der ihnen zahlenmäßig überlegen war, auf seinem eigenen Territorium herauszufordern. Da konnten sie sich auch gleich mit einem Gewicht am Fuß ins Meer stürzen.

Vrinilia räusperte sich und machte einen anderen Vorschlag. »Seid Ihr sicher, dass sie sich nicht auf Verhandlungen einlassen würden? Tannakis war schon immer ein Starrhals, aber Eure Schwester scheint mir klug genug, um sich mit uns an einen Tisch zu setzen.«

»Oh, natürlich würde sie sich anhören, was Ihr zu sagen habt«, erklärte Vargaï. »Und zweifellos würde sie vorgeben, Eure Position zu verstehen. Aber nur, um Euch in die Karten zu schauen und das gewonnene Wissen gegen Euch zu verwenden.«

»So leicht lasse ich mich nicht hinters Licht führen!«

»Ich kenne Eure Fähigkeiten, Joransame. Ich möchte nur nicht, dass der Hohe Rat sich falsche Hoffnungen macht. Nejabeth zur Vernunft bringen zu wollen wäre nichts als Zeitverschwendung. Meine Schwester interessiert sich nur für eins: ihren eigenen Vorteil.«

»Das erinnert mich schwer an jemanden«, sagte Kartigann spitz.

»Wenn das so ist«, fuhr Vrinilia fort, »wäre es vielleicht möglich, Nejabeth davon zu überzeugen, Tannakis zu verraten und die Seiten zu wechseln?«

Vargaï schüttelte den Kopf. Trotzdem dachte er kurz über die Frage nach. Bei dem Gedanken an die bevorstehende Schlacht, bei der Weltwanderer einander bekämpfen würden, bis es unzählige Tote und Verletzte gab, wurde ihm übel. Doch solche Ränkespiele waren ihm genauso zuwider. Es konnte doch nicht sein, dass Hinterlist und Tücke über das Schicksal Gonelores entschieden.

»Wir haben nichts, was wir ihr bieten können«, erklärte er, »während Tannakis ihr die Eroberung ganz Gonelores verspricht.«

»Ach, mehr nicht?«, höhnte Gregerio.

»Ich weiß, es hört sich verrückt an, aber er hat die Macht dazu. Oder wird sie jedenfalls bald haben. Wenn Zauberranke fällt, wird er den Sieg dazu nutzen, um seine Ideologie zu verbreiten, und so manches Mitglied der Bruderschaft wird sich davon beeinflussen lassen. Er wird ihnen einreden, dass Weltwanderer etwas Besseres seien als andere Menschen. Dass sie es verdient hätten, über die Länder und Nationen Gonelores zu herrschen, weil sie ihnen Schutz gewährleisten. Und so wird Tannakis' Armee von Tag zu Tag größer werden. Er und seine Gefolgsleute werden in der Lage sein, sich in einem anderen Horizont zu verstecken und aus dem Nichts über ihre Gegner herzufallen. Sie könnten sogar in den Palästen urplötzlich aus dem Schleier hervorstoßen und Königen und Herrschern die Krone vom Kopf reißen. Das ist die Zukunft, die Gonelore erwartet, wenn wir Tannakis nicht aufhalten, solange wir es noch können. Nichts Geringeres steht auf dem Spiel, Jorensan.«

Der Oberste Fährtenleser feixte immer noch, aber sein Grinsen wirkte jetzt etwas gequält. Die anderen Ratsmitglieder machten betroffene Gesichter. Für Vargaï war es kein Anlass zur Freude, dass sie ihn nun endlich ernst nahmen. Viel lieber hätte er verkündet, dass alles in Ordnung sei und sie sich keine Sorgen zu machen bräuchten. Aber sie mussten der Wahrheit ins Auge sehen, so bitter sie auch war. Schließlich sprach Arold aus, was alle dachten.

»Offenbar ist der Kampf unvermeidlich. Wir müssen uns darauf vorbereiten, so gut wir können.«

In der nächsten Stunde besprachen sie, wie die Sicherheit der Schüler am besten gewährleistet und Zauberranke verteidigt werden konnte, ohne dass der Unterricht völlig ausfiel. Vargaï beteiligte sich rege an der Diskussion, obwohl sich sein Gemüt immer mehr verdüsterte. Wenn sie nur eine Invasion von Chimären hätten abwehren müssen, wäre er weit weniger pessimistisch gewesen. Mit so etwas kannte er sich aus. Menschliche Feinde waren unberechenbar und konnten sich als sehr viel gefährlicher erweisen!

Der neue Magister hingegen war offensichtlich zufrieden mit dem Ergebnis des Gesprächs.

»Damit haben wir alle wichtigen Fragen erörtert. Jeder weiß, was er zu tun hat. Also … machen wir uns an die Arbeit!«

Er beendete die Versammlung mit dem zeremoniellen Gruß, und die Ratsmitglieder erhoben sich und streckten ihre steifen Glieder. Gregerio, der den Landkartensaal als Erster verlassen wollte, legte gerade die Hand auf die Klinke, als es dreimal an der Tür klopfte. Zwei Wachen standen im Flur. Arold und Radjaniel gingen zu ihnen, um zu hören, was sie wollten. Der mitleidige Blick, den Radjaniel Vargaï zuwarf, verhieß nichts Gutes, und als sich der neue Magister mit herablassender Miene zu ihm umdrehte, verstärkte sich seine Unruhe.

»Ein Geheimnis wäre jedenfalls gelüftet«, sagte Arold. »Unsere Fährtenleser haben die Spur von Denilius gefunden. Wir kennen nun sein Ziel.«

Er legte eine bedeutungsschwere Pause ein, sah den Ratsmitgliedern reihum in die Augen und verkündete: »Er ist unterwegs in die Enklave. Warum wundert mich das nicht? Er hat offenbar das Lager unserer Feinde gewählt. Nun, er wird sehen, was er davon hat.«

Dann begann er, seine Papiere einzusammeln, als wäre die Sache damit vom Tisch. Vargaï konnte es nicht fassen. Die Nachricht wühlte ihn auf, und Arolds Gleichgültigkeit machte ihn noch wütender. Kartigann, Gregerio und Vrinilia verließen bereits den Raum. Offenbar wollte niemand über die Neuigkeit sprechen, doch Vargaï konnte die Sache nicht auf sich beruhen lassen. Er stapfte zu Arold hinüber und baute sich vor ihm auf, woraufhin der Magister ihn mit einem finsteren Blick durch sein Monokel bedachte.

»Ihr geht davon aus, dass mein Bruder sich dem Feind angeschlossen hat, aber das ist unmöglich! Die Enklave ist der letzte Ort in Gonelore, an den er gehen würde!«

»Unsere Männer sind sich sicher. Sie haben das Ruderboot gefunden und sind Denilius' Spur auf dem Festland gefolgt, bis es keinen Zweifel mehr gab. Befragt sie doch selbst, wenn es Euch so wichtig ist.«

»Wenn dem so ist, will er mich vielleicht befreien! Er muss glauben, dass Tannakis mich immer noch gefangen hält.«

»Seid doch nicht naiv! In den letzten Monaten hat sich Denilius sehr viel mehr für den kleinen Lehander interessiert als für Euer Schicksal. Er ist ein Verräter, und es ist nicht schwer zu erraten, was er vorhat: Er will das Amt, das ich nun bekleide, wieder an sich reißen, indem er sich mit unseren Feinden verbündet. Je eher Ihr die Wahrheit akzeptiert, desto einfacher wird es für uns alle.«

Vargaï fuhr sich seufzend mit der Hand über das Gesicht.

»Wir schätzen die Situation offensichtlich sehr unterschiedlich ein. Wir können nur hoffen, dass mein Bruder sich der Enklave mit der gebotenen Vorsicht nähert. Wenn nicht, könnte sich Jona bald in Tannakis' Händen wiederfinden!«

»Na und? Fürchtet Ihr, dass auch er die Fronten wechselt?«

»Nein. Vielleicht. Ich weiß es nicht … Im schlimmsten Fall finden unsere Feinde einen Weg, seine Fähigkeiten zu ihrem Vorteil zu nutzen. Sie haben bereits bewiesen, dass sie erfinderischer sind als wir.«

»Wenn Ihr mich da mal nicht unterschätzt«, entgegnete Arold. Trotzdem runzelte er sorgenvoll die Stirn.

»Ich halte die vermeintlichen Kräfte dieses Jungen für ein Hirngespinst, Jor Vargaï«, fügte er nach kurzem Nachdenken hinzu. »Und selbst wenn ich mich irren sollte, können wir nichts tun. Wir müssen einfach hoffen, dass Eure düsteren Prophezeiungen sich nicht erfüllen.«

Mit diesen Worten marschierte er aus dem Saal und ließ Vargaï stehen. Der Weltwanderer, Radjaniel und Maetilde sahen einander fassungslos an.

27

Lehander wagte kaum zu atmen. Jedes Mal, wenn es irgendwo raschelte oder knackte, fuhr er zusammen. Seit einer halben Ewigkeit kauerten sie nun schon in dem Gebüsch am Rand dieser Lichtung, ohne dass etwas geschah. Eigentlich hätte er sich allmählich entspannen, vielleicht sogar langweilen müssen, aber der Anblick, der sich ihm bot, war viel zu beeindruckend.

Schließlich hielt er es nicht mehr aus und stellte die Frage, die ihn beschäftigte, seit Denilius ihn in das Versteck gezogen hatte.

»Ist das die Enklave?«

Aus dem Augenwinkel sah er Denilius nach kurzem Zögern nicken. Nun kam ihm die Festung aus meterhohen Rundhölzern, die vor ihnen aufragte, noch bedrohlicher vor. Natürlich waren sie nicht zufällig hier … Warum hatte ihn sein Großvater zum Lager ihrer Feinde geführt? Würden sie bald weiterziehen, oder wollte Denilius in die Enklave eindringen? Lehander hoffte inständig, dass er sich irrte, doch er befürchtete das Schlimmste. Wenn er darüber nachdachte, überlief es ihn eiskalt.

»Es ist alles ruhig«, murmelte er.

Wieder nickte Denilius. Bislang hatten sie noch keine Menschenseele gesehen. Die Sonne stand bereits hoch am Himmel, doch das Tor der Festung war immer noch fest verschlossen, und auf dem Wehrgang standen keine Wachen. Auch drangen keine Geräusche oder Stimmfetzen zu ihnen herüber. Man hätte meinen können, das Lager wäre verlassen – wäre da nicht dieser dünne Rauchfaden gewesen, der zum Himmel aufstieg.

»Der Rauch wird nicht weniger«, bemerkte Denilius plötzlich. »Also legt jemand Holz nach. Wir müssen nur noch herausfinden, wie viele da drin sind.«

»Glaubst du, sie halten Vargaï hier gefangen?«

Denilius verzog das Gesicht.

»Nein. Wenn Tannakis mit seinen Männern ins Feld gezogen ist, hat er seinen Gefangenen sicher nicht hier gelassen. Die Gefahr, dass Vargaï seine Wachen überwältigt, wäre zu groß. Also muss er ihn mitgenommen haben. Es sei denn, er hat ihn längst getötet.«

Lehander war so abergläubisch, dass er nicht zu nicken wagte. Es war erschreckend, mit welcher Gefühlskälte sein Großvater diese Möglichkeit erwähnte.

»Nun denn«, sagte Denilius entschlossen. »Es bringt nichts, noch weiter zu warten.«

Er stand auf, trat aus dem Versteck und marschierte auf die Festung zu. Er pirschte sich nicht einmal vorsichtig an. Als Denilius ihm mit einer Geste bedeutete, ihm zu folgen, bekam Lehander Angst. Wie gern wäre er in diesem Moment in Zauberranke gewesen, im Zeughaus, auch wenn er selbst dort nicht immer sicher war. Trotzdem rannte er los und schloss eilig zu seinem Großvater auf. In einer Gegend, in der jederzeit riesige Ursiden aus dem Schleier hervorbrechen konnten, blieb er lieber nicht allein zurück. Denilius warf ihm einen eindringlichen Blick zu.

»Von nun an werde ich dich wieder Jona nennen. Niemand hier darf wissen, dass du Lygwenns Enkel bist und dass wir verwandt sind. Ich werde behaupten, dass der Zufall uns zusammengeführt hat. Pass auf, dass du dich nicht verplapperst!«

Lehander erbleichte, nickte aber gehorsam. Dann nahm er seinen ganzen Mut zusammen.

»Warum sind wir hier?«, fragte er. »Willst du mit Tannakis Frieden schließen?«

»Ganz im Gegenteil«, antwortete der Weltwanderer.

Er klopfte auf die Umhängetasche, in der er seine Alchimisten-Ausrüstung aufbewahrte. Als die Phiolen vernehmlich klirrten, zog sich Lehander der Magen zusammen.

»Um ehrlich zu sein«, fuhr Denilius fort, »hängt das ganz davon ab, wie man uns empfängt. Ich hoffe, dass ich bekomme, was ich will, ohne den halben Wald niederbrennen zu müssen. Aber leicht wird das nicht, die Sache ist riskant. Deshalb musst du dir gut überlegen, was du sagst, falls man dich verhört.«

»Aber … Wenn Vargaï gar nicht hier ist, können wir ihn doch auch nicht befreien?«

Der Weltwanderer gab keine Antwort. Stattdessen setzte er die unergründliche Miene auf, die Lehander jedes Mal einschüchterte. Der Junge nahm an, dass er sich konzentrierte, um sich für die Begegnung mit dem Feind zu wappnen. Für seinen Geschmack näherten sie sich dem Eingang der Festung jedenfalls viel zu schnell. Schon standen sie vor dem massiven Holztor. Niemand stellte sich ihnen in den Weg, niemand fragte, was sie wollten.

Denilius versuchte, einen der beiden Flügel aufzuschieben. So leichtsinnig, das Tor unverriegelt zu lassen, waren die Bewohner der Festung jedoch nicht. Da entdeckte der Weltwanderer ein Holzscheit, das an einer Kette befestigt war. Es schien als Türklopfer zu dienen. Denilius packte es, ohne zu zögern, und schlug dreimal gegen das Tor.

Die Schläge hallten durch die Wildnis, und Lehander brach der Schweiß aus. Nun wussten alle Feinde, ob innerhalb oder außerhalb der Festung, dass sie hier waren. Schon erklangen von drinnen Geräusche. Männer kamen herbeigerannt, riefen sich knappe Befehle zu und postierten sich auf dem Wehrgang, um zu sehen, wer ihnen da einen Besuch abstattete. Ein Söldner richtete seine Armbrust auf sie, ein zweiter tat es ihm gleich. Denilius zog Lehander am Ärmel, damit er hinter ihm in Deckung ging. Aufgeregt lugte der Junge hinter dem Rücken seines Großvaters hervor und beobachtete, wie drei weitere Wachen in Stellung gingen.

Frauen gab es hier offenbar keine, nur junge Männer, die alle das Bandelier trugen. Vor nicht allzu langer Zeit, als die Enklave noch keine Festung, sondern eine Schule gewesen war, musste Tannakis ihr Lehrer gewesen sein. Sie wirkten angespannt, aber nicht feindselig. Dass sie ihre Waffen auf die Besucher richteten, schien nur ein Gebot der Vorsicht zu sein. Man sah ihnen an, dass sie vor allem verblüfft waren. Immer wieder wechselten sie fragende Blicke und sahen zu einem jungen Mann hinüber, der in der Mitte stand, jedoch genauso unschlüssig wirkte wie die anderen.

Schließlich rief der Anführer bemüht barsch: »Wer seid Ihr? Nennt mir Euren Namen!«

»Seid nicht albern«, antwortete Denilius. »Ihr wisst genau, wer ich bin. Selbst wenn ich mein Bandelier mit den Abzeichen von Zauberranke nicht tragen würde, würdet Ihr mich an meinen roten Haaren und meiner Streitaxt erkennen. Verschwenden wir nicht unsere Zeit!«

Der Söldner runzelte die Stirn, zog ein Prisma aus der Tasche und suchte damit die Umgebung ab. Denilius wartete nicht, bis er fertig war.

»Ich und mein Schüler sind allein. Wovor habt Ihr Angst? Wollte ich Euch angreifen, hätte ich wohl kaum höflich an Euer Tor geklopft!«

Der Mann beachtete ihn nicht, sondern setzte seine Erkundung der Umgebung fort. Nach einer Weile ließ er das Prisma wieder in der Tasche verschwinden. Er schien nicht zu wissen, was er als Nächstes tun sollte.

Denilius fuhr fort: »Ich bin hier, um mit Tannakis zu sprechen. Es war ein weiter Weg, und wir sind müde. Deshalb will ich nur eins wissen: Ist er hier? Und wenn nicht, kommt er bald zurück?«

Als ihm niemand antwortete, wurde Denilius ungeduldig. Lehander befürchtete, er könne die Beherrschung verlieren und mit Gewalt drohen.

»Bei allen Göttern! Habt Ihr Stroh im Kopf? Antwortet mir oder bedroht mich meinetwegen, aber steht nicht da wie ein Haufen ausgestopfter Kühe!«

»Wir könnten Euch auch zum Schweigen bringen!«, antwortete der Mann ganz links. »Ich jage Euch gern einen Bolzen ins Auge. Ich bin sicher, Tannakis wäre das eine große Freude.«

»Na endlich!«, rief Denilius.

Er griff in seine Umhängetasche, zog eine Phiole mit einer violetten Flüssigkeit heraus und hielt sie in die Höhe. Die Männer auf dem Wehrgang wurden nervös. Denilius entkorkte das Fläschchen und trank es in einem Zug aus.

Lehander sah nicht, ob er eine Grimasse zog, aber er konnte sich seinen angewiderten Gesichtsausdruck gut vorstellen, als sein Großvater rief: »Puh! Es schmeckt genauso schlimm, wie es riecht!«

Die Söldner wirkten immer verstörter. Vermutlich glaubten einige von ihnen, dass Denilius sich jeden Moment in eine unbesiegbare Bestie verwandeln würde. Auch Lehander kam dieser Gedanke nicht ganz abwegig vor …

Der Anführer rief unsicher: »Was für ein Spiel treibt Ihr? Was war in der Phiole?«

»Gift!«, antwortete der Weltwanderer. »Eine der heimtückischsten Substanzen, die ich in meinem Laboratorium zusammengemischt habe. Es ist ganz einfach: Wenn ich nicht innerhalb der nächsten zwei Tage das entsprechende Gegenmittel einnehme, wache ich am Morgen des dritten Tages nicht mehr auf.«

Er machte nicht den Eindruck, als erlaubte er sich einen Scherz. Die Söldner schienen ihm jedenfalls zu glauben. Lehander fühlte sich plötzlich ganz leer. Er konnte nicht fassen, was da gerade geschah.

»So braucht Ihr keinen Bolzen auf mich zu verschwenden«,

spottete Denilius. »Allerdings müsst Ihr Tannakis erklären, warum Ihr die wertvollste Geisel, die er je in die Finger bekommen wird, vor dem Tor der Enklave habt krepieren lassen. Aber er wird Euch Euer mangelndes Urteilsvermögen sicher verzeihen. Er ist ja so ein verständnisvoller Mann …«

Zwei der Männer ließen bei diesen Worten eingeschüchtert ihre Armbrüste sinken. Sie berieten sich im Flüsterton und warfen den beiden Besuchern immer wieder ängstliche Blicke zu. Schließlich riefen sie zu ihnen herunter: »Was wollt Ihr? Der Magister ist nicht hier, und er kommt auch nicht zurück!«

»Dann bringt mich zu ihm. Ihr habt zwei Tage! Ich kann die Frist verlängern, aber Ihr werdet nie wissen, ob ich das Gift oder das Gegengift schlucke. Bis wir bei Tannakis sind, seid Ihr für mein Wohlergehen verantwortlich!«

Die Männer steckten abermals die Köpfe zusammen. Nach einer Weile kamen sie zu einer Entscheidung.

»Aber wir konfiszieren Eure Phiolen und geben sie Euch erst wieder, wenn wir am Ziel sind.«

»Das steht nicht zur Debatte«, entgegnete Denilius. »Auch meine Waffen, meine Prismen und den Rest meiner Ausrüstung werde ich behalten. Wenn Ihr sie mir wegnehmt, werde ich sterben, das schwöre ich Euch. Dann verliert Euer Herr einen unschätzbaren Vorteil in seinem Kampf gegen Zauberranke. Dasselbe gilt, wenn Ihr meinem Lehrling auch nur ein Haar krümmt.«

»Wir könnten Euch fesseln und Euch zwingen, den Inhalt all Eurer verfluchten Phiolen zu trinken!«

»Nur zu! Dann ist es noch schneller vorbei. In meiner Tasche habe ich unter anderem Säure, die den Panzer eines Carapaxen aufzulösen vermag. Ich überlasse es Eurer Fantasie, was sie aus meinen Eingeweiden machen würde.«

Wieder scharten sich die Söldner zusammen, um zu beratschlagen. Keine einzige Waffe war mehr auf die Reisenden gerichtet, ein Zeichen dafür, dass Denilius' Worte Wirkung zeigten.

Lehander nutzte die Tatsache, dass die Söldner abgelenkt waren, und flüsterte ihm zu: »War das wirklich Gift?«

Denilius' harter Gesichtsausdruck sprach Bände.

»Selbstverständlich. Falls Tannakis' Männer glauben, dass ich lüge, werden sie ihre Meinung hoffentlich ändern, sobald ich anfange, mich zu erbrechen. Aber das wird nicht vor morgen Mittag der Fall sein, schätze ich.«

Lehander blieb der Mund offen stehen. Sein Großvater war offenbar zu allem bereit, um sein Ziel zu erreichen. Und er wusste immer noch nicht, was Denilius überhaupt vorhatte. Was würde er tun, wenn er seinem Erzfeind gegenüberstand? Und wie würden sie Tannakis wieder entkommen?

»Einverstanden, wir bringen Euch zum Magister«, rief der Anführer der Söldner in diesem Moment.

In Lehanders Ohren klang das wie ein Todesurteil.

»Aber solltet Ihr uns hintergehen«, fuhr der Mann fort, »werden wir nicht warten, bis das Gift seine Wirkung tut. Wir werden Euch den Kopf abhacken und ihn auf einen Spieß stecken!«

»Ja, genau!«, pflichtete ihm ein Kamerad bei. »Außerdem rate ich Euch, die letzten Stunden in Freiheit zu genießen, denn es würde mich schwer wundern, wenn Tannakis Euch wieder ziehen lässt.«

Denilius ging nicht auf die Provokation ein, sondern begnügte sich mit einem schwachen Lächeln. Keine Minute später öffneten die Söldner einen der beiden Torflügel und ließen die Reisenden ein.

Als Lehander die hölzerne Festung betrat, dämmerte ihm, dass es kein Zurück gab.

28

Als Gregerio ihm die Augenbinde abnahm, konnte sich Gess ein leises Stöhnen nicht verkneifen. Schon wieder stand er im Keimling, dieser seltsamen, von Kristallen überzogenen Höhle, in der die Zauberranke ihren Ursprung nahm. Er hatte den Eindruck, dass er mehr Zeit hier unten als in seinem eigenen Bett verbrachte, aber das war natürlich übertrieben. Tatsächlich verbrachte er nur jeden zweiten Nachmittag mehrere Stunden in der Höhle, eben die Zeit, für die man ihn dazu verdonnert hatte, für Gregerio zu arbeiten, seit der Unterricht bei Zakarias, Selenimes und Denilius weggefallen war. Seither hatte ihn der Oberste Fährtenleser in der Hand und konnte mit ihm umspringen, wie er wollte.

»He, zieh nicht so ein langes Gesicht!«, befahl Gregerio. »Heute wird es klappen, da bin ich mir ganz sicher.«

Gess nickte mechanisch. Er hatte sich längst damit abgefunden, dass er abermals scheitern würde. Bisher waren all seine Versuche vergeblich gewesen, und er hatte nicht den kleinsten Fortschritt gemacht. Er konnte gar nicht mehr zählen, wie viele Schlüssel er angefertigt, ausprobiert und weggeworfen hatte. Die ersten Male war er auch gar nicht scharf darauf gewesen, es zu schaffen. Er hatte zu große Angst vor dem gehabt, was sich hinter der Tür verbarg, und so hatte er insgeheim seine eigene Arbeit sabotiert. Doch irgendwann war die Langeweile stärker geworden als seine Furcht vor dem Unbekannten, und mittlerweile wollte er das Rätsel nur noch lösen, um die Sache endlich hinter sich zu haben.

Doch leider gelang es ihm einfach nicht, das Wunder zu vollbringen. Jedes Mal, wenn er sich kurz vor dem Ziel wähnte, wurde er enttäuscht. Die Schlüssel, die er aus ungeschliffenen Prismen herstellte, blieben entweder stecken oder zerbrachen oder ließen sich gar nicht erst drehen. Er kam einfach nicht dahinter, was das Problem war. Und wenn ein Schlüssel einmal durch einen großen Zufall perfekt ins Schloss passte und sich mühelos fast ganz herumdrehen ließ, verlor er diese Eigenschaft, sobald Gess ihn zu verbessern versuchte, indem er ihn vorsichtig mit der Feile bearbeitete. Hätte Gregerio ihn nicht erpresst, hätte Gess längst das Handtuch geworfen.

»Na los! An die Arbeit!«, drängte der Fährtenleser. »Du hast drei Stunden Zeit, um mir dein Können zu beweisen.«

Gregerio setzte sich in den Sessel, den er ein paar Tage zuvor in die Höhle hinuntergetragen hatte, nahm ein Buch und schlug es auf. So liefen ihre Sitzungen mittlerweile immer ab. Gess wusste genau, dass sein Lehrer nur so tat, als würde er lesen. Gleich würde er sich zurücklehnen, die Augen schließen und sie nur öffnen, wenn Gess einen weiteren Schlüssel ausprobierte. Gregerio hatte offensichtlich einen Weg gefunden, das Nützliche mit dem Angenehmen zu verbinden, was für seinen Schüler leider nicht galt. Missmutig nahm Gess an seiner niedrigen Werkbank Platz.

Auf deren Arbeitsfläche hatten sich verschiedene Werkzeuge, Prismensplitter und unfertige Schlüssel angesammelt. Jedes Mal, wenn sie in die Höhle hinabstiegen, legte der Oberste Fährtenleser einen weiteren Gegenstand hinzu, eine Feile, einen Meißel oder ein rohes Prisma, als könnte die schiere Anzahl an Hilfsmitteln ihnen zum Erfolg verhelfen. Natürlich war das ein Trugschluss. Gess war der Ansicht, dass sie das Zeug genauso gut in Vrinilias Werkstatt zurückbringen konnten …

Er seufzte schwer und nahm den Schlüssel zur Hand, an dem

er beim letzten Mal gearbeitet hatte. Im nächsten Moment legte er ihn mutlos beiseite. Er war überzeugt, dass er sich die Mühe sparen konnte; dabei hatte er den Schlüssel noch nicht mal fertiggestellt. Doch bisher hatten selbst die vielversprechendsten Exemplare nichts ergeben. Es war schlicht nicht möglich, sie zu verbessern. Sobald er sie auch nur ein wenig mit der Feile bearbeitete, funktionierten sie nicht mehr. Wenn er sie dann zum zweiten Mal ins Schloss steckte, ließen sie sich nicht mehr drehen. Es war, als würde das Schloss sie nur beim ersten Mal akzeptieren.

Dieser beiläufige Gedanke setzte sich in seinem Kopf fest. Wenn er es recht bedachte, hatte er immer dann die besten Ergebnisse erzielt, wenn er einen Schlüssel zum ersten Mal ausprobierte. Und wenn er ihn wieder herauszog, war der Kristall warm, manchmal sogar glühend heiß. Das Schlüsselloch hatte eindeutig eine Wirkung auf alles, was man hineinsteckte. Vielleicht war es diese Wirkung, die alle weiteren Versuche, den Schlüssel zu verbessern, zunichtemachte. Das würde bedeuten, dass nur der Originalschlüssel die Tür öffnen konnte – oder eine Kopie, die von Anfang an perfekt war.

Gess hätte nicht gerade seinen Kopf darauf verwettet, dass die Vermutung richtig war, denn er hatte bereits zu viele Rückschläge einstecken müssen. Doch es lohnte sich, den Gedanken weiterzuverfolgen. Er schöpfte etwas Hoffnung und suchte die fünf Schlüssel zusammen, die am besten funktioniert hatten. Er musterte sie gründlich und verglich sie miteinander, so wie er es schon unzählige Male getan hatte. Sie waren fast identisch, und das aus gutem Grund: Für den ersten hatte er sich Radjaniels Schlüssel zum Vorbild genommen und diesen Prototyp dann immer weiter verbessert … Gess hielt also fünf Varianten ein- und desselben Gegenstands in den Händen. Nun stand er vor einer großen Herausforderung: Er musste einen sechsten Schlüssel herstellen, der nicht die Fehler seiner Vorgänger aufwies, obwohl er keine Ahnung hatte, woran es gehapert hatte.

Dieser Aufgabe widmete er sich eine Stunde lang, und diesmal verging die Zeit wie im Flug. Zum Glück musste er nicht bei null anfangen, sondern konnte den Schlüssel weiterverwenden, an dem er zuletzt gearbeitet hatte. Während er an dem Bart herumfeilte, orientierte er sich an der durchschnittlichen Form der Zacken der ersten fünf Schlüssel, mit denen er sein Werk immer wieder verglich.

Als er fertig war, kehrte die Angst vor dem Scheitern mit voller Wucht zurück. Wenn es diesmal nicht funktionierte, wusste er nicht, was er noch ausprobieren sollte. Natürlich würde das Gregerio nicht davon abhalten, ihn weiter jeden zweiten Nachmittag in diese verfluchte Höhle zu schleppen. Falls der Fährtenleser nicht irgendwann die Nase voll von der Sache hätte – und das schien ihm mehr als unwahrscheinlich –, würde Gess die nächsten vier Jahre mit dem Versuch zubringen, ein Schloss zu öffnen, das nicht zu knacken war.

Er schob die schwarzen Gedanken weit weg und erhob sich von seinem Hocker. Wie immer wachte der Oberste Fährtenleser auf, bevor er auch nur einen einzigen Schritt gemacht hatte. Gregerio räkelte sich wie eine Katze und starrte dann auf den Kristall, den Gess in der Hand hielt. Ein gieriger Ausdruck erschien auf seinem Gesicht.

»Ist es diesmal der Richtige?«, fragte er.

Diese Frage stellte er jedes Mal, und Gess antwortete wie immer mit einem Achselzucken. Gemeinsam traten sie vor die vermaledeite Tür. Gess holte tief Luft und schob den Schlüssel ins Schloss.

Erleichtert stellte er fest, dass der Kristall nicht knirschte und weder zu locker noch zu fest saß. Doch er hatte schon mehrmals erlebt, dass ein Schlüssel erst perfekt passte und sich dann doch nicht drehen ließ. Am liebsten hätte er den schicksalhaften Moment noch etwas hinausgezögert, aber Gregerio trieb ihn nervös zur Eile an.

Tatsächlich ließ sich der Schlüssel im Schloss drehen. Gess' Finger begannen zu zittern. Niemand wusste, was sich hinter der Tür befand. Und hatte er nicht am ersten Nachmittag Klopfgeräusche von der anderen Seite gehört? Hastig zog er die Hand zurück, als hätte er sich verbrannt. Gleich darauf wollte er den Schlüssel packen und die Tür wieder abschließen, bevor es zu spät war.

Doch leider war Gregerio schneller. Mit einer geschmeidigen Bewegung, die Gess an eine Schlange erinnerte, glitt der Oberste Fährtenleser zwischen ihn und die Tür. Er hatte seinen Dolch gezückt, packte mit der freien Hand den Schlüssel und zog die Tür auf.

Gess wollte weglaufen oder zumindest die Augen zukneifen, aber er war vor Angst wie gelähmt und sah dem Geschehen zugleich fasziniert zu. Obschon die Tür womöglich seit Jahrhunderten nicht mehr geöffnet worden war, schwang sie mühelos und ohne jedes Ächzen auf. Dafür zersplitterten die unzähligen Kristalle, die sich ringsum gebildet hatten, mit lautem Klirren. Sie funkelten so hell, dass Gess sich für einen Moment geblendet abwandte. Der Anblick war so spektakulär, dass seine Fantasie mit ihm durchging: Hinter einem solch schillernden Hindernis konnte sich nur ein kostbarer Schatz oder aber ein furchtbares Geheimnis verbergen.

Als das Licht von Gregerios Laterne nur auf einen Tunnel fiel, der in die Dunkelheit führte, war er fast ein wenig enttäuscht. Andererseits war er froh, dass sich keine Chimäre oder sonst eine fürchterliche Kreatur auf sie stürzte, die jahrhundertelang hier unten gefangen gewesen war. Doch seine Erleichterung hielt nicht lange an. Als der Fährtenleser ihm die Laterne in die Hand drückte, hatte er das Gefühl, als würde ihm der Boden unter den Füßen weggezogen.

»Aber … Wir werden doch wohl nicht …«

»Na und ob!«, erklärte Gregerio. »Ich habe doch nicht all die Jahre auf diesen Moment gewartet, um mir jetzt am Eingang eines Tunnels die Füße in den Bauch zu stehen. Deine Aufgabe wird es sein, uns den Weg zu leuchten. Um alles andere kümmere ich mich!«

Zur Bekräftigung zog er seinen zweiten Dolch und wagte sich ein paar Schritte vor. Der Gang führte mit sanftem Gefälle in die Tiefe.

Gess bekam weiche Knie. Er hatte nicht den Mut, seinem Lehrer zu folgen, obwohl er in seinem Leben schon in so manche Paläste eingestiegen war, in denen unbekannte Gefahren und erbarmungslose Wachen gelauert hatten. Doch gerade seine Erfahrung als Einbrecher sagte ihm, dass er sich von dem Tunnel fernhalten sollte!

»Was ist?«, rief Gregerio. »Willst du die Sache nicht zu Ende bringen? Das Schwerste hast du hinter dir! Du hast ein wahres Wunder vollbracht. Wenn du mir jetzt noch hilfst, dem Geheimnis dieses Tunnels auf den Grund zu gehen, stelle ich dich von deinen Verpflichtungen frei. Das verspreche ich.«

Der Fährtenleser hätte keine besseren Worte wählen können. Bei der Aussicht, bald seine Freiheit wiederzuerlangen, gab sich Gess einen Ruck und folgte seinem Lehrer mit schlotternden Knien in den Gang, aus dem ein scharfer Geruch aufstieg. Er sah sich nach allen Seiten um, weil er fürchtete, jeden Moment in eine Falle zu tappen.

Die Wände des Tunnels ähnelten dem Keimling. Sie waren von Tausenden von Kristallen überzogen, die das Licht der Laterne spiegelten. Der Gang war eindeutig nicht von Menschenhand gemacht, sondern schien eine schmalere Fortsetzung der Höhle hinter ihnen zu sein. In etwa so wie die Wurzel eines Radieschens. Dieses Bild bekam Gess nicht mehr aus dem Kopf. Fragte sich nur: Warum hatten die Gründer von Zauberranke es für nötig befunden, die Verlängerung mit einer Tür zu verschließen? Noch dazu mit einem so raffinierten Schloss?

Falls sich Gregerio dieselbe Frage stellte, sah man es ihm nicht an. Vorsichtig wagte er sich Schritt für Schritt weiter in den Gang hinein. Die Klingen seiner Dolche ruhten an seinen Unterarmen. Er hatte etwas von einer Gottesanbeterin, die sich an ihre Beute heranschleicht. Die Kristalle knirschten unter ihren Stiefeln, und das Geräusch hallte von den Wänden wider. Eins war sicher: Ihr Eindringen würde keiner Kreatur, die hier unten hausen mochte, verborgen bleiben. Gess wich seinem Lehrer nicht von der Seite. Er hoffte inständig, dass sie bald umkehren würden. Noch nie hatten sich wenige Minuten so endlos angefühlt.

Der Junge wunderte sich darüber, dass der Gang kein Ende zu nehmen schien. Er hatte damit gerechnet, dass der Tunnel im weiteren Verlauf schmaler werden würde, aber das Gegenteil war der Fall. Nach einer Weile führte er auch nicht mehr in die Tiefe, sondern es ging wieder aufwärts. Vielleicht würde er bald in einen zweiten Keimling münden, dachte Gess. Schließlich konnte es gut sein, dass die Ranke von verschiedenen Stellen emporwuchs, wie eine Erdbeerpflanze mit mehreren Wurzelstöcken.

Diese Vermutung wurde bald zur Gewissheit. Er kannte sich in Botanik nicht besonders gut aus, und die Zauberranke gehorchte wahrscheinlich Gesetzen, die sein Verständnis ohnehin überstiegen, aber er war nun überzeugt, dass er richtig geraten hatte … Umso größer war seine Überraschung, als plötzlich links von ihnen ein Seitengang auftauchte. Unschlüssig blieb Gregerio an der Abzweigung stehen.

»Ich frage mich, ob wir gerade eine Dummheit begangen haben …«

Gess wurde blass. Er wagte nicht einmal mehr zu atmen, während sein Lehrer ein Prisma aus der Tasche zog und die Umgebung absuchte.

»Das habe ich befürchtet. Wir haben den Schleier durchquert.«

Gess glaubte zunächst an einen schlechten Scherz, aber Gregerio meinte es vollkommen ernst. Der Weltwanderer starrte besorgt in die beiden Gänge, die sich vor ihnen auftaten.

»Wie kann das sein?«, fragte Gess tonlos.

»Die Ranke ist ein Durchgang. Wir haben immer vermutet, dass sie in einem anderen Horizont wurzelt. Jetzt haben wir den Beweis. Man muss nur diesem Tunnel folgen, um in den Horizont hinüberzuwechseln, aus dem sie stammt. Hinter der Tür verbirgt sich also kein Schatz, wie ich immer dachte. Die Gründer Zauberrankes haben den Gang verbarrikadiert, um die Schule zu schützen.«

Gess schluckte schwer und fragte dann leise: »Schützen?«

»Ja. Der Gang, durch den wir hergekommen sind, scheint natürlichen Ursprungs zu sein. Aber dieser Seitengang … Schau dir doch nur mal die Wände an. Schon nach wenigen Metern wachsen dort keine Kristalle mehr. Das sieht mir ganz nach einem Tunnel aus, den Insekten gegraben haben. Ich vermute, dass die Ranke in ihrem ursprünglichen Horizont von einer Kolonie Parasiten angegriffen wird. Kein Wunder, dass sie ihre Wurzeln in Richtung Gonelore ausgestreckt hat. Sie tut es den Chimären gleich, die vor Fressfeinden in unsere Welt fliehen.«

Gess wurde schwindelig. Wie konnte Gregerio nur so gelassen von diesen Dingen reden! Selbst seine Arbeit als Chimärendompteur konnte ihn nicht darauf vorbereitet haben, sich plötzlich jenseits des Schleiers wiederzufinden, in einem Nest von Riesentermiten, die sich über Kristalle hermachten, die härter als jeder Stein waren.

»Wir sollten umkehren«, stieß der Junge hervor.

»Da hast du wohl recht. Immerhin habe ich meine Neugier nun befriedigt. Jetzt kann ich mich auf den zweiten Teil meiner Suche konzentrieren. Ich muss den Mörder meines Onkels finden und ihn fragen, was er mit dem Schlüssel zu dem unterirdischen Gang vorhatte.«

Gess nickte. In diesem Moment hätte er zu allem Ja gesagt, Hauptsache, sie gingen endlich zurück. Als Gregerio die Augen zusammenkniff, fürchtete Gess schon, er hätte es sich anders überlegt, doch dann packte der Weltwanderer ihn am Arm und rannte los.

Nach etwa zwanzig Schritten ließ er den Jungen los, und die beiden rannten weiter. Kristalle zersplitterten unter ihren Füßen. Gess wusste nicht, was der Grund für ihre überstürzte Flucht war, und er war sich auch nicht sicher, ob er es wissen wollte. Schreckensbilder stiegen in ihm auf, die er zu verdrängen versuchte, genauso wie das Zirpen, das aus der Dunkelheit hinter ihnen drang, und das Klacken riesiger Beine auf dem Kristallboden. Er zwang sich, an nichts anderes zu denken als an die Tür, die am Ende des Gangs wartete. Sonst würde er vor lauter Panik noch den Verstand verlieren und sich ihren Verfolgern entgegenstürzen, um der Sache ein Ende zu bereiten.

Als wäre ihre Lage nicht schon brenzlig genug, kam schnell eine neue Gefahr hinzu: Die Ranke rächte sich für den Schaden, den ihr die Menschen auf ihrer kopflosen Flucht zufügten. Auf dem Hinweg hatten die beiden darauf geachtet, so wenige Kristalle wie möglich zu zerbrechen, doch jetzt zersplitterten bei jedem ihrer Schritte Kristallformationen, die sich über Jahrhunderte hinweg gebildet hatten. Als Reaktion begann die Pflanze unnatürlich rasch zu wachsen, und so schossen nun überall neue Kristallzacken aus den Wänden. Mehrmals wichen sie einem Sporn erst im letzten Moment aus und entgingen nur knapp dem Tod. Bis zur Tür war es noch weit, und die Ranke schien immer schneller zu sprießen.

Vermutlich handelte es sich um einen Schutzmechanismus, den die Ranke gegen die Schädlinge entwickelt hatte, doch nun richtete er sich gegen die Menschen. Die Kristalle drohten ihnen den Weg zu versperren, und wenn sie versuchten, vorsichtiger zu sein, würden sie womöglich von den Insekten eingeholt werden. Gess wagte sich nicht vorzustellen, wie die Ranke auf eine massive Zerstörung der Kristalle reagieren würde. Bestimmt würde sie jedes Lebewesen, das sich in dem Gang befand, mit messerscharfen Dornen durchbohren.

Um diesem grausamen Schicksal zu entgehen, entfesselte der Junge erstaunliche Kräfte. Nun spürte er am eigenen Leib, wie gut ihn Radjaniels und Lygwenns Unterricht auf solche Situationen vorbereitet hatte. Er gab sein Letztes, aber würde es reichen?

Auch Gregerio vollbrachte Erstaunliches: Er wich Sporen aus, die sich ihm in die Seite zu bohren drohten, sprang über Prismen, die ihm die Stiefel zerschnitten hätten, und zerschlug mit dem Dolch Zacken, die ihnen den Weg versperrten. Nach einer halben Ewigkeit kam die Tür in Sicht. Gess hatte schon befürchtet, sie wäre verschwunden. Während das Zirpen der Insekten immer lauter wurde, hechteten sie über die Schwelle und schlugen die Tür hinter sich zu.

Gregerio drehte hastig den Schlüssel im Schloss, zog ihn heraus und warf ihn fort. Dann stieß er ein nervöses Lachen aus. Als die Parasiten der Ranke im nächsten Moment mit voller Wucht gegen das Hindernis prallten, riss er triumphierend die Faust in die Höhe. Die Chimären konnten nicht einmal den Schleier durchbrechen, daran hinderte sie die Macht der Zauberranke. Der einzige Weg zurück in ihren Horizont war der Gang, der in die Tiefe führte.

»Das wäre erledigt«, keuchte Gregerio. »Du hast die Sache zu Ende gebracht, mein Junge, und deshalb befreie ich dich wie versprochen von deinen Verpflichtungen. Aber solltest du auch nur ein einziges Wort darüber verlieren, was hier geschehen ist, und sei es in zehn oder zwanzig Jahren, wenn du glaubst, ich wäre zu senil, um mich an dich zu erinnern, dann schleppe ich dich eigenhändig hierher und sperre dich hinter diese Tür! Verstanden?«

Gess nickte hastig. Er wollte nur noch weg von diesem schrecklichen Ort, denn auch die Kristalle in dem Keimling wuchsen nun schneller und schoben sich auf die Eindringlinge zu wie spitze Zähne, die jeden Augenblick zuschnappen konnten.

29

Als Vargaï Lygwenns Geschichte hörte, hatte er sofort mit ihr sprechen wollen. Doch er hatte die Unterredung immer wieder verschieben müssen: Erst musste er sich von den Strapazen der Reise erholen, dann wurde er vor den Hohen Rat gerufen und musste helfen, die Verteidigung der Schule zu organisieren, und schließlich hatte Arold ihm verboten, Lygwenn unter vier Augen zu treffen. Der Magister misstraute ihnen beiden immer noch, und Vargaï hatte sich seinem Willen gebeugt, damit Arold ihm in anderen Dingen freie Hand ließ. So hatte er mit seinem Vorhaben warten müssen, bis sich Jora Vrinilia bereit erklärte, ihnen als Anstandsdame zu dienen. Sicher tat sie das nicht aus völlig selbstlosen Gründen, aber sie war die Einzige, deren Treue der Magister nicht anzweifelte, und deshalb nahm Vargaï das Angebot wohl oder übel an.

Das Treffen sollte am frühen Nachmittag im Zeughaus stattfinden, während die Schüler in ihren jeweiligen Werkstätten waren. Vargaï freute sich sehr, als Dælfine ihm die Tür öffnete. Sie scharrte einen Moment lang unschlüssig mit den Füßen und warf sich ihm dann in die Arme, was ihr einen missbilligenden Blick von Vrinilia eintrug. Vargaï wusste nicht so recht, wie er reagieren sollte, aber um nichts in der Welt hätte er sie fortgeschoben. Die Kleine, die er mehrere Monate zuvor in der Herberge ihrer Eltern rekrutiert hatte, war ein ganzes Stück gewachsen. Ihr Körper war noch kräftiger als zuvor, fast schon athletisch, und die bläulichen Linsen, die sie mit einem Band von derselben Farbe fixiert hatte, verliehen ihr ein verwegenes Aussehen, das ihr gut zu Gesicht stand – wenn man vergaß, dass eine Augenverletzung der Grund dafür war, dass sie diese Sehhilfe trug. Vargaï gratulierte ihr zu den goldenen Nieten, die sie am Bandelier trug, darunter eine der höchsten Auszeichnungen, das Phabiante-Kreuz, das sie für ihre Verdienste in der Schlacht um den Leuchtturm verliehen bekommen hatte. Vrinilia verzog ungeduldig das Gesicht, und so verabschiedete sich das Mädchen von den beiden Lehrern und erklomm die Außentreppe zum Obergeschoss, um weiter an den Krustenkrebsschwertern zu arbeiten.

»Meine Güte, sie ist ja wirklich nicht nachtragend«, bemerkte die Prismenschmiedin. »Dabei ist sie erblindet, weil Ihr sie hergebracht habt!«

Von der oberen Terrasse antwortete eine Frauenstimme: »An den Launen des Schicksals ist niemand schuld, Vrinilia. Sonst wären wir beide die Ersten, die Buße tun müssten!«

Vargaï erkannte Jora Lygwenn auf Anhieb wieder. Er war ihr bereits zweimal begegnet, zum ersten Mal bei den Tuchwanderern und zum zweiten Mal vor sieben Jahren, als sie nach Zauberranke gekommen war, um ihre Tochter zu betrauern. Er bereute bitter, dass er dem kleinen Jungen, der sie begleitete, nicht mehr Beachtung geschenkt hatte, denn dann hätte er Lehander in der Höhle des Drakoniden wohl erkannt. Damals hatte er Lygwenn allerdings auch nur einen einzigen Höflichkeitsbesuch abgestattet, während Denilius viel Zeit mit den beiden verbracht hatte.

»Lygwenn«, rief die Prismenschmiedin. »Begrüßt man so eine alte Freundin?«

Vargaï musterte sie verblüfft, und Lygwenn wirkte nicht minder erstaunt. Sie nahm ihre Krücken und hinkte die Stufen herab. Dann begrüßte sie ihre Gäste mit einer kurzen Umarmung.

»Verzeiht«, sagte sie. »Seit ein paar Jahren lebe ich abseits der Welt wie eine Wilde.«

»Ja, so wurde es mir berichtet«, antwortete Vrinilia trocken.

Lygwenn ignorierte die Spitze, falls es eine war. Sie bat die Besucher in Radjaniels Bleibe, da der Messerschleifer anderswo in der Schule zu tun hatte. Vargaï sah sich um und war angenehm überrascht, wie sehr sich das Zeughaus seit seinem letzten Besuch verändert hatte. Damals hatte Radjaniel seinen Kummer noch im Alkohol ertränkt. Die Prismenschmiedin hingegen musterte ihre Umgebung mit verächtlichem Blick. Sie ließ sich dazu herab, auf einer Bank Platz zu nehmen, lehnte aber den Tee oder das Glas Wasser, die Lygwenn ihr anbot, dankend ab.

»Es handelt sich ja nicht um einen Höflichkeitsbesuch«, bemerkte Vrinilia kühl. »Wir haben wichtige Dinge zu besprechen. Vor allem, was Denilius betrifft, denn so mancher von uns scheint immer noch nicht an seinen Verrat zu glauben. Würdet Ihr bitte wiederholen, was Ihr Jor Radjaniel anvertraut habt.«

Die Weltwanderin nickte seufzend und begann zu erzählen. Sie berichtete, wie sie Lehanders besondere Gabe entdeckt hatte, wie der ehemalige Magister auf grausame Weise versucht hatte, ihr den Jungen wegzunehmen, und wie sie den Metamorphen benutzt hatte, um ihm zusammen mit ihrem Enkel zu entkommen. Doch sie hatte es nicht bis nach Zauberranke geschafft … Während sie sprach, warf sie Vargaï immer wieder einen bedauernden Blick zu, doch er nahm die Vorwürfe gegen seinen Bruder hin, ohne mit der Wimper zu zucken. All das hatte man ihm bereits erzählt, und er hatte genug Zeit gehabt, sich mit der Wahrheit abzufinden. Dennoch klammerte er sich an die Hoffnung, dass es für das seltsame Verhalten seines älteren Bruders einen triftigen Grund geben musste.

Als Lygwenn geendet hatte, entschuldigte sie sich für die Wunde, die sie ihm in der Gestalt des Drakoniden zugefügt hatte. Doch Vargaï grollte ihr nicht. Er hatte ja selbst gerade eine unangenehme Erfahrung mit einem Metamorphen hinter sich und wusste genau, wie schnell das Wagnis entgleisen konnte. Allerdings war er überzeugt, dass die Weltwanderin ihm ein wichtiges Detail der Geschichte verschwieg.

»Ist Denilius der Großvater des Jungen?«, fragte er unumwunden.

Lygwenn schüttelte so hastig den Kopf, dass man ihr die Lüge ansah. Auch ihr ängstlicher Blick verriet die Wahrheit.

»Ich weiß, dass Ihr beide eine Weile zusammen wart«, rief ihr Vargaï in Erinnerung. »Und die Verwandtschaft würde zumindest teilweise die Handlungen meines Bruders erklären. Glaubt nicht, dass ich ihn in Schutz nehmen will. Ich will nur verstehen, was ihn zu diesem seltsamen Verhalten getrieben hat. Wenn ich seine Beweggründe kenne, könnte ich ihn vielleicht zur Vernunft bringen. Falls sich unsere Wege in absehbarer Zeit kreuzen … Also: Ist Denilius Jonas Großvater?«

Lygwenn versuchte noch einmal, es abzustreiten, doch dann wurden ihre Augen feucht.

»Ja«, flüsterte sie kaum hörbar.

Der Moment der Schwäche war gleich wieder vorbei. Sie straffte die Schultern, wischte sich mit ihren ledernen Armschützern die Tränen von den Wangen und blickte den Besuchern stolz ins Gesicht. Vargaï ahnte, dass sie erleichtert war, das Geheimnis endlich mit jemandem teilen zu können. Dennoch, das spürte er, war es nicht das Einzige, was sie für sich behielt. Doch dieser Verdacht trat in den Hintergrund, als ihm plötzlich aufging, dass er Lehanders Großonkel war. Wer hätte das gedacht? Er selbst ganz sicher nicht, als er den armen Jungen in der Höhle des Drakoniden gefunden hatte.

»Hört, hört«, sagte die Prismenschmiedin. »Das erklärt natürlich so einiges. Was für eine Neuigkeit! Ihr hättet es uns eher sagen müssen.«

»Tragt es mir nicht nach, Vrinilia! Ich habe nur versucht, Lehander zu schützen. Er ist alles, was ich im Leben noch habe. Denilius ist besessen davon, seine Macht zu mehren. Das habe ich leider erst begriffen, nachdem ich ihm erzählt hatte, dass der Junge sein Enkel ist. Ein paar Wochen später … Aber da war es bereits zu spät. Denilius hatte sich in den Kopf gesetzt, den Jungen zu seinem Schüler zu machen. Er will mit ihm zusammen den Schleier durchstoßen, die Chimären in ihren Horizonten bekämpfen und andere wahnsinnige Dinge mehr, die ihren sicheren Tod bedeuten. Keine Mutter oder Großmutter kann so etwas hinnehmen. Das müsst Ihr doch verstehen, Joransame. Ich weiß, dass Ihr selbst einen Sohn habt, der irgendwo in Gonelore lebt.«

Die Prismenschmiedin zuckte zusammen und warf Vargaï einen verstohlenen Blick zu, doch er war zu sehr mit seinen eigenen Sorgen beschäftigt, um sich für die Familiengeheimnisse anderer zu interessieren. Lygwenns Worte hatten mehrere verschlossene Türen in seinem Kopf aufgestoßen – ein angenehmes Gefühl war das nicht. Jetzt fiel ihm wieder ein, dass Denilius sich nach Lygwenns Aufenthalt in Zauberranke verändert hatte. Damals hatte er dem keine große Bedeutung beigemessen. Sein Bruder schien nur heftiger darauf zu drängen, die Chimären zu bekämpfen, und Vargaï hatte seine neue Härte darauf geschoben, dass er als Magister eine große Verantwortung zu tragen hatte, weil sich die Anzeichen für eine weitere Chimäreninvasion verdichteten. Doch vielleicht hatte ihn etwas ganz anderes umgetrieben? Warum hatte sich Denilius nicht seinem Bruder anvertraut? Für sein Schweigen gab es nur eine Erklärung: Er hatte eigennützige Pläne verfolgt, die Vargaï nicht gutgeheißen hätte … Worum konnte es sich dabei handeln? Vargaï fehlte die Vorstellungskraft, um auf diese Frage eine Antwort zu finden, deshalb kehrte er zu seiner ursprünglichen Überzeugung zurück: Sein Bruder war kein Verbrecher. Es musste eine andere Erklärung für all das geben.

»Wie auch immer«, sagte Vrinilia hart. »Denilius hat uns verraten und sich dem Feind angeschlossen. Damit bestätigt er, ohne es zu wissen, Eure Aussage. Der Hohe Rat schenkt Euch von nun an sein Vertrauen, Lygwenn. Wir werden alles daran setzen, Lehander nach Zauberranke zurückzuholen, sobald wir Tannakis und seine Truppen zurückgeschlagen haben. Doch ein paar offene Fragen gibt es noch zu klären. Zuallererst: Woher hattet Ihr das Verwandlungsprisma?«

Lygwenn versteifte sich und machte ein abweisendes Gesicht. Man musste kein Hellseher sein, um zu begreifen, dass Vrinilia hauptsächlich an dieser Frage interessiert war und nur aus diesem Grund bei ihrem Gespräch dabei sein wollte.

Nach einer angespannten Pause erklärte Lygwenn: »Ein Freund hat es mir anvertraut. Ich sollte es nicht benutzen, aber die Umstände ließen mir keine Wahl.«

»Wer ist dieser Freund?«

Die Weltwanderin zögerte abermals mit der Antwort.

»Es tut mir leid«, sagte sie schließlich. »Ich habe ihm versprochen, sein Geheimnis zu wahren. Aber er stellt keine Gefahr für Zauberranke dar, falls Ihr das befürchtet.«

»Darüber kann nur der Hohe Rat urteilen!«, entgegnete Vrinilia. »Könnt Ihr mir wenigstens sagen, ob es sich um einen gemeinsamen Freund handelt? Kenne ich ihn? Bin ich ihm bereits begegnet? Sagen wir, vor knapp vierzig Jahren?«

Sie spielte auf die Zusammenkunft der Tuchwanderer an, und an Lygwenns verkrampftem Gesichtsausdruck sah Vargaï, dass sie ins Schwarze getroffen hatte. Doch die Weltwanderin blieb hart.

»Ich kann es Euch nicht sagen. Ich habe einen Eid geschworen, und ich brauche Euch nicht zu sagen, wie viel Bedeutung die Bruderschaft solchen Dingen beimisst. Jedenfalls hat das überhaupt nichts mit der jetzigen Situation zu tun. Ich besitze kein weiteres Verwandlungsprisma, und ich bin fast sicher, dass das auch für meinen Freund gilt. Um ehrlich zu sein, weiß ich nicht einmal, wo er sich mittlerweile aufhält.«

»Wie überaus praktisch«, spottete Vrinilia. »Nun gut. Lassen wir die Sache fürs Erste auf sich beruhen.«

Sie dachte kurz nach und ging dann zur nächsten Attacke über.

»Eine Frage hätte ich noch: Wie könnt Ihr erklären, dass Ihr in der Gestalt des Drakoniden den Schleier durchstoßen habt? Das ist vollkommen unmöglich. Der Metamorph hätte sich in Nichts auflösen müssen. Schließlich beruht das ganze Phänomen auf der Tatsache, dass eine Chimäre in einem ihr fremden Horizont gestorben ist. Wir benutzen nur ihr Phantom. Metamorphe können Gonelore nicht verlassen. Also, helft mir auf die Sprünge!«

»Ich kann mich an nichts dergleichen erinnern«, antwortete Lygwenn. »Seid Ihr sicher?«

»Zehn Kinder, die auf dem Weg nach Zauberranke waren, haben Euch aus dem Schleier hervorbrechen sehen. Und auch Jor Vargaï war zweimal Zeuge eines solchen Vorfalls!«

»Dann muss es wohl stimmen«, sagte die Weltwanderin. »Aber ich habe keine Antwort auf Eure Frage, außer die, dass die Kreatur über unermessliche Kräfte verfügte. Noch viel größere Kräfte, als wir für möglich gehalten hätten. Vielleicht verbarg sie sich ja gar nicht in einem anderen Horizont, sondern nutzte eine außergewöhnlich gute Tarnung? Eine andere Erklärung fällt mir nicht ein. Leider habe ich die meiste Zeit nicht mitbekommen, was wirklich geschah.«

Vrinilias Gesicht war noch verkniffener als sonst. Sie war es nicht gewohnt, auf Granit zu beißen, und das empörte sie zutiefst.

»Ihr macht es mir wahrlich nicht leicht«, schnaubte sie. »Würde uns nicht eine so langjährige Freundschaft verbinden, würde ich Euch der Lüge bezichtigen. Ihr verschweigt uns etwas, und ich frage mich, ob Eure Absichten lauter sind! Aber zurück zum Thema: Wenn Euer Metamorph also nicht den Schleier durchstoßen hat, wie erklärt Ihr dann das hier?«

Mit einer theatralischen Geste holte sie eine kostbare Schatulle aus ihrer Umhängetasche. Vargaï ahnte, was sie in der Hand hielt, noch bevor sie den Deckel aufklappte. Natürlich handelte es sich um das Prisma, das er selbst in der Höhle des Drakoniden gefunden hatte. Ein äußerst seltenes Exemplar, bei dem man davon ausgehen musste, dass es aus einem Atemzug Lehanders entstanden war. Es war der Beweis dafür, dass der Junge nicht nur den Schleier durchqueren, sondern auch in weiter entfernte Horizonte vordringen konnte.

»Es ist wunderschön«, sagte Lygwenn. »Und unglaublich rein. Aber was hat es mit mir zu tun?«

»Das könnt Ihr Euch ja wohl denken«, sagte Vrinilia gereizt. »Entweder gebt Ihr zu, dass Ihr in der Gestalt des Drakoniden in anderen Horizonten unterwegs wart. In diesem Fall stammt das Prisma von Euch, und Ihr müsst Eure Geschichte von dem Metamorphen und dem geheimnisvollen Freund überdenken. Oder Ihr erklärt dem Hohen Rat, warum Ihr ein Prisma in Eurem Besitz hattet, das dazu angetan ist, die Katastrophe der Tuchwanderer zu wiederholen. Wie dem auch sei, Ihr müsst uns die Wahrheit sagen!«

Die Anschuldigung brachte Lygwenn kurz aus der Fassung; sie wirkte verlegen. Dann wechselten sie und Vargaï einen kurzen Blick. Dieser eine Moment reichte, um sie zu Verbündeten zu machen. Beide wussten, dass Vrinilia eine dritte Möglichkeit außer Acht gelassen hatte: Ein elfjähriger Junge konnte den Schleier durchstoßen haben und in die Furien vorgedrungen sein. Offenbar wollte die Prismenschmiedin immer noch nicht an Lehanders Gabe glauben … Solange sie davon ausging, dass der Drakonid das Prisma hervorgebracht hatte, würde das auch so bleiben. Doch was, wenn sie ihre Meinung irgendwann änderte? Welchem Wahn würden die Mitglieder des Hohen Rats verfallen, vor allem Arold und Vrinilia, wenn sie herausfanden, über welch erstaunliche Kräfte der Junge verfügte? Mit eindringlichem Blick bat Lygwenn Vargaï, ihren Enkel nicht der Machtgier der Ratsmitglieder auszuliefern. Vargaï zögerte keine Sekunde.

»Es gibt noch eine weitere Möglichkeit, Jora Vrinilia. Das Prisma könnte von der letzten großen Chimäreninvasion stammen oder sogar noch älter sein. Die Höhle, in der wir es gefunden haben, ist nur schwer zugänglich und befindet sich in einer abgelegenen Gegend. Vielleicht ist es schon vor Jahrzehnten entstanden, aber erst jetzt gefunden worden. Dann wäre Jora Lygwenns Anwesenheit ein reiner Zufall.«

Die Prismenschmiedin wandte sich ihm zu und musterte ihn streng. Vargaï ließ sich von ihrem Blick nicht einschüchtern. Er hatte schon sehr viel bedrohlicheren Kreaturen die Stirn geboten.

»Ich durchschaue Euer Spiel«, sagte sie mit gepresster Stimme. »Ihr wollt Euch dafür rächen, dass ich das Prisma beschlagnahmt habe. Wie kleinlich von Euch! Aber ganz gleich, welche absurde Geschichte Ihr Euch ausdenkt, es wird nichts daran ändern, dass ich dieses Prisma eigenhändig schleifen werde, um es der Bruderschaft zur Verfügung zu stellen!«

»Es wird gewiss ein wunderbares Stück werden, Joransame. Ich bin überzeugt, dass Jor Arold klug damit umgehen wird.«

Diesen Seitenhieb konnte Vargaï sich nicht verkneifen. Und wie Vrinilias wütender Gesichtsausdruck bewies, hatte er ins Schwarze getroffen. Aber immerhin hatte er es geschafft, sie von Lygwenn abzulenken. Jetzt musste die Weltwanderin für ihn in die Bresche springen.

»Vargaï hat ein Beschwörungsprisma und ein Verwandlungsprisma geopfert, um den Drakoniden in der Höhle in die Flucht zu schlagen. Ich glaube kaum, dass man ihm Habgier vorwerfen kann.«

»Wie dem auch sei, das Prisma bleibt in meinem Besitz«, beschied Vrinilia.

Sie bekräftigte ihre Worte, indem sie den Deckel der Schatulle zuschlug und das Kästchen wieder in ihrer Tasche verschwinden ließ. Dann erhob sie sich von der Bank und blickte auf Lygwenn hinab.

»Ihr habt mir nicht die Antworten gegeben, die ich mir erhofft hatte. Die Geschichte von dem geheimnisvollen Freund und dem Drakonid mit der besonderen Tarnung kaufe ich Euch nicht ab, solange Ihr mir keinen Beweis dafür liefert. Bis dahin glaube ich an die andere Möglichkeit. Ihr wisst ja, wovon ich spreche.«

Die beiden Weltwanderinnen starrten sich herausfordernd an, bis sich Vargaï ebenfalls erhob. Er spürte, dass die Lage zu eskalieren drohte. Es war besser, sie gingen, bevor der Streit aus dem Ruder lief.

Allerdings war auch er nicht ganz zufrieden mit dem Gespräch. Er hatte nicht herausfinden können, was es mit diesem Prisma auf sich hatte. Er wusste nur, dass es irgendetwas mit den Tuchwanderern zu tun hatte.

30

Innerhalb einer knappen Stunde waren die Söldner marschbereit. Lehander kam der Gedanke, dass sie vielleicht auf die Ankunft eines sechsten Mannes gewartet hatten, um anschließend zu Tannakis' Truppen zu stoßen. Das würde auch erklären, warum sie so verblüfft gewesen waren, als Denilius an das Tor klopfte. Sie hatten wohl mit jemand anderem gerechnet … Dennoch schnürten sie nun ihre Bündel und machten sich auf den Weg. Mit gezückten Waffen eskortierten sie Denilius und seinen Schüler durch das Tor.

Lehander hatte nicht viel von der Enklave gesehen. Ihm blieb vor allem in Erinnerung, dass der Ort wie ausgestorben gewesen war, so als wäre er schon jetzt dem Vergessen anheimgegeben. Die Erbauer der Festung hatten nichts von Wert zurückgelassen und schienen nicht vorzuhaben, jemals hierher zurückzukehren, nachdem sie zu ihrem Eroberungsfeldzug durch Gonelore aufgebrochen waren.

Am Ende des ersten Tages hatten sie Tannakis' Feldlager noch nicht erreicht. Sie machten in einer Burgruine halt, in der die Söldner offenbar schon öfter übernachtet hatten, denn sie kannten sich dort gut aus. Sie schlugen ihr Lager in einer windgeschützten Ecke auf, sammelten Holz und entzündeten in den Überresten eines Kamins ein Feuer.

Lehander fragte sich, ob sie ihren »Gefangenen« erlauben würden, sich an dem Feuer zu wärmen. Seit sie die Enklave verlassen hatten, hatten die Männer kaum ein Wort an sie gerichtet. Stattdessen warfen sie ihnen immer wieder misstrauische, wenn nicht gar hasserfüllte Blicke zu. Dem Jungen war nicht wohl bei dem Gedanken, neben seinen Feinden übernachten zu müssen. Er war nicht sicher, ob Denilius' List die Männer davon abhalten würde, ihnen im Schlaf einen Dolch in die Brust zu stoßen.

Auch Denilius hatte seit Stunden kein Wort gesagt. Seine Schweigsamkeit war nicht dazu angetan, Lehander zu beruhigen – im Gegenteil. Als sein Großvater ihn zu sich winkte, sprang er auf und eilte zu ihm. Er hoffte inständig, er würde ihn nun in einen Fluchtplan einweihen. Noch konnten sie in den Wald entkommen und sich ihre Verfolger mithilfe von Brandphiolen vom Hals halten. Doch Denilius, der auf einem Mäuerchen Platz genommen hatte, bat ihn nur, sich neben ihn zu setzen. Lehander gehorchte mit gesenktem Kopf. Offenbar war er dazu verdammt, seinem Großvater bis zum bitteren Ende zu folgen, auch wenn er immer noch nicht wusste, was für einen verrückten Plan Denilius ausgeheckt hatte.

»Sie haben uns nicht die Augen verbunden, obwohl sie von einem Geheimversteck gesprochen haben«, begann Denilius. »Also sind sie überzeugt, dass Tannakis uns nicht wieder freilassen wird.«

Lehander nickte finster. Das hatte er auch schon gedacht. Aus dem Mund seines Beschützers klang die Vermutung allerdings noch unheilvoller.

»Wie kommen wir da wieder raus? Hast du einen Plan?«

»Einen Plan … Sozusagen. Aber ich hoffe, dass ich ihn nicht in die Tat umsetzen muss. Tannakis hat offensichtlich keinerlei Skrupel, über Leichen zu gehen. Trotzdem ist er keine hirnlose Bestie. Er wird mich anhören.«

»Und du glaubst, dass das reicht? Dass er uns einfach gehen lässt? Mit Vargaï?«

Einer der Söldner näherte sich und tat so, als suchte er die Umgebung ab, um ihr Gespräch zu belauschen. Denilius schwieg, bis der Mann aufgab und sich wieder entfernte. Erst dann sprach er weiter.

»Wir werden sehen. Falls er nicht so borniert ist wie dieser Dummkopf Arold und überhaupt die meisten Mitglieder der Bruderschaft. Ich halte Tannakis für verwegen genug, um über mein Angebot nachzudenken.«

»Dein *Angebot?* Willst du etwa mit ihm verhandeln?«

Lehander blieb die Spucke weg. Denilius sprach seit Monaten mit abgrundtiefem Hass von ihren Feinden und jetzt wollte er mit ihnen verhandeln?

»Ich habe keine Wahl, mein Junge. Nach allem, was in den letzten Monaten passiert ist, die Verräter, die toten Schüler, die sinnlose Zerstörung … Damit habe ich den Glauben an die Menschheit endgültig verloren. Jetzt konzentriere ich mich nur noch auf mein Ziel. Und wenn ich dafür eine Hand schütteln muss, an der Blut klebt.«

»Aber Tannakis ist doch an all dem schuld! Er … er ist dein schlimmster Feind!«

»Das habe ich nicht vergessen. Aber zugleich hat er etwas, das ich brauche. Und er ist einer der wenigen, der mich verstehen wird. Er wird mich nicht köpfen lassen, sobald wir sein Lager erreichen, keine Sorge. Wir haben viel zusammen durchgemacht. Allein aus diesem Grund wird er neugierig sein und mich anhören.«

Lehander brannten noch weitere Fragen auf der Zunge, doch Denilius kam ihm zuvor.

»Ja, ich spreche von den Tuchwanderern. Ich denke, das ist der richtige Moment, um dich in die Geschichte einzuweihen. Falls irgendetwas schiefgeht, nehme ich mein Geheimnis wenigstens nicht mit ins Grab.«

Er vergewisserte sich abermals, dass keiner der fünf Söldner sie belauschte. Lehander platzte fast vor Neugier. Endlich begann Denilius zu erzählen.

»Das Ganze ist jetzt siebenunddreißig Jahre her. Damals fielen die Chimären in Scharen nach Gonelore ein. Es handelte sich um eine Invasion von ähnlichem Ausmaß wie die, die deiner Generation in ein paar Jahren bevorstehen könnte. Die Mitglieder der Bruderschaft kämpften in allen Ländern und Nationen Gonelores. Von überall erreichten uns schlechte Nachrichten. Zwar trugen wir viele Siege davon, aber wir erlitten auch schwere Verluste, und unsere Reihen lichteten sich besorgniserregend. Die Chimären hingegen schienen immer zahlreicher und blutrünstiger zu werden. Wir mussten unbedingt etwas tun, um der Lage Herr zu werden, wussten uns aber keinen Rat. Manche Mitglieder der Bruderschaft waren versucht, einen Teil von Gonelore den Chimären zu überlassen und die Menschen umzusiedeln. Aber es ist ja nicht so, als hätten wir eine unbegrenzte Anzahl von Kontinenten zur Verfügung.«

Er verdrehte verächtlich die Augen und fuhr fort: »Zum Glück gab es unter uns auch ein paar Visionäre. Mein Vater, dein Urgroßvater, war damals der Magister von Zauberranke. Außerdem war er ein berühmter Alchimist. Eines Tages gelangte ein Rohprisma von großer Reinheit in seinen Besitz, eines, wie es nur einmal in hundert Jahren vorkommt. Das brachte ihn auf eine Idee. Er berief eine Zusammenkunft von Weltwanderern ein und rekrutierte Freiwillige in allen Ländern und Nationen Gonelores. Um die Sache möglichst geheim zu halten, wandte er sich nur an die ältesten Weltwandererdynastien.«

Als er Lehanders verwirrte Miene sah, erklärte er: »Manche Familien gehören schon so lange zur Bruderschaft, dass sie einen besonderen Status haben, auch wenn Kleinkrämer wie Arold, dessen Eltern gewöhnliche Hühnerzüchter waren, das nicht wahrhaben wollen. Unsere Familie ist seit Jahrhunderten aufs Engste mit der Bruderschaft verbunden, genauso wie Lygwenns, Vrinilias und Gregerios. Wie auch immer … Meinem Vater gelang es, in Hedengar, einem kleinen Königreich in der Mitte Gonelores, an die hundert Freiwillige um sich zu scharen. Er hatte sie unter dem Vorwand rekrutiert, dass sie gemeinsam eine besonders zerstörerische Horde Carapaxe bekämpfen sollten. Erst als sie alle versammelt waren, enthüllte er ihnen seine wahren Pläne.«

Er schwieg und blickte geistesabwesend in die Ferne. Vermutlich schwelgte er in Erinnerungen an diese denkwürdige Zeit.

»Und dann?«, drängte Lehander.

»Die Meinungen waren geteilt. Etwa die Hälfte der Anwesenden fand, es sei einen Versuch wert. Der Rest hielt die Idee für blanken Wahnsinn, aber nach heftigen Diskussionen, die eine ganze Woche dauerten, erklärten sie sich bereit, den anderen zumindest keine Steine in den Weg zu legen. In jenen Tagen, in denen wir nicht viel mehr tun konnten als abzuwarten, kamen deine Großmutter und ich uns näher. Wir suchten ein wenig Zärtlichkeit in einer Welt, die in Chaos und Krieg versank …«

»Und was war das für eine Idee?«, hakte Lehander nach.

Denilius holte tief Luft und warf ihm einen eindringlichen, fast schon beängstigenden Blick zu.

»Es war eine *großartige* Idee. Zumindest dachten wir das. Mein Vater wollte die Freiwilligen auf die andere Seite des Schleiers bringen. Dort sollten sie überprüfen, ob sich die Grenze zwischen den Horizonten nicht verstärken ließe. Die jeweils Besten ihres Fachs – Alchimisten, Prismenschmiede, Fährtenleser – sollten eine Expedition wagen, die den Lauf der Welt hätte verändern können! Mein Vater hoffte, dass er einen Weg finden würde, den Chimären endgültig den Weg zu versperren.«

Lehander riss die Augen auf und spähte dann zu den Söldnern hinüber, um sich zu vergewissern, dass sie nicht belauscht wurden. Hinter der Burgruine ging die Sonne unter, und die Dämmerung verstärkte sein mulmiges Gefühl.

»Wie …?«, begann er leise.

»Wie mein Vater es schaffen wollte, fünfzig Weltwanderer auf die andere Seite des Schleiers zu bringen? Mithilfe des Rohprismas, das man ihm zugetragen hatte. Der Kristall war von ungeheurer Reinheit. Man hätte ihn auch zu einer außergewöhnlichen Linse schleifen oder zu einer Waffe verarbeiten können, der nicht einmal der härteste Chimärenpanzer standgehalten hätte. Doch mein Vater hatte vor, das Rohprisma zu zertrümmern und seine Kraft freizusetzen, damit der darin kristallisierte Atemzug in den Horizont zurückkehren konnte, dem die Chimäre ursprünglich entstammte. Er ging davon aus, dass alle Lebewesen, die sich in unmittelbarer Nähe befanden, von dem Sog mitgerissen würden.«

Lehander nickte langsam. Alein die Vorstellung, machte ihn sprachlos. Er konnte sich gut vorstellen, dass die Frage, ob man solch ein Wagnis eingehen sollte, die Weltwanderer gespalten hatte.

»Und? Hat es funktioniert?«

Denilius blickte ihn ernst an.

»Ja. Aber leider anders, als wir gehofft hatten.«

Er fuhr sich mit der Hand durch das rote Haar und erzählte weiter.

»Die meisten Freiwilligen waren erfahrene Weltwanderer. Aber es waren auch ein paar in meinem Alter dabei. Wir Jungen waren sehr aufgeregt. Ich, Lygwenn, Vrinilia … Ormandzo … Nejabeth, meine Schwester … Tannakis …«

»Vargaï?«

»Nein. Mein Vater hatte ihm befohlen, sich im Hintergrund zu halten. Er wollte nicht sämtliche Familienmitglieder zugleich in Gefahr bringen. Und Vargaï war der Jüngste von uns.«

Diesmal unterbrach ihn Lehander nicht. Diese Großtante namens Nejabeth hatte Denilius noch nie erwähnt, aber der Junge wollte unbedingt hören, wie die Geschichte weiterging.

»Im Scherz hatten wir begonnen, uns Tuchwanderer zu nennen. Weil wir vorhatten, den Schleier zu durchschreiten, als handle es sich um ein gewöhnliches Tuch, das man einfach so zerreißen könnte. Wären wir bloß nicht so hochmütig gewesen. Der Name ist geblieben, aber aus einem anderen Grund: Im Nachhinein verbanden die Leute damit vor allem die Leichentücher, in die wir unsere Toten hüllen mussten.«

Er schüttelte traurig den Kopf.

»Gleich die ersten Momente waren dramatisch. Die Energie aus dem Kristall erzeugte tatsächlich einen Sog, aber leider auch eine Explosion. Mein Vater sank vor meinen Augen zu Boden. Die Druckwelle hatte ihn getötet. Und nicht nur ihn! Alle Weltwanderer in seiner unmittelbaren Umgebung, die größten Helden der damaligen Zeit, die Oberhäupter der berühmtesten Familien, traf dasselbe Schicksal. Wir schrien uns die Kehle aus dem Leib, aber die Kraft des Prismas hatte uns schon durch den Schleier katapultiert. Wir konnten nichts mehr für sie tun. Wir hatten die Explosion zwar überlebt, aber als die Atmosphäre des fremden Horizonts in unsere Lungen drang, rangen wir nach Luft. Wir hatten das Gefühl zu ersticken. Die Atmosphäre der fremden Horizonte, sollte ich wohl besser sagen, denn zu allem Überfluss waren wir voneinander getrennt worden. Wir befanden uns in verschiedenen Schichten des Schleiers und hatten keine Ahnung, ob wir jemals nach Gonelore zurückkehren würden.«

Lehander konnte das gut nachempfinden, denn an das Erstickungsgefühl erinnerte er sich schmerzlich genau.

»Ich hatte das Glück, mich im dritten Revier wiederzufinden, zusammen mit Jor Ormandzo, dem damaligen Obersten Fährtenleser«, fuhr Denilius fort. »Ihm verdanke ich mein Leben. Als sich die Chimären auf uns stürzten, um ihr Territorium gegen die Eindringlinge zu verteidigen, kämpfte er wie zehn Mann. Für viele andere ging die Sache nicht so glimpflich aus. Die Überlebenden erzählten von schrecklichen Szenen, selbst diejenigen, die in den näher gelegenen Horizonten gelandet waren. Und von denen, die es in die Schlunde verschlagen hatte, kehrte ohnehin kaum jemand zurück.«

Er verstummte kurz, als ein Holzscheit in dem gut zwanzig Meter entfernten Lagerfeuer mit lautem Knacken barst. Lehander hätte sich gern an den Flammen gewärmt, aber er hing an Denilius' Lippen und rührte sich nicht vom Fleck.

»Wir waren nicht die Einzigen, die um ihr Leben kämpfen mussten. Mein Vater hatte nicht bedacht, dass das Prisma einen Sog in beide Richtungen ausüben würde. Gleich nach unserem Verschwinden standen diejenigen, die in Gonelore geblieben waren, einer Horde von gut dreißig Chimären aus den verschiedensten Horizonten gegenüber. Es war eine grausame Schlacht. Einige der Bestien entkamen und richteten in der Umgebung ein Blutbad an, was den schlechten Ruf der Tuchwanderer begründete. Auch hier waren viele Leichentücher nötig …«

»Und wie habt ihr es geschafft, nach Gonelore zurückzukehren? Ich weiß immer noch nicht genau, wie man das macht. Als ich neulich dem Ursiden gegenüberstand …«

»Die Angst macht uns blind«, erklärte der Weltwanderer. »Sie verhindert, dass wir das Offensichtliche sehen: Wer den Schleier durchstößt, gewinnt gewisse Fähigkeiten hinzu. Dazu gehört auch die Macht, in den ursprünglichen Horizont zurückzukehren. Das ist, als beherrsche man plötzlich eine fremde Sprache. Man muss sich dieser Gabe nur bewusst werden und die ersten Worte aussprechen. Doch leider braucht diese Erkenntnis ihre Zeit.«

Abermals musterte er den Jungen mit stechendem Blick.

»Ormandzo und mir gelang es erst nach zehn Tagen, nach Gonelore zurückzukehren. Wir waren die Ersten. Nejabeth, Tannakis und die meisten anderen kamen nach zwei oder drei Wochen zurück. Aber Lygwenn … Lygwenn lebte über einen Monat hinter dem Schleier, in einem Horizont, den sie als den gefährlichsten der Schlunde beschreibt. Sie war die letzte Rückkehrerin.«

Er machte eine Pause und sagte dann mit ernster Stimme: »Über dreißig verdiente Weltwanderer verloren bei dem Experiment ihr Leben. In den folgenden Monaten stieg die Zahl der Toten noch weiter an, weil so mancher von uns nicht mit den Erinnerungen leben konnte und sich einen Strick um den Hals legte. Andere verfielen dem Wahnsinn. Doch heute weiß kaum noch jemand in der Bruderschaft von den Tragödien, die sich damals abspielten. Zu jener Zeit starben viele Weltwanderer, und in den Chroniken wird das Ereignis kaum erwähnt. Die Überlebenden einigten sich darauf, Stillschweigen zu bewahren, aus Angst, Scham und Aberglaube.«

Der Junge nickte, aber mit den Gedanken war er noch bei dem, was sein Großvater zuvor gesagt hatte.

»Könnte … könnte es daran liegen? Könnte meine Gabe daher kommen, dass meine Großmutter so lange hinter dem Schleier geblieben ist? Hat sich vielleicht irgendetwas in ihr verändert? Und sie hat diese Veränderung dann an mich weitervererbt?«

Obwohl es mittlerweile dunkel geworden war, sah Lehander, dass Denilius ein verschlossenes Gesicht machte.

»Vielleicht. Aber dann hätte deine Mutter – meine Tochter – ähnliche Fähigkeiten haben müssen. Lygwenn hat mir aber versichert, dass dem nicht so war, und ich habe keinen Grund, an ihren Worten zu zweifeln.«

Sein Tonfall verriet jedoch, dass er Lygwenn nicht vertraute. Lehander dachte, dass sie vermutlich nie herausfinden würden, woher er seine rätselhafte Gabe hatte. Vielleicht handelte es sich ja bloß um eine Laune des Schicksals, eine Art Missbildung, wie sie nur alle paar Jahrhunderte vorkam. Und diesen Fehler der Natur wollte Denilius offenbar studieren …

»Und warum ist es dir so wichtig, dass ich lerne, den Schleier zu durchstoßen? Wo es dir nur Unglück gebracht hat? Und den anderen Weltwanderern auch?«

»Das habe ich doch schon gesagt, mein Junge. Du musst lernen, deine Gabe zu kontrollieren, damit du dich davor schützen kannst.«

»Nein. Ich will den wahren Grund wissen.«

Denilius versteifte sich, und der Junge fürchtete schon, er würde keine Antwort bekommen. Doch dann gab sich sein Großvater einen Ruck.

»Du musst deine Gabe beherrschen, weil wir auf diesem Weg Tannakis entkommen können, falls mein Plan scheitert. Eigentlich wollte ich dich erst im letzten Moment einweihen, und außerdem habe ich gehofft, du würdest von selbst darauf kommen.«

Der Junge schluckte. Er war es nicht gewohnt, dass Denilius ihm so offen seine Absichten anvertraute, und die waren schwer zu verdauen.

Schließlich nahm er all seinen Mut zusammen und hakte nach: »Ist das alles? Sonst gibt es keinen Grund?«

»Eins nach dem anderen, mein Junge. Erst einmal müssen wir unsere Begegnung mit Tannakis überleben. Dann sehen wir weiter.«

Mit diesen Worten erhob er sich von dem Mäuerchen und ließ seinen Enkel in der Dunkelheit zurück, die sich über Gonelore gelegt hatte. Lehander kam nicht umhin, darin ein böses Omen zu sehen.

31

Auf die Plätze!«, rief Nobiane. »Fertig! Los!«

Die zwanzig Schüler rannten los, und Nobiane gab sich alle Mühe, nicht abgehängt zu werden. Eigentlich handelte es sich nicht um einen Wettkampf, und es war keine Schande, als Letzte ans Ziel zu gelangen. Außer man war die Anführerin aller Erstkreisler, natürlich.

Nachdem sie fast die Hälfte der Halbinsel überquert hatte, berührte sie endlich die Festungsmauer unter dem Leuchtturm, die sie als Ziel auserkoren hatte. Mit Erleichterung stellte sie fest, dass noch nicht alle Schüler angekommen waren. Für den Auftrag, den man ihr anvertraut hatte, war das jedoch alles andere als erfreulich. Während sie sich an das jahrhundertealte Gemäuer lehnte und nach Luft schnappte, dachte sie über eine Lösung für das Problem nach.

Einer nach dem anderen trafen die sieben Schüler, die noch fehlten, mit mehr oder minder roten Gesichtern ein. Wie beim vorherigen Versuch war Berris der Letzte. Nobiane wusste, dass ihr rundlicher Freund eher faul als langsam war. Er brauchte nun mal einen echten Antrieb. Wenn sie bei Jora Lygwenn Unterricht hatten, war er plötzlich sehr viel schneller und stärker als sonst, aus Angst vor der Lehrerin, die er insgeheim die Drachenfrau nannte. Wenn sie das Zeichen bekommen würden, dass der Angriff losging, würde Berris schon die Beine in die Hand nehmen. Zumindest hoffte Nobiane das.

»Das war besser als beim letzten Mal«, sagte sie zu den Schülern, die sich um sie versammelten. »Wir müssen wirklich so schnell wie möglich hier sein, und möglichst alle gleichzeitig. Es kommt auf jede Minute an, und wir können auf niemanden verzichten. Wer war als Erster hier?«

Dælfine und Tiarija hoben die Hand und strahlten einander stolz an. Nobiane war nicht erstaunt. Ihre Kameradin war den anderen bei sportlichen Übungen stets überlegen, und Sohias Schülerin war ihr meist dicht auf den Fersen.

»Gut gemacht«, lobte sie die beiden. »Welchen Weg habt ihr genommen?«

Sie hörte sich die Beschreibung an und verfolgte die Route in Gedanken. Im entscheidenden Moment konnte der Weg, den die beiden gewählt hatten, ihnen kostbare Minuten einbringen. Nobiane wollte nichts außer Acht lassen.

»Hinter der Arena entlangzulaufen war eine gute Idee«, sagte sie. »Dadurch habt ihr einen Vorsprung gewonnen. Aber sollte mitten in der Nacht Alarm geschlagen werden, kann es sein, dass man auf diesem Weg langsamer ist. Die Pfade sind schmal und dunkel, trotz des Leuchtturms. Ich glaube, es ist besser, den Vorplatz der Kathedrale zu überqueren.«

»Aber der Feind kann doch nicht mitten in der Nacht angreifen, oder?«, merkte Dælfine an. »Das Meer schneidet Zauberranke bis zum Morgen vom Festland ab.«

»Man hat uns gebeten, uns jederzeit bereit zu halten«, rief ihr Nobiane in Erinnerung. »Ich stelle mich lieber auf den schlimmsten Fall ein, um nicht mitten in einem Angriff improvisieren zu müssen.«

Ihre Freundin nickte, was die Sache einfacher machte. Leider zeigten nicht alle in Nobianes Truppe so viel Einsicht. Als sie von Vrinilia mit der Aufgabe betraut worden war, hatte Nobiane die Schüler des ersten Kreises gebeten, sich freiwillig dafür zu melden. Doch nur die Mitglieder ihrer eigenen Gilde und zwei von Sohias Schülern waren dazu bereit gewesen. Daraufhin hatte die Prismenschmiedin jede Gilde verpflichtet, mindestens einen Schüler zur Verfügung zu stellen. So standen nun ein gutes Dutzend schmollende Jungen und Mädchen unter Nobianes Befehl und mussten ein bis zwei Mal am Tag antreten. Sie tat ihr Bestes, um sie bei Laune zu halten, aber manchmal fand sie das schwerer, als gegen Chiroptiden zu kämpfen.

»Fünf Minuten Pause«, beschied sie. »Dann gehen wir zurück zum Schuldorf und fangen noch mal von vorn an.«

»Was, noch mal?«, beschwerte sich ein Junge.

»Ja. Wir machen weiter, bis wir den besten Weg gefunden haben und alle fast gleichzeitig hier ankommen!«

Der Junge tuschelte mit seinem Nachbarn und warf ihr einen bösen Blick zu. Nobiane ahnte, dass sie sich nicht gerade beliebt machte, aber wie so oft bemühte sie sich, die Feindseligkeit ihrer Mitschüler zu ignorieren. Sie machte sich keine Illusionen, was ihre Autorität anging. Nur die Aussicht, dass ihnen bei Aufmüpfigkeit Stockschläge des Obersten Hüters drohten, brachte die Schüler überhaupt dazu, ihrer Anführerin zu gehorchen. Doch das hinderte sie nicht daran, hinter ihrem Rücken Grimassen zu schneiden und ihr den Stinkefinger zu zeigen.

Sie trat ein paar Schritte beiseite, weil sie die kurze Pause dazu nutzen wollte, noch einmal alle Einzelheiten ihrer Mission durchzudenken. Obwohl der Hohe Rat die jüngsten Schüler für die ungefährlichsten Aufgaben vorgesehen hatte, war ihr Beitrag nicht minder wichtig. Alle Schüler Zauberrankes waren auf die eine oder andere Art an den Plänen zur Verteidigung der Schule beteiligt. Die ältesten Schüler bildeten zusammen mit den Lehrern Bataillone. Die Sechzehn- und Siebzehnjährigen hatten ihre Ausbildung fast beendet und galten als den Weltwanderern ebenbürtig. Nobiane dachte, was für ein langer Weg noch vor ihr lag, bis sie selbst so weit wäre. Doch zunächst einmal musste Zauberranke den Angriff des Feinds überstehen.

»Was schaust du denn so traurig?«

Gess, der so tat, als absolviere er ein paar Dehn- und Streckübungen, gesellte sich zu ihr. Während die meisten Bewohner der Schule sich wegen des drohenden Angriffs sorgten, schien er seit ein paar Tagen von einer großen Last befreit zu sein. Nobiane beneidete ihn um seine Unbekümmertheit. Ein wenig von seiner Zuversicht konnte ihr nur guttun.

»Ich versuche mir unser Leben in vier Jahren vorzustellen. Wir werden uns verändern … So viele neue Dinge lernen … Wir werden zu reisen beginnen und irgendwann in alle Himmelsrichtungen verstreut sein … Es fällt mir schwer, so weit in die Zukunft zu blicken. Dabei vergeht die Zeit so schnell.«

»Ich bin sicher, dass du immer noch genauso hübsch sein wirst«, sagte Gess mit einem spitzbübischen Zwinkern.

Nobiane errötete leicht und lächelte ihm zu. Das war ein weiterer Beweis für Gess' Stimmungshoch: Er hatte wieder damit begonnen, ihr unaufdringlich den Hof zu machen. Etwas anderes schien er nicht im Sinn zu haben. Das war charmant, aber sie selbst war leider nicht so unbeschwert.

»Ich muss auch immer wieder an Lehander denken«, gestand sie. »Wie mag es ihm wohl gehen? Kommt er irgendwann zu uns ins Zeughaus zurück? Ich fände es schön, wenn unsere Gilde wieder vollständig sein könnte. Ich wünschte, wir würden unsere Bandeliere als Weltwanderer alle fünf gemeinsam erhalten.«

»Ja, das wäre toll …«

Die gute Laune des Jungen hatte einen Dämpfer bekommen. Nobiane bereute ihre Worte sofort, doch so leicht ließ Gess sich nicht beirren.

»Aber dann muss er sich unbedingt einen neuen Namen zulegen. Jona gefällt mir viel besser. Lehander, das klingt irgendwie so feudal.«

Er merkte gleich, dass er ins Fettnäpfchen getreten war. Nobiane seufzte, weil sie befürchtete, er würde sich in ebenso peinlichen wie sinnlosen Entschuldigungen ergehen. Aber zu ihrer Überraschung und Belustigung gab er sich selbst eine Ohrfeige und torkelte, als drohe er hinzufallen.

»Soll ich mir noch eine zweite verpassen?«, fragte er.

»Nein, das genügt. Gereiche Euch das zur Warnung, Spitzbub!«, sagte sie gespielt hochmütig.

Dann wurde sie schlagartig ernst. Eigentlich hatte sie Vrinilias Tonfall imitieren wollen, doch plötzlich fühlte sie sich an Menschen aus ihrer Vergangenheit erinnert, und es waren keine angenehmen Erinnerungen. Gess entging ihre Ernüchterung nicht.

»Du hast mir nie das Ende deiner Geschichte erzählt«, sagte er. »Warum du in dem Ruf stehst, eine Diebin zu sein …«

Nobiane sah sich ängstlich um, aber die anderen Schüler waren zu weit entfernt, um sie zu hören.

»Es ist keine besonders spannende Geschichte, weißt du …«

»Aber sie interessiert mich«, beteuerte Gess. »Ehrlich.«

Er wirkte so aufrichtig und ungewöhnlich ernst, dass Nobiane sich schließlich überwand.

»Es passierte letztes Jahr, bei einer meiner Cousinen, die auch meine beste Freundin war. Sie nahm mich mit in die Bibliothek ihres Vaters und führte mir seine Sammlung kostbarer Tintenfässer vor. Eigentlich durfte sie die Sammlerstücke nicht anfassen, aber das wusste ich nicht. Mir gegenüber hat sie behauptet, die Tintenfässer würden ihr gehören. Sie hat gesagt, ich solle mir eins aussuchen und es benutzen, um ihr Briefe zu schreiben, wenn wir voneinander getrennt wären. Ich war gerührt von der Idee. Und ich glaube, in dem Moment meinte sie es auch ernst. Aber als wir wenig später ihrem Vater im Flur begegneten, hat sie Angst bekommen und mich des Diebstahls bezichtigt.«

Nobiane erinnerte sich lebhaft, wie sehr sie sich in dem Augenblick geschämt hatte. Gess blieb vor Verblüffung der Mund offen stehen.

»Das ist alles? Wegen so einer Lappalie hat dich deine Familie nach Zauberranke verbannt? Wegen eines Tintenfasses?«

»So einfach ist das nicht«, sagte Nobiane mit einem Seufzer. »Der ganze Hofstaat war im Palast unserer Familie versammelt, und die Vorwürfe machten schnell die Runde. Meine Cousine war sehr überzeugend. Je länger das Verhör andauerte, desto mehr schmückte sie die Geschichte aus, und die Anklage gegen mich wog immer schwerer. Angesichts eines Strafgerichts von dreihundert einflussreichen Persönlichkeiten war mein Vater gezwungen, mich seines Hauses zu verweisen. Hätte er das nicht getan, wäre er selbst verbannt worden.«

»Und du bist ihm deswegen noch nicht mal böse«, stellte Gess fest. »Das ist die traurigste Geschichte, die ich je gehört habe.«

Nobiane zuckte mit den Achseln. Sie fand das alles nicht so schlimm. Seitdem hatte sie viel tragischere Dinge erlebt, und die Welt, aus der sie stammte, kam ihr furchtbar weit weg vor. All das war so belanglos, verglichen mit den Prüfungen, die das Schicksal für die Weltwandererschüler bereithielt.

»Ich bin nach Zauberranke gekommen, um die Ehre meiner Familie wiederherzustellen. Ich wollte erhobenen Hauptes in den Palast zurückkehren können, ohne vor Scham im Boden zu versinken, wenn ich die Leute wiedersehe, die über mich gerichtet haben. Aber jetzt weiß ich, dass es sehr viel Wichtigeres im Leben gibt.«

Sie schenkte dem Jungen ein letztes Lächeln und sagte abschließend: »Machen wir uns wieder an die Arbeit. Die Welt rettet sich ja nicht von allein!«

32

Der zweite Tag, den sie in Gesellschaft der Söldner verbrachten, verlief ebenso schweigsam wie der erste. Zwei von Tannakis' Männern gingen vorweg, Denilius und Lehander folgten wenige Meter dahinter, und die drei anderen Mitglieder der Eskorte beschlossen den Zug mit geladener Armbrust, bereit, die Gefangenen bei der kleinsten verdächtigen Bewegung zu erschießen. Ihre Wachsamkeit hatte nicht nachgelassen, selbst dann nicht, als das Gift, das Denilius geschluckt hatte, zu wirken begann und ihn die Übelkeit übermannte. Einmal hatte er sich sogar schon an einem Baum abstützen müssen, um nicht umzufallen.

Lehander machte sich schreckliche Sorgen um seinen Großvater und malte sich die schlimmsten Dinge aus. Vor seinem geistigen Auge sah er, wie Denilius sich unter heftigen Zuckungen im Todeskampf auf dem Boden wand und wie die Söldner beschlossen, ihm die Kehle durchzuschneiden, weil er keinen Wert mehr für sie hatte. Ein solches Szenario war ja auch gar nicht so unwahrscheinlich! Denilius musste sich nur in der Dosis geirrt oder seinen Körper stärker eingeschätzt haben, als er tatsächlich war ….

Als Lehander es vor Angst kaum noch aushielt, verkündete einer der Männer, sie wären bald am Ziel. Im ersten Moment war Lehander erleichtert, doch als er sich umsah, kam ihm der Gedanke, dass sich die Söldner über sie lustig machen wollten. Schon lange waren sie keinen Wagenspuren mehr begegnet, während sie am ersten Tag immer wieder Radabdrücke in der Erde gesehen hatten. Der Weg verlief an einem Bach entlang, der zu tief war, um hindurchwaten zu können. Konnte es am Ende dieses schmalen Pfads, auf dem man kaum zu zweit nebeneinander hergehen konnte, tatsächlich ein Feldlager von der Größe eines Dorfs geben? Oder führten die Söldner sie geradewegs in einen Hinterhalt? Schließlich marschierten sie seit zwei Tagen auf Zauberranke zu, wenn auch in einem Bogen, und Denilius hätte es sicher gewusst, wenn es außer der Enklave eine weitere Siedlung in der Nähe der Schule gegeben hätte. Nein, das Ganze roch eindeutig nach einer Falle. Vielleicht wollten Tannakis' Männer sie einer Chimäre, die in dieser Gegend ihr Unwesen trieb, zum Fraß vorwerfen?

Doch er täuschte sich. Das Bachufer, das bisher flach und sandig gewesen war, wurde immer steiniger und unwegsamer, und bald darauf erreichten sie eine Felswand, die haushoch vor ihnen aufragte. Der Bach verschwand unter dieser natürlichen Barriere und floss unterirdisch weiter. Lehander rechnete damit, dass sie die Felswand umrunden mussten. Vielleicht lag das Feldlager ja auf der anderen Seite? Doch zu seiner großen Überraschung begannen die Männer die Steilwand zu erklimmen und bedeuteten ihren Gefangenen, ihnen zu folgen. Oben angekommen, öffneten sie eine Klappe im Boden, unter der sich ein natürlicher Schacht befand, und ließen eine Strickleiter hinab. Ungläubig riss Lehander die Augen auf.

»Na los! Steigt runter, und beeilt Euch! Niemand darf Euch sehen«, befahl der Anführer der Eskorte.

»Was? Da runter?«

Das war natürlich eine dumme Frage, aber Lehander fiel auf die Schnelle nichts anderes ein, um Zeit zu gewinnen.

»Wir könnten Euch auch in den Bach werfen und Euch weiter hinten wieder einsammeln«, sagte der Mann höhnisch. »Für gewöhnlich nehmen die Leute zwar lieber den Frachtkahn, weil man sich an den Felsen schon mal den Kopf aufschlagen kann, aber das ist allein Eure Entscheidung.«

In diesem Moment musste Denilius sich abermals übergeben. Mittlerweile kam keine Nahrung mehr, nur noch Magensaft. Während er sich unter lautem Würgen erbrach, suchten die Söldner angespannt die Umgebung mit dem Blick ab. Dann wischte sich Denilius mit dem Ärmel über den Mund und stieg in den Schacht. Sicher fürchtete er, im ungünstigsten Moment vom Brechreiz überfallen zu werden. Lehander blieb nichts anderes übrig, als ihm zu folgen. Er umklammerte die Strickleiter mit aller Kraft.

Der Schacht schien kein Ende zu nehmen; immer weiter ging es in die Tiefe. Die Wände bestanden aus nacktem Fels. Nach einer Weile drang das Rauschen von Wasser zu ihm herauf; sie würden wohl bald auf dem Grund des Schachts anlangen. Ein schwaches Licht erhellte die Stelle, an der die Strickleiter endete. Plötzlich wurde Denilius von mehreren Händen gepackt und zu Boden gedrückt. Vor Schreck hätte Lehander fast das Seil losgelassen. Er wollte schreien, aber schon packten mehrere Männer auch ihn an den Knöcheln und warfen ihn auf den harten Fels, und dann hielt ihm jemand eine kalte Klinge an den Hals.

Mehrere Minuten mussten sie in dieser Stellung verharren, obwohl Denilius von heftigen Krämpfen geschüttelt wurde. Die Männer, die sie herbegleitet hatten, und die Söldner, die den Schacht bewachten, unterhielten sich leise in einigem Abstand. Lehander konnte nicht verstehen, was sie sagten. Doch schließlich durften die Gefangenen aufstehen.

»Wir werden Tannakis über Euer Kommen unterrichten, und er wird über Euer Schicksal entscheiden. Bis dahin rührt Ihr Euch nicht vom Fleck!«

Denilius nickte mühsam. Dann kroch er auf allen vieren zur Felswand und lehnte sich dagegen. Lehander zerriss es das Herz, ihn in so elendem Zustand zu sehen.

»Nimm das Gegenmittel!«, flüsterte er ihm zu. »Das ändert doch nichts mehr.«

»Noch nicht«, gab Denilius leise zurück. »Mir geht es gar nicht so schlecht, wie es den Anschein hat. Ich will, dass sie mich für völlig geschwächt halten. Das könnte sich noch als nützlich erweisen.«

Kaum hatte er geendet, wurde er von dem nächsten heftigen Krampf geschüttelt. Es dauerte eine Weile, bis sich sein Gesicht wieder entspannte. Lehander machte sich nichts vor: Wenn sein Großvater jemanden über seinen wahren Zustand täuschen wollte, dann ihn. Doch er schien sich nicht umstimmen lassen zu wollen.

Die Männer blieben verschwunden. Zehn Minuten vergingen, zwanzig, dreißig. Bald stand für Lehander fest, dass sie nicht lebend aus der Sache herauskommen würden. Die Wachen ließen sie nicht eine Sekunde aus den Augen. Zwischendurch kamen weitere Söldner in kleinen Gruppen, um sich persönlich davon zu überzeugen, dass an den Gerüchten etwas dran war: Der Magister von Zauberranke war tatsächlich ihr Gefangener!

Viele der abtrünnigen Weltwanderer stießen ein Triumphgeheul aus, und manche beschimpften Denilius, aber keiner von ihnen wagte es, sich ihm zu nähern. Sein Bandelier mit den vielen Auszeichnungen, seine Streitaxt und vor allem seine Umhängetasche mit den Phiolen hielten sie auf Abstand. Doch wie lange noch?

Mittlerweile hatten sich Lehanders Augen an das Dämmerlicht gewöhnt. An den Felswänden waren in unregelmäßigen Abständen Fackeln angebracht, und so konnte er sich ein wenig umsehen. Sie befanden sich in einer unterirdischen Grotte, die der Bach aus dem Fels gehöhlt hatte. Nun floss er als schmales Rinnsal durch die Mitte der Höhle, aber früher musste er sehr viel mehr Wasser geführt haben. Tannakis und seine Männer hatten offenbar schon vor einiger Zeit hier ihr Lager aufgeschlagen, denn es gab einen richtigen Anlegesteg mit einem Hebekran und dem Boot, von dem der Anführer ihrer Eskorte gesprochen hatte. Auf dem Kahn stand ein leeres Fuhrwerk, und in einer Felsnische, die mit einem Gatter versperrt war, drängten sich vier Ochsen und fraßen Heu. Es war sicher abenteuerlich gewesen, die Tiere und das Fuhrwerk über den reißenden Bach hierherzuschaffen. Doch auf diese Weise konnten die Abtrünnigen ihr unterirdisches Lager geheim halten. Wenn man überlegte, wie viele Söldner sich hier unten tummelten, mussten die Gänge sich weit in den Fels hinein erstrecken.

Schließlich wurden sie von dem quälenden Warten erlöst. Die Söldner, die als Boten zu Tannakis geschickt worden waren, kehrten zurück und befahlen den Gefangenen, ihnen zu ihrem Magister zu folgen. Lehanders Herz begann heftig zu pochen, als die Männer sie in einen Gang schubsten, der von der Höhle abging. Denilius unterdrückte ein Stöhnen, und sein wachsbleiches Gesicht entsetzte den Jungen. Womöglich würde sein Großvater bald Blut spucken! Wie viel Zeit blieb ihm noch, bis das Gift ihn töten würde?

Mehrere Minuten lang marschierten sie einen breiten Gang entlang. Lehander schaute sich staunend um. Der Unterschlupf ihrer Feinde war größer und besser ausgebaut, als er gedacht hatte. Es gab Schlafräume, Waffenkammern und einen Speisesaal. Er konnte im Vorbeigehen nur einen kurzen Blick in die Säle werfen, aber was er sah, verhieß nichts Gutes für Zauberranke. Wie hatten sich so viele Männer hier versammeln können, um einen Angriff auf die älteste und berühmteste Schule der Weltwanderer zu planen? Wie war es Tannakis gelungen, ihnen den Verstand so sehr zu vernebeln, dass sie bereit waren, unter der Erde zu leben und auf einen fernen Tag zu warten, an dem sie ausziehen würden, um Gonelore zu erobern? Wer so etwas vollbrachte, musste äußerst klug sein. Klug und größenwahnsinnig …

In diesem Moment stießen die Söldner Lehander und Denilius zu Boden. Der Junge erkannte ihren Feind auf Anhieb.

»Also ist es wahr!«, rief Tannakis verzückt.

Er musterte seine Gefangenen triumphierend, während Denilius und Lehander sich gegenseitig aufhalfen. Der Magister der Enklave war eine imposante Gestalt. Lehander hatte ihn sich als alten, hinterlistigen Prismenschmied vorgestellt … Stattdessen stand er einem Furcht einflößenden Kriegsherrn auf seinem steinernen Thron gegenüber, der einen Umhang trug und mit zwei Schwertern bewaffnet war. Denilius hingegen wirkte alles andere als beeindruckt.

»Ich grüße dich, Tannakis! Hab Dank für den überaus freundlichen Empfang. Bis zuletzt wollte ich nicht glauben, dass du tatsächlich hinter all dem steckst. Erst jetzt, wo ich dich auf diesem albernen Thron sehe, habe ich meine letzten Illusionen verloren.«

»Und gleich wirst du noch viel mehr verlieren!«, antwortete Tannakis. »Nehmt ihnen die Waffen ab!«

Seine Männer reagierten sofort. Vermutlich hatte Tannakis ihnen schon vorab Befehle erteilt. Sechs Söldner zielten mit ihrer Armbrust auf den Kopf der Gefangenen, drei weitere traten zu ihnen und nahmen ihnen Axt, Messer und Bandelier ab. Auch Denilius' Umhängetasche wurde beschlagnahmt. Seinen Großvater schien diese unglückliche Wendung nicht weiter zu stören. Lehander hatte keine Ahnung, ob er einen bestimmten Plan verfolgte oder einfach nur zu geschwächt von dem Gift war, um Widerstand zu leisten.

»Du begehst einen Fehler«, sagte Denilius nur. »Deine Komplizen haben dir doch sicher von meinen Absichten berichtet. Wenn du mich meiner Freiheit beraubst und dich weigerst, mich anzuhören, werde ich das Gegengift nicht trinken. Und wenn ich tot bin, nütze ich dir nicht mehr. Dann hast du nichts gewonnen.«

»Was weißt du schon?«, höhnte der Verräter. »Du vergisst, wie viel Freude es mir bereiten würde, dich sterben zu sehen! Aber ich habe anderes mit dir vor, Denilius. Ergreift ihn!«

Wieder sprangen seine Männer vor und packten Denilius, der damit wohl nicht gerechnet hatte. Den Jungen stießen sie achtlos beiseite. Sein Großvater versuchte, sich dem Griff der Männer zu entwinden, doch er hatte kaum noch Kraft und bot einen so jämmerlichen Anblick, dass Tannakis nicht mehr an sich halten konnte. Sein Gelächter hallte von den Wänden des Thronsaals wider.

Denilius' Verwirrung verwandelte sich in Fassungslosigkeit, als eine rothaarige Frau den Saal betrat.

»Nejabeth«, stieß er hervor. »Was hast du hier zu suchen, du dreckige ...«

Er beendete den Satz nicht und wehrte sich noch verzweifelter gegen den Griff der Söldner, doch gegen die jüngeren Männer hatte er keine Chance. Die Frau näherte sich ihm mit ungerührter Miene und entkorkte dabei ein kleines Fläschchen, das sie in den Händen hielt. Auf ihr Zeichen zogen die Söldner Denilius' Kopf nach hinten und schoben ihm die Kiefer auseinander. Die Frau schüttete ihm den Inhalt der Phiole in den Hals und hielt ihm die Nase zu, um ihn zum Schlucken zu zwingen. Sie verhielt sich, als wäre es das Normalste der Welt und als würde sie so etwas nicht zum ersten Mal tun ... Obwohl Lehander vor Angst wie versteinert war, erinnerte er sich an den Namen Nejabeth. Die Frau war Denilius' Schwester und damit seine Großtante.

»Schön!«, sagte die Frau zufrieden. »Der Trunk rettet dir vielleicht nicht das Leben, aber er gewährt dir immerhin drei Tage Aufschub. Zum Glück hat mich mein Vater ebenfalls in die Rezeptur eingeweiht.«

»Hexe!«, zeterte Denilius. »Giftmischerin!«

Die Beleidigungen brachten Tannakis noch mehr zum Lachen.

»Vargaï hat sie mit ähnlich liebevollen Worten bedacht, kurz bevor er uns verlassen hat. Eines Tages musst du mir die Geschichte erzählen. Tja, schade, dass der jüngste Bruder nicht hier sein kann! Das wäre eine schöne Familienfeier geworden.«

Fieberhaft überlegte Lehander, was er tun konnte. Sollte er versuchen, sich hinter dem Schleier zu verstecken? Wäre er dazu in der Lage, oder würde ihn die Panik lähmen? Die Tatsache, dass mehrere Männer mit ihren Armbrüsten auf ihn zielten, machte ihm nicht gerade Mut. Alles war so schnell geschehen, dass ihm keine Zeit zum Nachdenken geblieben war.

»Vargaï ist dir entkommen?«, fragte Denilius. »Du hast ihn also nicht getötet?«

Das triumphierende Grinsen, das sich auf dem Gesicht des Verräters abzeichnete, war ein böses Omen.

»Ich hätte ihm nur zu gern eigenhändig den Bauch aufgeschlitzt, doch dieses Glück war mir leider nicht vergönnt. Seinetwegen musste ich meine Pläne etwas schneller in die Tat umsetzen als ursprünglich beabsichtigt. Aber da du über seinen Verbleib nichts weißt, ist es dem Mistkerl anscheinend nicht gelungen, nach Zauberranke zurückzukehren. Das ist eine wunderbare Nachricht!«

»Hatte mein Bruder das Prisma bei sich?«

Tannakis und Nejabeth warfen sich einen verblüfften Blick zu. Lehander überraschte die Frage ebenfalls.

»Was?«, rief der Verräter. »Darum geht es dir also? Du bist nur hinter dem Prisma her?«

»Hatte er es dabei?«, knurrte Denilius. »Antworte einfach auf meine Frage. Anschließend kannst du mit mir anstellen, was du willst.«

»Als würde ich das nicht ohnehin tun, alter Knabe! Aber wenn du darauf bestehst, ja, er hatte das verfluchte Prisma dabei, als er mir entwischt ist. Was interessiert dich das Steinchen? Damit kannst du Zauberranke auch nicht retten! Vor allem nicht, falls Vargaï irgendwo tot in einem Graben liegt.«

Denilius sackte enttäuscht in sich zusammen. Lehander hingegen stand da wie vom Blitz getroffen.

»Was wird mit Zauberranke geschehen?«, rief er mit überschnappender Stimme.

»Sieh mal einer an, der Kleine kann sprechen!«, höhnte Tannakis.

»Deine Schule wird bald unter neuer Herrschaft stehen«, erklärte Nejabeth. »Wir werden Zauberranke erobern – wenn es sein muss, mit Gewalt! Wer sich uns freiwillig anschließen will, ist herzlich willkommen. Sind wir erst genug, wird die Bruderschaft der Weltwanderer endlich über Gonelore herrschen, so wie sie es verdient!«

»So ein Schwachsinn!«, rief Denilius. »Komm mir nicht mit hehren Idealen! Du bist doch nur auf Macht aus. So war es schon immer!«

Der Hass auf seine Schwester hatte ihm wieder etwas Kraft verliehen. In noch schärferem Ton fuhr er fort: »Die Bewohner Zauberrankes werden sich dir nicht kampflos ergeben, Tannakis. Ich kenne sie. Die Hälfte von ihnen waren meine Schüler. Wenn deine Männer die Schule angreifen, werden sie aufgespießt und ihre Leichen den Krustenkrebsen zum Fraß vorgeworfen.«

Seine Drohung schien den Verräter nicht zu schrecken. Stattdessen brach er wieder in schallendes Gelächter aus.

»Wie herrlich naiv du doch bist, Denilius. Du hast ja keine Ahnung von unserer wahren Macht. Wenn deine Knappen auch nur wagen, ihre Schwerter gegen uns zu erheben oder eine Barrikade zu errichten, werde ich bestimmt nicht meine Zeit damit verschwenden, sie mit Worten zur Einsicht zu bringen! Mein Sieg wird umso glorreicher sein, und die Länder und Nationen Gonelores werden die Botschaft verstehen!«

Er wechselte einen triumphierenden Blick mit Nejabeth.

»Aber zurück zum Anlass deines Besuchs. Du hast gesagt, du willst mit mir sprechen. Die Sache muss ja unheimlich wichtig sein, wenn du dich dafür sogar meinen Männern auslieferst. Also, Denilius, ich höre. Fasse dich kurz!«

Zunächst schwieg der Magister. Dann warf er Lehander einen bedauernden Blick zu, den Blick eines gebrochenen Mannes, und sagte zu Tannakis: »Ich wollte dir vorschlagen, Frieden zu schließen. Aber ich muss einsehen, dass du heillos verloren bist. Es war eine schlechte Idee herzukommen, und ich werde den Preis dafür bezahlen. Aber lass wenigstens meinen Schüler frei.«

Der Verräter lachte höhnisch, doch im nächsten Moment verzog er misstrauisch das Gesicht.

»Du lügst. Du bist hergekommen, weil du das Prisma in deinen Besitz bringen willst! Dir liegt mehr an dem Kristall als an deinem eigenen Bruder, auch wenn ich den Grund dafür nicht kenne. Aber du wirst weder den einen noch den anderen bekommen, alter Knabe. Und was deinen Schüler angeht: Ich werde mich seiner annehmen, keine Angst. Vohn, komm mal her!«

Lehander zuckte zusammen, als Tannakis nach dem Jungen rief. Dann erschien sein Rivale auf der Schwelle des Thronsaals. Vohn war gewachsen und noch kräftiger als zuvor. Er war jetzt fast so groß wie ein Erwachsener, und er trug das Bandelier der Enklave. Aber vor allem sah er ihn so bösartig an, dass es Lehander kalt den Rücken hinunterlief.

»Kümmere dich um den Kleinen«, befahl Tannakis. »Sperr ihn irgendwo ein, und wenn er dir Scherereien macht, darfst du ihn töten.«

»Lass ihn frei, Tannakis!«, sagte Denilius eindringlich. »Dann tue ich alles, was du willst! Ich gehe mit dir nach Zauberranke und verlange, dass man dich und deine Männer einlässt!«

»Träum weiter! Du kommst hier nicht mehr raus. Ich behalte dich nur für den Fall, dass der Angriff nicht so verläuft, wie ich es mir vorstelle. Deshalb lasse ich dich vorerst am Leben. Aber da ich dich sicher nicht als Geisel brauchen werde, wirst du in drei Tagen in einer meiner Zellen krepieren. Durch dein eigenes Gift, das dir die Eingeweide zerfrisst. Na, wie gefällt dir die Aussicht, Denilius? Ist das nicht eine angemessene Antwort auf die Tatsache, dass du mich aus dem Hohen Rat gejagt hast?«

Lehander überkam tiefe Verzweiflung, als Vohn ihm brutal einen Arm auf den Rücken drehte und ihn auf den Ausgang zuschubste.

»In drei Tagen?«, fragte Denilius. »Aber in dieser Zeit kannst du es nicht bis Zauberranke schaffen. Der Weg ist zu weit!«

»Irrtum«, rief Tannakis triumphierend. »Ich werde Zauberranke morgen erreichen! Die Hälfte meiner Männer ist bereits auf dem Weg dorthin, und ich stoße zu ihnen, sobald ich dich in ein dunkles Loch verfrachtet habe! Deine Herrschaft ist vorüber, alter Knabe! Nun ist meine Zeit gekommen!«

Lehander verrenkte sich den Hals, um die letzten Worte zu hören, aber Vohn stieß ihn in den Gang. Es schien ihm ein teuflisches Vergnügen zu bereiten, seinem Gefangenen Schmerz zuzufügen, und Lehander konnte die Tränen, die ihm schon so lange in den Augen brannten, nicht länger zurückhalten.

33

Dælfine zählte bis drei. Sie holte tief Luft und nahm ihren Fuß von der Kante, auf der sie gerade noch gestanden hatte. Nun hing sie nur noch an den Händen oder, besser gesagt, an den Fingern, die sie in die Ritze zwischen zwei Steinblöcken der Außenwand des Zeughauses geschoben hatte. Die Angst jagte ihr durch den Körper und verlieh ihr die Kraft, sich noch ein Stück an der Mauer hochzuziehen. Hauptsache, sie widerstand der Versuchung, einen Blick in die Tiefe zu werfen. Sie wusste nicht, wie weit unter ihr die Wellen gegen die Felsen schlugen. Vielleicht zwölf oder fünfzehn Meter … Jedenfalls weit genug, um sich bei einem Sturz alle Knochen zu brechen. Aber nachdem sie schon mehrere Meter in die Höhe geklettert war, würde sie jetzt ganz sicher nicht aufgeben. Wenn Lygwenn mit einer verletzten Hüfte bis auf das Dach des Zeughauses kam, gab es keinen Grund, warum Dælfine das nicht auch schaffen sollte!

Natürlich wusste niemand von ihrem kleinen Ausflug, schon gar nicht Radjaniel, der seine Gehilfin in der Werkstatt wähnte. Der Messerschleifer und die anderen drei Schüler saßen mehrere Stockwerke unter ihr beisammen und verbrachten einen ruhigen Abend, doch Dælfine hatte sich nach der Gesellschaft ihrer neuen Lehrerin gesehnt. Und da die Weltwanderin gern allein auf dem Dach des Zeughauses saß, hatte Dælfine beschlossen, ihr zu folgen.

Das Ende der Kletterpartie erwies sich zum Glück als weniger halsbrecherisch. Der Anfang, aus dem Fenster und senkrecht die Mauer hinauf, war am schwersten gewesen. Nun, da sie auf dem Dach angelangt war, musste sie nur noch die von der Meeresluft abgenutzten Schindeln hochkrabbeln. Lygwenn saß ganz oben auf dem Dachfirst. Als sich Dælfine neben sie setzte, wandte die Weltwanderin nicht mal den Kopf.

»Tu das nie wieder«, sagte sie ruhig, »sonst werfe ich dich eigenhändig ins Wasser.«

»Verstanden, Joransame.«

In den nächsten fünf Minuten sahen sie schweigend hinaus aufs Meer, das finster hinter der schützenden Lichtkuppel lag. Auf den Inseln der Umgebung blinkten ein paar Laternen, aber ansonsten gab es keine Spuren von menschlichem Leben. Durch ihre Sehhilfe hatte Dælfine den Eindruck, dass Zauberranke vom Nichts verschlungen wurde. Lange hielt das Mädchen die düstere Stimmung nicht aus. Außerdem brannte ihr eine Frage auf der Zunge.

»Ihr habt nicht vor zu bleiben, oder? Eure Verletzung heilt unglaublich schnell … Wenn Ihr keine Krücken mehr braucht, werdet Ihr losziehen, um nach Lehander zu suchen, nicht wahr?«

»Wenn wir bis dahin keine Nachricht von ihm haben, ja.«

Lygwenn machte eine Pause und setzte dann hinzu: »All das hier, die Intrigen zwischen Lehrern, die Abzeichen, der Wettbewerb zwischen den Gilden … Das ist nichts für mich. Ich möchte nur meinen Enkel wiederfinden und in Frieden leben, so weit wie möglich von den Chimären entfernt. Und so weit wie möglich von der Bruderschaft. Vielleicht wird es dir eines Tages auch so ergehen. Falls du lange genug am Leben bleibst.«

Dælfine nickte langsam. Die Unverblümtheit der Weltwanderin konnte manchmal wirklich verstörend sein.

»Aber Ihr habt Radjaniel versprochen, ihn bis zum Ende des Schuljahrs zu vertreten.«

»Er wird schon eine Lösung finden. Er wusste sehr gut, worauf er sich einließ, als er mich um den Gefallen bat. Sollte Lehander durch ein Wunder wiederauftauchen, stehe ich zu meinem Wort. Aber ich mache mir keine Illusionen. Ich werde wohl selbst in Tannakis' Unterschlupf gehen und ihn da rausholen müssen.«

»Allein? Habt Ihr keine Angst?«

Lygwenn lächelte gezwungen.

»Ich habe schon sehr viel Schlimmeres erlebt. Dinge, von denen man für immer gezeichnet ist.«

Das Mädchen konnte ihre Neugier nicht im Zaum halten.

»Hat das etwas mit dem Panaryn-Mal auf Eurem Bandelier zu tun? Dem Schandmal der Bruderschaft?«, fragte sie.

»Du neugieriges Ding!«, antwortete die Weltwanderin. Trotzdem fügte sie nach einer Weile hinzu: »Glaub ja nicht, dass ich mich vor einem Kampf gedrückt oder mich feige verhalten hätte! Selbst wenn das bis ans Ende aller Tage in den Chroniken steht. Der Hohe Rat, dem ich damals unterstanden habe, hat sich ganz einfach geweigert, die Wahrheit anzuerkennen!«

Dælfine nahm an, dass sie aus Lygwenn nicht mehr herausbekommen würde, doch die Weltwanderin fuhr fort: »Vor langer Zeit war ich Teil einer sehr … speziellen Mission. Die Sache nahm ein tragisches Ende. Viele Weltwanderer starben, und die Rückkehrer mussten mit schrecklichen Erinnerungen leben. Ich war eine von ihnen. Ich wollte von meinen Erlebnissen erzählen, um das Wissen der Bruderschaft zu mehren, doch man glaubte mir nicht. Denn ich berichtete von Chimären, wie man sie noch nie in Gonelore gesehen hatte.«

Sie schnaubte leise, und Dælfine spürte, dass diese Ungerechtigkeit noch immer an ihr nagte.

»Man warf mir vor, ich würde das alles nur erfinden, um mir ein paar goldene Nieten zu verdienen. Zumal niemand meine Aussagen bestätigen konnte. Und als mein Bauch sich zu wölben begann, schloss der Hohe Rat daraus, dass ich es mir einen Monat lang in irgendeiner Provinzstadt hatte gut gehen lassen, statt um mein Leben zu kämpfen, so wie ich es behauptet habe. Irgendwann gab ich es auf, sie von der Wahrheit überzeugen zu wollen. So heftete man mir das Schandmal an, und ich zog in ein anderes Land, um dort meine Tochter großzuziehen. Nach all den Jahren weiß fast niemand mehr von dieser Mission. Doch ich trage immer noch dieses Furunkel auf dem Bandelier mit mir herum. Ich werde die Sache nie vergessen können.«

Dælfine nickte stumm. Für jemanden, der nichts von der Bruderschaft wissen wollte, maß Lygwenn deren Symbolen erstaunlich viel Bedeutung bei. Oder meinte sie nicht das Schandmal, sondern die schlimmen Dinge, die sie durchgemacht hatte?

»Neulich habe ich geträumt, dass meine Kameraden das Schandmal tragen. Nobiane, Gess und Berris. Unsere gesamte Gilde«, sagte das Mädchen leise.

»Hast du öfter solche Träume?«

»Ja. Das heißt, nein … Es war kein richtiger Traum. Es hat mit meinen Augengläsern zu tun. Manchmal sehe ich nur ein ganz verschwommenes Bild, und dann spielt mir meine Fantasie einen Streich. Ich sehe die anderen als Jugendliche oder Erwachsene, und meist tragen sie das Schandmal am Bandelier. Doch die Bilder verschwinden immer gleich wieder. Zum Glück.«

Schon bereute Dælfine ihre Offenheit. Da wollte sie unbedingt verhindern, dass sie wegen ihrer eingeschränkten Sehkraft als schwächer galt, und dann erzählte sie ausgerechnet ihrer Lehrerin solche Dinge. Nach einem Moment drückenden Schweigens gab Lygwenn eine unerwartete Antwort.

»Das könnte die Zukunft sein.«

»Was?«

»Diese Visionen. Du sagst, dass du mit deinen Augengläsern durch den Schleier blicken kannst? Vielleicht siehst du ja auch Bilder aus der Zukunft, wenn du deine Kameraden betrachtest.«

Dælfine zog sich der Magen zusammen. Was für ein verstörender Gedanke.

»Aber … Wie kann das sein?«

»Es ist bloß eine Möglichkeit«, sagte Lygwenn leise, »aber manche Weltwanderer glauben, dass der Schleier nicht nur die verschiedenen Horizonte voneinander trennt. Sie gehen davon aus, dass er auch die Grenze zwischen der Gegenwart, der Vergangenheit und Zukunft darstellt. Abgesehen von diesen theoretischen Überlegungen gibt es in der Geschichte der Bruderschaft ein paar Fälle, in denen Weltwanderer etwas Ähnliches erlebt haben wie du. Sie haben durch ein Prisma geblickt und die Zukunft gesehen.«

Dælfine schloss die Augen, als könnte sie diese neue Last damit verdrängen. Aber sie hatte keine Wahl. Sie brauchte die Augengläser, um sehen zu können. Wenn sie nicht eines Tages wundersam geheilt wurde, würde sie die Linsen bis an ihr Lebensende tragen.

Sie wollte dieses Gespräch nicht weiterführen. All die Bilder, die sie für Ausgeburten ihrer Fantasie gehalten hatte, kamen ihr in den Sinn. In einer Vision hatte Gess eine tiefe Wunde in der Wange, schlimmer noch als Vargaï nach dem Kampf gegen den Drakoniden. In einer anderen trug Nobiane ein Bandelier, das sie als Magistra von Zauberranke auswies, doch ihr fehlten mehrere Finger der linken Hand. Und in der schrecklichsten Vision lag Zauberranke in Trümmern, und die gesamte Halbinsel wurde von Kristallen überwuchert.

34

So sieht man sich wieder, Schakal! Na, gefällt dir unser Ausflug? Drehen wir noch eine Runde?«

Vohn zog Lehanders Arm mit einem Ruck nach oben, und der Junge biss sich auf die Lippen, um nicht zu schreien. Nachdem ihm zunächst Tränen über die Wangen gelaufen waren, hatte er sich nun geschworen, keinen Mucks mehr von sich zu geben. Vohn machte es offenbar großen Spaß, ihn leiden zu sehen, und wenn Lehander Schwäche zeigte, quälte er ihn nur noch mehr.

Während sie an mehreren Höhlen vorbeimarschierten, rempelte ihn Vohn immer wieder von hinten an, schubste ihn gegen die Felswand oder versetzte ihm einen Fußtritt. Als Vohn einmal kurz von ihm abließ, fuhr Lehander mit geballten Fäusten zu ihm herum. Endlich konnte er Rache nehmen.

Doch Vohn hatte mit dem Angriff gerechnet. Er hatte sein Messer gezogen und hielt die zwanzig Zentimeter lange Klinge auf die Brust seines Rivalen gerichtet.

»Na los, Schakal! Greif mich an! Damit machst du mir eine große Freude! Komm, gib mir einen Grund, dich zu töten.«

Lehanders Kampflust erstarb. Vor dem Messer fürchtete er sich weniger als vor Vohns feindseligem Blick. Wie hatte er einem Jungen, mit dem er nur ein paar Wochen verbracht hatte, einen solchen Hass einflößen können? Wie hatte Tannakis es geschafft, Vohn mit seinem Wahn und seiner Grausamkeit anzustecken? Sein Rivale schien wirklich nichts lieber tun zu wollen, als ihm den Bauch aufzuschlitzen – was ihm sein Herr ja auch ausdrücklich erlaubt hatte.

»Na, was ist?«, rief Vohn. »Jetzt trägst du die Nase wohl nicht mehr so hoch, was? Hier dreht sich nämlich nicht alles um dich! Hier muss ich keine Angst haben, dass du mir meinen Platz stiehlst.«

Er stieß mit der Klinge nach Lehander und grinste triumphierend, als dieser zurückzuckte. Lehander brach der kalte Schweiß aus. Was hatte Vohn mit ihm vor?

»Hier bin *ich* der Goldjunge! Ich bin hier der einzige Schüler, und das gefällt mir sehr gut! Also glaub ja nicht, dass ich dich einfach so in den Gängen herumspazieren lasse! Aber du kannst gern versuchen, dich zu wehren, Schakal. Mein Messer wartet auf dich, du dreckiger Schaffresser!«

Lehander ging nicht auf die Provokation ein. Er wagte kaum, sich zu rühren. Seine ganze Aufmerksamkeit galt dem Messer, mit dem Vohn herumfuchtelte. Es war klar, dass er den Jungen nicht zur Vernunft bringen konnte. Vohn lauerte nur auf einen Vorwand, seinen niedersten Trieben nachzugeben.

»Na, machst du dir in die Hose? Hier gibt es keinen, der dich rettet. Du könntest in diesem Gang verrecken, und niemanden würde das kümmern. Und, fühlst du dich jetzt einsam und verlassen? Ganz auf dich allein gestellt? So wie ich es war, nachdem du aufgekreuzt bist? Kapierst du es jetzt?«

Lehander stand reglos und stumm da, was seinen Gegner aus der Fassung brachte. Nach einer angespannten Pause ließ Vohn etwas von seiner Wut heraus, indem er gegen die Wand trat. Schließlich zeigte er auf die Tür, vor der sie haltgemacht hatten.

»Mach auf! Und zwar zackig!«

Lehander gehorchte. Er hob die Eisenstange an, die als Riegel diente, und zog die massive Holztür auf. Sie quietschte erbärmlich in den Angeln. Kurz wunderte er sich darüber, dass es hier unten eine Tür gab, denn der Eingang zu Tannakis' Thronsaal war nur mit einem Vorhang verhängt gewesen. Als das Licht der Fackeln im Gang in den Raum fiel, lief es Lehander eiskalt den Rücken hinunter. Vor ihm tat sich ein dunkles Loch auf, in dem mehrere Dutzend grob gezimmerte Särge übereinandergestapelt waren – er blickte in eine Gruft.

»Dein neues Zimmer«, sagte Vohn spöttisch. »Los, rein da!«

»Aber …«

»Rein da, sag ich!«

Er packte Lehander an der Schulter und stieß ihn in die Höhle. Der Junge stolperte und fiel hin, und als er sich aufrappelte, hatte sein Rivale die Tür bereits von außen verschlossen. Um ihn herum herrschte tiefste Finsternis.

»Viel Spaß«, höhnte Vohn von draußen. »Ich komme in ein, zwei Tagen mal vorbei. Vielleicht.«

Verzweifelt schlug Lehander mit den Fäusten gegen die Tür und flehte seinen Henker an, ihn herauszulassen. Doch Vohn lachte nur. Selbst als seine Schritte längst verklungen waren, kam es Lehander so vor, als hörte er ihn hämisch glucksen.

Eine Weile lehnte er reglos an der Tür und versuchte, nicht in Panik auszubrechen. Immerhin war er noch am Leben und unversehrt. Vohn hätte ihm genauso gut ein Ohr abschneiden oder ihm sonst eine schlimme Verletzung beibringen können, nur um ihn zu quälen. Er hätte ihn auch den Bestien ausliefern können, die offenbar in den Tiefen dieses unterirdischen Labyrinths hausten. Hin und wieder drangen von irgendwoher schrille Schreie zu ihm herauf, doch hier befand er sich nur in einer Höhle mit Särgen von der Größe eines Menschen. *Das sind nur tote Menschen!*, dachte er, um sich zu beruhigen. *Von Toten habe ich nichts zu befürchten.*

Die nächsten Minuten verbrachte er damit, die Tür abzutasten und daran zu rütteln. Mit einem spitzen Werkzeug hätte er vielleicht das Holz durchbohren und die Spitze durch das Loch schieben können, um die Eisenstange anzuheben. Er dachte lieber nicht darüber nach, warum die Söldner es für nötig befunden hatten, die Gruft zu verrammeln, denn sonst hätte er womöglich vor lauter Panik schreiend den Kopf gegen die Wand geschlagen.

Kurz erwog er, einige der Särge zu öffnen, um nachzusehen, ob sich darin nicht irgendeine Art von Werkzeug befand. Er hatte jedoch solche Angst vor dem, was er in den Särgen finden könnte, dass er die Idee gleich wieder verwarf.

Da ihm nichts Besseres einfiel, begann er die Höhle zu erforschen, indem er sich an den Wänden entlangtastete. Jedes Mal, wenn seine zitternden Hände an einen Sarg stießen, zuckte er zusammen. Er glaubte zwar nicht, dass er einen Ausgang finden würde, aber er musste es trotzdem versuchen. Alles war besser, als tatenlos im Dunkeln herumzusitzen.

Als er wieder an der Tür angekommen war, sah er sich in seiner Not gezwungen, über die letzte Möglichkeit nachzudenken, die ihm blieb: Er könnte den Schleier durchqueren.

Der Gedanke machte ihm solche Angst, dass er sich bisher nicht getraut hatte, diesen Ausweg auch nur in Erwägung zu ziehen. Selbst jetzt zögerte er noch. Theoretisch musste er nur kurz in den nächsthöheren Horizont schlüpfen und im Gang hinter der Tür wieder auftauchen. In Wirklichkeit war es viel komplizierter. So wusste er zum Beispiel nicht, ob die unterirdischen Gänge auch jenseits des Schleiers existierten. Was würde geschehen, wenn dem nicht so war? Würde er im Fels stecken bleiben und zerquetscht werden? Er hätte ein Prisma und etwas Licht gebraucht, um den nächsthöheren Horizont abzusuchen, doch leider hatte er weder das eine noch das andere. Wenn er den Schleier durchquerte, wäre das ein Glücksspiel – bei dem der Einsatz sein Leben war.

Und das war nicht das einzige Problem. Er hatte niemanden, der ihm Rückendeckung gab. Wenn ihn auf der anderen Seite Chimären angriffen, würde ihn nicht einmal eine Rückkehr nach Gonelore retten können. Und in diesem unterirdischen Labyrinth gab es mit Sicherheit eine ganze Menge Chimären, auch wenn sie sich noch in ihren jeweiligen Horizonten befanden. Er wusste zwar nicht, woher er diese Gewissheit hatte, aber er spürte es irgendwie. Vielleicht lag es einfach nur an der unheimlichen Atmosphäre der Gruft.

Nachdem er eine ganze Weile nachgegrübelt hatte, gelangte er zu dem Schluss, dass er nicht den Mut hatte, einen Versuch zu wagen. Verzagt kauerte er sich neben der Tür zusammen und überlegte, mit welchen Argumenten er Tannakis wohl dazu bringen könnte, ihn freizulassen. Ihn und Denilius natürlich auch, denn sein Großvater musste ebenfalls irgendwo hier unten eingesperrt sein, während ihn das Gift von innen auffraß.

Bald betäubte ihn die Kälte. Trotz seiner Angst nickte er immer wieder ein. Er versuchte gar nicht erst, gegen den Schlaf anzukämpfen. Obwohl er unter seinem Gedächtnisverlust sehr gelitten hatte, wünschte er sich nun nichts sehnlicher, als alles um sich herum vergessen zu können. Jedes Mal, wenn sein Bewusstsein ihn in die Wirklichkeit zurückholte, sah er nichts als Bilder der Verwüstung und des Todes. Er verfiel in einen albtraumhaften Dämmerzustand und verlor rasch jedes Zeitgefühl. War in Gonelore bereits ein neuer Tag angebrochen? War Tannakis schon nach Zauberranke unterwegs? War er tatsächlich mächtig genug, um die Schule zu erobern? Und was würde er nach seinem Sieg mit den Lehrern und Schülern anstellen?

Diese letzte Frage quälte den Jungen mehr als alle anderen. Plötzlich überkam ihn eine heftige Sehnsucht nach Radjaniel und seinen vier Kameraden. Natürlich hatte er seit dem Beginn seiner Reise mit Denilius jeden Tag an sie gedacht, aber jetzt litt er unter der grausamen Gewissheit, dass sie in unmittelbarer Gefahr schwebten. In wenigen Stunden würde ihr Schicksal besiegelt sein. Könnte er sie doch nur vor dem drohenden Angriff warnen und ihnen auf diese Weise vielleicht das Leben retten …

Dieser Gedanke ließ Lehander nicht mehr los. Vor seinem geistigen Auge tauchten die Gesichter von Dælfine, Gess, Berris und Nobiane auf und stürzten ihn in ein schreckliches Dilemma: Sollte er wieder den Schleier durchqueren, um seinen Kameraden zu Hilfe zu eilen? Er hatte keine Ahnung, wie er das anstellen könnte, aber Denilius hätte vielleicht eine Idee … Lehander war nicht bereit, sich Todesgefahren auszusetzen, wenn es nur um ihn selbst ging, aber die Aussicht, zehn, fünfzig oder gar mehrere Hundert Leben zu retten, war verlockend.

Mit klopfendem Herzen richtete er sich auf und rieb seine steifen Glieder. Sein Entschluss stand fest. Wenn er hier hocken blieb, würde er ohnehin irgendwann erfrieren. Bevor er sich noch länger das Hirn zermarterte, trat er besser die Flucht nach vorn an. Er musste sich nur die unsichtbare Grenze vorstellen und sich dem Sog der anderen Horizonte hingeben.

Ohne weiter nachzudenken, nahm er all seinen Mut zusammen und wagte den Sprung ins kalte Wasser. Zu seiner Überraschung gelang es ihm gleich beim ersten Versuch, den Schleier zu durchqueren. Als er nicht mehr atmen konnte, wusste er, dass er es geschafft hatte. Fieberhaft schnappte er nach Luft, hin und her gerissen zwischen der Angst vor dem fremden Horizont und dem Triumph über seinen Erfolg. Im nächsten Moment sah er, wie sich um ihn herum weiße Gestalten erhoben, und er schrie vor Schreck laut auf.

Er hatte das Gefühl, den Verstand zu verlieren oder in einem entsetzlichen Albtraum gefangen zu sein. Aus den Särgen stiegen ätherische Erscheinungen auf, weißliche, durchsichtige Silhouetten, die über den Särgen waberten wie Nebel auf einem Friedhof. Nur erinnerten die Schwaden vage an menschliche Körper. Sie wandten Lehander ihre Gesichter zu und streckten die Hände nach ihm aus.

Der Anblick prägte sich ihm unauslöschlich ins Gedächtnis ein. Die Silhouetten waren so zahlreich, dass sie die Dunkelheit erhellten, und so konnte er alles genau sehen. Die nebelhaften

Körper, die ihn bedrängten. Die aufgesperrten Münder, hinter denen das Nichts klaffte und die den unerwarteten Besucher ihres Horizonts um Hilfe anzuflehen schienen. Die Finger, die vergeblich versuchten, sich an seine Kleider zu klammern. Die Silhouetten scharten sich immer dichter um ihn und schienen ihn um jeden Preis festhalten zu wollen.

Lehander wich instinktiv zurück, bis er plötzlich bemerkte, dass er sich bereits in dem Gang jenseits der Tür befand. Doch die nebelhaften Gestalten folgten ihm aus der Höhle. Lehander rannte los. Durch alle Hindernisse hindurch, die ihn auf dieser Seite des Schleiers nicht aufhalten konnten. Dass ihm eben das zum Verhängnis werden könnte, kam ihm gar nicht in den Sinn.

35

Radjaniel war seit dem Morgengrauen auf den Beinen, aber er kam leider nicht so schnell voran, wie er gehofft hatte. Seit Vargaï sie vor dem drohenden Angriff auf Zauberranke gewarnt hatte, war er unermüdlich im Einsatz. Doch was er sich vorgenommen hatte, war keine kleine Aufgabe, und Kartigann hatte sich hartnäckig geweigert, ein paar Milizionäre abzustellen, um ihm zu helfen. Der Oberste Hüter behauptete, das Risiko sei zu hoch, und Radjaniel hatte ihm wohl oder übel recht geben müssen. Deshalb hatte er sich allein an die Arbeit gemacht. Die Wiederinstandsetzung der mehrere Jahrhunderte alten Maschinen dauerte länger als geplant, und dabei ahnte Radjaniel, dass sie sie schon sehr bald brauchen würden!

Erst Vargaïs Besuch auf der Baustelle brachte ihn dazu, eine kurze Pause einzulegen. Die beiden Freunde begrüßten einander herzlich. Dann gingen sie zu einer Bank ganz in der Nähe, um den Krug Tee zu teilen, den Maetilde Vargaï mitgegeben hatte.

»Du kommst gut voran«, sagte Vargaï.

»Nicht so gut, wie ich gehofft hatte«, antwortete Radjaniel mit einem Seufzer. »Auf dieser Seite der Halbinsel bin ich fast fertig, aber im Nordosten war ich noch gar nicht.«

»Das ist doch schon mal was«, sagte Vargaï aufmunternd. »Vielleicht haben wir ja Glück, und sie kommen von dieser Seite. Oder Tannakis lässt sich noch etwas Zeit, und du kannst die Arbeit zu Ende bringen.«

»Oder sie ist überflüssig, weil er doch nicht angreift«, spann Radjaniel den Faden weiter. »Ich hoffe es. Ich hoffe es sehr!«

Vargaï nickte, jedoch nur halbherzig. Er hatte von Anfang an gewusst, dass die Schlacht um Zauberranke stattfinden würde.

»Wer wird sie bedienen?«

»Ein paar Viertkreisler, die sich freiwillig gemeldet haben … Arold will die Erst-, Zweit- und Drittkreisler in der zweiten Reihe kämpfen lassen. Die Fünftkreisler und Lehrer werden die vordere Front bilden.«

»Ich weiß«, sagte Vargaï. »Der Vorschlag stammt von mir. Leider bin ich mir nicht sicher, ob das reicht …«

Er trank einen Schluck aus seinem dampfenden Becher und fuhr dann fort: »Da du hier oben gebraucht wirst, hat Arold mich gebeten, die Truppen anzuführen. Er versprach, mich zum Obersten Lanzenträger zu ernennen. Den Titel hat er sich auf die Schnelle ausgedacht. Sicher wird er ihn mir wieder aberkennen, sobald sich die Lage beruhigt hat. Sein Gehabe ist wirklich lächerlich.«

Radjaniel sah ihn verblüfft an.

»Und? Hast du sein Angebot angenommen?«

»Ja. Ich werde die Bewohner von Zauberranke in die Schlacht führen. Sonst kommt noch dieser Dummkopf Kartigann auf die Idee, er könnte das übernehmen. Aber den Sitz im Hohen Rat habe ich abgelehnt. Wenn ich eines Tages wieder an diesem Tisch Platz nehme, dann um Denilius zur Seite zu stehen. Niemandem sonst.«

Radjaniel nickte bedrückt. Vargaï wollte einfach nicht einsehen, dass sein Bruder Zauberranke verraten hatte. Er würde es erst glauben, wenn ein handfester Beweis vorlag. Und selbst dann würde er Denilius wohl immer noch edle Absichten unterstellen.

»Und was ist mit dir?«, fragte Vargaï. »Freust du dich über deine Rückkehr in den Hohen Rat? Wie fühlt es sich an, wieder zur Elite zu gehören? Und lässt dieser Hitzkopf von Magister seinen neuen Obersten Wächter wenigstens ins Ruhe arbeiten?«

»Er lässt mich in Frieden«, erklärte Radjaniel. »Jedenfalls darf ich ungestört Ermittlungen durchführen. So konnte ich Huguebalds Unterlagen nach Hinweisen durchsehen, ob sich nicht doch noch weitere Spitzel unter uns befinden. Der Verräter führte genau Buch über seine Schandtaten und die seiner Komplizen. Es hat ihn wohl geprägt, dass er der Sohn des Obersten Schreibers war. Er legte sogar ein schriftliches Geständnis darüber ab, dass er derjenige war, der das Tor zum Meer geöffnet hat, kurz nachdem meine Schüler das Zeughaus bezogen haben. Er wollte mich aus dem Zeughaus vertreiben und sich an meiner Stelle zum Klingenschleifer ernennen lassen. Dann hätten er und Zakarias die beiden einzigen Zugänge zu Zauberranke kontrolliert. Ich bin wirklich erleichtert, dass ich dieses Rätsel aufklären konnte. Die Sache ließ mir keine Ruhe!«

»Ich kenne dich gut genug, um zu wissen, dass du nie aufgibst.«

Vargaï verstummte und schwieg verlegen. Radjaniel nahm es ihm nicht übel. Er wusste, was seinem Freund in diesem Moment durch den Kopf ging: die acht langen Jahre, in denen der Messerschleifer seinen Kummer im Alkohol ertränkt und sich von seinen engsten Freunden zurückgezogen hatte. Reflexhaft führte er die Hand zu dem Anhänger, den er um den Hals trug. Dann wechselte er hastig das Thema.

»Wenn du das Oberkommando übernimmst, werden wir wieder zusammenarbeiten, alter Freund. Die Verteidigung von Zauberranke ruht auf unseren Schultern. Du wirst unten kämpfen und ich hier oben.«

Vargaï grinste spitzbübisch.

»Ich hoffe jedenfalls, dass deine Schüler zielen können!«

»Und ich hoffe, dass diese Dinger uns nicht in den Händen explodieren!«

Darauf stießen sie mit ihren Bechern an. Doch der mittlerweile lauwarme Tee kam ihnen mit einem Mal sehr bitter vor.

36

Endlich ließ die letzte Seele von Lehander ab. Sie strich ein letztes Mal um ihn herum und stierte ihn aus leeren Augenhöhlen an, bevor sie sich zurückzog. Erst jetzt spürte der Junge die Erschöpfung. Er sank auf die Knie und vergrub das Gesicht in den Händen. Noch konnte er kaum glauben, dass der Albtraum wirklich vorbei war.

Es kam ihm vor, als wäre er eine halbe Ewigkeit vor den Nebelwesen geflohen. Stundenlang war er durch die unterirdischen Gänge eines fremden Horizonts gerannt, um der Schar von Geistern zu entkommen. Zum Glück hatten sie ihn weder verletzen noch ihm den Weg versperren können, doch ihre wabernden Gestalten und stummen Schreie hätten selbst den abgebrühtesten Krieger um den Verstand gebracht.

Um ihnen zu entwischen, wäre Lehander mehrmals fast nach Gonelore zurückgekehrt, doch dann hätte er sich weitaus gefährlicheren Gegnern mit echten Waffen stellen müssen. Tannakis hatte mehrere Männer in seinem unterirdischen Versteck zurückgelassen, und Lehander hatte jedes Mal weiche Knie bekommen, wenn er an einer Wache vorbeirannte. Wäre nur ein einziger Söldner auf die Idee verfallen, seine Umgebung durch ein Prisma abzusuchen, hätte er den Jungen sofort entdeckt!

Zum Glück war das bisher nicht geschehen. Zum ersten Mal, seit Lehander seinem Gefängnis entflohen war, fühlte er sich wirklich frei. Allerdings hatte er sich hoffnungslos in dem Labyrinth verirrt, das sich tief in die Erde hinein erstreckte. Mehrmals hatte er kehrtmachen müssen, weil er in eine Sackgasse geraten war, und bald hatte er völlig die Orientierung verloren.

Trotzdem genoss er die kurze Verschnaufpause. Um nicht länger an die gespenstischen Erscheinungen denken zu müssen, konzentrierte er sich auf das einzige Wichtige, sein eigentliches Ziel: Er musste Denilius finden! Wenn Tannakis nicht gelogen oder plötzlich doch beschlossen hatte, ihn hinzurichten, dann hockte sein Großvater in irgendeiner Höhle und litt unter den Wirkungen des Gifts. Vielleicht käme jede Hilfe sogar schon zu spät. Da Lehander kein Zeitgefühl mehr hatte, konnte mehr als ein Tag vergangen sein, seit sie in das unterirdische Labyrinth hinabgestiegen waren, aber diesen Gedanken schob er lieber beiseite.

Schließlich stand er auf und lief weiter durch die Gänge. Seine müden Glieder, seinen Durst und seinen knurrenden Magen ignorierte er, so gut es ging. Er fragte sich, was mit seinem Körper geschehen würde, wenn er in einem anderen Horizont Nahrung zu sich nahm, aber das konnte er jetzt ja schlecht ausprobieren. Nachdem er mehrere Stunden jenseits des Schleiers verbracht hatte, zögerte er, nach Gonelore zurückzukehren. Hier war er wenigstens sicher; zumindest war er bisher auf keine Chimäre gestoßen. Die gespenstischen Gestalten waren offenbar die einzigen Kreaturen, die diesen Horizont bevölkerten. Deshalb wollte er lieber so lang wie möglich hierbleiben, auch wenn er Gefahr lief, doch noch Chimären zu begegnen. Kurz kam ihm auch der Gedanke, dass es ihm vielleicht immer schwerer fallen würde, auf seine Seite des Schleiers zurückzukehren, wenn er sich zu lange hier aufhielt …

Zumindest hatte er jetzt über eins Gewissheit: Wenn er den Schleier durchquerte, erlangte er neue Fähigkeiten. Er konnte tatsächlich schneller und länger rennen, erstaunliche Sprünge vollführen und vermutlich auch sehr viel schwerere Gewichte heben. Bisher hatte ihm das zwar nur dabei geholfen, vor den geisterhaften Gestalten zu fliehen, aber darum war er sehr froh. Denilius hatte schon einmal erwähnt, dass man besondere Kräfte entwickelte, wenn man den Schleier durchquerte, doch sie hatten das Thema nicht vertiefen können. Und da die Fähigkeiten wieder verschwanden, sobald Lehander nach Gonelore zurückkehrte, war das auch nicht weiter von Belang. Trotzdem fragte er sich jetzt, da er durch die Gänge eines fremden Horizonts streifte, wie es zu diesem Phänomen kam und wie umfassend es war. Wurde man immer stärker, je mehr Horizonte man durchschritt? Wurde man auch klüger und konnte schärfer denken?

Nachdem er eine ganze Weile herumgeirrt war, wurde er aus seinen Gedanken gerissen. Plötzlich stand er nämlich vor Tannakis' Thronsaal, wo noch drei Söldner Wache hielten. Einer von ihnen tat so, als schliefe er auf Tannakis' steinernem Thron, und seine Kameraden bogen sich vor Lachen. Diese Szene war der beste Beweis dafür, dass ihr Anführer sein Lager verlassen hatte. Vorsichtshalber betrat Lehander den Saal nicht, obwohl er immer noch hinter dem Schleier verborgen war. Er lief weiter den Gang entlang und warf einen Blick in die Säle, die rechts und links abgingen.

Die meisten waren leer. Wenn er doch einmal auf einen Söldner stieß, tappte er auf Zehenspitzen weiter, obwohl er wusste, dass man ihn nicht hören konnte. Während er so durch die Gänge schlich, kam er sich langsam selbst wie ein Gespenst vor. Doch er hatte nicht vor, Tannakis' Männern seinen Atem in den Nacken zu hauchen, um sie zu erschrecken oder ihnen sonst einen Streich zu spielen. Denn dazu hätte er nach Gonelore zurückkehren müssen, und wenn er das tat, konnten sie ihn auch mit ihren Waffen angreifen.

Zum Glück war das Lager ihrer Feinde wie ausgestorben. Irgendwann begann Lehander zu bangen, dass Denilius nicht mehr hier sein könnte. Vielleicht hatte Tannakis es sich doch anders überlegt und seine Geisel mitgenommen. Vielleicht waren beide längst auf dem Weg nach Zauberranke. Dann wäre der Junge ganz allein in der Höhle des Löwen. Er hatte nicht einmal eine Waffe, um sich zu verteidigen, keinen Ort, an dem er sich verstecken konnte, und niemand wusste, wo er war.

Er versuchte, sich nicht von der Angst lähmen zu lassen, während er weiter das unterirdische Labyrinth erkundete. Mittlerweile hatte er so viele Säle und Gänge abgesucht, dass er befürchtete, schon alle gesehen zu haben. Doch als er einen Söldner entdeckte, der neben einer verschlossenen Tür mit dem Rücken zur Felswand am Boden saß, schöpfte er neuen Mut. Alle Söldner, denen er bisher begegnet war, hatten nichts zu tun gehabt, doch dieser hier schien die Tür zu bewachen.

Im nächsten Moment stand Lehander in einer Art Zelle, denn in seinem Horizont existierte die Tür nicht. Er nahm das Hindernis nur als nebelhaften Umriss wahr. Dann entdeckte er Denilius. Er lag zusammengekrümmt auf der Erde und war totenbleich, aber er war eindeutig am Leben.

Bei seinem Anblick ging dem Jungen auf, wie sehr er an dem Weltwanderer hing. Er mochte einen schwierigen Charakter haben und zu Geheimniskrämerei neigen, aber er war immerhin sein Großvater. Lehander zögerte nicht lange und durchquerte den Schleier. Erleichtert stellte er fest, wie leicht ihm die Rückkehr nach Gonelore fiel. Als er sich von der Überraschung erholt hatte, sah er Denilius' Gesicht vor Freude aufleuchten.

»Du … Du hast es geschafft!«, flüsterte er.

Lehander lächelte ihm zu, doch Denilius' schwache Stimme holte ihn mit einem Schlag in die Wirklichkeit zurück. Sie befanden sich immer noch im Lager ihrer Feinde, sie hatten keine Waffen, und die Zelle war mit einer massiven Holztür verschlossen.

»Nimm mich mit!«, stieß sein Großvater hervor. »Wir müssen gemeinsam den Schleier durchqueren!«

»Aber … wie …?«

Bisher war er gar nicht auf die Idee gekommen, dass so etwas möglich sein könnte. Er hatte sich einzig darauf konzentriert, Denilius wiederzufinden, und irgendwie gedacht, dieser würde schon wissen, was zu tun war.

»Du kannst das!«, ermutigte ihn der Weltwanderer. »Zwar überspringen wir ein paar Etappen deiner Ausbildung, aber du kannst es schaffen, das weiß ich! Du wirst uns alle retten.«

Er klammerte sich an die Hose des Jungen wie ein Bettler und sah flehend zu ihm hoch. Sein Gesicht war eingefallen, es war offensichtlich, dass das Gift seine Wirkung tat. Lehander hätte ihm die Bitte nur zu gern erfüllt, aber er hatte keine Ahnung, wie er das anstellen sollte.

Plötzlich erklangen jenseits der Tür Geräusche. Der Wachmann musste ihr Flüstern gehört haben. Er stand auf und klirrte mit seinem Schlüsselbund. Lehander brach der kalte Schweiß aus. Fieberhaft packte er Denilius bei den Schultern und kniff die Augen zusammen, als könnte ihm das helfen. Doch nichts geschah. Mittlerweile hatte der Wärter die Tür aufgeschlossen und stand auf der Schwelle. Er riss verblüfft die Augen auf und griff nach dem Schwert an seinem Gurt.

Die Angst gab Lehander den nötigen Ansporn, um das Wunder zu vollbringen. Er gab sich abermals dem Sog der Horizonte hin und zog seinen Großvater mit sich hinter den Schleier. Ein Ruck fuhr durch ihre Körper, und der Söldner starrte fassungslos auf die Stelle, an der sie sich gerade noch befunden hatten. Dann half der Junge Denilius auf die Füße. Er wagte nicht, ihn loszulassen, weil er nicht wusste, was dann mit ihm geschehen würde. Als sein Großvater sich aufgerichtet hatte, ging er das Wagnis jedoch selbst ein. Die Tatsache, dass Lehander es geschafft hatte, mit ihm zusammen den Schleier zu durchstoßen, schien ihm neue Kraft zu verleihen. Strahlend vor Freude fuchtelte er wild vor dem Wachmann herum, der ihn nun nicht mehr sehen konnte, und schritt durch ihn hindurch wie durch eine Nebelschwade.

»Siebenunddreißig Jahre«, rief er. »Seit siebenunddreißig Jahren warte ich auf diesen Moment, Lehander! Du kannst dir gar nicht vorstellen, was für ein Gefühl das ist. Und das ist erst der Anfang! Du bist unglaublich, mein Junge! Die Götter haben dir ein wunderbares Geschenk gemacht!«

Lehander war sehr viel weniger begeistert. Als er die Stimme seines Großvaters in einem fremden Horizont hörte, bekam er eine Gänsehaut. Er trat eilig aus der Zelle auf den Gang und hoffte inständig, dass es nicht am Gift lag, dass sein Großvater wie in Trance wirkte.

»Und jetzt?«, fragte er. »Was machen wir jetzt? Der Wachmann wird Alarm schlagen!«

»Soll er doch alle Glocken von Agiapolis läuten!«, höhnte der Weltwanderer. »Solange wir hinter dem Schleier bleiben, kann er uns nichts anhaben!«

Als hätte der Mann seine Worte gehört, stürzte er aus der Zelle und lief dabei mitten durch seinen unsichtbaren Gefangenen hindurch. Denilius schien wieder etwas zu Sinnen zu kommen.

»Als Erstes müssen wir meine Tasche holen! Ich muss das Gegengift nehmen. Und wir brauchen unsere Waffen und Bandeliere. Komm! Ich weiß, wo sie sind.«

Entschlossen marschierte er vorweg.

Lehander folgte ihm. Er war erleichtert, dass er sich nicht mehr allein der Gefahr stellen musste. Sein Großvater schien jetzt vor Elan zu strotzen. Es sah fast so aus, als wolle er allen Söldnern, die in den unterirdischen Gängen zurückgeblieben waren, die Stirn bieten und sich eigenhändig an ihnen rächen. Vielleicht vergaß er, dass seine neu gewonnene Kraft wieder verschwinden würde, sobald er auf die richtige Seite des Schleiers zurückkehrte. Der Junge wagte nicht, ihn daran zu erinnern. Fürs Erste lief er lieber hinter einem kampflustigen Weltwanderer her, der sie aus ihrer misslichen Lage befreien würde, als einem Mann die Hand zu halten, der unter der Wirkung eines Gifts dahindämmerte.

»Da!«, rief Denilius. »Als sie mich abgeführt haben, verschwand der Mann, der mir meine Sachen abgenommen hatte, hinter dieser Tür und kam mit leeren Händen wieder heraus.«

Er trat durch die geschlossene Tür, als wäre es das Natürlichste von der Welt. Ganz so, als hätte er schon immer über diese Gabe verfügt. Lehander selbst hatte mehrere Stunden gebraucht, bis er sich daran gewöhnt hatte, die nebeligen Hindernisse zu durchschreiten. Doch Denilius wäre nicht Magister von Zauberranke geworden, wenn er nicht über einen außergewöhnlich scharfen Verstand verfügt hätte, und er hatte sein Leben damit verbracht, die Eigenheiten des Schleiers zu studieren. Gewiss war er hundertmal besser auf eine Reise in fremde Horizonte vorbereitet als Lehander selbst, obwohl nur der Junge über die Gabe verfügte, den Schleier zu durchqueren.

»Dieses Luder!«, stieß Denilius hervor.

Lehander folgte ihm eilig durch die schemenhafte Tür und landete in einem Raum, bei dem es sich um Nejabeths Werkstatt handeln musste. Auf deckenhohen Regalen waren Hunderte von Gläsern, Tiegeln und Fläschchen in allen Formen und Größen aufgereiht. Weitere Gefäße standen auf Arbeitsplatten inmitten von Pipetten, Glaskolben, Schalen und Bunsenbrennern. In den meisten Behältern befanden sich Flüssigkeiten, aber in einigen lagen auch widerlich aussehende Gewebeproben, die von Chimären stammen mussten. Zumindest hoffte Lehander das.

»Sie konnte ihre Finger natürlich nicht von meinen Sachen lassen«, schimpfte Denilius. »Sie wird sich nie ändern!«

Er zeigte auf seine Umhängetasche aus Leder, die auf einer Arbeitsfläche stand. Der Deckel war aufgeklappt, und die Phiolen, die sonst in der Tasche verstaut waren, standen daneben. Denilius streckte die Hand aus, um sie wieder einzuräumen, vergaß dabei aber, dass seine Finger nur ins Leere griffen. Doch er kam nicht mehr dazu, nach Gonelore überzuwechseln. Plötzlich schlug die Tür zur Werkstatt auf, und zwei Söldner stürzten mit gezogenen Schwertern und Prismen vor dem Auge herein.

»Da sind sie!«, brüllte der eine. »Ich habe sie!«

Sein Komplize bemerkte Denilius' Blick, der zu den Phiolen ging, und stellte sich blitzschnell davor.

»Zu spät!«, rief er triumphierend. »Du sitzt in der Falle, alter Mann! Wir weichen dir nicht mehr von der Seite! Irgendwann musst du nach Gonelore zurückkehren, und dann bereiten wir dir einen gebührenden Empfang!«

Lehander hätte vor Wut heulen können. Das Schicksal meinte es wahrlich nicht gut mit ihnen. Er sah sich hektisch um und zerbrach sich den Kopf, was sie tun konnten. Doch alles, was ihm einfiel, lief auf einen Kampf mit ungewissem Ausgang hinaus.

Sein Großvater scheute sich offenbar nicht davor, die Söldner anzugreifen. Er ballte die Fäuste und ließ den Blick über die Regale schweifen. Gleichzeitig schielte er zu seiner Streitaxt, die nur einen guten Meter von ihm entfernt war. In diesem Moment betrat eine dritte Gestalt den Raum. Es war Nejabeth, und auch sie hielt sich ein Prisma vor ein Auge.

Als sie Denilius hinter dem Schleier entdeckte, schnappte sie überrascht nach Luft. Doch sie erlangte rasch die Fassung wieder und musterte ihn mit gespielter Gleichgültigkeit. Dann zog sie ihren krallenförmigen Dolch und sagte ruhig: »Wir müssen miteinander reden, Bruder. Aber wenn du dich hinter dem Schleier versteckst, ist mir das Vergnügen, deine Stimme zu hören, nicht vergönnt. Weißt du noch, wie schön wir es früher miteinander hatten, Denilius? Erinnerst du dich an die Schlacht von Liutheim? Damals kämpften wir Seite an Seite. Wir verstanden uns blind.«

Lehander hatte keine Ahnung, wovon sie redete, doch an der Art, wie die Geschwister einander anstarrten, sah er, dass es wichtig war. Er rechnete also damit, dass irgendetwas geschehen würde, doch als Nejabeth urplötzlich einem der Söldner ihren Dolch in den Nacken rammte, schrie er überrascht auf.

Der andere Mann war nicht minder verblüfft. Eine Sekunde lang stand er wie erstarrt da. Das reichte Denilius. Er sprang aus dem Schleier hervor, packte seine Streitaxt und spaltete dem Abtrünnigen mit einem einzigen Hieb den Schädel.

Im nächsten Moment standen Bruder und Schwester einander gegenüber. Beide waren mit dem Blut ihrer Opfer besudelt und hielten ihre Waffen lauernd erhoben.

»Warum hast du das getan?«, herrschte Denilius Nejabeth an. »Was willst du von mir?«

»Dass du mir dein Geheimnis verrätst, natürlich. Ich will, dass du mir sagst, wie du den Schleier durchstoßen hast, Bruder!«

»Niemals! Von mir bekommst du nichts mehr!«

»Ich reiche dir eine Hand, Denilius. Ich schlage dir vor, dich auf die Seite der Sieger zu stellen.«

»Nachdem du mich vergiftet hast? Da kann ich ja gleich freiwillig das Schafott besteigen!«

Keiner von beiden senkte seine Waffe. Sie sahen aus, als würden sie sich gleich aufeinander stürzen. Lehander fand, dass Denilius furchteinflößender wirkte, aber sein angespannter Gesichtsausdruck verriet, dass er den Dolch seiner Schwester fürchtete. Der Junge verbarg sich immer noch hinter dem Schleier. Er musste etwas tun. Vielleicht könnte er Nejabeth von hinten angreifen … Doch zu seiner großen Überraschung steckte sie ihren Dolch zurück in die Scheide.

»Du hast recht«, sagte sie einlenkend. »In all den Jahren habe ich zu viel genommen und nicht genug gegeben. Das möchte ich ändern, Denilius. Ich möchte, dass du mir vertraust. Um dir zu beweisen, dass ich es ernst meine, werde ich dir sogar helfen, nach Zauberranke zurückzukehren, wenn du das willst. Im Gegenzug bitte ich dich nur um ein kleines Versprechen. Und niemand kann dich zwingen, es zu halten.«

Der Weltwanderer umklammerte weiterhin seine Streitaxt. Er

runzelte die Stirn und überlegte vermutlich, ob sie ihm eine Falle stellte.

»Was für ein Versprechen?«, fragte er argwöhnisch.

»Ich möchte, dass du mich in alles einweihst, was du herausfindest, Denilius. Ich kenne dich gut! Ohne triftigen Grund hättest du deine Schule nicht verlassen und dich ins Lager deiner Feinde gewagt. Ich will wissen, wie du es geschafft hast, den Schleier zu durchstoßen. Und ich will wissen, warum du dich so brennend für das Prisma interessierst. Ich vermute, dass es ganz besondere Eigenschaften hat … Dass es einem große Macht verleiht … Du musst mich ins Vertrauen ziehen, immerhin bin ich deine Schwester.«

Denilius stieß ein bitteres Lachen aus.

»In dieser verrückten Welt gibt es nur eins, was sich nie ändern wird, und das bist du, Nejabeth. Du willst also schon wieder einen Verrat begehen? Tannakis bietet dir die Herrschaft über ganze Länder und Königreiche, aber du bist bereit, ihm in den Rücken zu fallen, nur weil du hoffst, dass ein noch größerer Vorteil für dich herausspringt, wenn du dich mit mir verbündest?«

Die Alchimistin setzte ein undurchschaubares Lächeln auf.

»Ich verspreche dir gar nichts«, sagte Denilius fest. »Hilf mir, wenn du willst, aber erwarte nicht, dass ich dir dafür etwas zurückgebe. Ich werde nicht so einfach vergessen, was in all den Jahren war.«

»Ich habe Geduld, Bruder. Ich hoffe, dass du dich mir eines Tages wieder zuwendest.«

Denilius starrte sie finster an, senkte aber schließlich seine Waffe. Doch er blieb weiter auf der Hut. Selbst während er zwischen den aufgereihten Phiolen nach dem Gegenmittel suchte, ließ er seine Schwester nicht aus den Augen. Erst nachdem er den rettenden Trunk geschluckt hatte, ließ seine Anspannung etwas nach, und als er sich sein Bandelier umlegte, wirkte er wieder so stolz und hochmütig wie eh und je.

»Komm rüber, Jona«, sagte er. »Uns droht jetzt wohl keine Gefahr mehr.«

Er warf Nejabeth einen warnenden Blick zu. Lehander ließ sich nicht lange bitten. Er kam seinerseits aus dem Schleier hervor und nahm sein Messer und seinen Gürtel an sich. Er merkte, dass Nejabeth ihn forschend ansah. Ahnte sie, dass er ihr Großneffe war? Oder hatte sie gar durchschaut, dass er derjenige war, der den Schleier durchqueren konnte?

Denilius verstaute die Phiolen in seiner Umhängetasche. Dann suchte er die Regale des Laboratoriums ab, nahm mehrere Fläschchen heraus und füllte seine Vorräte auf. Er schien fast zu hoffen, dass seine Schwester ihn davon abhalten würde. Doch Nejabeth rührte sich nicht, sondern lächelte nur triumphierend. Sie benahm sich, als hätte sie das Spiel längst gewonnen, und bei dem Gedanken gefror Lehander das Blut in den Adern.

»Also?«, sagte Denilius. »Wie willst du uns hier rausbringen? Und ich warne dich: Wenn du uns in einen Hinterhalt führst, wirst du es bitter bereuen!«

»Mach dir keine Sorgen, Denilius. Von mir hast du nichts zu befürchten.«

Sie bedeutete den beiden, ihr in das unterirdische Labyrinth zu folgen. Lehander war alles andere als wohl bei der Sache, und Denilius schien ebenso misstrauisch zu sein. Doch nach einer Weile sahen sie ein, dass Nejabeth ihnen keine Falle gestellt hatte. Die drei begegneten keinem von Tannakis' Söldnern. Entweder hatte die Alchimistin großes Glück, oder sie kannte die Gewohnheiten der Männer so gut, dass sie ihnen aus dem Weg zu gehen vermochte.

Der große Saal, in den sie Lehander und Denilius nun führte, erinnerte den Jungen an die Höhle, durch die sie Tannakis' Schlupfwinkel betreten hatten. Auch hier gab es einen unterirdischen Bach, allerdings floss er am Ende nach draußen ins Freie.

Beim Anblick des Sonnenlichts schöpfte der Junge neuen Mut. Denilius hingegen hatte offenbar ganz andere Sorgen.

»Ist Tannakis von hier aus mit seinen Männern aufgebrochen?«

Nejabeth nickte.

»Sie haben mehrere Dutzend Flöße gebaut. Dieser Bach mündet in den Fluss, der wenige Meilen von Zauberranke entfernt in den Ozean fließt. Sie sind sicher längst vor Ort und haben damit begonnen, die Chimären heraufzubeschwören. Du kannst es nicht mehr verhindern! Wir sollten lieber versuchen, Vargaï und sein Prisma wiederzufinden, damit wir deine Entdeckung ausprobieren können!«

»Und du trägst an allen Fronten den Sieg davon, was?«, stieß Denilius hervor.

Seine Schwester gab keine Antwort. Sie zog eine kleine Pfeife aus der Tasche, eins dieser Teufelsdinger, mit denen Zakarias Unglück über Zauberranke gebracht hatte. Obwohl Nejabeth eine beschwichtigende Geste machte, rechnete Lehander mit dem Schlimmsten – und im nächsten Moment durchbrach tatsächlich eine geflügelte Bestie den Schleier und landete in der Höhle. Doch die Chimäre, eine Kreatur mit langem Hals und eindrucksvollen Klauen, ging nicht zum Angriff über. Nejabeth warf ihr eine teigige Kugel zu, die die Bestie gierig verschluckte.

»Die Chimäre gehört mir persönlich«, erklärte sie. »Nicht einmal Tannakis weiß von ihr. Ich schenke sie dir, Bruder. Man kann auf ihr reiten.«

Sie überreichte Denilius die Pfeife, und er starrte sie verblüfft an.

»Also ist es wahr … Wie hast du …«

»Ich werde dir all meine Geheimnisse anvertrauen«, beteuerte sie. »Und du mir deine. Sobald wir uns das nächste Mal wiedersehen.«

Denilius nickte. Auch wenn das vermutlich nur ein Reflex war, erschreckte die Geste Lehander. Und im nächsten Augenblick schwang sich sein Großvater doch tatsächlich auf den Rücken der Bestie und winkte ihn zu sich.

»Sie reitet sich wie ein Pferd«, sagte Nejabeth. »Wenn du an den Federn an ihrem Hals ziehst, lenkst du sie in die entsprechende Richtung. Außerdem …«

Sie fuhr mit ihren Erklärungen fort, aber Lehander hörte nicht mehr zu. Er musste seinen ganzen Mut zusammennehmen, um den Rücken der Chimäre zu erklimmen und seinem Großvater die Arme um die Taille zu legen. Er konnte an nichts anderes denken als an den schrecklichen Tag, als eine Chimäre Nobiane in die Lüfte gehoben hatte! Denilius schienen ebenfalls Zweifel zu plagen.

»Wer sagt mir denn, dass die Bestie mich nicht mitten im Flug abwirft? Vielleicht hast du sie dazu abgerichtet!«

»Ich kann dir nur mein Wort geben, Denilius. Aber wenn dir das nicht reicht, zwingt dich nichts, die Chimäre zu nehmen. Noch kannst du absteigen, in den Bach springen und zu Fuß nach Zauberranke zurückkehren.«

Denilus zögerte eine halbe Ewigkeit – zumindest kam es Lehander so vor. Schließlich traf sein Großvater eine Entscheidung.

»Ich komme zurück, Nejabeth. Aber nur, um dich für deine Verbrechen büßen zu lassen, falls du mich angelogen hast.«

Er drückte der Chimäre die Fersen in die Flanken, und die Bestie erhob sich in die Lüfte. Als sie abhoben, schrie Lehander auf.

37

Sohia sah prüfend zur Sonne hoch. In etwa einer Stunde würde sie abgelöst werden. Ihr knurrte der Magen. Sie stand schon seit Sonnenaufgang Wache, und das Frühstück, das ihr am Morgen so üppig vorgekommen war, lag weit zurück. Wenn ihre Kameraden keine Verspätung hatten und sie sich etwas beeilte, könnte sie das Mittagsmahl vielleicht gemeinsam mit ihren Schülern einnehmen. Diese Aussicht half ihr, sich in Geduld zu fassen, denn es gab nichts Langweiligeres, als hier Wache zu schieben …

Die junge Weltwanderin war an der Stelle postiert, wo die Zauberranke endete und nur noch hie und da ein paar scharfe Kristalle aus dem Sandboden ragten. Vor ihr erstreckte sich eine weite Ebene. Sie hatte ein größeres Kristallgewächs erklommen und sich auf einem kleinen Absatz niedergelassen. Von dieser Warte aus überwachte sie die leere Fläche aus Sand und ausgetrockneten Salzwasserlachen. Nachts überspülte das Meer die Ebene und schnitt Zauberranke so vom Rest der Welt ab. Nun, da die Sonne auf den trockenen Sand brannte, schien das kaum vorstellbar, doch am Morgen hatte die junge Frau beobachten können, wie sich das glitzernde Wasser langsam zurückzog.

Obwohl sich Sohia langweilte, wurde sie nicht müde, die Landschaft zu betrachten. Sie fand die Umgebung von Zauberranke wunderschön. Die Furien mussten sie eigenhändig erschaffen haben. Das endlose Meer, der peitschende Wind und die unverwüstliche Erde schienen ihr ein Symbol für den ewigen Kampf zwischen den drei Urgewalten zu sein. Und selbst wenn sie derlei poetische Überlegungen außer Acht ließ, fühlte sich Sohia diesem Landstrich tief verbunden. Schließlich hatte sie mehr als die Hälfte ihres Lebens hier verbracht. Ihr war, als hätte sie nie eine andere Heimat gekannt.

Sie erinnerte sich noch genau an den Tag, als sie die sandige Ebene zum ersten Mal überquert hatte. Mit vier anderen Kindern hatte sie in Vargaïs Wagen gesessen, auf dem Weg nach Zauberranke. Sie waren seine ersten Schüler gewesen. Seitdem hatte sie so vieles gelernt und so viele Erfahrungen gesammelt. Sie war quer durch Gonelore gereist, hatte gegen Chimären gekämpft, hatte sich mühevoll ihre ersten Abzeichen verdient und schließlich die Raute an ihr Bandelier heften können, die sie als Lehrerin Zauberrankes auswies.

Wenn in wenigen Monaten das Schuljahr zu Ende ging, hatte Sohia auch diese Etappe gemeistert. Ihre Schüler hatten sich gut entwickelt. Sie waren reifer geworden und hatten eindeutig das Zeug zu Weltwanderern. Im zweiten Kreis würden sie den Unterricht bei einem anderen Lehrer fortsetzen, so wollte es die Tradition, und Sohia hatte den ganzen Sommer Zeit, um fünf neue Schüler zu rekrutieren. Endlich fühlte sie sich als vollwertiges Mitglied der Bruderschaft. Sie war Teil einer Gemeinschaft, die die Welt vor gefährlichen Eindringlingen schützte. Dieser Stolz hatte nichts mit Eitelkeit zu tun, sondern mit der Leidenschaft, die sie für ihre Aufgabe empfand. Mit ihren zweiundzwanzig Jahren hatte Sohia das ganze Leben vor sich. Sie würde vielen interessanten Menschen begegnen und alles daran setzen, anderen zu helfen.

In diesem Moment glaubte sie, in der Ferne eine Bewegung zu sehen. Besorgt runzelte sie die Stirn.

Handelte es sich um eine optische Täuschung? Sie starrte nun schon so lange auf den Horizont, dass ihre Augen müde sein mussten. Oder gaukelte ihr das grelle Sonnenlicht etwas vor?

Doch nachdem sie eine Weile angestrengt in die Ferne gestarrt hatte, kam sie zu dem Schluss, dass sie sich nicht geirrt hatte. Am Horizont zeichneten sich mehrere Punkte ab, und sie kamen eindeutig näher.

Sie richtete sich auf, um besser sehen zu können. Falls sie abglitt, konnte sie sich an einer der messerscharfen Kanten der Kristalle schwer verletzen. Doch sie musste herausfinden, was da auf sie zukam. Mehrere Dutzend schwarzer Umrisse näherten sich Zauberranke, und zwar im gestreckten Galopp.

Gleich darauf begannen die Kristalle, auf denen sie stand, zu vibrieren. Sie sprang rasch zu Boden, um nicht das Gleichgewicht zu verlieren. Doch selbst die Erde wurde von gewaltigen Schlägen erschüttert. Sohia brach der kalte Schweiß aus. Dafür gab es nur eine einzige Erklärung … Der Sturm auf Zauberranke hatte begonnen! Zum Glück waren sie darauf vorbereitet.

Aber der Boden bebte so heftig, dass die junge Frau plötzlich befürchtete, sie könnten ihren Angreifern nicht gewachsen sein. Die Schlacht gegen Tannakis und seine Männer würde *jetzt* losbrechen, und im schlimmsten Fall würde die Schule einen neuen Herrn bekommen.

Bei einem weiteren Blick hinaus auf die Ebene wuchs ihr Entsetzen. Wenn sie die Augen zusammenkniff, konnte sie bereits einzelne Silhouetten erkennen, riesige Carapaxe, groß wie ein Haus. Mit ihren gewaltigen Hörnern und Stacheln kamen sie geradewegs auf Zauberranke zugedonnert. Es war ein Albtraum, eine Armee aus Tod und Zerstörung. In diesem Moment begriff Sohia, dass sie es nie rechtzeitig zurück in die Schule schaffen würde.

Doch sie musste es versuchen. Nachdem sie kostbare Sekunden verloren hatte, weil die Angst sie gelähmt hatte, gab sie sich einen Ruck und rannte zu ihrem Pferd. Das Tier scharrte nervös mit den Hufen und rollte mit den Augen. Es wäre sicher längst auf und davon gewesen, wenn sie es nicht angebunden hätte. Sobald

Sohia auf seinen Rücken sprang, fiel es in einen wilden Galopp. Pferd und Reiterin folgten dem Weg, der durch das Kristallfeld nach Zauberranke führte, während die grauenvolle Armee näher rückte. Mittlerweile vibrierten die Kristalle bis in die feinsten Spitzen, und die Ranke klirrte, dass es Sohia in den Ohren wehtat.

Der Weg war gefährlich, und sie musste das Pferd immer wieder um Hindernisse herumlenken. Trotzdem ging sie das Wagnis ein, sich umzudrehen. Zwei Mal sogar. Beim ersten Mal sah sie, dass eine Chimäre den anderen mittlerweile ein gutes Stück voraus war. Beim zweiten Mal entdeckte sie eine menschliche Gestalt auf dem Rücken der Bestie. Es war klar, dass sie Sohia einholen würden, bevor sie die Schule erreichte.

Tränen der Wut liefen ihr über die Wangen. Chimären aus noch so fernen Horizonten stellte sie sich unerschrocken entgegen, aber angesichts einer Armee von Menschen fühlte sie sich machtlos. Dass Menschen sich gegenseitig umbrachten, kam ihr absurd vor, nahezu unvorstellbar. Und doch drohte ihr genau dieses Schicksal: Die Angreifer würden sie ermorden, noch bevor sie Alarm schlagen konnte. Dabei waren die Bewohner Zauberrankes die einzige Familie, die sie noch hatte!

Ja, Sohia war in Zauberranke glücklich, und sie war ungeheuer stolz, dass sie der Bruderschaft angehörte. Sie hatte noch so viel vor … So durfte ihr Leben nicht enden, nicht auf so sinnlose Art. Aber hatte sie das Recht, sich über andere zu erheben? Warum sollten die Götter es gut mit ihr meinen? Jeder Tag bewies aufs Neue, dass den Göttern die Menschen, die sie erschaffen hatten, vollkommen gleichgültig waren. Das war nicht zu leugnen, und eines Tages würde der Schleier zerreißen, und die Chimären würden in den einzigen Horizont einfallen, der bisher von ihnen verschont geblieben war.

Als sie sich der entscheidenden Stelle näherte, fasste Sohia einen Entschluss. Es war die einzige logische Konsequenz. Mit Mühe zügelte sie ihr Pferd, sprang ab und ließ das Tier frei. Es galoppierte in Richtung Zauberranke davon. Mit pochenden Schläfen und Tränen in den Augen rannte sie zu dem Berg aus Hunderten von Steinbrocken, den der Hohe Rat direkt neben dem Weg hatte auftürmen lassen, um im Notfall eine Barrikade errichten zu können.

Eigentlich durfte Sohia diese Entscheidung nicht eigenmächtig treffen. Sie war nur eine einfache Milizionärin, und ihre Aufgabe war es, schnurstracks zurück nach Zauberranke zu galoppieren und Alarm zu schlagen. Vielleicht hätte sie es ja bis zur Schule geschafft. Vielleicht hätte sie sich in Sicherheit bringen können, zumindest für ein paar weitere Stunden. Doch dann hätte niemand mehr den Steinschlag auslösen können. Sie hatte keine Wahl, sie musste ihr Leben opfern, um das der anderen zu retten.

Sohia drückte mit aller Kraft gegen den Hebel, der unter dem untersten Stein klemmte. Wenn sie diesen Stein aus seiner Kuhle befreite, würden alle anderen den abschüssigen Weg hinunterrollen und mehrere Chimären erschlagen.

Als sie feststellen musste, dass sie nicht genug Kraft hatte, schluchzte sie verzweifelt auf. In diesem Moment kam ihr Verfolger den Weg hochgedonnert. Sohia stieß einen Schrei aus. Der Mann trug den Umhang eines Kriegers und hatte sein Haar zu einem Zopf geflochten, der an einen Skorpionstachel erinnerte. Sie vermutete, dass es sich um Tannakis höchstpersönlich handelte. Er ritt auf einer Rieseneidechse mit dem Kopf einer Kobra, die zweimal so groß war wie er selbst. Es war eine abscheuliche Kreatur mit wilden Augen, die das Maul aufriss und drohend züngelte.

Obwohl Sohia vor Angst schlotterte, drückte sie weiter verzweifelt auf den Hebel. Selbst als der Verräter absprang, seine zwei Schwerter zog und mit einem blutrünstigen Funkeln in den Augen auf sie zugestürmt kam, gab sie nicht auf. Da löste sich der Stein endlich, und die ersten Brocken rollten den Weg hinab. Im nächsten Moment stieß der Angreifer ihr sein Schwert in den Bauch, und sie wurde in einen anderen Horizont katapultiert.

38

Zuerst hörte Nobiane nur ein entferntes Grollen, das wie Donner klang. Doch der Himmel war blau und wolkenlos, und sie wunderte sich über das allmählich anschwellende Getöse. Dann erklangen die Hörner der Leuchtturmwärter. Das Mädchen erbleichte, als wäre mit einem Mal alles Blut aus ihrem Körper gewichen. Das Alarmsignal! Zauberranke wurde angegriffen!

Obwohl man seit mehreren Tagen mit dieser Möglichkeit rechnete, wollte Nobiane zunächst nicht glauben, dass es tatsächlich wahr war. Das durfte einfach nicht sein: eine Armee vor den Toren ihrer Schule. Ein so wunderschöner, sonniger Tag konnte doch kein Leid und Blutvergießen bringen!

Um sie herum brach Panik aus. Lehrer und Schüler liefen durcheinander, und alle bemühten sich, so schnell wie möglich auf den Platz zu gelangen, den man ihnen zugewiesen hatte. Da gewann Nobianes Verantwortungsgefühl die Oberhand. Sie ließ die Schulhefte fallen, die sie trug, und rannte los. Dabei folgte sie dem Weg, den sie den anderen selbst vorgegeben hatte.

Sie brauchte mehrere Minuten, bis sie das Ziel erreichte. Als sie feststellte, dass sie allein war, packte sie die Angst. Allerdings war sie auf dem Weg in die Werkstatt der Prismenschmiedin gewesen und somit viel näher am Leuchtturm als die anderen. Gleich darauf sah sie mit Erleichterung ein weiteres Mädchen um die Ecke biegen, gefolgt von Berris, der bei Maetilde gewesen war.

»Bleibt hier!«, befahl sie. »Und sagt allen anderen, die ankommen, sie sollen sich nicht vom Fleck rühren!«

Sie wartete nicht auf eine Antwort, sondern rannte in die Festung unterhalb des Leuchtturms und hastete die Treppen hoch. Oben angekommen, stieß sie auf Vrinilia, die mit ihrer Sense bewaffnet war. Die Prismenschmiedin wies mit ernstem Gesicht auf die Ranke unter ihnen. Als Nobiane hinuntersah, blieb ihr die Luft weg. Irgendjemand hatte den Steinschlag ausgelöst. Doch die Steine hatten so viel Staub aufgewirbelt und so viele Kristalle zerstört, dass unmöglich zu erkennen war, ob sie tatsächlich eine Barrikade gebildet hatten.

»Und es kommt noch schlimmer«, sagte Vrinilia.

Sie zeigte in die Ferne, auf die sandige Ebene. Nobiane zuckte unwillkürlich zurück. Jenseits des Kristallfelds, das die Schule vom Festland trennte, kamen mehrere Dutzend Chimären auf Zauberranke zugaloppiert. Die Bestien waren noch zu weit entfernt, um sie zu identifizieren, aber selbst auf die Entfernung konnte Nobiane erkennen, dass sie riesig waren. Und sie hatten ihr Ziel fast erreicht.

»Das wird unschön«, murmelte die Prismenschmiedin.

Sie legte Nobiane eine Hand auf die Schulter. Das Mädchen wusste nicht, ob sie sie zwingen wollte, der Gefahr ins Auge zu sehen, oder ob sie einfach nur Halt bei einem anderen Menschen suchte. In jedem Fall war es verstörend, denn die Lehrerin war sonst sehr streng und legte großen Wert auf Etikette.

Nobiane konnte den Blick nicht von der wilden Horde abwenden, die auf den Schutzwall von Zauberranke zustürmte. Als sich die ersten Carapaxe mit voller Wucht gegen die Kristalle warfen, spürten alle Bewohner der Halbinsel die Erschütterung.

Für einen Moment schien die Zeit stillzustehen. Nobiane beobachtete mit zusammengeschnürter Kehle, was nun geschah: Einige der Bestien blieben zwischen den Ranken stecken oder schlitzten sich an den scharfen Kanten auf und verbluteten elendig. Doch die meisten, etwa fünfzig Carapaxe, bahnten sich mehr oder minder mühevoll einen Weg durch die Kristalle und zogen Schneisen der Verwüstung durch den glitzernden Hain. Einige würden den Vorplatz der Schule wohl erst in mehreren Stunden erreichen, während andere durch den Prismenwald pflügten, als wäre er ein Weizenfeld.

»Jetzt ist es so weit«, sagte Vrinilia düster. »Geh. Du weißt, was du zu tun hast.«

Das Mädchen nickte ernst und rannte die Treppen hinunter. Das Herz klopfte ihr zum Zerspringen. Eine schreckliche Verantwortung lastete auf ihr, denn Nobiane und ihre Kameraden bildeten die nächste Verteidigungslinie nach der Steinbarriere. Das Schicksal Zauberrankes hing davon ab, ob sie schnell genug reagierten.

Unten angekommen, stellte sie erleichtert fest, dass mittlerweile ein gutes Dutzend ihrer Kameraden eingetroffen waren. Trotzdem fehlte immer noch ein Drittel ihrer Truppe. Sie musste eine Entscheidung treffen. Dælfine, Gess, Berris und die anderen sahen sie erwartungsvoll an. Ein paar Meter weiter versammelten sich die Lehrer. Sie würden das Bataillon bilden, das im Notfall an vorderster Front kämpfen würde.

»Wir gehen los!«, entschied Nobiane. »Die anderen werden nicht länger warten können, und wir haben nur einen Versuch.«

Ihre Kameraden nickten. Nun muckte keiner mehr gegen ihre Anweisungen auf. Sie rannten los, liefen den abschüssigen Weg hinter dem Leuchtturm hinab und geradewegs auf den kristallenen Schutzwall zu. Am Rand des Vorplatzes wucherten die Kristalle mehrere Meter hoch. Nun standen die Kinder ganz allein vor dem Prismenwald, denn kein Weltwanderer war zu ihrem Schutz abgestellt worden. Die Schüler sollten ihren Auftrag erfüllen und sich dann wieder auf das Schulgelände zurückziehen, ganz gleich, ob ihre Mission von Erfolg gekrönt wäre oder nicht. Der Hohe Rat wollte auf keinen Fall Elfjährige in Lebensgefahr bringen … Doch dadurch, dass man ihnen diesen Auftrag anvertraut hatte, konnten sich die Lehrer auf den eigentlichen Kampf konzentrieren.

Die Schüler verteilten sich entlang der Ranke, aber es machte sich schmerzlich bemerkbar, dass ein Drittel ihrer Kameraden fehlte. Nobiane rannte von einem zum anderen und vergrößerte die Abstände. Dann bezog sie selbst in der Mitte Stellung. Sie stand nun dem Weg gegenüber, der in dem Kristalltunnel verschwand. Dann zog sie einen kleinen Gegenstand aus einer Tasche ihres Bandeliers und reckte ihn zum Zeichen, dass es losging, in die Höhe.

Die anderen taten es ihr gleich. Alle hielten eine aus einem Prisma geschliffene Pfeife in der Hand, die Vrinilia für sie hergestellt hatte. Als Nobiane den Arm senkte, führten die Schüler die Pfeifen an die Lippen und bliesen mit aller Kraft hinein.

Ein schriller Ton zerriss die Luft, der selbst für menschliche Ohren schier unerträglich war. Die Prismenschmiedin ging davon aus, dass das Geräusch für die Chimären noch viel schmerzhafter wäre, zumal es tausendfach von den Kristallen widerhallte und so verstärkt wurde. Nach einer kurzen Pause zum Luftholen entlockten die Schüler ihren Pfeifen einen weiteren gellenden Ton. Ob ihr Versuch die gewünschte Wirkung hatte, konnten sie nicht erkennen. Vrinilia hatte sich Zakarias' Pfeife zum Vorbild genommen und möglichst genaue Kopien hergestellt, aber leider hatte sie keine Zeit gehabt, die Pfeifen auszuprobieren und zu verbessern. Doch wenn die Sache wie durch ein Wunder funktionierte, wenn auch nur eine einzige Chimäre durch den schrillen Ton verjagt würde, dann wäre die Arbeit der Prismenschmiedin nicht umsonst gewesen – und die Mission der Erstkreisler ein voller Erfolg!

Nachdem sie einen dritten Ton in den Kristallwald hineingeschickt hatten, hielten die Schüler inne und warteten auf weitere Anweisungen. Nobiane wandte sich zum Leuchtturm um, aber das Bataillon der Lehrer war noch nicht angetreten. Allerdings kamen zwei ihrer Kameraden mit roten Gesichtern und völlig außer Atem den Weg herabgerannt. Da beschloss Nobiane, einen weiteren Versuch zu unternehmen. Sie wartete, bis die beiden Nachzügler auf ihren Plätzen waren, und gab dann das Zeichen zu einem weiteren Angriff.

Sie blies mit voller Kraft in die Pfeife, bis auch der letzte Rest Luft aus ihren Lungen gewichen war. In diesem Moment kam eine Chimäre aus dem Kristalltunnel hervorgebrochen und stürmte auf sie zu, und sie konnte nicht einmal mehr schreien, um die anderen zu warnen.

Auf dem gedrungenen Körper einer Eidechse saß der Kopf einer Kobra, und auf dem Rücken des Ungeheuers schien ein Reiter zu thronen. Doch Nobiane blieb keine Zeit, ihn sich genauer anzusehen. Bevor sie zur Seite springen konnte, rannte die Chimäre sie einfach über den Haufen. Nobiane prallte gegen die geschuppte Brust der Bestie und ging zu Boden. Schon wollte die Chimäre sie mit ihren krallenbewehrten Vorderfüßen packen. Nobiane, die endlich wieder Luft bekam, stieß einen Schreckensschrei aus und rollte sich instinktiv unter den Bauch der Bestie, um ihren Klauen und ihrem aufgerissenen Maul zu entgehen. Solange sie sich unter dem Körper befand, kam das Reptil nicht an sie heran. Verzweifelt entlockte sie ihrer Pfeife weitere schrille Töne, denen man die Panik anhörte. Leider schienen sie überhaupt keine Wirkung auf die Chimäre zu haben. Wenn überhaupt, machten sie sie nur noch aggressiver.

Nobiane schossen Tränen in die Augen. Sie war dem Tod schon so oft entronnen. Sie war zu jung zum Sterben! Hätte sie dank Radjaniels und Lygwenns Unterricht nicht außergewöhnliche Reflexe entwickelt, hätte sie es mit Sicherheit nicht geschafft, so lange auf dem Boden hin und her zu rollen und dabei immer unter dem Bauch der Bestie zu bleiben, sondern wäre zertrampelt worden wie ein Insekt.

Das konnte sie nicht zulassen! Sie mochte sehr viel schwächer sein als die Chimäre, aber dafür war sie auch sehr viel klüger. Schließlich waren selbst so gefährliche Bestien wie Carapaxe hirnlose Kreaturen. Bei diesem Gedanken fiel ihr plötzlich die Lösung des Rätsels ein: Wenn dem Reptil die Töne ihrer Pfeife nichts ausmachten, musste es taub sein.

Hastig änderte Nobiane ihre Taktik. Sie blies wieder in die Pfeife, aber diesmal hielt sie der Eidechse das Prisma an die Unterseite des geschuppten Bauchs und triezte die Chimäre damit, als wäre es ein Dolch. Die Wirkung ließ nicht lange auf sich warten. Die Kreatur blieb stehen und begann zu zittern. Die Vibrationen, die sie am Bauch kitzelten und die sie sich nicht erklären konnte, versetzten sie in Panik.

Die Chimäre duckte sich und zog sich in Richtung des Kristalltunnels zurück, obwohl ihr Reiter fluchte und sie mit aller Kraft antrieb. Vermutlich würde er in wenigen Augenblicken die Kontrolle über die Kreatur wiedererlangen. Nobiane sprang auf die Füße, und ihre Kameraden scharten sich um sie.

»Weg hier! Zurück zum Leuchtturm!«, rief sie.

Während sie zur Schule zurückhetzten, schoss Nobiane der Gedanke durch den Kopf, dass der Kampf schon verloren war.

39

Einige Milizionäre hatten Sohias Pferd erkannt. Trotzdem wollte Vargaï es nicht wahrhaben. Nicht in einem so entscheidenden Moment, nicht jetzt, wo er hundert Männer und Frauen in den Kampf zu führen hatte. Er durfte sich nicht von seinen Gefühlen überwältigen lassen. Das Schicksal von Zauberranke lag in seiner Hand, und diese Verantwortung durfte er nicht vernachlässigen, um einem einzigen Menschen zu Hilfe zu kommen. Doch jedes Mal, wenn sein Blick zu der reiterlosen Stute ging, wäre er am liebsten sofort auf das Pferd gesprungen und im gestreckten Galopp losgeprescht, um nach seiner allerersten Schülerin zu suchen.

Er hatte sofort begriffen, dass Sohia den Steinschlag ausgelöst hatte. Sie hatte eigenmächtig die Entscheidung getroffen, den einzigen Weg nach Zauberranke zu versperren, und ihnen dadurch wertvolle Zeit verschafft. Den Chimären unter Tannakis' Kommando blieb nun nichts anderes übrig, als durch das Kristallfeld zu pflügen. Manche würden diese Tortur nicht überleben, andere würden zumindest schwer verletzt sein, und selbst jene, die es bis zum Leuchtturm schafften, wären vermutlich völlig entkräftet. Doch womöglich hatte Sohia diese Heldentat mit dem Leben bezahlt …

Diesen Gedanken verdrängte Vargaï sofort wieder. Er klammerte sich an die Vorstellung, dass es der jungen Frau irgendwie gelungen war, sich in Sicherheit zu bringen, und sie jeden Moment hier auftauchen würde. Doch die Einzigen, die den Weg hochgelaufen kamen, waren Nobiane und ihre Kameraden. Als die Schülerin vor ihm stand, erstattete sie ihm atemlos Bericht, und er hörte mit der Ungeduld des Kriegers zu. Als er erfuhr, dass zumindest eine Chimäre die Schule fast erreicht hatte, verzog er das Gesicht.

»Ein Reptilid mit einem Kobrakopf, sagst du? Und wie sah der Reiter aus?«

Da Nobiane auf diese Frage keine Antwort wusste, sprangen ihr Dælfine und Gess bei. Sie hatten genug Zeit gehabt, den Angreifer zu mustern, während sie versucht hatten, die Chimäre von Nobiane abzulenken. Nach ihrer Beschreibung gab es keinen Zweifel mehr: Tannakis war hier. Plötzlich hatte Vargaï seinen Säbel in der Hand. Er hatte gar nicht gemerkt, dass er die Waffe gezogen hatte …

In diesem Moment trat Arold endlich aus der Festung und kam auf das Bataillon zu. Vargaï lief ihm entgegen, denn er konnte es kaum erwarten, gegen seinen Feind in die Schlacht zu ziehen.

»Und?«, fragte er den Magister. »Was war mit den Pfeifen?«

»Es hat nicht viel gebracht«, erklärte Arold. »Vom Leuchtturm aus konnten wir beobachten, wie ein paar Carapaxe zögerten und kehrtmachen wollten, aber ihre Reiter haben sie jedes Mal wieder auf die Schule zugetrieben. Ich fürchte, diese Hoffnung können wir begraben.«

»So sei es!«, rief Vargaï. »Dann müssen wir uns eben die Finger schmutzig machen.«

Er wandte sich zu den Männern und Frauen um, die auf seinen Befehl warteten – und vielleicht auch auf ein paar aufmunternde Worte vor der Schlacht. Doch für so etwas hatte Vargaï kein Talent, ganz davon abgesehen, dass er nicht in der Stimmung war, eine Ansprache zu halten. Also stieg er nur auf eine Bank und verkündete: »Das mit den Pfeifen hat nicht funktioniert. Nehmt Eure Prismen, und macht Euch zum Angriff bereit!«

Alle weiteren Worte wären überflüssig gewesen und hätten sie nur wertvolle Zeit gekostet. Ohnehin wusste jeder, was er zu tun hatte, und ihre Aufgabe war erschreckend einfach: den Angriff auf Zauberranke abwehren, um jeden Preis. Die Weltwanderer marschierten los und bezogen vor den Toren der Schule Stellung, dort, wo der Schutz der Ranke nicht mehr wirkte. Dann holten sie die kostbaren Prismen hervor, die sie in robusten Taschen an ihrem Bandelier aufbewahrten, in bestickten Stoff eingeschlagen oder in einer maßgefertigten Schatulle. Einige von ihnen warfen die Kristalle zu Boden, wo sie zersprangen, andere zerbissen sie zwischen den Zähnen.

Einen Moment lang stob eine funkelnde Wolke aus Kristallsplittern über den Abhang. Dann nahm neben jedem Weltwanderer eine Chimäre Gestalt an. Ihr Brüllen, Zischen und Fauchen hallte von den Mauern des Leuchtturms wider. Die Lehrer hatten ihre Lupini, Ursiden, Felinae und ein paar Reptilide heraufbeschworen. Die Mutigsten – oder Leichtsinnigsten – hatten sich sogar in Metamorphe verwandelt und würden in Gestalt von Chimären kämpfen.

Während sich die Meute organisierte und die Weltwanderer sich bemühten, die wildesten der heraufbeschworenen Chimären im Zaum zu halten, betrachtete Vargaï düster die Szene. Als sich ihm zum letzten Mal ein solcher Anblick geboten hatte, war er halb so alt gewesen wie jetzt. Niemals hätte er sich träumen lassen, dass er einmal gegen Feinde ins Feld ziehen würde, die Bandeliere trugen. So viel sinnlose Gewalt, so viel Leid, und an all dem war Tannakis schuld. Doch der Verräter war nicht bereit gewesen, mit ihm zu verhandeln, also würde Vargaï ihn nicht schonen.

»Für Gonelore!«, brüllte er und legte all seine Wut in den Schrei.

Die Armee von Zauberranke setzte sich in Bewegung, angeführt von Vargaï und Arold. Obwohl Vargaï allen eingeschärft hatte, dass sie in geordneten Reihen vorrücken mussten, hatten die Metamorphe sich schon bald von den anderen abgesetzt. Er selbst wusste nur zu gut, wie schwer diese Kreaturen zu kontrollieren waren, und hatte es deshalb vorgezogen, in menschlicher Gestalt in den Kampf zu ziehen. Wenig später erreichte das Bataillon das Kristallfeld. Die Weltwanderer und Chimären schlugen sich zwischen scharfkantigen Zacken und spitzen Dornen hindurch in die Richtung, in der sie ihre Feinde vermuteten.

Da flog das erste Feuergeschoss fauchend über ihre Köpfe hinweg. Das Geräusch tat Vargaï in den Ohren weh, doch der alte Krieger freute sich über die Bestätigung, dass Radjaniel und seine Truppen ebenfalls auf ihren Posten waren. Die Explosionen, die folgten, als die Geschosse weiter unten in dem Kristallfeld einschlugen, wurden von den Weltwanderern mit spontanem Jubel begrüßt.

Trotzdem war der Bodenkampf, den die Lehrer führen würden, ihre beste Chance. Vargaï biss die Zähne zusammen, als er sich vorstellte, wie sie und der Feind aufeinanderprallen würden. Er hatte das Bataillon in sechs Trupps aufgeteilt, und jeder von ihnen sollte eine der mächtigsten Chimären aufhalten, die unaufhaltsam durch die Ranke pflügten. Vargaï wollte vor allem die Carapaxe unschädlich machen, weil er selbst dabei geholfen hatte, die Bestien einzufangen, während er Tannakis' Geisel gewesen war. Der Gedanke, dass er dieses Heer mit aufgestellt hatte, war unerträglich.

Er wusste, dass die Lage sehr viel schlimmer hätte sein können. Die Bestien, die der Verräter unter Drogen gesetzt hatte, konnten nicht viel mehr tun, als geradeaus zu stapfen, und das war der Grund, warum ihre Reiter an verschiedenen Stellen angriffen. Hätten sie einen konzertierten Angriff versucht, hätten die schwerfälligen Kreaturen sich gegenseitig totgetrampelt und mit ihren Dornen aufgespießt. Diesen Vorteil wollte Vargaï nutzen. Er hoffte, dass sie die Carapaxe nacheinander angreifen und einzeln töten könnten.

Als zu seiner Rechten die ersten Schreie erklangen, wusste er, dass der Kampf begonnen hatte. Wenig später standen er und sein Trupp einem Geißelhorn gegenüber. Es war groß wie ein Haus, und auf seinem mächtigen Kopf wuchsen mehrere Hörner.

Vargaïs Herz setzte einen Schlag aus, als der mutigste seiner Kämpfer sich dem Geißelhorn entgegenstellte und von ihm durch die Luft geschleudert wurde wie eine Puppe. Ein Blautiger, den ein Weltwanderer heraufbeschworen hatte, erlitt dasselbe Schicksal, und er löste sich in einer grellen Explosion von Lichtpartikeln auf. Die anderen Lehrer waren vorsichtiger. Sie stießen dem Geißelhorn abwechselnd ihre Waffen in die Seite und sprangen sofort wieder zurück. Doch die traditionelle Angriffstechnik der Bruderschaft half ihnen in diesem Fall nicht weiter, zumal sie keinen halben Tag damit verbringen konnten, die Kreatur zurück hinter den Schleier zu treiben. Mindestens ein weiteres Dutzend Carapaxe näherten sich unaufhaltsam der Schule, gefolgt von unzähligen weniger imposanten Chimären.

Die Lage wurde noch verzweifelter, als hinter dem Geißelhorn mehrere Söldner auftauchten. Sie ritten nicht selbst, sondern waren der Chimäre einfach zu Fuß gefolgt, die ihnen einen Weg durch die Kristalle gebahnt hatte. Nun stürzten sie sich auf die Lehrer wie eine Meute hungriger Wölfe, sodass die Weltwanderer von der Chimäre ablassen und ihr Leben verteidigen mussten. Vargaï sah darin ein böses Omen. Wenn sie nicht einmal die erste Bestie aufhalten konnten, der sie begegneten, konnten sie auch gleich die Waffen strecken.

Doch so leicht gab er nicht auf. Er reckte seinen Säbel in die Luft und rannte mit wildem Geheul auf das Geißelhorn zu.

Statt zuzustoßen, packte er im letzten Moment das Horn, das ihn aufzuspießen drohte, und klammerte sich daran fest. Die Chimäre riss ihn in die Höhe, und Vargaï wurde hart gegen ihre Stirn geschleudert. Nun fand er sich Auge in Auge dem Abtrünnigen gegenüber, der die Zügel der Bestie hielt. Der Mann riss erstaunt die Augen auf, und Vargaï hielt ihm die Klinge seines Säbels an den Hals.

»Spring!«, befahl er. »Ich zähle bis drei.«

Kaum hatte er zu zählen begonnen, ließ sich der Söldner zu Boden fallen. Offenbar hatte er Vargaï wiedererkannt und fühlte sich ihm nicht gewachsen. Während Vargaïs Gefangenschaft hatte der Mann zu dem Trupp Söldner gehört, die mit ihm auf die Jagd gegangen waren. Die Kristalle zersplitterten unter seinem Gewicht, während Vargaï versuchte, die entfesselte Chimäre unter Kontrolle zu bringen. Doch die Droge hatte ihre Zerstörungswut angefacht, und sie gehorchte auf keinen Befehl. Vargaï blieb nichts anderes übrig, als auf ihre Stirn zu klettern und ihr seinen Säbel durchs Auge tief ins Hirn zu stoßen. Wieder klammerte er sich an einem der Hörner fest, während das tote Geißelhorn zu Boden sackte und noch ein Stück weiter schlitterte, bis es zwischen zwei gewaltigen Kristallen stecken blieb.

Vorsichtig zog Vargaï seinen Säbel aus dem Auge. Er spürte einen stechenden Schmerz im linken Schenkel. Als er den Blick senkte, sah er einen Kristallsplitter im Fleisch stecken. Zum Glück war die Wunde nicht besonders tief, auch wenn er stark blutete. Er presste eine Hand auf die Verletzung und kletterte zum Hinterteil des Geißelhorns. Von hier aus sah er weit über das Schlachtfeld hinweg, und bei dem Anblick, der sich ihm bot, runzelte er sorgenvoll die Stirn.

Die Chimären hatten breite Schneisen in den Kristallwald geschlagen. Zwar war es Vargaï gelungen, eine der gefährlichsten Kreaturen aufzuhalten, aber die anderen Trupps hatten offensichtlich weniger Glück gehabt. Manche der Angreifer hatten fast schon den Vorplatz von Zauberranke erreicht. Es sah schlecht für sie aus, und fast hätte der alte Krieger den Mut verloren. Wenn es ihnen nicht gelang, den Angriff abzuwehren, wenn die Lehrer, Metamorphe und heraufbeschworenen Chimären der Zerstörungswut der Carapaxe und der Heimtücke der Söldner nicht gewachsen waren, wäre es vielleicht besser, zum Rückzug zu blasen, sich hinter der Festungsmauer des Leuchtturms zu verschanzen und Radjaniels Maschinen sprechen zu lassen. Er hoffte nur, dass der Vorrat an Munition ausreichen würde – und dass die Geschosse der Ranke keinen so großen Schaden zufügten, dass sie starb.

Vargaï griff nach seinem Horn. Noch zögerte er. Verzweifelt hob er den Blick zum Himmel, als könnte er dort die Antwort auf die Frage finden, was er tun sollte. Da erblickte er eine Kreatur, die über das Schlachtfeld hinwegflog. Es war Nejabeths Kokatrus. Er hatte keine guten Erinnerungen an die Bestie. Während die Chimäre eine seltsam wirre Schleife über dem Prismenwald zog, reckte Vargaï abermals grimmig seinen Säbel in die Luft. Er würde ihr einen gebührenden Empfang bereiten.

Im nächsten Moment hielt er wie vom Donner gerührt inne. Als der Kokatrus tiefer flog, entdeckte er die zwei Reiter auf seinem Rücken.

»Denilius«, murmelte er. Er hatte nicht damit gerechnet, seinen Bruder unter solchen Umständen wiederzusehen.

In dem Jungen, der hinter ihm saß, meinte er Jona zu erkennen, aber er war sich nicht sicher. Schon entschwand der Kokatrus in Richtung des Leuchtturms.

40

Dælfine nahm die Flugbahn der Geschosse als blaue Spur am Himmel wahr. Natürlich wusste sie, dass es sich in Wahrheit um rote Feuerbälle handelte. Trotzdem war es ein faszinierender Anblick – wenn man vergaß, dass es sich um Brandbomben handelte, die mit Prismensplittern gespickt waren.

»Da hinten!«, rief sie. »Da kommt einer aus der Deckung.«

»Ich weiß! Ich hab ihn schon gesehen«, brummte der Junge.

Der Viertkreisler war von Rajdaniel dazu abgestellt worden, die Balliste zu bedienen. In den vergangenen Tagen hatte ihr Lehrer die Geschütze aus dem Schuppen gerollt, in dem sie seit Jahrhunderten unbenutzt herumstanden, sie an die höchste Stelle der Halbinsel ganz in der Nähe des Leuchtturms geschoben und das Räderwerk in ihrem Inneren repariert. Nun feuerten zehn Geschütze Brandbomben auf die hinteren Reihen der Angreifer ab. Radjaniel hoffte, die Söldner und ihre Chimären auf diese Weise in die Flucht zu schlagen.

»Beeil dich!«, drängte Dælfine. »Sonst verschwindet er wieder hinter Kristallen, und du kannst ihn nicht mehr anvisieren!«

»Halt die Klappe!«

Trotzdem drehte er hastig das Geschütz in die Richtung, in die Dælfine gezeigt hatte, schätzte stirnrunzelnd den Abstand und stellte den Schusswinkel ein. Doch sobald er den Mechanismus betätigte, erkannte das Mädchen, dass er sein Ziel verfehlen würde. Tatsächlich raste das Geschoss in hohem Bogen durch die

Luft und schlug etwa dreißig Meter neben der Chimäre ein, die sich durch die Kristalle pflügte.

»Schnell! Lad nach!«, herrschte der Junge sie an.

Dælfine war längst dabei, die Balliste wieder zu bestücken. Sie schob das Rohr, das sie mit beiden Händen umklammert hielt, in die dafür vorgesehene Rille und rannte dann hinüber zum Vorrat. Radjaniel hatte die Munition auf mehrere Haufen verteilt und darauf geachtet, dass sie in einigem Abstand von den Ballisten lagerte. Doch das bedeutete, dass die Artilleristen zwischen den Geschützen und den Munitionshaufen hin- und herlaufen mussten. Deshalb hatte Radjaniel schließlich erlaubt, dass Nobiane und ihre Freunde den älteren Schülern halfen, auch wenn er von der Idee zunächst alles andere als begeistert gewesen war. Jetzt nahm Dælfine vorsichtig ein weiteres Rohr, wobei sie wie jedes Mal fürchtete, es könnte ihr in den Händen explodieren. Eigentlich hatte Jora Fionaïs sie alle überprüft, aber selbst eine Alchimistin konnte sich irren. Vor allem, wenn es sich um Brandbomben handelte, die mehrere Hundert Jahre vor ihrer Geburt gefertigt worden waren!

»Getroffen! Ich habe einen erwischt!«, jubelte der Junge.

Dælfine kniff die Augen zusammen und wartete, bis der Rauch der fernen Explosion sich verzogen hatte.

»Wieder daneben«, murmelte sie.

Sie wollten den Jungen nicht ärgern, sondern brachte nur ihre Enttäuschung zum Ausdruck, aber der Artillerist verlor die Nerven.

»Glaubst du etwa, du kannst das besser? Mit deinen bescheuerten Augengläsern?«

Er brach abrupt ab, weil ihm wohl selbst auffiel, dass die Bemerkung unfair war. Dælfine schwieg. Bei jeder anderen Beleidigung hätte sie ihm eine Ohrfeige verpasst, aber sobald es um ihre Behinderung ging, verstummte sie und zog sich in ein Schneckenhaus zurück. Außerdem war die Lage viel zu ernst, um sich über den Rüpel aufzuregen. Also überging sie seine Worte und konzentrierte sich auf die Aufgabe, für die sie sich freiwillig gemeldet hatte. Sie hoffte, ihr Beitrag, so klein er auch war, würde den Angriff des Feinds zumindest etwas bremsen. Doch nach drei weiteren misslungenen Versuchen platzte dem Jungen der Kragen.

»Das blöde Ding muss verzogen sein! Versuch du es doch, wenn du so schlau bist!«

Im ersten Moment wollte Dælfine ablehnen. Radjaniel hatte seinen jüngsten Schülern streng verboten, die Waffen anzurühren. Doch sie konnte der Versuchung nicht lange widerstehen. Schnell schob sie das Rohr in die Rille an der Balliste, suchte sich ein Ziel und packte die Griffe der Maschine, um sie auf die Chimäre auszurichten. Dann trat sie auf das Pedal, das den Mechanismus auslöste.

Die Maschine reagierte sofort. Im Inneren des Holzgehäuses, unter dem sich der Mechanismus befand, schlugen zwei Prismen gegeneinander und setzten ein Teil der Energie frei, die sie mit dem Schleier verband. Dadurch wurde das Geschoss mehrere Hundert Meter weit geschleudert. Radjaniel hatte ihnen erklärt, dass die Handhabung der Waffen sehr gefährlich war, aber als Dælfines Schuss mitten ins Schwarze traf, vergaß sie alle Warnungen ihres Lehrers.

»Na, so was …«, murmelte der Junge.

Er warf Dælfine einen anerkennenden Blick zu. Dann rannte er seinerseits los, holte neue Munition und lud die Balliste nach. Dælfine traf ein zweites und drittes Mal, und der Junge starrte sie fassungslos an.

Die Geschosse töteten die Chimären zwar nicht, verletzten sie aber immerhin so schwer, dass sie langsamer vorankamen, und katapultierten die Reiter von ihrem Rücken. Der Junge war so klug, seinen Platz an der Waffe nicht zurückzufordern. Er sah ein, dass es besser war, wenn sie die Rollen tauschten, um die geringen Aussichten, die Zauberranke in dieser Schlacht hatte, nicht noch weiter zu schmälern.

Das Mädchen feuerte noch ein halbes Dutzend weitere Geschosse ab. Mal traf sie genauer, mal weniger genau, aber immer gut genug, um sich nicht lächerlich zu machen. Doch allmählich dämmerte ihr, wie vergeblich ihre Versuche waren. Sie würden die Schule nicht gegen die Übermacht der Angreifer verteidigen können. Von hier oben konnte sie das gesamte Schlachtfeld überblicken. Den Lehrern war es zwar gelungen, einige Chimären außer Gefecht zu setzen, aber sie konnten nicht gleichzeitig gegen die gepanzerten Kolosse kämpfen und gegen die Söldner, die die Bestien vorantrieben. Irgendwann würden einige der Kreaturen aus der Ranke hervorstoßen. Sie würden genug Kristalle zerbrechen, um den Schutzschild zu zerstören und Tod und Verheerung über die Halbinsel zu bringen. Dann könnten Tannakis' Männer ungehindert in die Schule eindringen. So würde sich eine der Visionen bewahrheiten, die Dælfine durch ihre Augengläser gesehen hatte …

Das konnte sie nicht hinnehmen. Sie biss die Zähne zusammen und bemühte sich, noch etwas genauer zu zielen. Sie wartete, bis eine Chimäre aus der Deckung kam, und feuerte ein Geschoss ab und dann noch eines, und noch eines, ohne sich um die Warnrufe ihres Gehilfen zu scheren.

Als plötzlich eine Flugchimäre in ihre Schusslinie kam, zögerte sie nicht lange. Sie richtete die Maschine zum Himmel aus und trat mit aller Kraft auf das Pedal. Als das Geschoss die Bestie mit voller Wucht traf und explodierte, stieß sie einen Triumphschrei aus.

Doch der blieb ihr plötzlich im Hals stecken. Ihre Augengläser hatten ihr einen Streich gespielt: Nicht *eine* Gestalt fiel vom Himmel, sondern *drei!* Und eine von ihnen erinnerte fatal an einen Drakoniden.

41

Während des Flugs hielt Lehander die Augen die meiste Zeit geschlossen. Er war hundemüde, auch wenn ganz sicher nicht die Gefahr bestand, dass er einschlief. Außerdem wollte er sich den Blick in die Tiefe ersparen. Die Flugbewegungen der Chimäre waren ruckartig und unvorhersehbar, und er hatte furchtbare Angst, von ihrem Rücken zu rutschen. Als Zauberranke endlich in Sicht kam, glaubte er schon, seine Qualen hätten ein Ende, doch dann sah er die Schlacht, die vor den Toren der Schule tobte. Voller Entsetzen starrte er auf das Kristallfeld hinunter. Im nächsten Moment traf sie aus heiterem Himmel eine Feuerkugel, und er stürzte zu Boden.

Alles ging so schnell, dass er keine Zeit hatte, Todesangst zu empfinden. Er prallte hart am Boden auf, und alle Luft wich aus seinen Lungen. Reglos lag er da und schnappte verzweifelt nach Luft, denn sein Körper schrie nach Sauerstoff. Als er endlich wieder atmen konnte, war ihm, als erlebe er eine zweite Geburt. Es gab kein angenehmeres Gefühl als das, wie seine Lungen sich mit Luft füllten!

Eine ganze Weile blieb er im Sand liegen und wagte sich nicht zu bewegen. Der weiche Untergrund hatte seinen Sturz zwar einigermaßen abgefedert, und seine Schmerzen waren erträglich, aber er hatte Angst, dass er vielleicht gelähmt sein könnte. Er musste all seinen Mut zusammennehmen, um sich auf die Ellbogen zu stützen und sich auf die Knie zu hieven. Lehander konnte kaum fassen, dass er den Sturz überlebt hatte. Zwar wusste er nicht, wie tief er gefallen war, aber die Sache grenzte trotzdem an ein Wunder. Niemand konnte so einen Sturz unverletzt überstehen. So widerstandsfähig war kein Körper. Zumindest nicht diesseits des Schleiers …

Seine Sinne erwachten aus ihrer Betäubung. Er atmete tief ein und roch die salzige Meeresluft, die Zauberranke umwehte. Er hörte das Schlachtgetümmel, das von allen Seiten aus dem Kristallfeld zu ihm drang. Dann fiel sein Blick auf Denilius, der neben dem toten Kokatrus am Boden lag.

Er hastete zu seinem Großvater und verzog beim Auftreten vor Schmerz das Gesicht. Denilius ging es sehr viel schlechter als ihm selbst. Zum Glück musste er auf den Kadaver des Kokatrus gefallen sein und nicht auf den harten Boden. Der Alte versuchte ihm irgendetwas zu sagen, aber erst als Lehander sein Ohr dicht an Denilius' Lippen brachte, verstand er, was er von ihm wollte. Er sollte ihm die Alchimisten-Tasche bringen, die ein paar Meter weiter lag. Lehander gehorchte. Er hatte schreckliche Angst davor, seinen Großvater zu verlieren.

Denilius durchsuchte die Tasche mit zitternder Hand. Er war zu schwach, um sich aufzurichten, und sein linker Arm stand in einem unnatürlichen Winkel von der Schulter ab. Schließlich zog der Weltwanderer eine Phiole heraus, entkorkte sie und trank den Inhalt gierig. Im nächsten Moment machte er eine spektakuläre Veränderung durch: Sein Gesicht bekam wieder Farbe, er setzte sich auf, und wenig später konnte er sogar aufstehen.

Lehander hatte den Eindruck, abermals einem Wunder beizuwohnen. Er fragte sich, welche Körperflüssigkeiten von Chimären man wohl destillieren musste, um solch einen Trunk zu erhalten. Und welche Nebenwirkungen das Gebräu haben mochte …

Sein Großvater überraschte ihn noch ein weiteres Mal. Kaum stand er wieder auf den Füßen, renkte er sich mit einem Ruck die

Schulter ein und verzog dabei nur kurz das Gesicht. Angewidert wandte Lehander den Kopf ab, und sein Blick fiel auf den Kokatrus, der mit gebrochenen Knochen und verbrannten Federn im Sand lag. Hätte der Körper der Chimäre sie nicht vor dem Feuerball abgeschirmt, hätten Denilius und er dasselbe Schicksal erlitten. Doch so hatten sie von dem heimtückischen Angriff nur ein paar Blutergüsse und Schnitte an den Beinen davongetragen. Als Denilius ihn fragte, ob er verletzt sei, konnte Lehander ihn also beruhigen.

»Gut! Wenn du laufen kannst, dürfen wir keine Zeit verlieren!«, sagte Denilius entschlossen. »Wir müssen meinen Bruder finden.«

Lehander blieb nichts übrig, als ihm zu folgen, auch wenn dieses Vorhaben Wahnsinn war. Auch er hatte geglaubt, Vargaï aus der Luft auf dem Schlachtfeld entdeckt zu haben. Der Weltwanderer hatte gegen eine Chimäre und mehrere Söldner gekämpft, aber ihn inmitten des Schlachtgetümmels finden zu wollen, war lebensgefährlich. Dazu kamen die Brandbomben, die immer wieder über die Kristalle hinwegflogen und wenige Hundert Meter hinter ihnen einschlugen! Doch Denilius schien das nicht groß zu kümmern.

»Ah, Radjaniel hat die Ballisten hervorgeholt! Ich hätte nicht geglaubt, dass sie nach so langer Zeit noch funktionieren.«

»Was sind Ballisten?«

»Waffen, die unsere Vorfahren bei großen Chimäreninvasionen zur Verteidigung von Zauberranke einsetzten. Sie wurden seit Jahrhunderten nicht mehr benutzt, und das aus gutem Grund.«

Lehander nickte mechanisch, aber er hatte sich vor allem eins gemerkt: Sie waren aus der Schule heraus angegriffen worden. Und es konnte jederzeit wieder passieren.

Eine solche Orgie der Gewalt hatte Lehander sich nicht vorstellen können, als Tannakis von seinen Eroberungsplänen geschwärmt hatte. Er dachte mit Grauen an die Szenen zurück, die er aus der Luft beobachtet hatte. Gigantische Carapaxe durchbrachen die Ranke, Söldner kämpften Seite an Seite mit den Bestien, und die Lehrer von Zauberranke versuchten verzweifelt, den Vormarsch ihrer Feinde aufzuhalten. Überall im Kristallfeld lagen Leichen verstreut. Tannakis' Männer waren eindeutig in der Überzahl, und die Chimären verschafften ihnen einen großen strategischen Vorteil. Der Junge kannte sich mit Kriegsführung nicht gut aus, und er hatte keine Ahnung, ob die Verteidiger Zauberrankes noch einen Trumpf im Ärmel hatten, aber ihre Niederlage schien unausweichlich. Bei diesem Gedanken krampfte sich Lehander das Herz zusammen. Er hoffte nur, dass er seine Freunde wiederfinden würde, bevor alles aus war, und sei es, um mit ihnen gemeinsam zu fliehen.

»Hier entlang«, rief Denilius. »Vargaï muss hier irgendwo in der Nähe sein!«

Im nächsten Moment blieb er wie angewurzelt stehen. Lehander spähte vorsichtig an ihm vorbei: Zwei Söldner hatten ihren Weg gekreuzt, und sie wirkten genauso überrascht wie er und sein Großvater. Dann stürzten sie sich mit hasserfüllten Gesichtern auf den Magister der Schule, die sie erobern wollten. Denilius parierte sofort. Er wich dem Angriff des ersten Mannes aus, hieb dem zweiten seine Streitaxt in den Hals, wehrte einen weiteren Angriff des ersten ab und versetzte ihm einen heftigen Stoß. Der Mann fiel auf ein Kristallgewächs und starrte fassungslos auf den scharfkantigen Dorn, der seine Brust durchbohrte. Dann begann er Blut zu spucken, und gleich darauf war er tot.

Lehander starrte voller Entsetzen auf die Leiche. Seit seiner Flucht aus Tannakis' Kerker war es das vierte Mal, dass er einen gewaltsamen Tod mit ansah – das fünfte Mal, wenn er den Kokatrus mitzählte. Und vermutlich war das an diesem Tag erst der Anfang.

Kaum eine Minute später bestätigte sich seine Befürchtung.

Drei Söldner, die die Schreie ihrer Kameraden gehört hatten oder durch Zufall auf Denilius und Lehander gestoßen waren, tauchten mit finsteren Mienen und gezückten Schwertern zwischen den Kristallgewächsen auf.

Der erste reagierte blitzschnell, als Denilius eine Phiole nach ihm warf, und wehrte sie mit der Scheide seines Schwerts ab. Zu seinem Glück zerbrach das Glasfläschchen nicht, sondern prallte ein paar Meter weiter gegen einen Kristall, wo es in einem lodernden Feuerball explodierte. Die Druckwelle warf alle fünf Menschen zu Boden. Lehander landete bäuchlings im Sand. Instinktiv rollte er sich zusammen und entging so knapp der Schwertklinge, die auf ihn niedersauste. Er sprang auf und rannte zu einer Kristallsäule, um dahinter in Deckung zu gehen, doch der Söldner war ihm dicht auf den Fersen. Denilius kämpfte gegen die beiden anderen Männer, die sehr viel zäher waren als die beiden, die er kurz zuvor außer Gefecht gesetzt hatte. Da sein Großvater ihm nicht zu Hilfe kommen konnte, zog Lehander sein eigenes Messer, obwohl er gegen einen erwachsenen, kampferprobten Gegner keine Chance hatte. Zumal der Mann skrupellos genug war, ein Kind anzugreifen.

Er erwog zu fliehen und sich irgendwo in dem Kristallfeld zu verstecken, verwarf die Idee aber gleich wieder. Sein Verfolger würde ihn sicher einholen.

Dann beschloss er, hinter dem Schleier Zuflucht zu suchen, doch leider kam er nicht dazu, in einen anderen Horizont überzuwechseln. Sein Gegner hieb mit dem Schwert auf die Kristallsäule ein und versuchte, ihn zu packen, und Lehander gelang es nicht, sich zu konzentrieren.

Denilius wiederum hatte mittlerweile einem seiner beiden Gegner mit der Streitaxt den Garaus gemacht. Der Junge schöpfte neuen Mut: Wenn er noch kurze Zeit durchhielt, würde sein Großvater vielleicht auch den zweiten Mann niederringen und ihm zu Hilfe kommen. Sekunden später wurde diese Hoffnung endgültig zerstört. Unter lautem Knirschen brach ein riesiger Carapax durch die Kristalle, begleitet von fünf weiteren Verrätern der Bruderschaft.

Da begriff Lehander, dass die anderen drei nur Aufklärer gewesen waren, die das Gelände nach eventuellen Fallen absuchten. Doch das war nun nicht mehr von Bedeutung. Sie waren verloren!

Sein Gegner packte ihn an der Schulter, schleuderte ihn in den Sand und kniete sich auf ihn. Lehander sah dem Tod ins Auge – gleich würde ihm der Rohling den Hals durchschneiden.

»Warte!«, rief einer seiner Kameraden. »Lass ihn uns plätten! Das ist lustiger!«

Die Söldner brachen in lautes Gelächter aus. Drei von ihnen gesellten sich zu dem Mann, der Lehander zu Boden drückte, packten jeweils eine Hand oder einen Fuß des Jungen und umklammerten sie mit eisernem Griff. Lehander wusste nicht, was sie vorhatten, und er wollte es auch nicht erfahren. Er fragte sich, was aus seinem Großvater geworden war. Hatten die Männer ihn getötet?

Als der Mann, der auf dem Carapax ritt, die Chimäre in seine Richtung lenkte, begriff er, was der Söldner mit »plätten« gemeint hatte. Die Bestie stand nun direkt neben seinem Kopf und versperrte ihm den Blick auf den Himmel. Dann schlug der Reiter mit seinem Stock gegen ein Vorderbein des Kolosses, und die Chimäre hob den Fuß und ließ ihn über Lehander schweben. Die Nägel waren riesig und gelb, und der Fuß war dick wie ein Baumstamm. Das Ungeheuer würde Lehander ohne Zweifel alle Knochen im Leib brechen.

Der Junge brüllte los und wehrte sich mit aller Kraft gegen die Hände, die ihn festhielten, dann kniff er die Augen zusammen, um den Fuß nicht mehr sehen zu müssen. Da spürte er plötzlich den Sog eines anderen Horizonts. Er durchstieß den Schleier mit einer Geschwindigkeit, die ihm Angst machte.

Niemand drückte ihn mehr zu Boden. Als er die Augen öffnete, war der Carapax verschwunden, und auch die Kristalle waren fort. Er war allein und lag im Sand, niedergedrückt vom Gewicht des Universums, dessen Schichten sich auf unerklärliche Weise vermischt hatten.

Selbst die Zeit schien aus den Fugen geraten zu sein. Tage, Nächte und Jahreszeiten folgten im Rhythmus seines Herzschlags aufeinander. Der Himmel wechselte im Sekundentakt die Farbe und wirkte dadurch fast lebendig. Unter anderen Umständen hätte Lehander den Anblick wunderschön gefunden, aber in diesem Moment hatte er nur Angst. Vor allem, als ihm bewusst wurde, dass er sich *tatsächlich* nicht bewegen konnte: Er raste durch die verschiedenen Horizonte und durchstieß immer wieder aufs Neue den Schleier.

Er musste dieses irrsinnige Karussell aufhalten, und zwar schnell, bevor es zu spät war. Aber wie? Und natürlich hatte er keine Ahnung, was »zu spät« in diesem Zusammenhang bedeutete. Die Bilder, die über ihn hinwegflackerten, wurden jedenfalls immer beunruhigender. Am Himmel ballten sich finstere Wolken zusammen, Sturm kam auf, die Erde bebte, und der Ozean donnerte gegen Felsen. Der Junge nahm all seine Kraft zusammen und kehrte die Bewegung um. Er raste zurück nach Gonelore, noch schneller, als er es verlassen hatte. Dabei wusste er nicht einmal, was ihn dort erwartete.

Er versuchte, in einem benachbarten Horizont zu verharren, aber er konnte die Bewegung nicht kontrollieren. Nachdem er durch die verschiedenen Dimensionen des Universums gereist war, wurde er brutal zu seinem Ausgangspunkt zurückkatapultiert. Die Meeresluft von Zauberranke, die sich mit dem Geruch von Säure und verbranntem Fleisch vermischte, fuhr ihm in die Nase. Hastig sah er sich um und stellte fest, dass Denilius lebte, während die Söldner und der Carapax tot waren. Er schnappte erleichtert nach Luft, und dies war der erste Atemzug, den er in Gonelore tat, nachdem er den Schleier durchbrochen hatte.

Plötzlich begannen seine Lippen ganz sonderbar zu kribbeln. Im nächsten Moment stolperte Lehander mehrere Schritte zurück. Vor seinem Mund bildete sich ein Prisma – ein Rohprisma, das aus seinem eigenen Atem bestand.

Dann war das Wunder geschehen. Sein Großvater fiel vor ihm auf die Knie und starrte beglückt auf den durchsichtigen Kristall, der von unzähligen feinen Linien durchzogen war. Mit Freudentränen in den Augen verkündete er: »Wir müssen Vargaï nicht mehr suchen, mein Junge. Dank dir haben wir nun, was wir brauchen.«

Er hob das Prisma mit beiden Händen auf, als handelte es sich um die kostbarste Reliquie, die die Bruderschaft ihr Eigen nannte. In seinem Blick loderte eine Art religiöser Eifer, der Lehander unheimlich war, aber Denilius war noch nicht fertig.

»Nun müssen wir uns nur noch auf den letzten Schritt vorbereiten, Lehander. Komme, mein Junge, folge mir. In wenigen Stunden könnte Gonelore für immer von den Chimären befreit sein, und dann werden wir beide ewigen Frieden genießen können!«

Voller Inbrunst hielt er seinem Enkel die Hand hin. Die Geste erinnerte Lehander an ihre Flucht aus Zauberranke.

Abermals ergriff Lehander die ausgestreckte Hand. Offenbar war sein Großvater wirklich der Einzige, der ihn beschützen konnte.

42

Gess beobachtete bang, wie Tannakis' Männer die Verteidiger Zauberrankes immer weiter zurückdrängten. Seit die ersten Lehrer aus dem Kristallwald hervorgekommen waren, weil sie einen Verletzten trugen oder selbst verwundet waren, hatte er ein mulmiges Gefühl, und seine böse Vorahnung wuchs von Minute zu Minute, obwohl Radjaniel seiner Truppe immer wieder Mut zusprach. Gess und Berris waren dafür verantwortlich, Radjaniel, der eine der Ballisten bediente, mit neuer Munition zu versorgen, und so sahen sie das angespannte Gesicht des Messerschleifers und die sorgenvolle Falte auf seiner Stirn aus nächster Nähe. Schließlich verlor Radjaniel die Nerven.

»Bald können wir nicht mehr schießen, ohne unsere eigenen Leute zu verletzen«, schimpfte er. »Wann zieht Vargaï endlich seine Truppen ab, damit wir freie Bahn haben?«

Vor allem hoffte er wohl, dass der Freund noch lebte, das hörte man seinem Tonfall an. Die Götter waren ihm gnädig: Im nächsten Moment schallte Vargaïs Horn über das Kristallfeld. Der Anführer der Truppen Zauberrankes blies zum Rückzug. Wenn alles so lief wie geplant, würden sich die Weltwanderer am Leuchtturm sammeln, und die Artilleristen könnten ihre Feinde ungestört ins Visier nehmen. Allerdings würde nun auch niemand mehr den Vormarsch der Angreifer verlangsamen. Tannakis' Männer konnten ungehindert bis zu den Toren Zauberrankes vordringen.

»Überbring den anderen eine Nachricht!«, rief Radjaniel Gess zu. »Sag allen, dass niemand auf seinem Posten bleiben muss. Bald kommen Erwachsene, um die Schüler abzulösen.«

Gess nickte und rannte los. Er lief von einem Geschütz zum nächsten und übermittelte den Artilleristen und Munitionshelfern, was Radjaniel gesagt hatte. Zu seiner Verwunderung bediente Dælfine eine der Ballisten, aber er verkniff sich eine Bemerkung dazu. Gess hatte es eilig, auf seinen eigenen Posten zurückzukehren. Schließlich konnte jeder Moment entscheidend sein.

»Also?«, fragte Radjaniel.

»Die meisten wollen bleiben. Zwei Schüler, die völlig erschöpft waren, wurden bereits von Lehrern abgelöst. Allerdings geht vielen bald die Munition aus.«

Radjaniel wandte sich zu seinem eigenen Vorrat um, der einige Meter entfernt lagerte. Ein Stöhnen entfuhr ihm, als er feststellte, dass der Stapel auf ein Zehntel der ursprünglichen Menge geschrumpft war.

»Das wird nicht reichen«, murmelte er düster.

Als er dem Blick seines Schülers begegnete, riss er sich zusammen und packte entschlossen die Griffe seiner Waffe.

»Lauf noch mal zu den anderen«, befahl er. »Sag ihnen, sie sollen nur schießen, wenn sie eine gute Chance haben, einen Treffer zu landen. Wir dürfen keine Munition verschwenden.«

Gess rannte wieder los. Viele Artilleristen verzogen unmutig das Gesicht, als sie hörten, was Radjaniel gesagt hatte. Am liebsten hätte Gess sich bei ihnen entschuldigt. Er hasste es, ihnen schlechte Nachrichten zu überbringen, aber irgendjemand musste es ja tun.

Nachdem Gess zu Radjaniel zurückgekehrt war, hatte er viel weniger zu tun als zuvor. Zumal er sich seinen Posten mit Berris teilte. Nun standen sie längere Zeit mit einer Brandbombe in der Hand in der Gegend herum, während ihr Lehrer sich auf sein

Ziel konzentrierte. So hatte Gess alle Zeit der Welt, die Schlacht zu verfolgen. Ihm wurde ganz übel davon.

Die Verteidiger Zauberrankes zogen sich vom Schlachtfeld in Richtung Leuchtturm zurück. Viele waren offenbar verletzt und stützten sich gegenseitig. Sie waren zu weit weg, als dass Gess ihre Gesichter hätte erkennen können, aber er hoffte inständig, dass sich Vargaï, Maetilde und Sohia unter ihnen befanden. Sohia hatte er seit Beginn des Angriffs noch gar nicht gesehen, und auch nach den anderen Mitgliedern des Hohen Rats hielt er angstvoll Ausschau. Arold, Vrinilia und Gregerio hatten jeweils einen Trupp angeführt. Gess mochte die drei zwar nicht besonders, aber es stünde schlecht um Zauberranke, wenn sämtliche Ratsmitglieder im Kampf fielen.

Es dauerte eine ganze Weile, bis sich die Überlebenden am Fuß des Leuchtturms gesammelt hatten. Während der Schlacht gegen Tannakis' Männer und ihre Chimären hatten sich die Verteidiger Zauberrankes über das gesamte Kristallfeld verteilt. Vor allem die Verwundeten brauchten lange für den Rückzug. Schließlich kam niemand mehr aus dem Kristalltunnel hervor, der zum Vorplatz hochführte. Etwa vierzig Lehrer und Fünftkreisler hatten ihr Leben dafür gegeben, den Vormarsch der Feinde aufzuhalten, doch selbst dieses Opfer hatte nicht gereicht, um die Söldner zurückzuschlagen. Wie angriffslustige Ameisen tummelte sie sich weiter in den Schneisen, die die Chimären durch die Ranke pflügten.

Radjaniel und den anderen Artilleristen war es gelungen, mit ihren Ballisten etwa drei Dutzend der gewaltigen Carapaxe, die sich auf Zauberranke zubewegten, außer Gefecht zu setzen. Doch bald würde ihnen die Munition ausgehen, und einige der Bestien hatten die Schule mittlerweile fast erreicht. Sobald sie aus dem Kristallwald auf den Vorplatz hervorbrachen, käme es zu der entscheidenden Schlacht. Dann würde sich nur noch eine Handvoll Lehrer und Schüler ihren Feinden entgegenstellen, um zu verhindern, dass die Abtrünnigen mit ihren schauerlichen Reittieren über die Halbinsel herfielen. Und vielleicht würden sie ihr Leben geben müssen, um die jüngeren Schüler zu retten, die sich in ihren Schlafsälen verbarrikadiert hatten.

Plötzlich ertönte Jubel in dem Bataillon, das am Fuß des Leuchtturms versammelt war. Gess ließ den Blick über den Prismenwald schweifen, um herauszufinden, was los war. In diesem Moment wankte ein weiterer Verwundeter aus dem Kristalltunnel. Er hatte offenbar eine schwere Beinverletzung davongetragen, und mehrere Weltwanderer eilten ihm entgegen, um ihm zu Hilfe zu kommen. Andere riefen ihm aufmunternde Worte zu. Doch das Geschrei hatte auch ihre Feinde auf sie aufmerksam gemacht. Ein riesiges Reptilid mit einem Kobrakopf erschien plötzlich ganz in der Nähe des Kristalltunnels. Es kletterte über die scharfkantigen Gewächse hinweg, ohne sich um die scharfen Kanten zu scheren. Immer wieder verschwanden die Bestie und ihr Reiter zwischen den Kristallen, nur um gleich darauf wieder aufzutauchen. Sie kamen dem Verletzten immer näher.

Der Junge ahnte, wie das enden würde, doch er konnte den Blick nicht abwenden. Die Brutalität der Erwachsenenwelt übte eine grausame Faszination auf ihn aus. Die Chimäre holte den Weltwanderer, der vor ihr zu fliehen versuchte, mühelos ein und tötete ihn mit einem Biss in den Hals. Die Überlebenden der Schlacht schrien vor Entsetzen, Wut und Verzweiflung auf, als die Chimäre ihr lebloses Opfer durch die Luft schleuderte. Ihr Reiter winkte der Menge fröhlich zu.

»Das kann nur Tannakis sein«, fluchte Radjaniel.

Er kniff die Augen zusammen und starrte mit hasserfülltem Gesicht zum Leuchtturm hinüber. Dann richtete er seine Balliste auf den Verräter aus. Er war nicht der Einzige, der diese Idee hatte: Im nächsten Moment schossen sechs Feuerbälle auf Tannakis zu. Doch das Reptilid war schneller. Mit ein paar hastigen Schritten entfernte es sich von der Einschlagstelle. Sein Herr machte sich weiter über die Verteidiger Zauberrankes lustig. Gess meinte fast, sein spöttisches Lachen zu hören, auch wenn das auf die Entfernung unmöglich war.

Die Weltwanderer konnte nicht tatenlos hinnehmen, wie ihr Erzfeind sie verhöhnte. Ein gutes Dutzend Kämpfer lösten sich aus dem Bataillon und rannten auf Tannakis und seine Riesenechse zu. Sie waren offenbar bereit, in das Kristallfeld zurückzukehren und weiterzukämpfen. Doch als sie den abschüssigen Weg etwa zur Hälfte hinuntergelaufen waren, blieben sie wie erstarrt stehen. Unter ohrenbetäubendem Krachen und Knirschen entstand ein Loch in dem Schutzwall, der die Schule umgab. Ein gewaltiger Carapax mit mehreren Hörnern auf dem Kopf hatte die Bresche geschlagen. Nun stieß er ein wütendes Gebrüll aus und rammte den Kopf immer wieder gegen die Kristalle, um die Lücke zu vergrößern.

Die Ballisten spuckten Feuer, doch das Ungeheuer ließ sich davon nicht beeindrucken. Es schien die Brandbomben kaum zu spüren. Die Geschosse prallten von seinen mächtigen Hörnern ab und fügten ihm keinen Schaden zu. Deshalb hatte der Carapax trotz des Artilleriebeschusses fast bis zum Leuchtturm vordringen können. Er trug keinen Reiter mehr, aber das minderte seine Angriffslust nicht im Geringsten. Da endlich erwachten die Weltwanderer aus ihrer Erstarrung und rannten auf die Bestie zu.

Tannakis hatte offenbar nur auf eine solche Gelegenheit gewartet. Vermutlich hatte er seinen Männern befohlen, sich zwischen den Kristallen zu verstecken. Vielleicht hatte sein Spott auch nur dazu gedient, die Verteidiger Zauberrankes vom Leuchtturm wegzulocken. Jedenfalls sprangen plötzlich mehrere Dutzend Söldner und Chimären aus der Ranke hervor und stürzten sich auf die Weltwanderer, und Gess fürchtete, dass sich mindestens noch einmal so viele Feinde in dem Kristallwald verbargen.

Waffengeklirr, Schmerzensschreie und Chimärengebrüll drangen zu dem Jungen herauf. Er fühlte sich schrecklich klein und verletzlich und musste hilflos mit ansehen, wie ihre Feinde immer weiter auf Zauberranke vorrückten. Sein eigenes Schicksal entzog sich seiner Kontrolle. Als er Radjaniels Blick begegnete, begriff er, dass seinem Lehrer ähnliche Gedanken durch den Kopf schossen, auch wenn er das nie zugegeben hätte.

»Wir machen weiter!«, rief Radjaniel den anderen zu. »Jede Chimäre, die wir töten, kann den Ausschlag geben. Nur Mut!«

Er ging mit gutem Beispiel voran und feuerte eine Brandbombe über die Köpfe der Kämpfer hinweg, und sie schlug hinter der Bresche in das Kristallfeld ein. Doch damit verstieß er gegen seine eigene Anweisung. Er überließ es dem Zufall, ob ein Geschoss ihre Feinde verletzte. Leider konnte er nichts anderes tun – außer sein Schwert zu packen und sich den Kämpfern anzuschließen.

Radjaniel sah aus, als denke er genau darüber nach. Vermutlich zögerte er nur, weil er seine Schüler nicht allein lassen wollte. In diesem Moment drangen Schreie zu ihnen herüber, und Radjaniel wurde die Entscheidung abgenommen. Nobiane und Dælfine kamen angerannt.

»Eine Chimäre greift die Ballisten an!«, rief Nobiane panisch.

»Sie hat zwei Lehrer getötet, und die Viertkreisler haben die Flucht ergriffen!«

Die Artilleristen, die an den Geschützen in ihrer Nähe standen, liefen schreiend davon. Gleich darauf erblickte Gess die Chimäre und wäre ihnen am liebsten gefolgt. Es handelte sich um eine Art riesigen Skorpion, und seinem Reiter schien es einen Heidenspaß zu bereiten, dass um ihn herum Panik ausbrach. Er trieb das Ungeheuer zu einer verlassenen Balliste, und der Riesenskorpion zerstörte das Geschütz mit seinen mächtigen Scheren. Dann lenkte der Söldner die Chimäre auf Radjaniel und die vier Kinder zu.

»Zurück!«, befahl der Messerschleifer.

Seine Schüler gehorchten sofort. Obwohl die Chimäre direkt auf ihn zukam, blieb Radjaniel an der Balliste stehen. Er nahm das Rohr heraus, das bereits in der Rille steckte, hob das Gehäuse an, unter dem sich der Mechanismus befand, und hantierte im Inneren der Maschine herum. Als er endlich losrannte, war die Chimäre schon fast über ihm. Im letzten Moment sprang er zurück, rollte sich ab, ohne das Rohr loszulassen, und entging so mit knapper Not einem tödlichen Schlag. Als die Chimäre ihre ganze Zerstörungswut gegen die Balliste richtete, explodierte das Geschütz plötzlich.

Gess wandte sich ab, aber leider nicht schnell genug. Messerscharfe Splitter aus Holz, Metall, Knochen und Kristall schossen durch die Luft. Gess wusste nicht, was ihn traf, er spürte nur, dass ihm irgendetwas das Gesicht aufschlitzte, vom Ohr bis zur Nase. Dann kam der Schmerz, und er brüllte los.

Sofort umringten ihn seine Kameraden. Auch sie hatten Schnitte erlitten, aber keinen so tiefen. Auf den Wangen des Jungen vermischten sich Tränen und Blut, und die Wunde begann zu brennen. Gess war sofort klar, dass er für immer entstellt war. Schon jetzt ertrug er die mitleidigen Blicke seiner Freunde nicht, vor allem nicht den von Dælfine, die ihn anstarrte, als wäre er ein Gespenst. Als Radjaniel herbeirannte, um sich seine Wunde anzusehen, stieg dumpfe Wut in Gess auf. Er war böse auf die Götter, auf die Chimären, auf die Menschen, die sich gegenseitig töteten, und auf das Schicksal, das ihm so übel mitspielte … Doch sein Lehrer war derjenige, der seinen Zorn abbekam.

»Das ist Eure Schuld! Ihr bringt Unglück über alle, die sich in Eurer Nähe befinden!«

Der Weltwanderer starrte ihn fassungslos an. Da merkte der Junge, dass er zu weit gegangen war. Natürlich meinte er seine Worte nicht wirklich ernst, er war einfach nur wütend. Schließlich hatte Radjaniel die Explosion ausgelöst, durch die er verletzt worden war, auch wenn der Lehrer ihnen vermutlich das Leben gerettet hatte. Doch als er Radjaniels betroffenen Blick und die missbilligenden Gesichter seiner Kameraden sah, bekam Gess heftige Gewissensbisse. Nun hätte er seinen Lehrer am liebsten umarmt und ihn gebeten, ihm zu vergeben. Aber bevor er das tun konnte, musste er noch eine Sache aus der Welt räumen.

»Habt Ihr Gregerios Onkel umgebracht? Und ihm seinen Schlüssel gestohlen?«, fragte er schluchzend.

Radjaniels verständnislose Miene sprach Bände. Der Weltwanderer wusste offensichtlich nicht, wovon Gess redete, es sei denn, er war ein hervorragender Schauspieler. Doch dann zog er seinen Anhänger unter dem Hemd hervor.

»Meinst du etwa diesen Schlüssel?«

Der Junge nickte, und Radjaniel senkte den Blick.

»Das ist nur ein Schmuckstück ohne jeden Wert. Ich bin der Einzige, für den es eine Bedeutung hat. Meine Verlobte trug diesen Anhänger um den Hals, und ich habe ihn nach ihrem Tod an mich genommen. Es ist das Einzige, was mir von ihr geblieben ist. Und du sagst, dass er Ormandzo gehört hat?«

Gess nickte. Er warf einen flüchtigen Blick auf die Schlacht, die weiter unten tobte, und dachte, dass Gregerio womöglich längst im Kampf gefallen war. Er beschloss, dass es an der Zeit war, sich seinem Lehrer und seinen Kameraden anzuvertrauen. Rasch erzählte er in groben Zügen, was ihm bei Gregerio widerfahren war. Sein Geständnis konnte die Wunde auf seinem Gesicht zwar nicht ungeschehen machen, aber ihm fiel ein Stein vom Herzen. Endlich trug er dieses dunkle Geheimnis nicht mehr mit sich alleine herum. In diesen tragischen Stunden gab es sicher nichts Besseres, als Vertrauen in seine Freunde zu setzen.

Doch seine Beichte hatte unerwartete Folgen. Wenige Minuten später rannte Gess neben Berris, Nobiane und Dælfine über die Halbinsel. Radjaniel lief vorweg. Er führte sie zu Gregerios Kloster.

43

Als eine Brandbombe den Kokatrus traf, schrie Vargaï verzweifelt auf. Er sah hilflos mit an, wie Denilius und Jona ein gutes Stück von ihm entfernt zu Boden stürzten. Sofort sprang er von dem Kadaver des Geißelhorns hinunter, rannte zu den Mitgliedern seines Trupps und übertrug dem erfahrensten Weltwanderer das Kommando. Dann stieß er in sein Horn und blies zum Rückzug. Angesichts des Verlaufs der Schlacht war er überzeugt, dass nun alle Kämpfer, die noch dazu in der Lage waren, den Zugang zur Halbinsel verteidigen mussten. Als das erledigt war, lief er los, um nach seinem Bruder zu suchen.

Vargaï wusste, dass er falsch handelte. Eigentlich hätte er seinen Posten als Anführer der Truppen Zauberrankes nicht verlassen dürfen. Womöglich setzte er sogar ihren Sieg aufs Spiel. Doch sein Instinkt sagte ihm, dass er seinen Bruder finden musste. Es konnte kein Zufall sein, dass Denilius ausgerechnet am Tag der Schlacht um Zauberranke wieder auftauchte, in Begleitung des Jungen und auf dem Rücken von Nejabeths Chimäre! Im Übrigen hatte jeder einzelne Trupp einen Anführer, und so würde sich seine Abwesenheit nicht groß bemerkbar machen.

Trotzdem war der Kampf für ihn nicht vorbei. Zweimal kamen Söldner aus dem Kristalllabyrinth gesprungen und stürzten sich auf ihn. Vargaï kannte ihre Gesichter nicht. Die Männer mussten in Tannakis' geheimem Unterschlupf gelebt haben, nicht in der Enklave. So empfand er keine Skrupel, ihre Hiebe abzuwehren und sie zu töten. Er hatte sich immer noch nicht daran gewöhnt, seinen Säbel gegen Menschen zu richten, doch im Moment scheute er nichts, um Denilius zu finden. Sein Bruder und Großneffe waren vielleicht verletzt und brauchten Hilfe. Daher fackelte Vargaï nicht lang und räumte seine Feinde erbarmungslos aus dem Weg. Zwar schränkte ihn seine Beinwunde etwas ein, aber seine Gegner waren ihm trotzdem nicht gewachsen.

Bald gelangte er zu einem Bereich, wo die Ranke sehr viel dichter wuchs, und er kam nur noch langsam voran. Nun musste er höllisch aufpassen, dass er sich nicht an den scharfen Kanten schnitt oder von einem Dorn durchbohrt wurde. Zwar begegnete er nun keinen Söldnern mehr, aber dafür lief ihm die Zeit davon. Er konnte nur hoffen, dass sich die anderen Kämpfer mittlerweile auf dem Vorplatz gesammelt hatten.

Nach einiger Zeit stieß er auf den Weg, der vom Festland durch das Kristallfeld hindurch hoch nach Zauberranke führte. Wenige Tage zuvor war er diesen Pfad in Gestalt eines Lupinus entlanggelaufen. Der Leuchtturm thronte oben am Ende des Wegs. Als Vargaï in die andere Richtung blickte, sah er ein Stück weiter unten den Steinschlag, den Sohia ausgelöst hatte. Der Weg war an dieser Stelle unpassierbar, das konnte er selbst auf die Entfernung erkennen. Vielleicht war seine ehemalige Schülerin ja gar nicht weit, vielleicht schlug sie die Söldner zurück, die das Hindernis zu überwinden versuchten. Vargaï hoffte von ganzem Herzen, dass Sohia irgendwo in der Nähe war. Die andere Möglichkeit wollte er gar nicht erst an sich heranlassen. Er musste sich auf Denilius konzentrieren. Der frühere Magister von Zauberranke konnte der Schlacht vielleicht die entscheidende Wendung geben.

Leider hatte er nicht genau gesehen, an welcher Stelle der Kokatrus zu Boden gegangen war. Das Kristallfeld war riesig und zerklüftet, und wenn man sich mittendrin befand, war es schwer, sich zu orientieren. Vargaï verließ sich ganz auf seinen Instinkt und wandte sich in die ungefähre Richtung, die er sich gemerkt hatte. Er lief den Weg ein Stück hoch und drang dann auf der anderen Seite abermals in den Kristallwald ein. Nach kaum zweihundert Metern blieb er abrupt stehen. In der Ferne liefen zwei Gestalten zwischen den Kristallgewächsen hindurch, und wenn ihn seine Augen nicht täuschten, waren es ein erwachsener Mann und ein Junge.

Hastig zog Vargaï sein Fernrohr aus der Tasche. Als er den flaschengrünen Umhang seines Bruders erkannte, stieß er einen Freudenschrei aus. Dann brüllte er noch lauter, um Denilius und Jona auf sich aufmerksam zu machen, aber sie waren zu weit weg. In diesem Moment begannen die beiden zu rennen. Vargaï lief ebenfalls los, um sie einzuholen, aber seine Beinverletzung machte ihm zu schaffen. Obwohl er alles gab, verlor er die beiden schon nach kurzer Zeit aus den Augen.

Die Erleichterung, die er gerade noch empfunden hatte, schlug in Enttäuschung um. Zwar bestand die Möglichkeit, dass er nach der Schlacht wieder mit seinem Bruder vereint sein würde, aber es gab keine Garantie, dass sie beide überlebten. Nein, er konnte nicht warten, er musste jetzt gleich zu ihm.

Vargaï war sicher, dass seine Entscheidung richtig war. Denilius war offenbar in der Enklave gewesen: Vielleicht wusste er Genaueres über Tannakis' Pläne. Also biss er die Zähne zusammen und rannte hinkend weiter. Er hoffte nur, dass er nicht zu viel Blut verloren hatte und dass sein Bein durchhalten würde.

Eine halbe Ewigkeit schleppte sich Vargaï durch das Kristallfeld und wurde das Gefühl nicht los, sich wie ein Feigling vor der Schlacht zu drücken. Schon bald drangen wieder Kampfgeräusche an sein Ohr. Die Schlacht um Zauberranke war nicht vorbei. Er lief noch etwas schneller, obwohl sein Bein höllisch schmerzte. Jedes Mal, wenn ein Schrei an sein Ohr drang, zuckte er zusammen. War ein Freund von ihm im Kampf gefallen?

Da erreichte er wieder den Vorplatz der Schule. Voller Entsetzen starrte er auf die Szenen, die sich vor seinen Augen abspielten. Die Söldner und die Verteidiger Zauberrankes hieben mit brutaler Gewalt aufeinander ein. Die Weltwanderer nutzten all ihre Fähigkeiten, um ihre Feinde zu töten, und die Chimären, die unter Drogen standen, trampelten wie im Wahn durch das Getümmel. Manche von ihnen griffen Freund oder Feind an, während andere kehrtgemacht hatten und weiter die Ranke zerstörten. Vargaï stöhnte auf. Dabei waren noch nicht einmal alle Söldner hier oben angelangt. Die Schlacht war verloren …

Er stürzte sich mit der Kraft der Verzweiflung in den Kampf und schlug mit seinem Säbel wild um sich, auch wenn er genau wusste, dass er nicht viel ausrichten konnte. Die Front verlief mittlerweile über die gesamte Breite des Vorplatzes. Die Verteidiger bemühten sich, die Angreifer nicht aus dem Kristallwald herauszulassen oder sie dorthin zurückzudrängen. Doch sie waren deutlich in der Unterzahl. Irgendwann würde den Feinden ein Durchbruch gelingen … Und Vargaï konnte nichts dagegen tun.

Zwischen zwei Säbelhieben hob er den Blick zum Leuchtturm, als wollte er ihn ein letztes Mal betrachten. Da erspähte er unverhofft seinen Bruder und den Jungen. Denilius hatte sich offenbar selbst durch das Kampfgetümmel geschlagen und dabei etwas von seinem Vorsprung eingebüßt. Vargaï setzte ihm nach, als gäbe es nichts Wichtigeres auf der Welt. Aber er war sicher, dass seine Vorahnung richtig war. Schließlich war sein Bruder niemand, der vor einem Kampf davonlief. Was auch immer er vorhatte, es konnte ganz sicher den Verlauf der Schlacht zu ihren Gunsten beeinflussen.

An diesen Gedanken klammerte sich Vargaï wie ein Ertrinkender. Ihm war bewusst, dass seine Kräfte ihn bald verlassen würden. Doch er durfte seinen Bruder nicht noch mal aus den Augen verlieren, und so hinkte er mit schmerzverzerrtem Gesicht den Hang zum Leuchtturm hoch und durchquerte das alte Viertel von Zauberranke.

Er behielt Denilius' grünen Umhang im Auge und versuchte gar nicht erst, durch Rufen auf sich aufmerksam zu machen. Seine Stimme war nicht laut genug, um das Getöse der Schlacht zu übertönen. Außerdem hatte sein Bruder es offenbar furchtbar eilig, seinen Plan in die Tat umzusetzen, und war taub für alles andere. Als Denilius den Platz vor der Kathedrale überquerte, das schwere Tor aufschob und mit Jona im Inneren verschwand, begriff Vargaï, dass sie am Ziel waren. Wenig später betrat auch er das einzige Gotteshaus Zauberrankes. Normalerweise besuchte er die Kathedrale nur bei Beerdigungen. Er hoffte, dass das kein schlechtes Omen war.

Denilius und Lehander standen vorn am Altar. Vargaï hatte keine Ahnung, was die beiden vorhatten, aber das Lächeln auf dem Gesicht seines älteren Bruders gab ihm neuen Mut. Nun war er überzeugt, dass all die bösen Dinge, die man ihm über Denilius erzählt hatte, Lügen waren. Sein Bruder konnte kein selbstsüchtiger, hinterlistiger Schurke sein.

Doch leider waren nicht alle Weltwanderer in Zauberranke seiner Meinung. In diesem Moment trat Lygwenn hinter einer Säule hervor und zielte mit einem in einen Bogen gespannten Pfeil auf Denilius. Vargaï blieb das Herz stehen.

44

In den Fluren des Klosters war es eisig, aber trotz der Kälte fühlte sich Radjaniel, als hätte er hohes Fieber. Das Schicksal hatte ihm eine schallende Ohrfeige verpasst, und er hatte das ungute Gefühl, dass es nicht die letzte war. Wenn er an die Schlacht dachte, die draußen vor der Schule tobte, wurde ihm fast schwarz vor Augen, aber in diesem Moment hatte er Wichtigeres zu tun. Er lief hinter Gess her, während der Junge nach dem richtigen Weg suchte. Radjaniel musste diese Sache zu Ende bringen, und wenn es das Letzte war, was er tat.

»Ich glaube, es geht da lang«, murmelte Gess.

Das hatte er schon mehrmals gesagt, nur um gleich darauf festzustellen, dass er sich geirrt hatte. Doch niemand machte ihm deswegen einen Vorwurf. Schon gar nicht Radjaniel, der froh war, dass er und sein Schüler wieder Frieden geschlossen hatten. Ihn plagten immer noch Schuldgefühle, denn Gess mochte recht haben – vielleicht brachte er wirklich Unglück über alle, die sich in seiner Nähe befanden. Jedes Mal, wenn der Junge ihm sein zerschlitztes Gesicht zuwandte, wurde er schmerzlich an die Anklage erinnert.

»Ach, nein. Da lang«, berichtigte sich der Junge.

Nobiane, Berris und Dælfine folgte ihm und Radjaniel bereitwillig. Seit ihrem Aufbruch vom Leuchtturm hatten sie kaum ein Wort gewechselt. Alle fragten sich, ob die Schlacht inzwischen vorbei war und wer den Sieg davongetragen hatte. Vielleicht wäre es besser gewesen, wenn sie zum Strand hinuntergerannt und davongerudert wären, solange das noch möglich war. Radjaniel hatte im Übrigen vor, seine Schüler in einem Ruderboot in Sicherheit zu bringen, sobald sie hier fertig waren. Aber erst musste er das Geheimnis, das Gregerios Familie seit fünf Jahrhunderten hütete und das irgendwie mit seiner toten Verlobten zu tun hatte, mit eigenen Augen sehen.

»Hier ist es!«, rief Gess triumphierend. »Wir müssen diese Treppe runter.«

Radjaniel starrte in die Dunkelheit hinab. Der Junge hatte die Tür mit seinem Dietrich geöffnet. Genauso war er mit sechs anderen Türen verfahren, seit sie in Gregerios Kloster eingedrungen waren, doch angesichts der Katastrophe, die sich in Zauberranke abspielte, war das nicht weiter von Bedeutung.

»Bist du sicher?«

»Ganz sicher!«

Gess schloss die Augen und tastete sich an der Wand entlang, um seiner Erinnerung auf die Sprünge zu helfen. Dann nickte er.

»Gut. Wir gehen runter«, sagte Radjaniel.

Er entzündete die Lampe, die an einem Nagel neben der Tür hing, nahm sie an sich und stieg als Erster die Stufen hinunter. Unter anderen Umständen wäre er niemals in die Privaträume eines anderen Lehrers eingebrochen. Schließlich wollte er auch nicht, dass seine Kollegen in seiner Abwesenheit im Zeughaus herumstöberten. Doch Gregerio hatte Gess gezwungen, die Hälfte der Häuser in Zauberranke zu durchsuchen, und deshalb hatte Radjaniel bei ihm keinerlei Skrupel.

Als sie in den Keller des Klosters hinabstiegen, hatte Radjaniel den Eindruck, eine Reise in die Vergangenheit zu unternehmen. Diese Mauern waren von den Gründern Zauberrankes errichtet worden, der ersten Generation Weltwanderer, die sich hier niedergelassen hatten, weil das von den Kristallen der Ranke reflektierte Licht eine schützende Kuppel über die Halbinsel legte. Anschließend hatten sie den Leuchtturm und die Häuser im alten Viertel erbaut, und wenig später war das Zeughaus hinzugekommen. Doch das älteste Gebäude Zauberrankes war eindeutig das Kloster, das sie in diesem Moment erkundeten. Seit es nicht mehr seinem ursprünglichen Zweck diente, wohnte hier der Oberste Fährtenleser. Als Gregerios Vorfahren es geerbt hatten, ahnte wohl niemand, dass die Familie noch fünf Jahrhunderte später hier ansässig sein würde.

Als sie am Ende der Treppe ankamen, ließ Radjaniel abermals Gess den Vortritt. Hier unten gab es zum Glück sehr viel weniger Flure und Türen, und so fand sich Gess mühelos zurecht. Radjaniel und die drei anderen Kinder staunten über die riesige Kristallwurzel, die die Kellerwände durchzog. Als sie nach einer Weile den Keimling erreichten, blieb ihnen der Mund offen stehen. An den Wänden schillerten Millionen von Prismen in allen Farben.

Die Kristallhöhle war noch viel prächtiger, als Radjaniel es sich nach Gess' Beschreibung vorgestellt hatte. Der Keimling war zugleich wunderschön und unheimlich. Sie befanden sich im Herzen der Ranke. Hier wurzelten sämtliche Gewächse, die die Halbinsel auf Land- und auf Meerseite umgaben. Radjaniel konnte nicht fassen, dass die Ratsmitglieder die Existenz dieses Orts seit Generationen vergessen hatten. Die Obersten Fährtenleser mussten wirklich alles getan haben, um ihn geheim zu halten. Warum nur?

Radjaniel ging vorsichtig auf die Tür zu, von der Gess erzählt hatte, und verzog jedes Mal das Gesicht, wenn die Kristalle laut knirschend unter seinen Schritten zerbrachen. Er hatte Gess' Warnung nicht vergessen. Der Junge wartete am Eingang und schien es eilig zu haben, diesen Ort wieder zu verlassen. Radjaniel trat vor die Tür und strich nachdenklich über das Holz. Über welches Geheimwissen hatten die Gründer von Zauberranke verfügt? Wie hatten sie es geschafft, eine Tür mit solch einem rätselhaften Schloss anzufertigen? Dann holte er den Schlüssel unter seinem Hemd hervor.

»Ihr wollt die Tür doch nicht etwa öffnen?«, rief Gess entsetzt.

Radjaniel schwieg eine ganze Weile und hing seinen Erinnerungen nach. Als er antwortete, blickten ihn seine Schüler erleichtert an.

»Nein, natürlich nicht. Niemand sollte diese Tür öffnen. Ich habe mich nur gefragt, warum Edesis diesen Schlüssel bei sich trug. Wir hatten keine Geheimnisse voreinander.«

Radjaniel zuckte zusammen, als plötzlich eine Stimme vom Eingang des Keimlings erklang.

»Vielleicht war sie ja nicht nur eine dreckige Diebin, sondern obendrein eine Lügnerin.«

Die Beleidigung seiner verstorbenen Verlobten brachte Radjaniels Blut zum Kochen. Natürlich hatte er die Stimme des Hausherrn auf Anhieb erkannt. Nun trat Jor Gregerio in die Kristallhöhle und zielte mit einer schweren Armbrust auf Radjaniel und seine Schüler.

»Hab ich's doch gewusst«, zischte der Fährtenleser. »Ich war mir sicher, dass du alter Säufer meinen Schlüssel versteckt hast!«

Radjaniel hätte sich am liebsten auf ihn gestürzt, auch auf die Gefahr hin, dass Gregerio ihm einen Bolzen in die Brust jagte, aber er durfte seine Schüler da nicht mit hineinziehen. Nicht nach dem, was Gess zugestoßen war. Nicht in dem Moment, in dem Zauberranke erobert wurde und ihnen so wenig Zeit für die Flucht blieb. Er holte tief Luft und zügelte seinen Zorn.

»Ich habe gar nichts versteckt, Jor Gregerio. Für mich war dieser Schlüssel nur ein Erinnerungsstück von rein sentimentalem Wert. Ich hatte keine Ahnung, dass Ihr nach ihm sucht.«

»Von wegen!«, fauchte der Fährtenleser. »Du und dein Nichtsnutz von einem Schüler, ihr habt euch gegen mich verschworen. Aber ich sehe, dass die Götter euch bereits bestraft haben!«

Er zeigte schadenfroh auf Gess' Wunde. Der Junge war starr vor Angst, genau wie seine drei Kameraden. Sie waren in den letzten Monaten viel zu oft von ihren eigenen Lehrern bedroht worden, und der Oberste Fährtenleser war zweifellos der gefährlichste ihrer Feinde. Radjaniel versuchte, ihn zur Vernunft zu bringen.

»Wir stehen auf derselben Seite, Gregerio. Unsere wahren Feinde sind da draußen vor den Toren der Schule. Gegen sie solltet Ihr Eure Wut richten.«

»Verkauf mich nicht für dumm! Wir werden diese Schlacht verlieren, das weißt du nur zu gut. Deshalb seid ihr hier. Ihr wolltet mithilfe dieses Schlüssels fliehen, aber er gehört mir. Gib ihn mir zurück!«

Er streckte Radjaniel auffordernd eine Hand entgegen, die in einem feinen Lederhandschuh steckte. Der Messerschleifer betrachtete den Schlüssel zum letzten Mal und verabschiedete sich stumm von den Geistern der Vergangenheit. Dann warf er ihn Gregerio zu, und der fing ihn geschickt auf.

»Endlich«, rief er triumphierend. »Und jetzt los. Da rüber mit euch.«

Radjaniel schob seine Schüler vor sich her zum Ausgang der Höhle. Er war erleichtert, dass Gregerio sie nicht gleich an Ort und Stelle erschoss. Der Fährtenleser selbst näherte sich der Tür. Vielleicht würde er sie nach ein paar weiteren Beschimpfungen und Drohungen gehen lassen? Doch diese Hoffnung zerschlug sich schnell.

»Halt! Ich will, dass ihr dabei seid. Ich will sehen, wie ihr vor Neid erblasst, weil ich der Katastrophe entkomme!«

Er wandte den Blick nur kurz ab, um den Prismaschlüssel ins Schloss zu stecken. Nichts konnte ihn mehr daran hindern, die geheimnisvolle Tür zu öffnen. Als Gregerio die Tür unter dem Knirschen der zersplitternden Kristalle aufzog, machte sich Radjaniel auf das Schlimmste gefasst.

Doch es geschah nichts. Kein Rieseninsekt sprang hinter der Tür hervor, um sich auf die beiden Weltwanderer und ihre Schüler zu stürzen. Die Parasiten, von denen Gess erzählt hatte, hatten längst von der Tür abgelassen. Aber für wie lang?

»Wenn Ihr da reingeht, werdet Ihr sterben, Gregerio«, sagte Radjaniel warnend. »Und niemand wird je Eure Leiche finden.«

»Mag sein«, erwiderte der Fährtenleser. »Aber das ist immer noch besser, als von Tannakis' Männern abgeschlachtet oder von ihren Bestien gefressen zu werden. Irgendwo da drin verbirgt sich ein Geheimnis, Radjaniel ... Entweder jenseits des Schleiers oder sogar hier in Gonelore. Ich werde herausfinden, was es ist!«

Radjaniel nickte, auch wenn er das Vorhaben für völlig verrückt hielt. Wenn Gregerio der Sinn danach stand, sollte er sich ruhig den Chimären ausliefern – solange er seine Gefangenen gehen ließ. In diesem Moment zog der Fährtenleser ein ovales Prisma aus der Tasche. Er schleuderte das Beschwörungsprisma zu Boden, und eine Chimäre, die an eine Riesenschildkröte erinnerte, nahm vor ihnen Gestalt an.

»Ich lasse euch meine Dicke«, höhnte Gregerio. »An eurer Stelle würde ich mich von ihrem Maul fernhalten. Sie wird aufpassen, dass ihr nicht auf die Idee kommt, mir zu folgen.«

Er wich langsam in den Tunnel zurück. Die Chelonia baute sich zwischen dem Fährtenleser und seinen Gefangenen auf. Offenbar hatte Gregorio nicht vor, Radjaniel und die Kinder an der Flucht zu hindern. Schon zupfte Nobiane ihren Lehrer verstohlen am Ärmel, um ihn in Richtung Treppe zu ziehen. Doch Radjaniel konnte sich noch nicht dazu durchringen.

»Gregerio«, rief er mit heiserer Stimme. »Eins muss ich noch wissen. Glaubt Ihr wirklich, ich hätte Ormandzo umgebracht und ihm den Schlüssel gestohlen?«

Er rechnete mit allem Möglichen, aber nicht damit, dass der Fährtenleser in nervöses Gekicher ausbrach.

»Natürlich nicht! Das habe ich nur dem kleinen Nichtsnutz erzählt, damit er mir hilft. Alle wissen, dass mein Onkel auf einer der Inseln von einem Carapax getötet wurde. Aber irgendjemand muss ihm den Schlüssel abgenommen haben. Zumindest bin ich davon immer ausgegangen. Wenn dir so viel daran liegt, spreche ich dich von allen Vorwürfen frei, Radjaniel. Darauf kommt es jetzt auch nicht mehr an.«

Der Messerschleifer starrte ihn fassungslos an. Wenn Gregerio gar nicht an der offiziellen Version der Geschichte zweifelte, was führte er dann im Schilde?

»Ganz Zauberranke hat damals um meinen Onkel getrauert«, fuhr Gregerio fort. »Die Leute sagten, er sei der beste Fährtenleser aller Zeiten gewesen, sein Tod sei ein großer Verlust für die Bruderschaft und anderes dummes Zeug. Niemand wusste, wie schlecht er mich behandelte. Ich habe mehr gelitten als alle anderen Schüler, die er unterrichtete. Ich habe mir mein Bandelier und meine Abzeichen mit Blut und Tränen erkämpft. Und dieser Mistkerl hielt mich nicht einmal für gut genug, um sein Erbe anzutreten. Er wollte mit der Tradition brechen und Schande über mich bringen, indem er jemand anderen zu seinem Nachfolger machte.«

Er schnaubte verächtlich.

»Ich nehme an, deine Verlobte gehörte zu den glücklichen Auserwählten. Vielleicht wollte Ormandzo ihr bei dem Ausflug auf die Insel ja den Posten anbieten. Vielleicht hatte er sie gebeten, den Schlüssel eine Weile für ihn aufzubewahren. Der Alte hatte nämlich begonnen, mir zu misstrauen. Und er hatte auch allen Grund dazu.«

Bei diesem letzten Geständnis fiel es Radjaniel wie Schuppen von den Augen. Er hatte das Gefühl, in einen bodenlosen Abgrund zu stürzen.

»Das heißt ... Ihr ... Ihr habt ...«, stieß er mühsam hervor, »Ihr habt sie getötet. Ihr habt den Carapax heraufbeschworen und ihn den beiden auf den Hals gehetzt.«

Gregerio stieß ein amüsiertes Lachen aus, das von den Wänden des Tunnels widerhallte.

»Ich habe mich nur für das gerächt, was mein Onkel mir jahrelang angetan hat. Ob du es glaubst oder nicht, um deine Verlobte tat es mir leid. Und um deine Schüler auch. Der Carapax war nicht so gut dressiert, wie ich gedacht hatte. Es dauerte eine ganze Weile, bis ich ihn wiederfand und außer Gefecht setzen konnte. Als ich zurückkehrte, hatten sich bereits mehrere Dutzend Leute um die Leichen versammelt. Und mein Schlüssel war unauffindbar.«

Gregerio war nun bereits fünfzehn Meter in den Tunnel eingedrungen. Nach einem raschen Blick über die Schulter rief er: »Das alles ist doch Schnee von gestern! Wer weiß, Radjaniel, vielleicht sehen wir uns ja eines Tages wieder. Bis dahin viel Spaß mit Tannakis' Männern!«

Gregerio drehte sich um und rannte los. Seine Laterne tanzte durch die Dunkelheit, und im nächsten Moment verschwand er um eine Biegung.

Radjaniel starrte ihm verstört nach. Er konnte keinen klaren Gedanken fassen, denn die Trauer drohte ihn zu ersticken. Er erlebte den Schmerz jenes Tages ein zweites Mal und verzweifelte wie damals an der Ungerechtigkeit des Schicksals. Doch zugleich empfand er Erleichterung darüber, dass er nun endlich die Wahrheit kannte. Hass und Rachegelüste stiegen in ihm auf. Er stieß einen wilden Schrei aus und schleuderte das Rohr der Balliste, das er seit einer halben Stunde mit sich herumtrug, über die Chimäre hinweg in den Tunnel.

Die Munition explodierte in einem gewaltigen Feuerball. Der Knall zerriss Radjaniel das Trommelfell, und die Prismensplitter zerfetzten den Panzer der Chelonia, der eigentlich als unzerstörbar galt. Erst jetzt kam Radjaniel wieder zur Besinnung. Im nächsten Moment schossen ringsherum messerscharfe Kristalle aus den Wänden, die an durchsichtige Schwerter erinnerten. Hastig schob er die Schüler aus der Höhle.

Doch leider beschränkte sich das Phänomen nicht auf den Keimling. Auch im Gang schossen Dornen aus den Wänden und versperrten den Flüchtenden den Weg. Zwar war Radjaniel endlich mit der Vergangenheit im Reinen, aber er blickte nun selbst einem tragischen Tod ins Auge.

45

Als die Fremde plötzlich hinter einer Säule hervortrat und mit einem Pfeil auf seinen Großvater zielte, wurde Lehander ganz komisch zumute. Im ersten Moment hielt er es für Angst, aber nein, das Gefühl war etwas anderes. Die Weltwanderin übte eine eigenartige Faszination auf ihn aus – und sie war ihm auf rätselhafte Weise vertraut.

»Rühr dich nicht vom Fleck, Denilius!«, rief die Frau. »Wenn du auch nur mit der Wimper zuckst, schieße ich dir den Pfeil ins Auge. Du weißt, dass ich dazu fähig bin!«

Denilius schien die Drohung sehr ernst zu nehmen. Er stand wie erstarrt da, und sein Gesicht verriet große Anspannung. In diesem Moment kam Vargaï den Mittelgang der Kathedrale entlang und blieb vor ihnen stehen. Nun bildeten die vier ein Dreieck um den Altar herum, mit Denilius und Lehander an der Spitze.

»Tut das nicht«, bat Vargaï. »Weitere Tote nützen niemandem etwas, Joransame! Reden wir lieber miteinander. Denilius kann sicher alles erklären!«

Die Fremde ließ sich davon nicht beirren. Sie hatte ihr Gewicht auf ein Bein verlagert. Vielleicht war sie verletzt? Trotzdem wirkte sie äußerst bedrohlich. Sie schien nicht vorzuhaben, ihre Waffe zu senken.

»Du hast überlebt«, murmelte Denilius. »Schon wieder.«

»Ja, wie du siehst«, antwortete die Bogenschützin. »Einen dritten Versuch wirst du nicht bekommen.«

»Wenn du meinst … Wie hast du mich gefunden?«

Lehander konnte kaum fassen, wie ruhig sein Großvater blieb. Er selbst war wie im Fieber. Tausende von Gedanken schossen ihm durch den Kopf, ohne dass er sie zu greifen bekam, wie Träume, die sich nach dem Aufwachen verflüchtigen, obwohl man versucht, sie festzuhalten. Allerdings war Lehander hellwach. Erinnerungen stürzten auf ihn ein, aber sie ergaben kein richtiges Bild. War er dabei, sein Gedächtnis wiederzuerlangen? In seiner Verwirrung begriff er nichts von dem, was in der Kathedrale vor sich ging.

»Ich war mir sicher, dass du herkommen würdest«, sagte die Weltwanderin. »Du brauchst die Kathedrale, um deinen Plan umzusetzen.«

»Aber woher wusstest du, dass ich heute kommen würde? Ist unsere Begegnung reiner Zufall? Oder hast du unsere Nähe *gerochen?*«

Die Fremde antwortete nicht, umklammerte ihren Bogen aber noch etwas fester. Lehander fragte sich, was sie vorhatte. Vielleicht wusste sie es selbst nicht so genau … Oder sie nahm all ihren Mut zusammen, um tatsächlich zu schießen.

»Hört mich an«, warf Vargaï ein. »Seid vernünftig! Der Feind kann jeden Moment hier sein. Wir verlieren kostbare Zeit. Legt den Bogen nieder, dann können wir reden. Wir sollten uns über Denilius' Rückkehr freuen. Fehler sind dazu da, verziehen zu werden.«

»Ihr habt ja keine Ahnung, was Ihr da redet«, presste die Bogenschützin hervor. »Haltet Euch aus der Sache heraus, oder ich habe auch einen Pfeil für Euch. Ich meine es ernst.«

Sie warf dem Jungen einen schnellen Blick zu, ließ Denilius aber nur kurz aus den Augen.

»Nimm ihm das Bandelier ab, Lehander. Und seine Tasche. Bring mir beides.«

Der Junge verstand gar nichts mehr. Woher kannte die Fremde

seinen echten Namen? Er selbst hatte ihn doch erst vor ein paar Wochen erfahren. War sie etwa …

Der Verdacht, der in ihm aufstieg, war so verstörend, dass er nicht wagte, ihn zu Ende zu denken. Doch als Denilius abermals das Wort ergriff, bestätigte sich seine Ahnung.

»Tu das nicht, Lygwenn. Nicht jetzt. Nicht vor dem Jungen.«

In Lehanders Kopf drehte sich alles. Die Bogenschützin war seine Großmutter – und offenbar Denilius' Erzfeindin. Sie wollte ihn töten und hielt sich wohl nur zurück, um ihren Enkel nicht in Gefahr zu bringen. Lehander verstand die Welt nicht mehr und konnte sich vor allem nicht entscheiden, auf wessen Seite er sich schlagen sollte. Also blieb er einfach neben seinem Großvater stehen.

»Beeil dich, Lehander«, drängte Lygwenn. »Oder geh wenigstens aus dem Weg.«

»Hör nicht auf sie«, rief Denilius. »Und vergiss alles Gute, was ich dir über sie erzählt habe. Sie ist zwar deine Großmutter, mein Junge, aber sie ist auch die größte Lügnerin, die es in ganz Gonelore gibt. Sie ist nicht diejenige, die sie vorgibt zu sein.«

»Geh aus dem Weg!«, wiederholte Lygwenn.

Dann wurde sie von ihren Gefühlen überwältigt. Tränen liefen ihr über die Wangen.

»Mein Liebling, mein kleiner Schatz! Bitte, geh von ihm weg. Ich flehe dich an. Du erinnerst dich nicht an mich, noch nicht, aber du musst mir vertrauen. Dieser Mann ist ein Ungeheuer, und er wird dich töten. Das alles ist seine Schuld. Solange er lebt, haben wir keinen Frieden.«

»Senkt den Bogen!«, befahl Vargaï.

Der Weltwanderer hatte seinen Säbel gezogen und richtete ihn auf Lygwenn. Jeden Moment konnte einer der drei Erwachsenen die Nerven verlieren. Auf keinen Fall wollte Lehander mit ansehen, wie einer von ihnen ermordet wurde. Weder Vargaï noch Denilius noch Lygwenn verdienten ein solches Schicksal.

Der Junge folgte seinem Instinkt und versuchte sich hinter dem Schleier zu verstecken. Und es funktionierte. Also hatten Tannakis' Chimären tatsächlich eine Bresche in die Ranke geschlagen. Lehander rannte zu Lygwenn, kehrte blitzschnell nach Gonelore zurück und entriss seiner überraschten Großmutter den Pfeil. Das alles dauerte nur wenige Momente.

Die tiefe Verzweiflung, die sich auf Lygwenns Gesicht abzeichnete, ließ ihn seine Tat fast bereuen. Doch schon sprang Vargaï herbei, nahm ihr den Bogen ab und hinderte sie daran, einen weiteren Pfeil in die Sehne zu spannen. Sie leistete keinen Widerstand. Lygwenn sah ihren Enkel nur traurig an, als wären sie erneut voneinander getrennt worden. Vargaï wiederum stand die Verblüffung ins Gesicht geschrieben. Er hatte noch nie gesehen, wie ein Mensch den Schleier durchstieß.

Denilius wirkte völlig gelassen, zumindest nach außen hin. Dann zückte er seine Streitaxt und trat zu ihnen. Lehander zuckte zusammen, als sein Großvater ihn am Arm packte und von Lygwenn fortzog. Es war offensichtlich, was er vorhatte. Zum Glück ging Vargaï dazwischen.

»Was tust du da?«

»Ich befreie Gonelore von einem Ungeheuer, Bruder. Glaub mir, das ist besser für uns alle. Tritt zurück. Es wird nicht lange dauern.«

Vargaï erbleichte. So hatte er sich das Wiedersehen mit seinem Bruder sicher nicht vorgestellt. Die ersten Worte, die sie nach langer Zeit miteinander wechselten, waren die Ankündigung einer Bluttat.

»Das … das kannst du nicht tun, Denilius. Nicht, ohne dich mit ihr ausgesprochen zu haben. Nicht ohne einen ordentlichen Prozess. Und vor allem nicht vor …«

Er wies mit dem Kinn auf Lehander, der ebenfalls totenblass geworden war. Denilius sah zu seinem Enkel, verzog missmutig das Gesicht und nickte schließlich.

»Dann fessle und kneble sie«, befahl er. »Ich will ihre Lügengeschichten nicht hören müssen, während ich mich vorbereite.«

Vargaï zögerte, doch dann wandte er sich Lygwenn zu und bat sie stumm um Entschuldigung. Die Weltwanderin erleichterte ihm die Aufgabe, indem sie zu einer Säule hinkte, sich mit dem Rücken daran stellte und ihre Arme nach hinten legte. Jeder Widerstandsgeist und Lebensmut schien sie verlassen zu haben, seit ihr Enkel ihr den Pfeil abgenommen und sie verraten hatte. Wieder sah sie Lehander mit traurigem Blick an. Es wirkte fast, als fühlte sie sich schuldig, auch wenn er sich beim besten Willen nicht vorstellen konnte, warum. Als ihr Tränen über die Wangen rannen, versetzte ihm das schlechte Gewissen einen Stich.

Nachdem Vargaï die Gefangene gefesselt hatte, näherte er sich dem Altar. Auch er humpelte, und seine Hose war blutdurchtränkt. Im Vergleich zu ihm wirkte sein älterer Bruder noch imposanter als sonst.

Vargaï ließ den Blick über die Phiolen wandern, die Denilius auf dem Altar aufgereiht hatte, und fragte verständnislos: »Was soll das werden?«

»Das wird dir gefallen«, rief Denilius. »Schau mal!«

Er zog das Prisma aus der Tasche, das sich aus dem Atem des Jungen gebildet hatte. Fassungslos starrte Vargaï auf den Kristall.

»Aber … Hat Vrinilia es dir gegeben? Wann hast du …«

»Es ist nicht dasselbe«, unterbrach ihn sein Bruder. »Ich habe keine Ahnung, wie das andere aussieht, aber dieses hier ist für meine Zwecke ideal. Ich habe kein so reines Rohprisma mehr gesehen, seit …«

Er beendete den Satz nicht, sondern zwinkerte seinem Bruder nur vielsagend zu. Denilius' Augen leuchteten, während Vargaï völlig entgeistert wirkte.

»Du willst noch mal versuchen, was die Tuchwanderer damals gewagt haben?«, fragte er ungläubig. »Hier? Jetzt gleich?«

Denilius nickte aufgekratzt. Lehander wäre am liebsten davongerannt und hätte sich im Zeughaus bei Radjaniel verkrochen. Doch die traurige Miene seiner Großmutter hielt ihn zurück, und Denilius würde ihn jetzt ganz sicher nicht gehen lassen.

»Warum willst du das tun?«, fragte Vargaï. »Tannakis steht kurz davor, die Schlacht zu gewinnen. Seine Männer und die Chimären werden jeden Moment in Zauberranke einfallen! Ich hatte gehofft, dass du eine Idee hast, wie wir die Schlacht zu unseren Gunsten entscheiden können. Mit einem explosiven Trunk, einem Betäubungsmittel, irgendeiner Geheimwaffe ...«

»Wir müssen viel weiter denken, Bruder. Ich weiß, dass du das nicht gern hörst, aber was nützt es, die Schule zu retten, wenn immer mehr Chimären nach Gonelore einfallen? Die Bruderschaft bekämpft sie seit über tausend Jahren. Und wozu? Wir liefern uns Scharmützel mit ihnen, obwohl wir genau wissen, dass die Menschheit irgendwann unterliegen wird. Selbst wenn wir weitere tausend Jahre kämpfen, können wir keinen Sieg davontragen. Wir müssen uns höhere Ziele stecken! Und wenn du ehrlich bist, weißt du das auch. Deshalb bist du mit deinem Prisma zu Tannakis gegangen.«

»Natürlich, aber hier und jetzt haben wir Wichtigeres zu tun! Noch können wir die anderen retten, Denilius!«

»Ich habe zu lange gewartet, Vargaï. All die Jahre habe ich die Chimären bekämpft und Schüler ausgebildet, damit sie unsere Nachfolge antreten. Ich habe mein Leben einer sinnlosen Sache geopfert, aber jetzt hat mir das Schicksal eine einzigartige Gelegenheit geboten, den Lauf der Dinge zu verändern. Und es hat uns beide wieder zusammengeführt. Jetzt können wir die Reise gemeinsam antreten, Bruder! Was für ein Glück!«

Als ein Schatten über Vargaïs Gesicht huschte, begriff Lehander, dass Denilius' Bruder dessen Begeisterung nicht teilte. Er selbst hing gebannt vor Angst und Aufregung an den Lippen seines Großvaters. Ihr aller Schicksal stand auf dem Spiel.

»Reise?«, wiederholte Vargaï. »Ich hatte nie die Absicht, den

Schleier zu durchqueren. Ganz im Gegenteil. Ich wollte, dass Tannakis nach einer Möglichkeit sucht, den Schleier zu verstärken. Ich dachte, er könnte die Kraft des Prismas vielleicht dazu verwenden, sein Gewebe enger zu ziehen. Ich weiß nicht, ob es geklappt hätte. Vielleicht bräuchten wir dazu tausend Prismen dieser Art … In jedem Fall dürfen wir nicht noch einmal Menschen durch den Schleier schicken, Denilius. Das ist viel zu gefährlich.«

»Aber es ist der einzige Weg. Beim ersten Mal hat es nicht funktioniert, weil wir zu viele waren. Diesmal sind wir nur zu dritt, und der Sog der Horizonte wird uns sehr weit von Gonelore fortführen. Dann wird uns Lehander dabei helfen, die letzten Schichten des Schleiers zu durchstoßen. Verstehst du, Bruder? Stell dir nur vor, was wir vorfinden, wenn wir bis in die Furien vordringen!«

Vargaï wich einen Schritt zurück. Auf seinem Gesicht zeichnete sich Entsetzen ab.

»Die Götter«, murmelte er. »Du willst bis in den Horizont der Götter vordringen.«

»Ich bin sicher, dass wir es schaffen können. Und wenn wir erst mal dort sind, werden wir über dieselbe Macht verfügen wie die Götter. Wir können das Gewebe des Schleiers so sehr zusammenziehen, dass keine Chimäre mehr hindurchkommt. Dann können wir endlich in Frieden leben. Wir werden die Krone der Schöpfung sein und können für immer in den Furien bleiben!«

In der Kathedrale wurde es totenstill. Lehander wagte nicht zu atmen. Schließlich sprach Vargaï aus, was dem Jungen seit einer Weile durch den Kopf ging.

»Du bist völlig verrückt geworden, Denilius. Dir ist ja gar nicht klar, was du da redest. Du leidest offenbar immer noch unter den schlimmen Erfahrungen, die die Tuchwanderer damals gemacht haben. Die Macht, die du am eigenen Leib gespürt hast, ist dir zu Kopf gestiegen. Es tut mir leid, aber ich kann nicht zulassen, dass du den Jungen opferst.«

Er wollte nach dem Prisma greifen, das Denilius auf den Altar gelegt hatte, aber der hatte seine Absicht erraten. Beide stürzten sich gleichzeitig auf den Kristall und kämpften verbissen darum. Der ältere Bruder, der immer noch unter dem Einfluss des Stärkungstrunks stand, gewann rasch die Oberhand. Er versetzte Vargaï einen Stoß vor die Brust, dieser stolperte zurück und schlug mit dem Hinterkopf gegen eine Steinsäule. Sein Blick wurde glasig, und er rutschte langsam zu Boden, bis er mit dem Rücken zur Säule dasaß. Aus seiner Kopfwunde rann Blut und sammelte sich auf dem Steinboden zu einer Lache.

»Dann tue ich es eben ohne dich!«, rief Denilius. »Das ist zwar jammerschade, aber ich habe keine Wahl! Irgendjemand muss Stärke zeigen, um Gonelore zu retten.«

»Du wirst … ihn zerstören«, stieß Vargaï mühsam hervor. »Du wirst den Schleier zerreißen …«

»Das Risiko muss ich eingehen. Hier und jetzt entscheidet sich das Schicksal der Welt!«

Er wandte sich zu Lehander um. Der Junge stand starr vor Entsetzen da. Als er den Wahn in Denilius' Augen sah, wollte er fliehen, doch sein Großvater packte ihn und hielt seinen Arm eisern fest. Fast hätte er ihm den Knochen gebrochen.

»Hier geblieben!«, brüllte Denilius. »Du machst mir keinen Strich durch die Rechnung. Die Götter haben dir deine Gabe verliehen, damit wir zu ihnen gelangen können, und genau das werden wir jetzt auch tun.«

Lehander wand sich in seinem Griff und flehte ihn an, ihn gehen zu lassen. Doch Denilius zerrte ihn fieberhaft zum Altar. Mit seiner freien Hand nahm er Phiole um Phiole und schüttete den Inhalt über das Prisma. Der Kristall begann zu knistern, und orangefarbener Rauch stieg von ihm auf. Lehander wehrte sich mit Händen und Füßen und versuchte verzweifelt, die Phiolen vom Altar zu stoßen. Leider gelang es ihm nicht, sich hinter dem Schleier zu verstecken. Es war, als hätte die Ranke plötzlich ihre Zaubermacht wiedergewonnen.

Als sein Großvater die letzte Phiole in die Hand nahm, klammerte sich Lehander an die Hoffnung, dass das Experiment scheitern würde. Vielleicht hinderte das Kristallgewächs, das die Schule schützte, Denilius ja auch an der Umsetzung seines Plans.

Denilius beging nicht denselben Fehler wie sein Vater. Er entfernte sich mehrere Schritte von dem Prisma und zog den Jungen mit sich. Dann zielte er sorgfältig und warf die letzte Phiole auf den Kristall. Bei der Explosion zerbarsten sämtliche Fenster der Kathedrale, und Lehander spürte, wie er von den Kräften des Universums aufgesogen wurde.

Etwas Ähnliches hatte er vorhin schon einmal erlebt. Doch diesmal zogen die Horizonte noch schneller an ihm vorbei. Er fühlte sich, als würde er in Stücke gerissen. Erst verschwand die Kathedrale, dann ganz Zauberranke, und schließlich sogar der Boden, auf dem sie standen. Denilius und Lehander rasten durch einen luftleeren Raum.

Obwohl ihre widernatürliche Reise tödlich auszugehen drohte, strahlte sein Großvater über das ganze Gesicht. Würden sie im letzten Horizont gegen ein unüberwindliches Hindernis prallen, an dem ihre Körper zerschellen würden? Oder würden sie für alle Ewigkeit durch die verschiedenen Horizonte rasen? Lehander wollte nicht sterben, und schon gar nicht so. Alles in ihm begehrte gegen dieses Schicksal auf. Noch einmal versuchte er, sich Denilius' Griff zu entwinden, während sie weiter durch das Nichts stürzten. Verzweiflung überkam ihn, und kurz entschlossen packte er den grünen Umhang und wünschte seinen Großvater weit fort.

Es war, als hätten die Götter seinen Wunsch erhört. Vielleicht hatte er aber auch eine neue Möglichkeit entdeckt, wie er seine rätselhafte Gabe nutzen konnte. Jetzt sauste Denilius mit noch höherer Geschwindigkeit durch die Horizonte. Lehander hatte ihn offenbar weit hinter den Schleier katapultiert, ganz so, wie der Alchimist es sich erhofft hatte.

Nun schien selbst Denilius Angst zu bekommen. Er klammerte sich an seinem Enkel fest, doch diesmal wollte er den Jungen nicht an der Flucht hindern, sondern seinen eigenen Sturz ins Ungewisse aufhalten. Als er schließlich vom Sog der Horizonte fortgerissen wurde, zeichnete sich Grauen auf seinem Gesicht ab. Dann verschwand Denilius im Nichts.

Lehander verlor keine Zeit. Er besann sich auf die Kräfte, die er bei der Reise durch die Horizonte erlangt hatte, und konzentrierte sich auf seinen Wunsch, nach Gonelore zurückzukehren. So gelang es ihm, seinen eigenen Sturz ins Nichts zu bremsen. Nach einem kurzen Moment des Stillstands konnte er die Bewegung sogar umkehren. Wieder raste er durch die Horizonte, diesmal in Richtung Gonelore.

Nach und nach verlor er sämtliche Kräfte, die er in den verschiedenen Schichten des Schleiers dazugewonnen hatte. Eine tiefe Erschöpfung ergriff ihn, und er verfiel in eine Art Apathie. Daher bekam er von der Rückreise nicht viel mit, und er hätte auch nicht sagen können, wie lange sie dauerte. Plötzlich spürte er den kalten Stein des Altars an seiner Wange, und als er vorsichtig den Kopf hob, fiel sein Blick auf die erleichterten Gesichter von Nobiane, Gess, Dælfine und Berris. Er lächelte ihnen schwach zu. Neben seinen Kameraden stand Radjaniel und stützte den verletzten Vargaï. Dann begegnete er Lygwenns Blick. Die Weltwanderin war nicht mehr gefesselt, hielt sich aber immer noch ein Stück abseits.

Endlich würde er die Gelegenheit haben, sich mit seiner Großmutter auszusprechen. Nach den jüngsten Ereignissen hatten sie einander viel zu erzählen – denn von nun an teilten sie ein dunkles Geheimnis.

46

Jedes Mal, wenn sie über eine Leiche hinwegstieg, hob Vrinilia mit einer Hand ihr Gewand an. Sie bemühte sich, zu ihrer gewohnten würdevollen Haltung zurückzufinden, die in der Schlacht etwas gelitten hatte. Trotzdem kam sie recht schnell voran. Sie lief an dem scharfkantigen Wall aus Kristallen entlang, der die Schule nun wieder von allen Seiten umgab. Von Zeit zu Zeit blieb die Prismenschmiedin stehen und ließ erleichtert den Blick schweifen. Die Breschen in dem Kristallwald waren verschwunden, und er wuchs dicht wie eh und je, an einigen Stellen sogar dichter als zuvor. Mit einem derartigen Wunder hatten die Verräter sicher nicht gerechnet.

Es gab immer noch keine Erklärung für das Phänomen. Mitten in der Schlacht, während Tannakis' Männer die Verteidiger immer weiter zurückdrängten, hatte die Ranke urplötzlich wie wild zu wachsen begonnen. Ihre scharfkantigen Stacheln hatten den Carapaxen und Reptiliden den Bauch aufgeschlitzt und selbst die härtesten Panzer von allen Seiten durchbohrt. Es war, als hätte das Kristallgewächs von allein begonnen, sich gegen die Eindringlinge zu wehren, die es zum Teil zerstört hatten. Aber sie würden schon noch herausfinden, was diese Reaktion ausgelöst hatte. Im Moment genoss Vrinilia einfach nur den Sieg, auch wenn er einen bitteren Beigeschmack hatte. Über die Hälfte der Lehrer waren im Kampf gefallen.

Zumindest war es ihnen gelungen, alle Söldner loszuwerden.

Als die Ranke zu wuchern begann, drängten die Verteidiger der Schule die Angreifer in den Kristallwald zurück, und so waren sie einer nach dem anderen von den Stacheln aufgeschlitzt oder durchbohrt worden. Keiner der Männer hatte überlebt. Doch eines musste die Prismenschmiedin noch erledigen, und nach längerer Suche wurde ihre Beharrlichkeit endlich belohnt.

»Tannakis«, rief sie. »Teurer Freund. Du hättest mir sagen sollen, dass du zu Besuch kommst.«

Der Herr der Enklave erwiderte ihr höhnisches Grinsen. Dann musste er husten und spuckte einen Schwall Blut auf sein Hemd, das bereits völlig durchnässt war. Tannakis thronte immer noch auf seinem Reptilid, aber die Ranke hatte ihn und die Chimäre von mehreren Seiten aufgespießt, sodass sie sich nicht rühren konnten. Die Brust des Verräters war von drei gezackten Dornen durchbohrt, doch das hinderte ihn nicht daran, Vrinilia wüst zu beschimpfen.

»Du alte Hexe! Es gibt so vieles, was du nicht weißt. Glaub ja nicht, dass die Sache vorbei ist.«

Vrinilia schnaubte verächtlich. »Du bist derjenige, der vieles nicht weiß, du erbärmlicher Wicht. Vor vierzig Jahren hast du es nur bis in die Schlunde geschafft, während einige von uns in viel höhere Horizonte vorgedrungen sind. Von allen Tuchwanderern hattest du am wenigsten Talent!«

Sie hob die Sense und schlug ihm mit einer blitzschnellen Bewegung den Kopf ab. Dann zog sie seelenruhig ein Prisma aus einer Tasche an ihrem Bandelier. Nur wenige Menschen auf der Welt besaßen einen derartigen Kristall, und sie achteten sorgfältig darauf, ihren Besitz geheim zu halten.

Mit einem grausamen Lächeln hielt sie sich das Prisma vor ein Auge und beobachtete zufrieden, wie die Seele ihres Feinds hinter dem Schleier verschwand.

Und so endet

Die Tore der Dämmerung

der dritte und letzte Band der

Saga aus Licht und Schatten

NOBIANES NOTIZEN

ARKANDIELLE

Legendäres Mitglied der Bruderschaft der Weltwanderer. Als jüngste Schülerin aller Zeiten wurde ihr das Bandelier im Alter von acht Jahren überreicht. Den Chroniken zufolge ist sie auch die Jüngste, die jemals gegen eine Chimäre gekämpft hat (einen Carapax oder einen Lupinus, da sind sich die Quellen nicht ganz einig). Sie ging siegreich aus diesem Kampf hervor, während ihr Lehrer (der einigen Gelehrten zufolge auch ihr Vater war) verletzt wurde. Zu ihren Ehren gibt es den Arkandielle-Stern. Diesen bekommen alle Schüler nach ihrem ersten Kampf an ihr Bandelier genietet, falls sie der Bruderschaft Ehre gemacht haben.

BANDELIER

Das Bandelier wurde in der Anfangszeit der Bruderschaft eingeführt. Damals bekriegten sich zahlreiche Länder noch erbittert, und es kam häufig vor, dass Weltwanderer, die der Fährte einer Chimäre folgten, bei der Überquerung einer Grenze für den Feind gehalten wurden. Mehrere tragische Vorfälle veranlassten die Magister, darüber nachzudenken, wie die Weltwanderer ihre Neutralität offen zeigen konnten. Erst gaben sie ihnen eine Fahne mit, doch diese erwies sich im Kampf als unpraktisch. Auch ein spezieller Waffenrock war im Gespräch, doch der hätte an eine Uniform erinnert und damit nur noch mehr Verwirrung gestiftet. So fiel die Wahl auf einen breiten Ledergürtel, der quer über die Brust getragen wird. Er ist ein Symbol dafür, dass sich die Weltwanderer aus allen Kriegen und politischen Streitigkeiten heraushalten, denn der Kreuzzug, den sie führen, dient der Rettung ganz Gonelores.

Im Laufe der Zeit wurde es üblich, das Bandelier mit Abzeichen zu schmücken. Aus dieser Tradition entwickelten sich feste Rituale. Der einfache Ledergürtel aus der Anfangszeit wurde ebenfalls weiterentwickelt. Mittlerweile sind die meisten Bandeliere mit Ketten und Metallplatten verstärkt und haben mehrere Taschen. Es gibt besonders festliche Bandeliere, die aus besticktem Stoff bestehen und mit kostbaren Kristallen verziert sind.

BRUDERSCHAFT

Glaubt man den Legenden, ist die Bruderschaft der Weltwanderer so alt wie Gonelore selbst. Der Chronik zufolge gibt es sie hingegen erst seit einem Jahrtausend. In früheren Zeiten waren ihre Mitglieder über die ganze Welt verstreut und standen nicht im Austausch miteinander. Das Einzige, was sie verband, war das Wissen über die Kraft der Prismen. In vielen Fällen waren sie zufällig darauf gestoßen. Dieses Wissen wurde möglichst von Generation zu Generation weitergegeben. Manchmal geriet es jedoch in Vergessenheit, nur um wenige Zeit später wieder entdeckt zu werden.

Fünf Brüder, die die ganze Welt bereisten, sollen die Grundlagen eines Ordens geschaffen haben, der sich nach und nach über die verschiedenen Länder ausbreitete. Dies würde erklären, warum die Weltwanderer trotz aller Rangunterschiede als geschwisterliche Gemeinschaft gelten.

CACHALORK

Große Seechimäre, die zur Unterart der Squaliden gehört und für ihre Aggressivität berüchtigt ist. Wird irgendwo ein Exemplar gesichtet, steuern die Kapitäne ihre Schiffe nah an der Küste entlang und wagen sich nicht mehr aufs Meer hinaus. Zahlreiche Schauergeschichten berichten davon, dass die Bestien Schiffe zum Kentern bringen.

CARAPAXE

Unterart der Chimären. In den vergangenen Jahrzehnten wurden kaum Carapaxe gesichtet, doch in der Vergangenheit fielen sie in großer Anzahl nach Gonelore ein. Damit ist ihr Vorkommen großen Schwankungen unterworfen. Es handelt sich um große, behäbige Wesen mit einem äußerst widerstandsfähigen Panzer. Meistens braucht es mehrere Weltwanderer, um die Bestien hinter den Schleier zurückzutreiben. Zu den häufigsten oder bekanntesten Vertretern dieser Art zählen die Mummats, die Langustiden, die Igeldonten und die Mui-Goï.

CHRONIK

Die Chronik umfasst alle Überlieferungen der Weltwanderer seit dem Aufkommen der Bruderschaft. Sie besteht aus den unterschiedlichsten Schriftstücken: Reiseberichten, Versammlungsprotokollen der Hohen Räte, historischen Abhandlungen, Traktaten über Bandelier-Abzeichen, Klassifizierungen von Chimären usw. Die Chroniken sind für die Weltwanderer von ebensolcher Bedeutung wie die Prismen. Sie werden eifrig studiert und ständig erweitert. Jede Generation bemüht sich, ihr neue Erkenntnisse hinzuzufügen.

DARIBBO

Unterart der Felinae. Diese Chimäre gehört zu den kleinsten Vertretern seiner Art. Für Menschen ist sie nicht besonders gefährlich. Man begegnet ihr meist am Ufer von Tümpeln und Seen, wo sie sich von Amphibien ernährt.

DRAKONID

Die gefährlichste Art von Chimären. Den Legenden zufolge waren die Drakonide die ersten Kreaturen, die nach den Göttern auf die Welt kamen. Sie nahmen die Energien auf, die die Furien hinterlassen hatten, weshalb sie alle Chimären, die später entstanden sind, an Größe, Kraft und Widerstandsfähigkeit übertreffen.

DUKATEN

Währung, die in fast allen Ländern Gonelores gilt. Gondanische Händler sorgten für ihre Verbreitung, indem sie sich weigerten, fremdes Geld anzunehmen – weniger aus Patriotismus als aus Misstrauen. Sie nutzten einfach ihre wirtschaftliche Vormachtstellung aus. So begannen die anderen Völker Münzen zu prägen, deren Größe und Legierung mit der gondanischen Dukate identisch war. Sie fürchteten, Gondania würde sonst keinen Handel mehr mit ihnen treiben und sie könnten verarmen.

Einige Länder mit diktatorischen Herrschern oder sehr auf Unabhängigkeit bedachten Regierungen haben ihre eigenen Währungen behalten, doch kann man diese jenseits ihrer Grenzen nicht benutzen und nur schwer umtauschen. Das gilt für das Königreich Duuzar, das Fürstentum Artemong und den Stadtstaat Tarvipolis.

EID

Der Chronik zufolge hat sich der Eid der Weltwanderer seit dem Entstehen der Bruderschaft kaum verändert. Ein Schüler muss ihn zweimal ablegen: Einmal, wenn er seine Ausbildung beginnt, und einmal, wenn er sie beendet. Beide Male bekommt der Schüler ein Bandelier überreicht, das seine Treue zur Bruderschaft versinnbildlicht. Der Eid lautet wie folgt:

»Ich schwöre, der Bruderschaft der Weltwanderer treu zu dienen, meinen Brüdern und Schwestern bei allen Kämpfen beizustehen, meine Lehrer zu ehren und mein Wissen an meine Schüler weiterzugeben.

Ich schwöre, unser Erbe und unsere Traditionen zu wahren, sie gegen Lug und Trug zu verteidigen, standhaft überall auf der Welt für unsere Werte einzustehen und sie an die nächste Generation weiterzugeben.

Ich schwöre, alle Einwohner von Gonelore zu beschützen, unabhängig von ihrer Herkunft, ihrem Glauben oder ihrer Zugehörigkeit zu einem Volk, nicht nach eigenem Ruhm zu streben und für meine Dienste keinen Lohn zu fordern.

Ich schwöre, niemals vor den Kreaturen zurückzuweichen, die aus dem Schleier kommen, sie mit Mut und Tapferkeit zu jagen, bis sie besiegt oder vertrieben sind, und dafür notfalls mein Leben zu lassen.«

FALKONID

Unterart der Chimären, die alle Wesen mit raubvogelartigem Aussehen umfasst. In der Regel sind sie recht klein und nicht besonders gefährlich, mit Ausnahme der Hakenreiher und Gipfellöwen. Diese Chimärenart ist bisher wenig erforscht.

FEDERFUSS

Chimäre aus der Unterart der Falkoniden von der Größe einer Gans. Der Federfuß ist einer der wenigen Vertreter dieser Unterart, der nicht fliegen kann. Dafür bewegt er sich im flachen Gelände sehr schnell und ausdauernd fort. Sein Name, den ihm der erste Weltwanderer gegeben hat, der diese Chimäre in der Chronik erwähnt, geht auf den weichen Flaum an den Füßen zurück.

FELINAE

Unterart der Chimären. Es gibt mehrere Dutzend Unterordnungen, und alle paar Jahre wird eine neue entdeckt, obwohl die Weltwanderer diese Wesen seit über einem Jahrtausend erforschen.

Größe und Gestalt einer Felina können sehr unterschiedlich sein. Zu den kleineren Arten gehören die Daribbos, die sich hauptsächlich von Fröschen ernähren und hervorragende Schwimmer sind. Die größten sind die Titantiger, die Megaloparden oder die Mahibohi.

FURIEN

Bezeichnung für die Naturgewalten, die einander zu Anbeginn der Zeit bekämpften. Das Gleichgewicht, das sich unter den mächtigsten von ihnen herausbildete, brachte die Welt hervor. Aus den Energien, die die Furien hinterließen, entstanden erst die Götter und dann die Chimären, vor allem die Drakonide.

GILDE

Eine Gruppe von fünf Schülern in Zauberranke. Jede Gilde untersteht einem Lehrer. Die Bezeichnung ist mittlerweile auch an anderen Weltwandererschulen üblich.

HIPPODORNE

Unterart der Chimären. Hauptvertreter sind die Einhörner, fleischfressende Pferde mit einem Sporn auf der Stirn, die manchmal in ganzen Herden in Gonelore einfallen und Angst und Schrecken verbreiten. Weitere Vertreter sind das Zweiköpfige Tarpan, das Blutross und der Riesenrappe.

HEILER

Bezeichnung für jemanden, der für die Gesundheit einer Gemeinschaft von Weltwanderern verantwortlich ist. Auch viele Armeen in Gonelore haben einen Heiler. Um Heiler zu werden, braucht man keine besondere Ausbildung. Oft genügen ein paar grundlegende Kenntnisse in der Versorgung von Wunden, um von einer Gemeinschaft, die noch keinen Heiler hat, zu einem solchen ernannt zu werden. In größeren Gemeinschaften fällt dieses Amt jedoch in der Regel dem Obersten Alchimisten zu.

HOHER RAT

Regierende Versammlung einer örtlich begrenzten Gemeinschaft von Weltwanderern, meist einer Schule. Die Zahl der Mitglieder unterscheidet sich je nach Gemeinschaft. Der Magister ist der Vorsitzende des Rats. Er bestimmt die Anzahl der Sitze und kann sie erweitern oder begrenzen, wenn er die Mehrheit des Rats hinter sich hat. Häufig wird ein Amt für einen ganz bestimmten Weltwanderer neu geschaffen, weil seine Fähigkeiten gebraucht werden.

Der Hohe Rat trifft alle wichtigen Entscheidungen und ist auch für die Rechtsprechung innerhalb der Gemeinschaft zuständig.

JORANSAME (KURZFORM JORA)

Weibliche Form von Jorensan, die sich im Laufe der Zeit herausgebildet hat.

JORENSAN (KURZFORM JOR)

Höfliche oder respektvolle Anrede eines Weltwanderers. Im weiteren Sinne auch für alle Mitglieder der Bruderschaft gebraucht: »Früher hatte Gonelore viel mehr Jorensans.« »Die alten Jorensans waren disziplinierter als die heutige Generation.«

Die Bezeichnung geht auf den Namen des ersten Weltwanderers zurück, der eine Schule gründete, um sein Wissen weiterzugeben. Allerdings liegt diese Zeit so weit zurück, dass aus der Chronik nicht klar hervorgeht, ob der Meister von Anfang an diesen Namen trug oder ob er ihn als Ehrentitel annahm. Die meisten Gelehrten gehen von Letzterem aus.

KOKATRI

Unterart der Chimären. Kokatri können fliegen und sind extrem gefährlich. Sie unterscheiden sich in Aussehen und Größe. Sie sind die entfernten Vorfahren unserer Greifvögel und Aasgeier.

Sie werden nur sehr selten gesichtet. Am häufigsten begegnet man Reißern, Hakichten, Speiern und Adlerlöwen.

KRUSTENKREBS

Eine der häufigsten Gattungen von Meereschimären. Es gibt mehrere Unterarten: Stachelkrebse, Tiefenkrabben, Kröteriche, Schneidkrebse und Schmiedekrabben.

LANGUSTIDE

Krustenkrebs, der am Ende seines vielgliedrigen Schwanzes einen Stachel wie ein Skorpion hat. Dieser Stachel ist nicht giftig, aber der Schwanz einer Langustide ist ungeheuer kräftig, so dass sie damit den Schutzpanzer ihrer Artgenossen durchbohren kann.

LUPINI

Unterart der Chimären, die alle Wesen umfasst, die eine wolfsartige Gestalt haben. Es gibt sechs Unterordnungen, zu denen die Waufen und die Schlinger gehören, und über fünfzig Unterarten. Einige davon kommen sehr selten vor, so die Grauschwänze, die Würger und die Zweibeiner.

MAGISTER

Vorsitzender des Hohen Rats, der über eine Gemeinschaft von Weltwanderern herrscht, in der Regel eine Schule. Der Magister bleibt auf unbestimmte Zeit im Amt. Wenn er zurücktritt, stirbt oder der Hohe Rat ihn absetzt, wird ein Nachfolger gewählt. Für seine Absetzung ist eine Zweidrittelmehrheit notwendig.

Bei der Wahl eines neuen Magisters muss der Kandidat die Stimmen von mindestens der Hälfte der Mitglieder erhalten. In der Geschichte gibt es mehrere berühmte Beispiele, bei denen keine Mehrheit zustande kam. Häufig spalteten sich die Gemeinschaften daraufhin auf, eine Gruppe zog fort und ließ sich an einem anderen Ort nieder. So hat sich die Bruderschaft über alle Länder Gonelores verbreitet.

PANARYN

Weltwanderer, der einige Jahrzehnte nach der Großen Flucht eine kleine Schule gründete und ihr Magister wurde. Bei einer Expedition in gefährliches Gebiet soll er seine Schüler einem entfesselten Kokatrus überlassen und selbst das Weite gesucht haben. Er selbst stellt sich allerdings als Held dar, der versucht hätte, seine Schüler zu retten. Da er der einzige Überlebende des Kampfs ist, kann niemand bezeugen, was wirklich geschehen ist.

Jemand, der Schande über die Bruderschaft gebracht hat, wird mit dem Panaryn-Mal gezeichnet, einem doppelt durchgestrichenen Hufeisen.

PIARON

Ehemaliger Schüler von Zauberranke. Der Legende nach stürzte er sich ins Meer, als ein Dutzend Drakonide versuchte, die schützende Kuppel des Leuchtturms zu durchbrechen. In der Chronik findet diese Geschichte keine Erwähnung, weshalb man ihren Wahrheitsgehalt nicht überprüfen kann.

SCROFA

Unterart der Chimären. Umfasst sämtliche Kreaturen, die vom Aussehen her Wildschweinen ähneln. Man vermutet, dass es auch mehrere Zwergschweinarten gibt, doch die in Gonelore beobachteten Kreaturen waren stets größer als ein durchschnittliches Hausschwein. Manche sind besonders groß, zum Beispiel Grunzer und Nacktschwarten.

REPTILID

Unterart der Chimären, die alle schlangen- und eidechsenartigen Wesen umfasst. Im Grunde bezeichnet sie alle Kaltblütler mit schuppiger Haut bis auf die Tortiliden, die eine eigene Unterart bilden. Reptiliden kommen in allen möglichen Größen vor. So gehören sowohl die winzigen Glutwürmer als auch die gewaltigen Prythonii zu dieser Unterart.

SCHAUMKLINGE

Spitzname von Vargaïs Säbel, der aus dem Stoßzahn eines Walrosses gefertigt wurde. Es handelt sich um eine besonders Waffe, denn diese Chimären sind äußerst selten. Dafür sind sie umso bösartiger: Sie schießen urplötzlich aus dem Wasser hervor. Sie wurden bisher nur oberhalb des Marganidengrabens gesichtet, in einem als hochgefährlich bekannten Gewässer fernab der großen Seewege.

Die Klinge des Säbels ist weiß und mit grünen und blauen Punkten übersät, den Splittern eines Prismas. Der Handschutz besteht aus gehärtetem Stahl, der Griff wurde aus dem Geweih eines Kaiserhirsches geschnitzt. Das war einer der Gründe, warum Vargaï ausgerechnet diese Waffe ausgewählt hat. Er liebt den Kontrast zwischen der Kühle des Stoßzahns und der Wärme des Geweihs, das fast lebendig wirkt.

Einige Schüler behaupten, mit der Schaumklinge könne man einen Eisblock ebenso mühelos durchschneiden wie einen Laib Brot. Vargaï hat dieses Gerücht nicht in Umlauf gebracht, hat ihm aber auch nie widersprochen.

SCHWARM

Bestimmte Arten von Drakoniden schließen sich zu Schwärmen zusammen, die, so vermutet man, von einem weiblichen Leittier angeführt werden. Aus der Chronik erfährt man nur sehr wenig über die Zusammensetzung und das Innenleben dieser Schwärme. In den ersten Jahrzehnten nach der Entstehung der Bruderschaft konzentrierten die Weltwanderer sich auf die Bekämpfung der Schwärme, und nach blutigen Opfern konnten sie Gonelore von dieser Plage befreien. Seitdem kommen jedes Mal, wenn ein solcher Schwarm entdeckt wird, die Hohen Räte ganz Gonelores zusammen, um die Drakoniden zu bekämpfen und hinter den Schleier zurückzudrängen. Damit wollen sie verhindern, dass andere ihrem Beispiel folgen. Alle Weltwanderer hoffen, dass diese Vorsichtsmaßnahme auch in Zukunft erfolgreich sein wird.

SQUALIDE

Unterart der Meereschimären, deren Vertreter auf allen Weltmeeren gefürchtet sind. Sie sind nur schwer zu erforschen, weil sie tief im Ozean leben und Begegnungen mit ihnen oft tödlich enden. Eindeutig identifiziert wurden bisher Tetralodone, Cachalorke und Blutzacken.

URLYS

Weite Ebene im Norden Gonelores, auf der hauptsächlich Nadelwälder wachsen und die einen Großteil des Jahres von Schnee bedeckt ist.

URSIDE

Unterart der Chimären. Seit der Entstehung der Bruderschaft versuchen die Weltwanderer, sämtliche Unterarten zu erfassen, was sich als fast unmöglich erwiesen hat. Anfangs zählte man vierunddreißig Arten, doch inzwischen ist man bei über sechzig angelangt. Vermutlich werden in Zukunft noch weitere seltene Arten entdeckt werden. Zu den häufigsten Arten zählen die Kahlfresser, Wütriche, Brummer und Kermoden.

WULX

Eine Chimäre der Gattung Lupini. Sie sieht aus wie eine Mischung aus Wolf und Luchs und hat etwa die Größe eines drei Monate alten Kalbs. Der Wulx jagt in einer fünf- bis sechsköpfigen Meute und tötet manchmal aus reinem Spaß, was ihn sehr gefährlich macht. In manchen Gegenden Gonelores ist der Wulx der größte Feind der Weltwanderer. Dort werden regelmäßig Treibjagden organisiert, um die Bestände zu verringern.

DIE MAGISCHEN WELTEN VON PIERRE GRIMBERT

DIE MAGIER

Die Gefährten des Lichts

Einst reisten die weisesten Männer und Frauen aller Nationen auf die Insel Ji. Doch dort gerieten sie in den Tiefen der Insel in ein Felsenlabyrinth und verschwanden spurlos. Nun treffen sich Jahr für Jahr ihre Nachkommen am Eingang des Labyrinths, um das Geheimnis der Insel zu lösen. Doch dann wird einer nach dem anderen ermordet …

Krieger der Dämmerung

Nur sechs Nachkommen der einstigen Gesandten haben die geheimnisvolle Mordserie überlebt und einen Blick in die scheinbar paradiesische Welt von Ji erhascht. Doch nun ist auch ihr Leben in Gefahr …

Götter der Nacht

Um das Rätsel um die Insel Ji zu lösen, müssen die sechs Erben der Gesandten in der Bibliothek von Romin eine uralte Schriftrolle ausfindig machen. Doch der Weg dorthin ist weit und gefährlich, und schon bald werden Gefährten von finsteren Dämonenwesen und kaltblütigen Mördern gejagt …

Kinder der Ewigkeit

Mit der Priesterin Lana haben die Gefährten eine neue Verbündete im Kampf um die Wahrheit gewonnen, doch gleichzeitig werden sie vor die größte Herausforderung ihres Lebens gestellt: Um das Geheimnis der Insel Ji zu lüften, müssen sie in die Unterwelt hinab steigen, die Welt der Dämonen …

DIE KRIEGER

Das Erbe der Magier

Einst hatte die Gemeinschaft der Erben ihr Leben aufs Spiel gesetzt, um das Geheimnis der Insel Ji zu lüften. Doch der Fluch der Insel erwacht aufs Neue, und nun sind es die Erben der Magier, die um ihr Leben kämpfen müssen.

Der Verrat der Königin

Ein finsterer Dämon ist aus den Tiefen der Zeit zurückgekehrt und zwingt die Gefährten dazu, zur Insel Ji zurückzukehren. Dort, so hoffen sie, können sie mehr über das schreckliche Ungeheuer erfahren. Doch auf der Insel müssen die Krieger feststellen, dass nicht all ihre Verbündeten auch auf ihrer Seite stehen, und beinahe geraten sie in eine tödliche Falle.

Die Stimme der Ahnen

Noch immer versucht die Gemeinschaft der Krieger verzweifelt, das Geheimnis der Insel Ji zu lösen. Das rätselhafte Tagebuch einer verschollenen Magierin scheint den Gefährten erste Hinweise zu liefern, Gewissheit kann ihnen jedoch nur das mächtige Orakel liefern. Die Reise dahin wird zum bisher größten Abenteuer ihres Lebens, denn noch immer ist ihnen der Dämon auf den Fersen.

Das Geheimnis der Pforte

Die Gefährten sind auf eine uralte Prophezeiung gestoßen, die das Geheimnis der Insel Ji endlich zu lüften verspricht. Doch um die Prophezeiung zu erfüllen, muss sich einer von ihnen dem Kampf mit dem Dämon stellen …

Das Labyrinth der Götter

In einer uralten und verlassenen Tempelanlage kommt es schließlich zum finalen Kampf zwischen dem Bund der Krieger und ihrem finsteren Verfolger aus der Unterwelt. Ein Kampf, bei dem nicht nur das Schicksal der Menschen, sondern auch das der Götter auf dem Spiel steht.

DIE GÖTTER

Ruf der Krieger

Seit Jahrhunderten wissen die Erben von Ji um das Geheimnis, das sich hinter der Pforte in den Katakomben der Insel Ji verbirgt. Als die Nachkommen der einstigen Krieger von Ji zusammengerufen werden, um ihr Erbe anzutreten, werden sie plötzlich von den Anhängern eines grausamen Kultes verfolgt.

Das magische Zeichen

Die Erben der Krieger wurden ausgesandt, um das Geheimnis der Insel Ji zu schützen, doch noch wissen die jungen Hüter nicht, was sie erwartet. Sie ahnen nur so viel: Das Schicksal der Menschen und das der Götter ist untrennbar miteinander verknüpft.

Die Macht der Dunkelheit

Im Kampf um die Insel Ji wird die Gemeinschaft der Hüter auf eine neue, schwierige Probe gestellt: Sie müssen sich auf eine Reise ins Reich der verlorenen Seelen begeben, um Antworten auf all ihre Fragen zu erhalten. Doch dort erwarten sie Gegner, denen selbst der Tod nichts anhaben kann …

Das Schicksal von Ji

Der Gemeinschaft der Hüter ist es gelungen, bis in die Katakomben der Insel Ji vorzudringen, und nun stehen sie kurz davor, die magische Pforte zu öffnen. Die Pforte, mit der alles begann … Doch was wird dann passieren? Bricht ein neues goldenes Zeitalter an, oder versinkt die Welt der Menschen und der Götter für immer in den Schatten?

DIE SAGA VON LICHT UND SCHATTEN

Jahrhundertelang wurde Gonelore von Dämonen heimgesucht – bis es der geheimnisvollen Bruderschaft der Weltwanderer gelang, die Ungeheuer aus Gonelore zu vertreiben. Doch nun sind sie zurückgekehrt …

Die Hüter von Gonelore

Immer öfter fallen Menschen den Dämonen zum Opfer, und als sich auch die Angriffe auf die Bruderschaft der Weltwanderer häufen, keimt in dem mutigen Vargaï ein schrecklicher Verdacht auf: Es gibt einen Verräter in den eigenen Reihen …

Der Ruf des Drachen

Die Bruderschaft der Weltwanderer ist durch Machtkämpfe und Intrigen geschwächt. Ungehindert bringen die Dämonen nun Tod und Verderben über Gonelore. Die letzte Hoffnung der Menschen ist der junge Weltwanderer Jona, der mit den Ungeheuern sprechen kann. Doch Jona verbirgt ein Geheimnis, das ganz Gonelore für immer zerstören könnte …

Die Tore zur Dämmerung

Ein schrecklicher Verrat hat die Bruderschaft der Weltwanderer geschwächt – ausgerechnet jetzt, wo die finale Schlacht gegen die Dämonen bevorsteht. Die einzige Hoffnung ist eine uralte magische Waffe, von der die Legenden behaupten, sie könne die Dämonen endgültig besiegen. Doch die Waffe hat ihren eigenen Willen …

Peter V. Brett

Manchmal gibt es gute Gründe, sich vor der Dunkelheit zu fürchten ...

... denn in der Dunkelheit lauert die Gefahr! Das muss der junge Arlen auf bittere Weise selbst erfahren: Als seine Mutter bei einem Angriff der Dämonen der Nacht ums Leben kommt, flieht er aus seinem Dorf und macht sich auf in die freien Städte. Er sucht nach Verbündeten, die den Mut nicht aufgeben und das Geheimnis um die alten Runen, die einzig vor den Dämonen zu schützen vermögen, noch nicht vergessen haben.

978-3-453-52476-7

Peter V. Bretts gewaltiges Epos vom Weltrang des »Herrn der Ringe«

Lied der Dunkelheit
978-3-453-52476-7

Flüstern der Nacht
978-3-453-52611-2

Die Flammen der Dämmerung
978-3-453-52474-3

Der Thron der Finsternis
978-3-453-31573-0

Erzählungen aus Arlens Welt

Der große Bazar
978-3-453-52708-9

Das Erbe des Kuriers
978-3-453-31682-9

www.heyne.de

HEYNE